Un homme de confiance

*

Le plaisir d'un roi

*

Dans les bras du Dr Bishop

SANDRA STEFFEN

Un homme de confiance

Traduction française de
CAROLE PAUWELS

GENTLEMEN

HARLEQUIN

Titre original :
A MAN OF HIS WORD

Ce roman a déjà été publié en 2021

HARPERCOLLINS FRANCE
83-85, boulevard Vincent-Auriol, 75646 PARIS CEDEX 13
Service Clients — https://www.harlequin.fr/contenu/contactez-nous
ISBN 978-2-2805-1803-1 — ISSN 2728-4263

Édité par HarperCollins France.
Composition et mise en pages Nord Compo.
Imprimé en mai 2025 par CPI Black Print (Barcelone)
en utilisant 100% d'électricité renouvelable.
Dépôt légal : juin 2025.

FSC
www.fsc.org
MIXTE
Papier issu de sources responsables
FSC® C159065

Pour limiter l'empreinte environnementale de ses livres, HarperCollins France s'engage à n'utiliser que du papier fabriqué à partir de bois provenant de forêts gérées durablement et de manière responsable.

En souvenir aimant de ma sœur, Deanna.

Tu me manques tous les jours, Dee,
et j'espère que tes chemins sont bordés
de pâquerettes aussi jolies que toi.

À Kinsley, ma huitième merveille, et aux sept premières, Anora, Leah, Landen, Anna, Erin, Dalton et Brynn. Chacun de vous est un don du ciel.

1

Va la voir.

Au début, cette pensée n'était qu'un murmure à l'oreille de Cole Cavanaugh. Mais, ces derniers temps, elle se faisait plus insistante. Comme un moustique, c'était agaçant quand elle bourdonnait à son oreille, et déconcertant quand elle ne le faisait pas.

Va la voir.

Il s'était habitué à cette idée, tout comme au fait de la repousser. Cela faisait maintenant huit mois qu'il s'efforçait de ne pas en tenir compte.

Et pourtant cette petite musique persistait à jaillir dans sa tête à tout moment.

Va la voir. Va la voir. Va la voir.

Il y avait eu de l'orage cette nuit mais, ce matin, la pluie avait laissé place à une épaisse nappe de brouillard, qui flottait au-dessus de Genesee River et s'étirait le long de ses rives escarpées.

Cerné par la blancheur cotonneuse, Cole se plut à imaginer qu'elle surplombait tout New York et s'étirait jusqu'en Nouvelle-Angleterre, s'insinuant même jusqu'aux Grands Lacs et au Michigan.

Là où elle vivait.

Ici, à Rochester, la brume noyait la charpente de la luxueuse maison que bâtissaient Cole et son associé, Grant Maloney, dans ce secteur très recherché au cœur des collines.

Douze ans plus tôt ils n'étaient encore que colocataires à l'université. On pouvait dire qu'ils en avaient fait, du chemin, depuis leurs premières constructions qui se résumaient à quelques terrasses, à des garages ou à des bungalows. Cette splendeur donnerait un sérieux coup de pouce à leur réputation.

Ce matin, Cole et Grant étaient tous les deux sur le chantier, afin de faire le point avec leurs clients, un couple entre deux âges, avec une liste d'exigences longue comme le bras. Tandis que ces derniers se dirigeaient vers leur SUV hybride, accompagnés de leur fille, et discutaient avec enthousiasme de leur future maison, Cole fit signe aux charpentiers de se remettre au travail. On entendit alors les sifflements des scies électriques et les claquements secs des pistolets à clous.

Va la voir. Va la voir.

Lorsque cette pensée lui était venue pour la première fois, il se trouvait à l'hôpital militaire, dans un état second à cause des antalgiques. Il ne l'avait pas mise à exécution, bien sûr – il lui faudrait des mois avant de marcher à nouveau.

Et, de toute façon, c'était trop tôt. Jay était mort depuis six mois à peine. Sa femme April était probablement toujours anéantie par le deuil. Quant à lui, il vivait très mal la situation.

Cela ne l'avait pas empêché de réfléchir à ce qu'il dirait à April, s'il allait la voir.

Durant les mois de rééducation intensive qui avaient suivi son opération, cette pensée n'avait cessé de le tarauder. Il avait été persécuté par la kinésithérapeute la plus exigeante qui soit, mais personne plus que lui-même n'aurait pu le pousser à aller au-delà de ses limites. Adeline, sa kiné, avait pleuré de joie la première fois qu'il était arrivé tout seul en haut de l'escalier. Ce palier représentait le fruit de ses efforts et prouvait sa détermination.

Va la voir. Va la voir.

Pour la première fois ce jour-là, il l'avait réellement envisagé. Mais ce n'était toujours pas le bon moment.

Plus rien ne semblait juste ni sensé depuis que Jay était tombé au champ de bataille. C'est pourquoi, plutôt que d'aller voir la veuve de son ami et compagnon d'armes, il avait terminé sa convalescence avant de retourner à Rochester, où il s'était investi corps et âme dans l'entreprise de construction que Grant et lui avaient fondée.

Va la voir. Va la voir.

— Regarde-moi ça !

Le timbre grave de Grant perturba sa rêverie.

— Elle a une sacrée allure, ajouta ce dernier.

Cole glissa un regard en coin à son ami, qui observait la fille de leurs clients, une beauté tout en jambes, qui se hissait dans le SUV de son père.

— J'ai vu, répondit-il. Elle vient de me parler.

— Tu l'as peut-être vue, mais tu ne l'as pas vraiment *regardée*. Si cela avait été le cas, tu aurais écrit ton numéro de portable au dos de la carte de visite qu'elle t'a demandée. Et, avant la fin de la journée, elle t'aurait appelé pour prendre un verre… entre autres choses.

Cole secoua lentement la tête.

— Même toi, tu n'es pas du genre à mélanger les affaires et le plaisir, fit-il remarquer.

Grant sourit, non sans une certaine vanité. Avec son physique avantageux, ses yeux bleus et sa personnalité chaleureuse, il n'était pas en manque de femmes lui demandant son numéro.

— C'est vrai, dit-il, mais j'y aurais longuement réfléchi avant. J'aurais pesé le pour et le contre. J'aurais même fantasmé un peu, je te l'avoue.

Les pensées de Cole s'orientèrent aussitôt dans une tout autre direction…

Va la voir. Va la voir. VA LA VOIR.

Heureusement, son téléphone sonna. Puis celui de Grant.

Ils prirent chacun leur appel, Cole de leur électricien, et Grant de leur secrétaire.

Ils avaient tous les deux des plans à étudier, des mails auxquels il leur fallait répondre, des plannings à ajuster et des solutions à trouver.

En d'autres termes, ils avaient du travail. Beaucoup de travail.

Tandis qu'ils se dirigeaient vers leur pick-up, Cole s'arrêta brusquement et se tourna vers son ami.

— J'ai quelque chose à te dire, dit-il.

Grant lui jeta un regard intrigué.

— Tu as l'air sérieux. Terriblement sérieux. J'espère que c'est bien pour la raison que j'imagine. Si tu as finalement décidé d'aller la voir, laisse-moi te dire qu'il était grand temps.

Un mois auparavant, Cole avait fait l'erreur de parler à Grant de Jay, et du rêve qu'il avait fait lorsqu'il avait été blessé pour la deuxième fois.

— Ça m'apprendra à me confier à toi, marmonna-t-il en se remettant à marcher. Mais oui. J'y vais. Je vais la voir.

Grant ajusta ses pas sur les siens.

— Tu pars quand ? s'enquit-il.

— Dès que j'aurai fini de régler certains détails ici.

— Demain, alors, décréta Grant, en ouvrant la portière du côté passager.

— Tu es impossible !

— Fais ce que tu as à faire et ne t'inquiète pas pour moi. Je vais me débrouiller, comme je l'ai fait quand tu étais en mission. Fais-moi plaisir, coupe ton téléphone et laisse ton ordinateur éteint.

Cole haussa les épaules et se mit au volant.

Tandis que son ami roulait lentement dans le brouillard, Grant reprit :

— Je suis content que tu ailles là-bas. C'est la seule façon pour toi de trouver enfin la paix. Et ça l'aidera peut-être aussi.

Cole eut soudain la vision de longs cheveux châtains bouclés et de prunelles noisette piquetées de paillettes d'or...

Il n'avait jamais rencontré April Avery, mais il avait vu tant de photos d'elle qu'il lui semblait la connaître.

Que lui dirait-il ? Que pouvait bien dire un homme à la veuve d'un frère d'armes perdu sur le champ de bataille ?

Ce voyage leur apporterait-il la paix à tous les deux ?

Cette question se logea dans son esprit, dans sa gorge, au cœur de sa poitrine.

Baissant la vitre, il laissa l'air frais entrer dans l'habitacle et, pour la première fois depuis longtemps, respira pleinement.

Le pied sur le frein et la bouche soudain aussi sèche que du carton, Cole était arrêté devant le 404 Baldwin Street, à Orchard Hill, dans le Michigan.

Il savait qu'il pouvait faire demi-tour et rentrer à Rochester, ou simplement reprendre la route et rouler au hasard. Mais il savait aussi, même si l'envie de battre en retraite le taraudait, qu'il n'irait nulle part.

Il ignorait combien de temps il resterait ici, mais il était possible que son séjour se prolonge. Il ne lui avait pas fallu beaucoup de temps pour régler les affaires en suspens, jeter quelques vêtements dans deux sacs de voyage, mettre ces derniers dans le coffre de son pick-up, à côté de sa caisse à outils, poser la sacoche de son ordinateur sur le siège à côté de lui, et prendre la route du Michigan.

Maintenant, il était arrivé et regardait la maison où vivait April.

Les fleurs qui poussaient dans les grands bacs en bois bordant le trottoir lui semblaient aussi familières que les vergers qu'il avait longés au nord de la ville, ou que la vieille église en pierre située juste après le panneau d'entrée de ville.

Tout était exactement comme Jay l'avait décrit. D'ailleurs, il s'attendait presque à ce que son ami vienne à sa rencontre en descendant l'allée de la maison…

Sauf que Jay n'était plus là. Cette idée lui était aussi douloureuse qu'un coup de couteau.

Il descendit de la cabine du pick-up et, en un geste désormais inconscient, s'assura que ses deux pieds étaient fermement plantés au sol avant d'esquisser un premier pas. Ses jambes le portèrent sans difficulté le long de l'allée légèrement en pente et s'arrêtèrent net au bas du perron.

Il savait ce qu'était le courage, comment il se manifestait et ce que cela signifiait. Et pourtant, il était figé à l'ombre d'un érable, en proie à une peur qui le faisait trembler.

Expirant lentement, il réfléchit à nouveau à divers scénarios.

Tandis qu'il tâtait sa poche pour y vérifier la présence du papier qu'il avait pris avec lui, il entendit des rires d'enfants et une voix de femme douce et mélodieuse.

L'instant d'après, il était devant la porte.

Sans la brûlure des muscles de sa cuisse gauche, il aurait pu croire qu'il s'était téléporté sur le seuil, où le seul obstacle le séparant de la famille qui se trouvait dans la maison se résumait à un écran de moustiquaire.

Il frappa sur l'encadrement en bois, et les rires se turent aussitôt, laissant place à un martèlement de petits pieds.

Un ferme rappel à l'ordre se fit entendre.

— Les filles, attendez-moi !

Quelques secondes plus tard, April Avery le regardait à travers l'écran grillagé, accompagnée de deux petites filles. Ses cheveux châtains étaient longs et bouclés, son nez retroussé couvert de taches de rousseur, et ses yeux...

Il fut médusé par leur expression.

— Oh. C'est vous, dit-elle, d'une voix tremblante.

Ainsi, elle l'avait reconnu.

Une douce brise estivale agita le feuillage de l'érable, laissant filtrer quelques rais de soleil. Quelqu'un dans le quartier passait la tondeuse. Une voiture roulait au pas dans la rue. Des voix s'interpellaient, un chien aboyait. Pour les voisins, c'était probablement un jour d'août ordinaire.

— J'aurais dû appeler avant... Mais j'ai pensé... C'est-à-dire...

Il chercha son souffle et s'encouragea à continuer.

— Je suis Cole Cavanaugh.

Même si elle l'avait reconnu – sans doute l'avait-elle vu sur des photos en compagnie de Jay –, c'était la première fois qu'ils se rencontraient.

— Bonjour, April... Ou vous préférez peut-être que je vous appelle Mme Avery ?

— Seigneur, non ! April, c'est très bien.

— Tu connais le monsieur ? demanda une des jumelles

Cole baissa les yeux sur la fillette. Il s'agissait de Violet. Jay l'avait abreuvé d'anecdotes à propos de ses filles, en expliquant comment les différencier.

Comme April paraissait avoir du mal à parler, Cole se pencha vers la fillette, dont les cheveux châtains, semblables à ceux de sa mère, étaient retenus par une tiare en plastique violette, sur laquelle des autocollants imitaient des pierres précieuses.

— Je suis un ami de ton papa.

Plus d'un an s'était écoulé, et il parlait toujours de Jay au présent.

— Notre papa est mort, dit l'autre fillette.

Affublée d'un boa en plumes rose, Grace ressemblait tellement à son père, avec ses cheveux blonds et ses yeux gris-bleu, que Cole sentit son cœur se serrer.

— Il est au ciel, avec les anges, précisa la fillette.

— Oui, je sais.

— Tu crois au ciel ? demanda Violet. Parce que Maddie, notre copine, elle a sept ans, et elle dit que ça n'existe pas.

À presque cinq ans, les jumelles attendaient avec ferveur la réponse de Cole. Après avoir échangé un regard embarrassé avec leur mère, il se força à sourire.

— Oui, j'y crois, répondit-il. Je suis sûr que votre papa est au paradis.

— Il faut le laisser entrer dans la maison, décréta Violet. S'il te plaît, maman ?

— Oui, maman, s'il te plaît ! ajouta Grace.

L'insistance des fillettes était inutile car, déjà, April ouvrait la porte.

Au passage de Cole Cavanaugh, April respira son odeur boisée et légèrement mentholée, qui pour elle évoquait l'hiver. Jay sentait le printemps, comme une brise fraîche caressant l'herbe verdoyante qui pointait sous les dernières traces de neige.

Surprise par cette pensée, elle réalisa qu'elle devrait reprendre ses esprits, arrêter de renifler des inconnus et dire quelque chose d'intelligent.

Rien ne lui vint.

Elle continua à fixer son visiteur, en essayant de se concentrer sur un fait aussi simple que brutal. L'homme qui se tenait dans son salon se trouvait sur le champ de bataille avec son mari, le jour où celui-ci était mort.

Retrouvant un semblant de savoir-vivre, elle serra ses jumelles contre elle et fit les présentations.

— Ce sont mes filles, Grace et Violet. Mes poussins, je vous présente M. Cavanaugh.

— Cole, dit-il, d'un ton bourru.

Puis, comme s'il était gêné de sa brusquerie, son regard passa d'April aux filles, et il ajouta :

— Même mon père détestait qu'on l'appelle « M. Cavanaugh ». Si c'est d'accord pour vous, je préfère « Cole ».

Des fragments d'anecdotes mentionnées par Jay dans ses appels vidéo, ses mails et ses lettres traversèrent l'esprit d'April...

Une nuit, juste avant de prendre son tour de garde, son mari lui avait dit de ne pas trop s'inquiéter parce qu'un type de son unité, du nom de Cole Cavanaugh, veillait sur lui.« C.C. a un sens de l'écoute formidable, avait dit Jay, son beau visage légèrement brouillé sur l'écran de l'ordinateur. Et il est toujours de bon conseil. Imagine-toi le regard perçant de Clint Eastwood, dans ces vieux *Dirty Harry* que mon père adore regarder, et le même timbre de voix un peu râpeux. »

Cette nuit-là, April avait mieux dormi en sachant que son mari n'était pas seul à l'autre bout du monde.

— Cole et pas C.C. ? demanda-t-elle à l'ancien soldat qui se tenait devant elle aujourd'hui.

Il haussa les épaules, dans une attitude étonnamment timide pour un homme avec cette stature de colosse et ce regard auquel rien n'échappait.

— Jay était le seul à m'appeler comme ça, dit-il.

April esquissa un sourire.

— Vous pouvez l'appeler Cole si vous voulez, les filles.

Violet joignit les mains et se tourna vers sa sœur.

— Tu crois qu'on peut, Grace ?

Un peu plus grande que sa jumelle, Grace resta silencieuse un long moment.

Finalement, elle hocha la tête, et ce fut réglé.

Puis les deux fillettes commencèrent à bombarder Cole de questions sur ce qui était mieux : les princesses ou les fées, le rose ou le violet, les papillons ou les coccinelles… et ainsi de suite.

Ces deux-là ! songea April, avec un sourire indulgent. Elle ne savait jamais ce qu'elles allaient dire.

Cole faisait de son mieux pour répondre avec diplomatie. April en profita pour l'observer plus attentivement.

Il avait les cheveux sombres comme le café fraîchement moulu. En leur laissant la chance de pousser un peu, ils seraient probablement ondulés. Ses yeux étaient noirs, l'ossature de son visage puissante et comme taillée à coups de serpe. À en juger par le creux de ses joues et la légère ampleur de ses vêtements, il avait dû perdre du poids, récemment.

Elle se demanda depuis combien de temps il avait quitté l'armée, car il était retourné se battre après...

Elle se figea, comme si le moindre mouvement risquait de rouvrir la blessure à peine cicatrisée que lui avait infligée la mort de Jay.

Cole s'était battu aux côtés de Jay, il avait vécu avec lui, avait failli mourir avec lui, lui avait sauvé la vie des quantités de fois.

Sauf ce jour, il y a quatorze mois, où Jay avait sauvé la vie de Cole et perdu la sienne...

Grace et Violet allaient sur leurs quatre ans, à l'époque. Elles étaient trop jeunes pour comprendre. Et pourtant, elles avaient senti qu'il s'était passé quelque chose de tragique.

Blotties l'une contre l'autre sur le canapé, elles étaient restées silencieuses, les yeux écarquillés, tandis que la maison commençait à se remplir de monde.

April ne voulait pas revivre en pensée ce jour atroce, l'attente, les prières, l'angoisse... Elle ne voulait pas faire le décompte des minutes, des heures et des jours qui, dans un brouillard irréel, avaient suivi les mots incompréhensibles qui avaient changé à jamais le cours de sa vie.

Elle ferma les yeux.

Quand elle les rouvrit, elle était à nouveau dans le présent, ce mardi après-midi du mois d'août. Elle entendit Grace demander à Cole s'il voulait voir un film de princesses. Au même moment, Violet l'invita à jouer à la dînette.Remarquant que Cole l'appelait à l'aide silencieusement, elle intervint :

— Les filles, laissez Cole tranquille. Il n'est pas venu pour regarder des films ou pour jouer.

Le soulagement de Cole fut évident, et elle retint un sourire.

Elle se souvint que Jay lui avait dit que son ami n'avait pas de famille à proprement parler. Il n'était sans doute pas habitué aux jeunes enfants. Et, il est vrai, ses filles pouvaient être envahissantes.

— Pourquoi il est là, alors ? demanda Grace.

Songeant que la vérité sortait de la bouche des enfants, April fixa Cole d'un air interrogateur. Quelle était la raison de sa présence ?

Son apparente incapacité à parler fit monter une vague d'appréhension au creux de son estomac.

Comme elle suggérait à ses filles d'aller jouer, celles-ci échangèrent un coup d'œil et dirent d'une même voix :

— On n'a pas envie !

Elles ne purent toutefois résister à la suggestion d'April : une coupe de glace après avoir fait un joli dessin pour Cole.

Tandis que les fillettes s'affairaient avec leurs feutres, à l'ombre de la galerie ouverte qui entourait la façade de la maison, April retourna à l'intérieur avec Cole.

Lorsque ses yeux se furent habitués à la faible luminosité de la cuisine, elle l'observa de nouveau.

Il était plus grand que Jay, et elle n'avait jamais vu personne se tenir aussi immobile.

Tout à coup, il fit porter son poids d'un pied sur l'autre, comme pour soulager une douleur. Elle se rappela alors que Jay n'avait pas été le seul à être blessé dans cette horrible guerre.

— Vous étiez avec lui à la fin, murmura-t-elle.

Il ne dit rien, mais elle vit sa pomme d'Adam se déplacer dans sa gorge tandis qu'il avalait sa salive.

— Vous voulez boire quelque chose ? proposa-t-elle. Du thé glacé ? Un soda ?

— Vous n'auriez pas une bière sans alcool ?

C'était aussi la boisson préférée de Jay. Elle secoua la tête.

— De l'eau, dans ce cas, dit-il. Ce sera très bien.

Il jeta un regard à la cuisine, un coup d'œil dans le jardin, par la fenêtre ouverte, avant de reporter son attention sur elle.

— J'ai roulé pendant quatre heures, et ça me ferait du bien de me dégourdir les jambes, expliqua-t-il. Vous voulez bien me faire visiter la maison ? Pour ce que j'en ai vu, elle est tout à fait telle que Jay me l'a décrite.

— Jay vous a parlé de notre maison ?

— Quand il avait le mal du pays, il avait l'habitude de parler de sa vie ici. Il m'a décrit cette cuisine, et comment il a fait cette ébréchure dans le carrelage, la salle de bains, avec sa faïence rose des années 1950...

Il marqua une pause infime avant de reprendre :

— Et aussi, dans un tout autre domaine, la façon dont Grace et

Violet communiquent sans dire un mot. J'avais du mal à y croire, jusqu'à ce que je le voie de mes propres yeux.

— Elles connaissent leur père grâce aux photos et aux histoires qu'elles ont entendues, mais elles se souviennent à peine de lui.

April n'avait pas prémédité de dire cela et elle imagina que Cole devait s'en douter. Peut-être parce qu'il ne disait pas les platitudes que la plupart des gens se croyaient obligés de formuler dans ce genre de situations, elle s'entendit demander :

— A-t-il souffert ?

Quelque chose passa dans les yeux de Cole, mais il ne détourna pas le regard.

Sa voix ne trembla pas non plus quand il répondit :

— La balle a sectionné une artère principale. S'il a souffert, il n'en a montré aucun signe.

Il suffisait à Cole de fermer les yeux pour voir le sang, le sien et celui de Jay, couler dans la terre en dessous d'eux. Une balle avait percé le flanc droit de Cole. La douleur était foudroyante, mais ce n'était rien comparé à la blessure de Jay.

Il avait essayé désespérément d'endiguer le flot de sang de son ami. Il avait dit à Jay de rester conscient, que les secours allaient venir. Mais il savait que cela ne servait à rien. Jay le savait aussi, car d'une voix à peine audible il avait murmuré : « Dis à April que je... »

— Il était incroyablement calme, dit Cole. Sa dernière pensée a été pour vous.

Cillant pour lutter contre ses larmes, April répliqua :

— L'imbécile !

Cole lui jeta un regard surpris, car ce n'était assurément pas ce à quoi il s'attendait.

— Il avait dit qu'il reviendrait, expliqua-t-elle, en allant à la porte pour vérifier ce que faisaient les jumelles. Il avait promis...

Après s'être accordé quelques secondes pour reprendre ses esprits, elle se tourna vers lui.

— Vous disiez que vous vouliez voir le reste de la maison ? lança-t-elle.

Cole hocha la tête. Si elle trouvait la requête étrange, et elle l'était, April n'en montrait rien.

— Donc, comme vous avez pu le constater, ici c'est la cuisine, dit-elle en agitant la main.

Elle passa dans le couloir et désigna une porte fermée tout au bout.

— La seule salle de bains. Vous avez déjà vu le salon. Je dois dire que la cheminée est une bénédiction, en hiver.

Elle tourna à droite, et Cole la suivit dans une chambre peinte en rose, meublée de deux lits identiques. Le sol était jonché de poupées, de livres, de jouets, et de déguisements de fée et de princesse.

— Jay a fabriqué ces lits lui-même. Nous les avons peints quelques jours avant son départ. Nous avions tellement hâte de montrer aux filles leurs nouveaux lits superposés.

Elle soupira.

— Finalement, elles se sont disputées pendant des heures pour savoir qui dormirait dans le lit du haut, et Jay les a séparés pour les installer côte à côte. Il était la sagesse même.

Cole vit un sourire attendri apparaître sur ses lèvres, puis elle entrebâilla la porte d'une autre chambre. Par-dessus son épaule, il vit un grand lit avec des oreillers d'un seul côté.

— C'était notre chambre, dit-elle très vite.

Elle ferma la porte et se tourna vers lui.

— Un mois jour pour jour après sa mort, j'ai sorti notre matelas dehors, et j'y ai mis le feu, en y ajoutant un prospectus sur les sept étapes du deuil, qu'une âme charitable avait cru bon de me donner, raconta-t-elle.

— Vous avez *brûlé* votre lit ?

Elle haussa les épaules.

— Les flammes étaient immenses, et je n'avais jamais vu autant de fumée noire. J'ai tellement pleuré que j'ai cru que j'allais faire une crise cardiaque. Ma sœur m'a dit que j'avais eu de la chance que les voisins n'appellent pas les pompiers.

Que pouvait-il répondre à cela ? s'interrogea Cole.

— Vous devez me prendre pour une folle. Mais j'aimais Jay de tout mon cœur. Je l'aime encore.

Il la croyait.

— Il ressentait la même chose pour vous et pour vos filles. Il changeait complètement quand il parlait de vous trois.

— Il parlait de nous ? Et que disait-il ?

— Oh ! il racontait des petites anecdotes du quotidien... Sa rencontre avec vous, comment il a fait sa demande, votre danse sous la pluie le jour de votre mariage, la première fois qu'il a pris ses filles dans ses bras, votre coup de cœur pour cette maison...

Il y avait beaucoup de mélancolie dans le sourire d'April, beaucoup de tristesse aussi, et Cole ne savait pas s'il pouvait se risquer à lui réclamer de voir l'étage. Jay lui avait dit qu'ils avaient l'intention de transformer le grenier en suite parentale et qu'il s'attaquerait aux travaux dès son retour.

— Et le grenier ? lança-t-il. Jay m'a parlé de vos projets de transformation. Je travaille dans la construction. Ça m'intéresserait d'y jeter un œil.

Elle parut d'abord surprise, jeta un coup d'œil aux filles, qui dessinaient toujours sagement sur la terrasse, puis le conduisit au salon, où une échelle de meunier s'appuyait contre le mur du fond.

À l'étage, elle ouvrit une porte et ils entrèrent dans un vaste espace vide, où régnait une chaleur étouffante.

Typique des maisons de style Cape Cod, le toit était mansardé, avec des poutres apparentes, et le sol était en planches. La lumière entrait par deux fenêtres situées de part et d'autre, ainsi que par deux impostes de toit en façade.

Une toile vierge, avait dit Jay. Et Cole n'avait aucun mal à imaginer tout ce que l'on pouvait y faire.

— Vous en avez vu assez ? s'enquit April.

Il hocha la tête, et elle le précéda pour redescendre. Il la suivit avec mille précautions.

Arrivée en bas, elle se rua dans la cuisine pour vérifier à nouveau ce que faisaient les jumelles.

— Le temps peut sembler long quand on est coincé dans un bunker en plein désert, dit Cole, en la rejoignant. Jay passait beaucoup de temps à parler de la taille des placards, de l'équipement de la salle de bains...

Il sortit de sa poche le plan réalisé à l'aide d'un logiciel d'architecture en 3D, déplia la feuille et la tendit à April.

— Cela correspond bien à ce que vous imaginiez, Jay et vous ?

Le plan trembla légèrement dans la main d'April, et elle ne répondit pas, fixant la feuille de papier.

— Dites-moi si je me suis trompé, ou si j'ai oublié quelque chose, insista-t-il.

Elle secoua la tête, ce qu'il prit pour un encouragement à continuer.

— Si vous m'y autorisez, j'aimerais le faire, dit-il.

— Faire quoi ? demanda-t-elle en levant les yeux vers lui.

Il pouvait sentir l'odeur fruitée de son shampooing et voir les taches de rousseur sur ses épaules dénudées par sa robe d'été sans manches. Elle avait un long cou fin, un menton délicat, une jolie bouche pulpeuse, mais ce qui le fascinait le plus, c'était les paillettes dorées dans ses prunelles noisette…

Son intention n'était pas de se tenir aussi proche d'elle pour avoir cette conversation, mais il réalisa qu'il ne pouvait se résoudre à reculer.

Il finit par prendre conscience qu'il la fixait avec trop d'insistance et qu'il n'avait toujours pas répondu à sa question.

— J'aimerais aménager l'étage pour Jay, et pour vous et les filles. Je vous fais cadeau de mon temps et du matériel.

— Non ! s'exclama-t-elle.

Surpris par sa véhémence, il attendit qu'elle en dise plus, mais elle en resta là. Pas d'explication. Seulement « non. » Si on ajoutait la façon dont elle avait relevé le menton et son grand pas de côté pour s'éloigner de lui, c'était très clair.

— Pourquoi ? lança-t-il.

April le regarda comme elle devait regarder ses filles quand elles posaient une question stupide, mais ne répondit pas.

— Jay n'a pas pu le faire, reprit-il. Il le voulait plus que tout, mais il en a été empêché. Moi je peux le faire, April. Je suis un professionnel, copropriétaire d'une entreprise de construction à Rochester, dans l'État de New York. Jay avait prévu de le faire pour vous. Ces descriptions nous faisaient tenir le coup pendant ces longues nuits passées sous les bombardements. Il rêvait de rentrer chez lui, de réaliser ses projets d'aménagement de l'étage. Et parfois, je rêvais avec lui… Enfin, quand j'étais encore capable de rêver.

Il pinça les lèvres, mais trop tard. Bon sang ! Il n'avait pas prévu de se livrer ainsi.

— Vous avez arrêté de rêver ? lui demanda doucement April, en l'observant avec attention.

— C'est sans importance.

— Quand avez-vous cessé ?

Il ferma brièvement les paupières.

— Peu importe, marmonna-t-il.

— Jay disait que vous étiez un rêveur. Mais je suppose que c'était… avant ?

Il la contempla et finit par hocher la tête.

Quand elle lui tendit le plan, il le posa sur l'îlot central, à côté de son verre d'eau.

— Vous savez, reprit-il, je ne souffre pas de stress post-traumatique, comme beaucoup d'anciens soldats. Il se trouve simplement que je ne rêve plus.

Il ne savait pas comment ils avaient abordé ce sujet, mais il ne voulait plus en parler.

— J'aimerais que vous réfléchissiez à ma proposition, poursuivit-il. Vous n'auriez à vous inquiéter de rien. Comme je l'ai dit, cela ne vous coûtera pas un centime.

Elle le regarda si longuement qu'il se prépara à l'entendre dire qu'elle avait des choses à faire, qu'elle le remerciait d'être passé, et qu'elle lui souhaitait d'avoir une belle vie.

Mais elle dit tout autre chose :

— J'ai besoin de références et de photos de votre travail.

— Je peux vous les fournir très rapidement.

— Lundi, ce sera assez tôt.

— Et pourquoi pas vendredi ?

Puis, comme s'il cherchait vraiment à se faire sermonner, il ajouta :

— Qu'est-ce qui vous a fait changer d'avis ?

— Je n'ai pas dit que j'avais changé d'avis. Je veux seulement voir de quoi vous êtes capable. Et si je décide de vous confier les travaux, je veux les payer.

— April, je sais à quel point la pension d'une veuve de soldat est modeste. Je peux me permettre de vous offrir les travaux.

— Tant mieux pour vous. Mais si je décide de vous engager, je payerai la rénovation de l'étage. Je veux vos références, des photos, et un devis détaillé.

Elle le regarda droit dans les yeux.

— Et j'ai l'intention de demander un second devis à un entrepreneur du coin, conclut-elle. Donc inutile de minimiser les coûts.

Trente-trois minutes après être arrivé à Orchard Hill, Cole était de nouveau au volant de son pick-up. Les dessins de Violet et Grace étaient posés sur le siège passager.

Il allait tout mettre en œuvre pour qu'April l'engage.

Et peut-être, une fois que ce projet serait terminé, pourrait-il fermer les yeux la nuit sans voir la mort.

Peut-être cesserait-il aussi de se réveiller en sursaut quand, enfin, il parvenait à s'endormir.

Lorsqu'il aurait vu la merveilleuse famille de Jay confortablement installée dans leur maison réaménagée, peut-être réussirait-il à vivre en sachant que ce n'était pas Jay qui aurait dû mourir ce jour-là.

Massant sa cuisse d'un geste machinal, il réalisa que Jay ne lui avait jamais dit à quel point April était entêtée. Son meilleur ami aurait-il omis d'autres informations ?

Pour le moment, il n'y avait aucune raison pour qu'il ressente l'impression qu'un poids lui avait été ôté des épaules. Il était trop tôt pour ça.

Mais il sentait bien qu'il souriait en regardant vers le ciel.

2

— Dis-moi que tu n'envisages pas vraiment de l'engager pour ces travaux.

April ne répondit pas et continua à déambuler dans la cuisine, le téléphone collé à l'oreille.

Le jardin baignait dans la lueur d'un magnifique clair de lune. Par la fenêtre entrebâillée s'insinuait une brise fraîche qui caressait ses jambes et ses bras.

Sa sœur Marilee l'appelait tous les mercredis depuis son loft de Denver. Elles avaient toujours été proches mais, après la mort de Jay, ces appels avaient pris une plus grande importance encore aux yeux d'April.

Elle s'arrêta devant l'évier et rinça un verre, puis elle éteignit le plafonnier.

— Je suis sérieuse, April. Tu ne le connais même pas. D'accord, il a courageusement servi notre pays, et c'était un ami de Jay. Mais tu ne vas pas l'engager sur un coup de tête, alors que tu n'avais aucune intention de faire des travaux.

Ce soir, April regrettait presque d'avoir répondu au téléphone.

— Oui, c'est un héros de guerre décoré, dit-elle enfin. Et, d'une façon que je ne peux pas expliquer, Jay était plus proche de lui que de ses propres frères. Tu sais aussi bien que moi qu'il y avait un lien très fort entre eux.

April quitta la cuisine et suivit le couloir jusqu'à la chambre de ses filles, effleurant silencieusement le parquet de ses pieds nus.

Marilee continuait à énumérer toute une liste de raisons justifiant qu'elle se méfie de Cole, mais April ne l'écoutait qu'à moitié.

Elle entra dans la chambre, où la lune faisait scintiller le sol comme si de la poussière de fées y avait été répandue, son halo argenté éclairant ses deux petites princesses qui dormaient à poings fermés.

Grace était sur le dos, serrant dans sa main droite l'oreille déchirée de son lapin en peluche préféré. Dans l'autre lit, Violet était sur le côté, tournée vers sa sœur, un bras pendant dans le vide.

April s'attendrit devant leurs cheveux emmêlés, leur bouche en forme de cœur, leurs cils incroyablement longs qui dessinaient des ombres sur leurs petites joues rebondies.

Elles avaient tellement grandi, cette dernière année. Bientôt, elles commenceraient l'école, perdraient leurs dents de lait, suivraient leur propre cœur et trouveraient leur propre voie.

L'absence de Jay était si douloureuse...

L'intensité de ce constat noua la gorge d'April et pesa sur sa poitrine jusqu'à l'oppression.

Elle effleura d'un baiser le front de ses filles et respira leur odeur. Bien que différentes, elles évoquaient toutes deux l'été : fraises et jacinthes, nichées d'oisillons, pluie légère et tiède.

Tandis que la voix de sa sœur bourdonnait de façon indistincte à son oreille, elle remonta la couette sur elles. Grace soupira et Violet remua. D'ici demain matin, la couette serait par terre.

— Ce n'est pas parce qu'il a combattu avec Jay que tu dois laisser un inconnu s'installer chez toi.

— Je ne me rappelle pas t'avoir demandé la permission, murmura-t-elle, en tirant la porte derrière elle, sans la fermer entièrement.

— Je le savais ! Tu lui fais confiance. Je sais comment tu fonctionnes. Tu poses les yeux sur une personne, et ta décision est prise. Tu es beaucoup trop naïve, ça te fera du tort un jour.

Bien que sa sœur ne puisse pas la voir, April leva les yeux au ciel, tandis qu'elle retournait dans le salon.

Elle envisagea un instant de monter au grenier, mais c'était poussiéreux et elle était pieds nus. En outre, elle n'avait pas besoin d'aller à l'étage pour savoir quelle décision elle allait prendre.

— Pour ton information, j'ai fait une enquête sur lui, dit-elle.

— Et ?

April songea au mail de Sam Lafferty, qu'elle avait reçu dans l'après-midi.

D'après le rapport du détective privé, que Marsh, Reed et Noah Sullivan avaient engagé l'été dernier pour retrouver la mère du bébé retrouvé devant leur porte, Cole Cavanaugh avait grandi dans le nord de l'Ohio.

— Sa mère est morte quand il avait quinze ans, et son père quelques années plus tard, expliqua-t-elle à sa sœur. Après le lycée, il a déménagé dans l'État de New York, où vivait un de ses grands-oncles. À part un excès de vitesse quand il avait vingt ans, son casier est vierge.

Elle reprit son souffle et précisa :

— Pas de femme, pas d'enfants, pas de cousins. Il est copropriétaire d'une entreprise de construction avec un ami rencontré au lycée, a reçu plusieurs distinctions militaires et a été blessé deux fois. La seconde fois a failli lui coûter sa jambe gauche. Je continue ?

— C'est drôlement détaillé.

— Sam Lafferty a fait une recherche très exhaustive.

— Sam ? C'est lui qui s'est occupé de l'enquête ? Pourquoi tu ne le disais pas ? Il t'a parlé de moi ?

Après s'être assurée que la porte principale et la porte de service étaient bien verrouillées, April entra dans sa chambre.

— Pourquoi l'aurait-il fait ?

Elle ne laissa pas à Marilee le temps de répondre et ajouta :

— Ne me dis pas que vous avez couché ensemble !

— Non, malheureusement. Il se trouve que je l'ai rencontré à la Bell's Tavern, mais j'étais venue pour m'occuper de toi et des filles, et il devait partir quelque part pour un client. Donc, il ne s'est rien passé entre nous.

Marilee soupira et, d'une voix légèrement déçue, reprit :

— Mais ce n'est pas de moi qu'il s'agit. Ce Cole Cavanaugh se traîne de sacrés bagages, et on peut le comprendre, d'ailleurs. Il n'empêche que je m'inquiète pour toi, April.

April soupira. Dieu la sauve de toutes les personnes qui l'aimaient et s'inquiétaient pour elle !

Derrière les stores à lames, ses fenêtres étaient noires car la lune n'avait pas encore atteint cette portion du ciel.

Elle alluma sa lampe de chevet et soupira à nouveau. Elle n'avait pas besoin de la lune pour être mélancolique.

Marilee interrompit sa rêverie.

— Alors, tu vas me le dire, ou pas ?

— Te dire quoi ?

— À quoi ressemble Cole Cavanaugh.

— Je te l'ai dit. Je t'ai décrit ses cheveux, ses yeux, la façon dont il a rencontré Jay.

— D'accord, mais il sent quoi ?

Marilee connaissait ses petites manies et cette façon très spéciale qu'elle avait d'attribuer une odeur particulière aux gens qu'elle rencontrait.

Et elle, elle connaissait aussi Marilee et savait qu'elle n'aurait pas la paix tant qu'elle n'aurait pas répondu à sa question.

— Si tu veux le savoir, il est hiver, dit-elle.

Certaines personnes voyaient les yeux en premier. D'autres n'oubliaient jamais une voix. D'autres encore reconnaissaient quelqu'un à sa démarche ou à son rire.

April associait les gens avec des odeurs. Ce n'était pas conscient. Ça se faisait comme ça. Et Cole lui faisait penser à l'hiver.

— Rappelle-moi… Ça sent quoi l'hiver, déjà ? demanda Marilee.

April leva les yeux au ciel, comme si sa sœur était assise sur le lit voisin du sien, dans la maison de la banlieue de Detroit où elles avaient grandi.

— Tu vis à Denver, tu es donc bien placée pour savoir ce que sent l'hiver, répondit-elle. Je vais quand même te le dire. Il m'évoque des branches de sapin et des flocons de neige flottant dans un timide rayon de soleil.

April s'approcha de la porte de sa chambre, où un peignoir bleu marine était toujours suspendu à une patère. Ses doigts glissèrent autour du col, et elle plongea le nez dans le tissu-éponge moelleux. Des larmes lui montèrent aux yeux. L'odeur de Jay disparaissait peu à peu. Et elle ne pouvait rien y faire.

— Tu es toujours là ?

La voix de Marilee la rappela à la réalité.

— Oui, murmura-t-elle.

— Pourquoi aménager l'étage maintenant ? Tu n'as pas pu te résoudre à changer quoi que ce soit, à part ton matelas.

— Une sœur vraiment gentille ne dirait pas ça.

— Des deux, c'est toi la gentille. Je suis la cinglée qui s'est enfuie avec un garçon à seize ans, et qui l'a regretté trois semaines après. Jusqu'à sa mort, j'ai donné des ulcères à notre pauvre pasteur de père. Je suis la tempête et tu es le port d'attache. Tu es la plus raisonnable, et ce que tu as l'intention de faire n'a aucun sens.

April ne pouvait l'expliquer, mais elle avait vu quelque chose dans les yeux de Cole. Ou, plus exactement, elle avait vu... une absence. C'était le même vide qu'elle voyait chaque matin dans son propre regard, lorsqu'elle se contemplait dans le miroir.

— Sois prudente, April.

— Je suis toujours prudente.

— Entêtée et prudente, ce n'est pas la même chose. Accorde-toi une semaine pour y réfléchir. Si tu penses toujours que ça en vaut la peine, engage-le. Ou mieux encore, fais appel à un entrepreneur local que tu connais.

— Il revient demain matin.

— Oh bon sang !

April sourit malgré elle.

— Ne t'inquiète pas.

Marilee grommela, avant de faire remarquer :

— Que va dire la famille de Jay ?

L'amusement d'April s'évanouit, et sa gorge se serra en pensant au clan Avery, chaleureux, bruyant, et quelque peu envahissant, qui avait aussi souffert de la mort de Jay.

— Ils seront surpris, mais ils écouteront mes arguments, répondit-elle. Ils en discuteront entre eux, et ils me donneront leur avis, dont je ne tiendrai aucun compte. Et, bien sûr, ils voudront rencontrer l'homme qui était avec Jay dans les dernières minutes de sa vie.

Marilee soupira. Puis, comme si elles sentaient toutes les deux qu'elles avaient suffisamment discuté pour cette fois, elles se quittèrent, en se disant qu'elles s'aimaient.

Perdue dans ses pensées, April se laissa tomber sur son lit.

Les parents de Jay étaient des promoteurs immobiliers très

influents à Orchard Hill. Jim et JoAnn Avery avaient élevé leurs six enfants dans une grande maison victorienne où ils habitaient toujours.

Toute la famille avait chaleureusement accueilli April, la première fois que Jay l'avait présentée à ses parents. Elle considérait ses belles-sœurs comme ses meilleures amies. Les deux frères de Jay passaient la voir chaque semaine et en profitaient pour faire quelques réparations ou déplacer quelque chose de lourd. Outre que ça l'aidait incontestablement, elle les laissait faire parce qu'elle savait qu'ils en avaient besoin. En lui rendant de menus services, ils se sentaient plus proches de Jay.

Ils étaient toujours en deuil. Jay leur manquait terriblement. Et elle ressentait exactement la même chose.

Il lui apparut, tandis qu'elle se glissait sous sa couette, tapait ses oreillers et éteignait sa lampe de chevet, que tout le monde était coincé dans le bourbier du manque de Jay.

Et il n'existait, semblait-il, aucun moyen de s'en sortir.

Derrière ses paupières closes, elle visualisa son beau et jeune mari…

Jay avait une nature calme, et des yeux gris-bleu étoilés de fines rides d'expression. Chaque jour, quand il rentrait de son travail dans un cabinet d'architectes de Grand Rapids, il affichait un grand sourire. Ses cheveux blonds étaient emmêlés parce qu'il avait roulé la vitre ouverte, et il se dégageait de lui une énergie formidable. Sa simple présence lui donnait l'impression d'être chérie et protégée.

Elle se le représenta en train de discuter avec ses camarades soldats de douches à l'italienne, et de placards intégrés dans les murs, pour occuper leurs longues nuits passées loin de leur foyer.

Et elle imagina Cole ajouter son grain de sel, dans un bunker à des milliers de kilomètres de là…

Une idée en entraînant une autre, elle revit Cole en pensée, tel qu'il s'était présenté à sa porte. Elle l'avait reconnu aussitôt d'après la photo où Jay et lui se tenaient devant un char dans le désert.

Mais, même si cela n'avait pas été le cas, elle aurait su immédiatement que c'était un soldat. Cela tenait à sa posture : pieds fermement plantés au sol, épaules droites, menton haut et regard direct.

Quoi qu'il en soit, il ne lui avait fallu que quelques secondes pour avoir l'impression qu'elle le connaissait depuis toujours. Elle ne s'attendait pas à ça. Pas plus qu'elle n'était prête à laisser quelqu'un d'autre faire ce que Jay n'avait pu mener à bien.

Cole n'était probablement pas prêt non plus, en tout cas sur le plan émotionnel. Néanmoins, il était venu jusqu'ici. Il avait partagé son dernier souvenir de Jay, même si ça l'avait vidé de quelque chose de vital, tout comme le geste de brûler son matelas avait fait sortir quelque chose d'elle.

Pour une raison inexplicable, Cole avait besoin de se trouver là tandis qu'il réfléchissait à sa prochaine étape.

Et peut-être en allait-il de même pour elle…

Violet et Grace prenaient leur petit déjeuner lorsque Cole entra dans la cuisine à la suite d'April, à 8 heures précises, vendredi matin.

Trois jours s'étaient écoulés depuis sa première visite. On ne pouvait donc pas dire que ça faisait longtemps, et pourtant il avait pensé que ce moment ne viendrait jamais.

Après avoir quitté April, mardi, il avait circulé dans les rues d'Orchard Hill, qui portaient des noms d'arbres ou de présidents. Il avait traversé le pont surplombant Acorn River, et découvert l'université d'Orchard et ses bâtiments fraîchement rénovés. Puis il avait flâné dans le quartier historique, avec ses belles maisons anciennes entourées de vastes pelouses.

Au bout d'une heure, il s'était décidé à se rendre au cimetière. Il était resté garé devant un long moment. Un jour, il franchirait les grilles et irait se recueillir sur la tombe de Jay. Pas aujourd'hui. Alors il était retourné en ville et avait pris une chambre au Stone Inn.

D'après la réceptionniste, une excentrique septuagénaire aux cheveux teints en rouge, qui avait outrageusement flirté avec lui, l'endroit était hanté.

Pendant trois nuits, il s'était surpris à écouter le moindre bruit, craquements du plancher, grincement d'une porte, hululement du vent… Il n'avait pas peur des fantômes, mais la sensation que le temps s'était figé le rendait fou.

Finalement, le temps s'était écoulé quand même, et vendredi était arrivé. Il était là, devant la maison d'April, et ce serait le moment de vérité quand il montrerait son devis à la jeune femme.

Les filles étaient encore en pyjama. Leur mère portait un short en jean, un débardeur rose et des sandales à semelle compensée en liège.

Il serra un peu plus fort le dossier qu'il tenait à la main. À l'intérieur se trouvaient un plan d'ensemble de l'étage, une planche d'inspiration réunissant des illustrations et des croquis, ainsi que des photos de ses réalisations les plus importantes. Il y avait aussi quatre lettres de recommandation, ainsi que des dizaines de noms, de numéros de téléphone et d'adresses mail.

Les jumelles arrêtèrent de manger leurs céréales et le regardèrent en ouvrant de grands yeux. Il tendit gauchement le dossier à April et resta là, à hésiter.

Il devrait s'en aller, lui laisser le temps de jeter un coup d'œil à sa proposition… Et pourtant, ses pieds semblaient enracinés au sol. Il réalisa que les jumelles avaient dit quelque chose, mais il était bien incapable de savoir de quoi il s'agissait.

— Il y a quoi pour le petit déjeuner ? lança-t-il, à court d'idées.

— Des céréales et du lait, répondit Violet.

— Tu en veux ? demanda Grace.

— Non merci.

Comme les fillettes continuaient à le regarder avec insistance, il ajouta :

— J'ai pris mon petit déjeuner avant de venir.

Il observa April qui consultait le dossier. Il lui faudrait probablement un peu de temps pour tout étudier, étant donné qu'il avait inclus des suggestions pour l'essence de bois pour le sol, le type de carrelage de la douche et le style de la robinetterie.

— Je vais y aller, marmonna-t-il.

Sans relever les yeux des documents, elle dit :

— Vous pouvez rester, si vous voulez.

La porte donnant sur le jardin était ouverte, et une brise tiède, annonciatrice d'une belle journée d'été, portait jusqu'à eux des chants d'oiseaux. Ce n'était pas suffisamment assez fort, toutefois, pour couvrir le tic-tac de l'horloge, ni le léger bruit que faisaient les doigts de Cole en tapotant nerveusement sur sa cuisse.

Quand l'une des fillettes l'invita à l'extérieur, pour voir leur cabane, et que sa jumelle insista avec enthousiasme, April lui sourit.

Il se laissa absorber par la lueur chaleureuse qui vibrait dans ses yeux, la tendresse de son sourire. Une douce chaleur se nicha dans sa poitrine, commença à descendre...

Oh non ! Ce genre de réaction n'avait pas du tout lieu d'être. Ça lui donna le coup de fouet nécessaire pour réussir à bouger.

Il suivit les fillettes dans le jardin, où il admira mollement la cabane, la balançoire, la piscine gonflable, leurs vélos équipés de stabilisateurs et de sonnettes dont elles firent amplement la démonstration.

De temps en temps, il jetait un œil à April, qui s'était installée à la table de la cuisine, d'où elle pouvait surveiller ses filles.

Il n'avait jamais réalisé que les enfants pouvaient parler autant ! Heureusement, les fillettes ne semblaient pas se formaliser qu'il ne réponde que par oui ou par non à leurs questions. Leur capacité de ravissement pour un rien le stupéfiait. Elles étaient fascinées par une plume bleue trouvée par terre, par la rosée sur l'herbe, par les traces humides que laissaient leurs pas sur les dalles du chemin...

Lorsqu'elles retournèrent dans la maison et disparurent dans leur chambre pour jouer, il les suivit, se rendit jusqu'à la cuisine et attendit sur le seuil.

April était toujours plongée dans la lecture des documents.

Les secondes s'écoulèrent. Il pianota du bout des doigts sur sa cuisse.

Finalement, il s'éclaircit la gorge.

— Vous avez mon numéro de téléphone en cas de besoin, dit-il. Je vais y aller.

April leva la main pour le retenir.

Il se surprit à la dévisager. Elle avait remonté ses cheveux sur le dessus de sa tête en une torsade souple retenue par une large barrette sertie de strass. Quelques mèches s'en étaient échappées, bouclant sur son cou et autour de ses oreilles.

— Quand pouvez-vous commencer ? demanda-t-elle.

Quoi ? Elle l'engageait ? Juste comme ça ?

Il savait qu'il devait répondre quelque chose. N'importe quoi.

Lundi matin à la première heure. Ou demain. Ou, mieux encore, aujourd'hui.

Il se passa la main sur le visage.

— Euh..., dit-il.

Eh bien, bravo ! Il maîtrisait à la perfection l'art de la conversation.

April rassembla les documents et les tapota pour reformer une pile bien nette. Puis elle le regarda droit dans les yeux.

— Amelia Bradley a vanté la qualité de votre travail et, je cite, « vos bonnes manières de jeune homme comme il faut », fit-elle remarquer.

Cole s'étonna. Amelia Bradley était une dame de soixante-dix ans, qui n'avait eu de cesse de lui préparer de bons petits plats afin de le « remplumer », durant les quelques semaines où l'entreprise Cavanaugh & Maloney avait reconstruit sa maison après un incendie.

— Vous avez déjà appelé Mme Bradley ? s'enquit-il.

— Oui. Pendant que vous étiez dehors avec les filles.

— Et les autres références ? Vous ne voulez pas les vérifier ?

— Pourquoi ? Vous avez l'intention de partir sans terminer le chantier ?

— Bien sûr que non !

— De travailler comme un sagouin ?

Il secoua la tête.

— De commencer avant 8 heures ?

Cette fois, il hésita, se demandant si c'était une question piège.

— Vous voulez que je commence avant 8 heures ? interrogea-t-il.

— Oh ! Seigneur, non !

— Dans ce cas, je ne commencerai pas avant 8 heures.

Ils se regardèrent un instant en silence.

— Tout va bien, Cole ?

Avec ce monde de fous, les guerres, les maladies, les souffrances, il y avait, de son point de vue, quantité de choses qui n'allaient pas. Mais, pour le moment, il regardait la bouche d'April.

— Pourquoi souriez-vous ? lança-t-il.

Elle s'appuya contre le réfrigérateur et croisa les bras.

Bon sang, ce qu'elle était jolie... Il aurait été facile de continuer à la dévisager béatement. En fait, il était presque impossible de ne pas le faire...

— Peut-être parce que je pense que vous en avez besoin, répondit-elle. Tout comme vous avez besoin de ce travail.

— Je ne demande pas la charité, protesta-t-il.

— Je l'avais remarqué. D'ailleurs, moi non plus.

— Ce n'est pas une question d'argent, vous le savez bien.

C'était pour Jay.

Il ne le dit pas. Elle non plus. Mais ils le savaient tous les deux.

Il remercia April pour son temps, et traversa la cuisine pour rejoindre le couloir et sortir par la porte principale.

Elle le suivit.

— À lundi, dit-elle.

— À lundi.

April regarda Cole s'appuyer lourdement sur la rampe, tandis qu'il descendait les marches du perron, et se diriger vers son pick-up en boitant légèrement.

Il s'installa au volant et ferma sa portière avant de tourner les yeux vers elle. Elle agita la main pour lui dire au revoir. Il se contenta d'un bref signe de tête.

Vaguement essoufflée, elle retourna dans sa cuisine, et parcourut en diagonale les deux pages de références que Cole lui avait fournies.

Arrivée au bout, elle réalisa qu'elle n'avait rien retenu.

Les filles jouaient tranquillement dans leur chambre. D'habitude, le fait d'entendre leurs voix l'apaisait.

Regroupant tous les documents dans la chemise cartonnée, elle posa le bout de ses doigts à la base de son cou. Sa respiration était irrégulière et son cœur battait trop vite.

Une crainte l'envahissait, et elle savait pourquoi.

Elle avait prêté attention à Cole.

Pas comme à un ancien soldat que ses blessures faisaient boiter légèrement. Pas comme à un charpentier venu terminer les travaux que son meilleur ami n'avait pas pu réaliser.

Non. Comme à un homme.

Respirer son odeur n'avait rien de tendancieux – elle le faisait avec tout le monde. Mais retenir les détails de son visage, noter la largeur de ses épaules, la force de ses cuisses… Cela n'avait rien d'anodin.

Elle avait remarqué ses mains aussi, puissantes, légèrement noueuses aux articulations, ses ongles courts, la pulpe de ses doigts d'aspect rugueux...

Il y avait aussi sa prestance, pieds écartés et fermement plantés au sol, épaules droites, regard fixe.

Il lui suffisait de se remémorer tout cela pour ressentir... quelque chose.

Une chaleur, un pincement au creux de son ventre.

Horrifiée, elle porta les mains à son visage. Elle ne voulait pas éprouver ce genre de sensation.

Jay, où es-tu ? hurla-t-elle en son for intérieur.

La seule réponse fut le soupir du vent. Et elle sentit à nouveau peser sur elle le poids du deuil.

Elle prit une profonde inspiration et posa ses deux mains sur son cœur.

Les yeux fermés, elle ressentit l'amour qu'elle éprouvait toujours pour son mari et y puisa du réconfort.

Cole Cavanaugh avait ses blessures et ses démons. Certaines personnes appelaient cela de lourds bagages à traîner.

Et elle-même avait ses propres fardeaux...

Ils étaient tous les deux entêtés, et bien décidés à ne pas accepter la pitié. Ils attendaient tous les deux quelque chose de l'autre. Pas un moyen de tourner la page – bon sang ce qu'elle pouvait détester cette expression. Et encore moins une relation sexuelle. Sûrement pas !

Seulement, Jay était parti, et Cole était là. Jay était mort, et pas elle.

La chaleur de ses joues et le rythme effréné de son cœur confirmaient qu'elle n'était pas morte.

En fait, elle ne s'était pas sentie aussi vivante depuis longtemps. Quatorze mois et six jours, pour être exacte. Et ça la terrorisait.

Déposant le dossier sur le dessus du four micro-ondes, elle regarda autour d'elle.

Les bols des filles étaient encore sur la table, maculés de céréales et de lait. Le robinet goûtait. Les dessins de Grace et Violet ornaient la porte du réfrigérateur. Un élastique à cheveux, quelques pièces d'un jeu de construction et une poupée mannequin traînaient sur les plans de travail. Ses lunettes de soleil étaient sur une étagère près de la porte, et son téléphone portable en charge à sa place habituelle.

Rien n'avait changé depuis la semaine dernière, et même celle d'avant. Ce petit élan d'attirance pour Cole n'avait été qu'un moment d'égarement. Fin de l'histoire.

Forte de cette conclusion, elle rassembla la vaisselle sale dans l'évier, nettoya le dessus de la table et se consacra aux tâches habituelles de la matinée.

En dehors du léger craquement du sol sous ses [illegible]melles, tout était calme dans l'hôtel lorsque Cole sortit de sa cha[illegible]re, peu après 10 heures samedi matin.

Il n'avait rencontré personne non plus quand, à l'aube, il s[illegible] faufilé jusqu'à la machine à café qui se trouvait dans le [illegible] d[illegible] espérait qu'il continuerait à avoir de la chance.

La bâtisse avait été construite une centaine d'années [illegible] par une riche famille du nom de Stone. Si Cole avait été ch[illegible] d[illegible] la rénovation, il aurait fait certaines choses différemment. Mais, dans l'ensemble, le charme ancien avait été préservé, tout en offrant un confort moderne. Sa chambre était vaste et climatisée, avec une salle de bains attenante, du mobilier de qualité, des draps en coton bio et des plaids tissés par un artisan local.

Il ne regrettait pas d'avoir choisi cet endroit. Et, s'il parvenait à gagner le parking sans se faire accoster, il se considérerait comme un homme chanceux.

Son ordinateur glissé sous le bras, il tendit l'oreille tandis qu'il parvenait à l'angle du couloir.

Tout était calme à son étage.

Jusque-là, tout allait bien.

Tandis qu'il descendait péniblement l'escalier, il sentit flotter dans l'air une odeur de café, de bacon et de sirop d'érable. Mais la salle à manger était vide, et il n'y avait personne au comptoir de l'accueil.

Encore cinq marches et il serait dehors...

Il en avait descendu trois quand on l'appela.

— Vous voilà ! J'ai failli vous manquer.

Il y était presque, pourtant. Retenant un juron, il se tourna vers la réceptionniste aux cheveux rouges.

Vêtue de rose et couverte de bijoux, Harriet Ferris – soixante-dix ans au bas mot – tanguait sur des talons de dix centimètres. Elle battit des paupières derrière ses lunettes à double foyer.

— Il est toujours plaisant de croiser un beau garçon comme vous. Mais dites-moi, où filez-vous en douce, comme ça ?

— Qu'est-ce qui vous fait penser que je file en douce ?

— Allons, allons, je vois bien que vous m'évitez. Pourtant, j'aurais été ravie de discuter avec un héros de guerre.

Cole écarquilla les yeux.

— Vous avez l'air surpris. Mais figurez-vous que je sais me servir d'un ordinateur. Il m'a suffi d'entrer votre nom dans un moteur de recherche pour tout savoir sur vous. Vous devriez laisser le mari de Summer faire un article à votre sujet.

— Qui est Summer ?

— Eh bien, la propriétaire de l'hôtel, voyons, répondit la vieille dame, comme si ça allait de soi. Et son mari, Kyle, possède la gazette locale.

Harriet joignit les mains de ravissement.

— S'ils savaient, les gens feraient des kilomètres pour venir vous remercier du sacrifice que vous avez fait pour notre pays, mon garçon.

Cole secoua la tête. Il n'avait aucune envie que des gens l'arrêtent dans la rue pour lui serrer la main. Il n'était pas venu ici pour chercher la gloire.

— J'aime mieux faire profil bas, dit-il.

Harriet soupira d'un air dramatique.

— Eh bien, je n'ai pas de chance, murmura-t-elle. D'abord mon fantôme qui décide de rester discret…

Cole se souvint vaguement que la fantasque vieille dame lui avait parlé d'un fantôme qui hanterait les lieux.

— … Et maintenant un héros de guerre décoré qui joue les timides, poursuivit-elle, pendant qu'il ne l'écoutait que d'une oreille.

Elle secoua la tête d'un air écœuré et reprit :

— Eh bien, allez-y, si vous le devez vraiment. Et ouvrez l'œil. Ce ne sont pas les jolies femmes qui manquent, dans la région. Vous pourriez faire des rencontres.

— J'y penserai, dit-il, avant de franchir la porte.

Il n'avait aucune envie de rencontrer des femmes. Il n'y en avait qu'une seule qui l'intéressait.

Voilà ! Il l'avait admis. Enfin, il se l'était avoué à lui-même.

Il attendit que le ciel lui tombe sur la tête, ou que le sol s'ouvre sous ses pieds.

Rien. Pas même un petit coup de vent plus fort.

Pourtant c'était grave, qu'il ait commencé à penser à April après la mort de Jay. Plus grave encore qu'il ait commencé à rêver d'elle... bien avant.

Bien sûr, il savait qu'un homme ne pouvait pas contrôler ses rêves. Mais cela ne l'empêchait pas de se sentir terriblement coupable.

Il pouvait en revanche se contrôler dans les autres domaines, et il le ferait. Car il ne voyait pas comment il pourrait encore se respecter, s'il ne le faisait pas.

Quelque chose pourtant le perturbait.

Il ne se l'expliquait pas mais, pour la première fois depuis la mort de Jay, il se sentait vivant. C'était comme si, jusqu'à présent, il avait vécu dans un brouillard, exécutant des gestes d'automate. Aujourd'hui, il avait conscience de la course du sang dans ses veines, de l'air qu'il respirait.

Oui, il était vivant.

Et cela le rendait heureux.

3

La porte du garage d'April était ouverte, et deux voitures étaient garées à l'intérieur. Deux petits vélos étaient couchés dans l'allée, mais leurs propriétaires n'étaient pas dans les parages.

Quelqu'un dans le quartier écoutait de la musique assez fort, comme il le faisait quand, jeune conducteur, il lavait sa première voiture.

Dans le jardin voisin de celui d'April, un arrosage automatique oscillait. À travers le feuillage ténu d'une haie vieillissante, on pouvait voir des fragments de maillots de bain aux couleurs vives, tandis que des enfants traversaient le jet en hurlant de joie.

Contournant la maison, il se dirigea vers la porte de service et frappa.

— Il y a quelqu'un, April.

C'était une voix d'homme, et elle venait de l'intérieur.

April apparut aussitôt.

— Ah, Cole. Bonjour.

Elle était essoufflée ou il se faisait des idées ?

Il n'avait pas envisagé qu'elle puisse voir quelqu'un.

— J'aurais dû appeler, dit-il, en résistant à la tentation de se dandiner d'un pied sur l'autre. Si vous êtes occupée, je peux revenir plus tard.

— Ne soyez pas stupide. Entrez.

— Mais vous avez de la compagnie.

Elle n'écouta pas ses protestations et s'écarta pour lui laisser le passage.

— Ce sont des journées comme celles-ci qui me font regretter de ne pas avoir de climatisation, dit-elle. Cette humidité est une catastrophe pour mes cheveux.

Il ne fit pas de commentaire, mais les cheveux d'April lui paraissaient parfaits, brillants et d'apparence soyeuse. Elle portait un short bleu marine aujourd'hui, et un court chemisier blanc sans manches boutonné dans le dos. Elle avait la peau moite, ce qui la rendait encore plus sexy, et… Et il aurait vraiment mieux fait de téléphoner avant de passer comme ça à l'improviste.

Dans la cuisine, un homme faisait couler de l'eau au robinet. Vêtu d'un T-shirt et d'un short de sport, il était athlétique et bronzé, et il semblait très à l'aise dans la maison.

— Will, voici Cole Cavanaugh. Il…

— Cole Cavanaugh. Le meilleur ami de Jay à l'armée ?

L'admiration de l'inconnu semblait sincère. Apparemment, il avait bien connu Jay. Et il connaissait suffisamment April pour l'interrompre.

Le souffle d'un ventilateur oscillant souleva les cheveux d'April, son vrombissement lancinant se mêlant à la musique dans la rue et aux cris d'enfants.

— Comme je viens de le dire à April, je peux repasser plus tard, si je tombe mal, dit Cole, d'un ton à peine aimable.

— Je ne peux pas parler à la place d'April, répondit l'homme, mais ça ne tombe pas mal pour moi. Je viens de finir de réparer la fuite du robinet.

Cole fit un pas en arrière et se tourna vers April.

— Il y a un problème pour la commande des fenêtres de l'étage, déclara-t-il. Compte tenu de leur taille bien spécifique, il faut les commander et je ne les aurai pas avant quatre semaines. Mais j'ai pensé à une autre solution.

April l'arrêta et expliqua à Will :

— J'ai décidé d'utiliser une partie de l'héritage de ta tante Lucille pour aménager l'étage.

— Ce n'était pas vraiment ma tante, mais la meilleure amie de ma grand-mère, précisa Will. Elle n'avait pas de famille, alors elle s'est prise d'affection pour le clan Avery.

Cole eut soudain une illumination.

— Will, comme William ? demanda-t-il. Vous êtes un des frères de Jay. Le petit Billy.

L'homme grimaça.

— Jay était le seul à m'appeler comme ça.

— Et moi, il m'appelait C.C., répliqua Cole, en acceptant la vigoureuse poignée de main de Will. Je crois qu'il avait un faible pour les diminutifs. Vous êtes plombier ?

— Amateur.

— Will enseigne la littérature au lycée, intervint April. Il vit juste à côté, avec Kristy et leurs trois garçons. Les jumelles jouent avec eux ce matin.

— Ah, alors ce sont eux qui font tout ce chahut ? fit remarquer Cole.

April hocha la tête en soupirant.

Tandis que Will rangeait ses outils dans une caisse métallique qu'il glissa dans le placard sous l'évier, Cole ajouta à mi-voix :

— Et ça explique pourquoi il n'y a pas de voiture dans votre allée. Il est venu à pied.

— Vous pensiez à quoi ?

— Aucune importante.

— Les deux frères de Jay m'aident à entretenir la maison, indiqua April. Will m'a aussi beaucoup aidée pour que je puisse recommencer à enseigner. Rien ne vaut un professeur de littérature pour rédiger une lettre de recommandation.

Cole la regarda d'un air étonné.

— Je ne savais pas que vous étiez professeur.

— J'ai arrêté de travailler à la naissance des jumelles et je vais reprendre cet automne.

Cole savait qu'elle était mère au foyer, mais il n'avait jamais demandé à Jay ce qu'elle faisait avant. Ce qui lui fit comprendre qu'il y avait beaucoup de choses qu'il ignorait à son sujet.

— J'avais prévu de rester à la maison jusqu'à ce que les jumelles soient un peu plus grandes, poursuivit-elle. Et puis...

Le frère de Jay se racla la gorge. Oh ! c'est vrai. Ils n'étaient pas seuls, songea Cole.

— Je vais y aller, April, dit Will. Je pense que Kristy ne serait pas contre un peu de renfort.

Il tira sur le devant de son T-shirt qui lui collait à la peau.

— Et je vais moi aussi traverser le jet en passant par le jardin, ajouta-t-il en riant. Heureusement que nous avons la climatisation. Ravi de vous avoir rencontré, Cole.

— Moi aussi.

April remercia son beau-frère pour son aide.

— Tu veux bien demander à Grace et Violet de rentrer ?

Dès qu'il fut parti, Cole posa son ordinateur sur la table et l'ouvrit.

— Que vous est-il arrivé ? s'enquit April, en effleurant la base de son cou.

— C'est juste une piqûre de guêpe J'avais laissé la vitre ouverte, en roulant.

Il se redressa, et la main d'April se retrouva sur son épaule.

Ils restèrent un long moment ainsi, et Cole se surprit à serrer les poings pour ne pas céder à l'envie de la toucher.

Pourquoi fallait-il qu'elle soit aussi belle ?

— Une guêpe vous a piqué ? J'espère que vous n'êtes pas allergique.

Tandis qu'elle parlait, les yeux de Cole furent tout naturellement attirés par ses lèvres.

Il détourna le regard et s'écarta.

— Je ne suis pas allergique, dit-il.

April se dirigea vers un placard et tendit le bras pour atteindre une étagère en hauteur. Le bas de son chemisier se souleva, révélant une bande de peau…

Cole n'était pas prisonnier de ses hormones, mais quand même… Ce ne fut pas facile pour lui de regarder ailleurs.

Elle prit un tube de pommade dans une trousse à pharmacie, revint à la table et tira une chaise.

— Asseyez-vous, dit-elle. Ce baume fait des miracles sur les piqûres de guêpe. Ça soulage les démangeaisons, c'est garanti.

Il tendit la main pour refuser, mais elle pressait déjà le tube et déposait une noisette de produit sur le bout de son index.

Il hésita, fixa la chaise qu'elle avait écartée de la table et finit par s'asseoir.

Placée derrière lui, April écarta le col de sa chemise, et appliqua délicatement l'onguent en un geste circulaire.

— Ça devrait agir très vite, dit-elle.

Malgré lui, il pencha la tête en avant et ferma les yeux, imaginant d'autres caresses plus audacieuses...

Il lutta de toutes ses forces contre cette pensée. April était la veuve de Jay. Il était venu pour trouver enfin la paix, et peut-être lui en apporter un peu.

April ferma le tube et retourna le ranger dans le placard. Cette fois, il ne regarda pas.

Quand il entendit la porte du placard se refermer doucement, il proposa :

— Vous voulez que je vous montre les idées que j'ai eues pour les fenêtres ?

— À propos de ça, je suis désolée de vous avoir fait perdre votre temps.

Il se prépara à de mauvaises nouvelles. Elle avait dû deviner le tour inapproprié que prenaient ses pensées et décider ne pas donner suite aux travaux.

Il ne l'en blâmerait pas, cela dit. Peut-être même que ce serait mieux ainsi. Il rentrerait chez lui avant d'avoir fait quelque bêtise irrémédiable, comme... embrasser April.

L'observant du coin de l'œil, il attendit qu'elle s'explique.

— Je pensais apporter quelques modifications à vos croquis, dit-elle.

Ce n'était que ça ?

Le soulagement l'envahit. Tous les projets de rénovation étaient sujets à des changements. Surtout au début.

— Aucun problème, assura-t-il. Que voulez-vous changer ?

— On est là, maman !

La porte claqua, et Grace entra comme une tornade dans la maison, dégoulinante et traînant sa serviette de plage derrière elle.

La porte claque une deuxième fois, et Violet apparut, dans le même état, sa serviette roulée en boule sous son bras.

— Oncle Jim a coupé le jet d'eau, et il a dit qu'on devait rentrer à la maison, dit Violet.

— On ne voulait pas, ajouta Grace, mais il a dit à tante Kristy que Cole était là. Alors, on a couru.

Violet leva vers lui des yeux emplis d'espoir.

— Tu veux nous regarder faire du vélo sans les petites roues ?

— On a appris hier, précisa Grace.

— Les filles, il vous regardera faire du vélo une autre fois. Vous laissez des flaques d'eau partout.

Tandis que les jumelles baissaient les yeux d'un air surpris et choqué si spontané que c'en était comique, leur mère les sécha sommairement avec la serviette de Violet et essuya le sol avec celle de Grace.

Cole constata qu'elles se ressemblaient plus qu'il l'avait pensé la première fois. Elles portaient le même maillot de bain une pièce, vert et jaune. Mouillés, les cheveux de Violet étaient raides, tandis que les cheveux blonds de Grace paraissaient plus sombres. Elles avaient le même nez et les mêmes petits pieds potelés avec, en l'occurrence, des brins d'herbe coincés entre les orteils.

Combien de fois Jay lui avait-il dit qu'il avait le souffle coupé et le cœur gonflé de bonheur en les regardant ? Jamais il n'oublierait l'émerveillement et la tendresse dans la voix de Jay quand il parlait de ses filles...

April demanda aux jumelles d'aller enfiler des vêtements secs.

— Est-ce que Cole va manger avec nous ? s'enquit Grace.

Trois paires d'yeux furent soudain sur lui.

— Je vais lui poser la question, répondit April.

Elle désigna le couloir, et les deux sœurs coururent faire ce qui leur avait été enjoint.

Avant qu'elle ait pu lancer son invitation à manger, Cole dit vivement :

— À propos des modifications...

— On peut en parler une autre fois ?

— Ah. Oui. Bien sûr. Pas de problème.

— En fait, j'organise un dîner ce soir, et j'ai plein de choses à préparer.

— Eh bien dans ce cas, je ne vais pas vous déranger plus longtemps.

— Ce que j'essaye de vous dire, c'est que nous serions honorés de votre présence.

Cole entendait les jumelles parler tout en claquant des tiroirs et il comprit qu'il n'avait plus beaucoup de temps pour refuser poliment l'invitation.

— Quand vous dites « nous » il y aura qui, exactement ? demanda-t-il.

— Ben, l'autre frère de Jay, sa femme, Gaby, et leur fille. Will, Kristy et les garçons. J'ai aussi invité les parents de Jay, deux de ses sœurs ainsi que leur mari et leurs enfants, quelques amis, et les voisins les plus proches.

Cole secouait déjà la tête bien avant qu'elle ait terminé. Enfant unique, il se tenait à l'écart des grandes familles et des foules bruyantes.

Le jour de l'enterrement de Jay, il était à l'hôpital pour une sévère infection de sa blessure au flanc et n'avait pas pu faire connaissance de ses proches. S'il se rappelait correctement ce que lui avait dit son ami, il avait deux frères, trois sœurs, des conjoints, toute une ribambelle de neveux et nièces...

— Je ne suis pas très à l'aise quand il y a beaucoup de monde, avoua-t-il.

— Vous voulez dire, depuis...

— Non. Enfin, oui, encore plus maintenant. En fait je n'ai jamais aimé les grandes assemblées.

C'était la vérité.

Il était enfant unique et n'avait pas de cousins. Il s'était fait quelques amis à l'école mais, depuis le lycée, il préférait la compagnie des adultes ou la solitude. Il était sorti avec des filles, avait cru être amoureux, quelques fois, mais ces relations n'avaient pas duré. Il avait fait partie de l'équipe de football, joué un peu au tennis mais, surtout, il avait travaillé nuit et jour pour créer son entreprise, et caser son engagement militaire dans ce programme.

Dans ces conditions, il avait été le premier surpris par son amitié avec Jay.

April se cala contre le réfrigérateur et croisa les bras, comme elle l'avait fait la première fois. Cette coup-ci, il savait que cette posture n'était pas aussi innocente qu'elle en avait l'air.

D'un instant à l'autre, elle allait essayer de le faire changer d'avis.

— Vous avez entendu ce qu'a dit Grace : Will a dit à Kristy que vous étiez là. Vous pouvez être sûr qu'elle a appelé Gaby, et qu'elles ont envoyé toutes les deux des messages à Beth et Regan. Tout le monde sait que vous êtes à Orchard Hill.

Elle lui adressa un regard narquois et poursuivit :

— Vous avez donc le choix entre les rencontrer tous ensemble, ou attendre qu'ils passent à la maison tour à tour pour voir à quoi vous ressemblez.

Cole la dévisagea avec incrédulité.

— Ce sont mes seules options ? s'enquit-il en grimaçant.

Le rire mélodieux d'April le frappa en plein cœur.

— Je crois que oui ! Faites-moi confiance, Cole. Ils viendront parce que vous êtes un lien avec Jay. Et le fait que vous alliez rénover l'étage vous rend encore plus sympathique à leurs yeux.

Il ne trouva rien à répondre.

— Ne vous inquiétez pas, précisa-t-elle. Ils sont tous très gentils. Peut-être un peu envahissants aussi, je l'admets. Ils ont tous des opinions bien tranchées et ils mettront leur grain de sel dans la rénovation. Mais, si vous ne dînez pas avec nous ce soir, ils trouveront tous un prétexte pour s'arrêter à la maison quand vous serez en train de travailler.

Il tenta un dernier argument.

— J'essaye toujours de rester discret et de me faire oublier.

— Vous allez découvrir que c'est impossible.

Avant qu'il ait eu l'opportunité de dire qu'il n'assisterait pas au dîner, elle conclut :

— Eh bien, c'est d'accord ! Je vous dis à ce soir.

Cette femme était douée. Très douée !

Il attendit le retour des jumelles pour s'en aller. Et, même s'il était difficile de résister à leur adorable frimousse, leurs suppliques ne le persuadèrent pas de rester déjeuner.

Il fila avant d'avoir eu le temps de changer d'avis.

Une fois dehors, il prit une profonde inspiration. Il savait bien que sa décision de terminer les travaux de Jay mettrait à rude épreuve ses tendances solitaires, mais il était loin de s'imaginer qu'il devrait affronter le clan Avery dans son ensemble !

— Tu crois qu'il viendra ce soir, maman ?

— Dis, maman, tu crois qu'il viendra ?

Violet et Grace regardaient pensivement à travers l'écran de moustiquaire qui venait de se refermer sur le passage de Cole.

— Peut-être…

April ne savait pas quoi penser de cette sortie précipitée.

Serrant ses mains l'une contre l'autre, elle ne savait pas non plus ce qu'il fallait déduire de ce picotement au bout de ses doigts.

Elle appréciait Cole, c'est vrai, mais elle aimait la plupart des gens. Ce n'était pas comme si quelques battements de cœur un peu vifs et quelques picotements au bout des doigts déboucheraient sur quelque chose…

Viendrait-il ce soir ?

Elle l'espérait.

En tout cas, elle n'avait pas exagéré à propos de sa belle-famille. Ils étaient tous adorables et accueilleraient Cole à bras ouverts. S'ils avaient toujours été une famille unie, le décès de Jay avait encore resserré leurs liens et toutes les occasions leur étaient bonnes pour se réunir.

Et, en parlant de réunion, elle ferait bien de commencer à élaborer son menu pour le barbecue de ce soir.

Après avoir rapidement préparé des sandwichs au thon et aux œufs durs pour les filles, accompagnés d'un yaourt et d'un bol de myrtilles, elle commença à échanger des textos.

J'apporte une salade de pommes de terre.

Le message venait de Kristy, sa belle-sœur et voisine. Il fut suivi d'une réponse de Lacey, sa meilleure amie, qui, elle aussi, attendait des jumelles et devait bientôt accoucher.

J'ai prévu de faire mes fameux brownies au chocolat, avec des pépites de caramel au beurre salé et un glaçage blanc.

Son autre belle-sœur, Gaby, écrivit :

Maddie a une copine qui dort à la maison ce soir. Elle peut venir aussi ?

Pendant l'heure suivante, de nombreux messages furent échangés. Le menu d'April fut discuté, et des recettes supplémentaires furent proposées, rayées de la liste et remplacés par d'autres.

La famille de Jay était fidèle à elle-même : démesurée, aimante, bruyante et compréhensive. April ne savait pas comment elle aurait survécu à ces quatorze derniers mois, sans elle.

Son propre père était un pasteur extraordinaire, qui était mort trop jeune, malheureusement. Sa mère avait toujours été forte et indépendante. En ce moment, elle était en Afrique avec sa congrégation, afin de construire une école et un orphelinat. Même si elle était tout aussi attentionnée que celle de Jay, sa propre famille n'avait jamais été aussi omniprésente. Pourtant, April s'était vite acclimatée à leur enthousiasme.

Cole réussirait sans doute à survivre à cette soirée...

S'il venait.

Après le repas, les filles et April se rendirent au supermarché pour acheter du charbon de bois et tout ce dont elle avait besoin pour le barbecue. Puis elle fit un grand ménage dans la maison et prépara les assiettes en carton et les couverts en plastique.

Elle prenait un thé bien mérité quand un texto de sa belle-mère arriva.

Cole Cavanaugh est-il comme tu l'imaginais ?

L'était-il ?

April ne répondit pas au message et alla prendre une douche.

Puis elle baigna les filles et les aida à enfiler leur robe d'été et leurs sandalettes.

En dehors du fait qu'elle avait prié pour la guérison de Cole, l'année dernière, elle n'avait pas pensé plus que cela à lui. En tout cas, elle ne s'attendait pas à le découvrir sur son perron.

Elle ne savait pas non plus à quoi s'attendre ce soir.

Surprise, elle réalisa qu'elle avait envie de le revoir.

En tant qu'ami, bien sûr. En tout cas, elle espérait qu'il ne s'agissait que de cela, parce qu'elle n'était pas prête pour autre chose. Le serait-elle jamais ?

Cole se gara à l'ombre d'un platane, sur la route qui longeait le cimetière avant de se perdre dans les collines. Puis il chaussa ses lunettes de soleil, franchit la grille et s'engagea dans l'allée principale. Puis il se dirigea vers une zone où les arbres n'avaient pas encore eu le temps de grandir.

D'autres personnes étaient en visite aussi, mais il n'y avait pas trop de monde. Ce qu'il apprécia.

Tandis que les oiseaux chantaient à tue-tête, il déambula dans les allées transversales, se penchant ici et là pour déchiffrer les noms.

Il finit par découvrir ce qu'il cherchait tout au fond de la parcelle. La première chose qu'il remarqua, au milieu des pots de fleurs, fut une plaque ornementale avec des empreintes de petites mains, et ces mots « Nous t'aimons, papa. »

S'approchant de la tombe, il déchiffra la plaque de marbre identifiant l'endroit où reposait le corps de Jay.

JASON MATTHEW AVERY
UN HOMME D'HONNEUR.
MARI, PÈRE, FILS, FRÈRE, AMI.
28 MAI 1986 – 2 JUIN 2018

Un insigne de l'armée des États-Unis y était gravé, affichant le grade de sergent de Jay, ainsi qu'une réplique de sa médaille pour acte de bravoure.

Tout en bas de la plaque figurait une citation de la Bible.

HEUREUX LES AFFLIGÉS CAR ILS SERONT CONSOLÉS.
MATTHIEU 5 : 4

Les mots étaient simples mais profonds.

Au garde-à-vous, Cole inspira profondément en fixant la pierre tombale, jusqu'à ce que le nom de Jay se brouille et que son visage prenne forme dans son esprit.

— Je suis là, Jay, murmura-t-il. À Orchard Hill. Tu le sais sûrement. April a dû te le dire, ou bien tu me vois.

Il avait entendu dire que des gens recevaient des signes de la part des défunts. Le fait qu'il ne ressente pas de chair de poule, ne voie pas de flashs lumineux, n'entende pas de chuchotements à son oreille ne l'empêcha pas de continuer à s'adresser à son ami.

Il parla si longtemps, terminant par une promesse solennelle qui était un secret entre eux, qu'il ne se rendit pas compte que le ciel s'était assombri.

Une goutte d'eau s'écrasa sur son front. Il leva les yeux. Un éclair zébra le ciel, suivi par un roulement de tonnerre.

Du regard, il estima la distance à parcourir jusqu'à son pick-up. Même s'il était un sprinter, il n'arriverait probablement pas à temps pour éviter le déluge.

Il pressa le pas, mais bientôt une bourrasque et de pluie s'abattit sur lui.

Lorsqu'il atteignit sa voiture, il était trempé, et les muscles de sa cuisse le brûlaient. Le siège en cuir était mouillé car il avait laissé la vitre entrouverte.

Il s'installa au volant, mit le contact et actionna la commande électrique de la vitre. Puis il mit en marche les essuie-glaces.

Dehors, c'était un véritable déluge.

Vérifiant son téléphone, il vit qu'il n'y avait plus de signal.

De retour à l'hôtel, il se gara le plus près possible de l'entrée et courut vers le hall, aussi vite que le lui permettait sa jambe blessée.

Dégoulinant, il présenta ses excuses à Summer Merrick pour les traces qu'il laissait au sol. Elle les balaya d'un revers de main.

Il monta l'escalier avec raideur, ouvrit sa porte et ôta ses vêtements trempés. Puis il se glissa entre les draps et vérifia l'heure à sa montre, avant de la poser sur la table de chevet, à côté de son téléphone inutile.

Depuis deux ans, il n'avait cessé de repousser ses limites, d'abord au Moyen-Orient, puis durant sa rééducation.

Il était fatigué, tellement fatigué…

Il n'avait pas bien dormi la nuit dernière, mais il avait réussi à puiser un peu de réconfort dans cette visite au cimetière. Et la promesse qu'il avait faite à Jay lui avait apporté une forme d'apaisement.

Étendu sur le dos entre les draps de coton frais parfumés à la lavande, la tête au creux d'un oreiller incroyablement doux, dans une atmosphère à la température idéalement régulée par la climatisation, il se sentait détendu et en sécurité.

Dans cette vaste et confortable chambre d'hôtel, il s'endormit.

Dehors, l'orage se déchaînait, agitant la ramure des arbres, déchiquetant leurs feuilles.

4

Un soleil voilé tentait de percer derrière l'écran opaque des nuages, quand April s'engagea dans Jefferson Street. Au passage, elle salua les employés de la compagnie d'électricité qui s'activaient à rétablir les lignes.

Avec un peu de chance, elle ne tomberait pas sur d'autres rues barrées durant le dernier kilomètre qui lui restait à faire pour arriver au Stone Inn.

Tandis qu'elle préparait son barbecue, un violent orage avait éclaté, surgi de nulle part, avec une déflagration si forte que la maison avait tremblé. Elle était sortie sous un déluge de pluie pour fermer les volets, et la lumière s'était coupée tandis qu'elle descendait à la cave avec les jumelles.

Ses filles s'étaient blotties contre elle, Violet enfouissant son visage au creux de son épaule, Grace ouvrant des yeux ronds.

Quand elles étaient remontées, vingt minutes plus tard, un tapis de feuilles d'érable jonchait la pelouse, et la gouttière débordait.

La compagnie d'électricité avait estimé que le courant ne serait pas rétabli chez elle avant minuit, et elle avait reporté le barbecue au lendemain. Cole était le seul qu'elle n'avait pas réussi à contacter. Les jumelles et elles étaient donc en route pour l'hôtel.

— Regarde cet arbre, maman.

Violet avait le visage pressé contre la vitre.

— Comment ils vont le remettre dans le trou ?

— C'est impossible, décréta Grace. Tu vois bien que les racines ne sont plus dans la terre. Il est mort.

— C'est vrai, maman ?

Garant sa voiture bien au-delà du sycomore déraciné, April se dit qu'elle serait riche, si elle recevait un dollar pour chaque question posée par ses filles !

— Je pense que l'hiver prochain, quelqu'un sera très heureux de faire du feu dans sa cheminée avec ce vieil arbre, répondit-elle. Vous pouvez défaire votre ceinture de sécurité maintenant.

— Regarde la grosse voiture noire, dit Violette. On dirait celle de Cole.

— C'est possible.

— Tu le vois ?

— Pas encore.

Encadrée par ses filles qui lui tenaient la main, April observa les hommes qui se trouvaient dans la cour de l'hôtel. L'un d'eux tronçonnait une grosse branche à demi décrochée de son tronc.

Aucun n'était grand, avec la mâchoire carrée et le regard intense de...

— Allons voir à l'intérieur, décréta-t-elle.

Elle ouvrit la lourde porte en chêne. Elle avait participé à un enterrement de vie de jeune fille ici, quelques années auparavant. L'hôtel était beaucoup plus calme aujourd'hui et semblait même désert.

Elle se dirigea vers la réception et sonna.

Harriet ne tarda pas à apparaître, en trottinant sur ses talons. Mesurant un mètre cinquante-cinq, elle faisait tout pour se grandir et avait adopté un style vestimentaire pour le moins extravagant.

— Oh ! bonjour, ma chère petite. Que puis-je faire pour vous ? Si vous voulez louer une chambre parce qu'il n'y a plus d'électricité chez vous, nous ne sommes malheureusement pas mieux lotis.

— Il ne s'agit pas de cela, Harriet. Je voulais savoir si vous pourriez transmettre un message à l'un de vos clients.

— Lequel, mon enfant ?

— Cole Cavanaugh.

Derrière les verres épais de ses lunettes, une lueur d'intérêt s'alluma dans les yeux bleus de Harriet.

— Vous connaissez Cole ?

Tandis qu'April se demandait s'il était bien judicieux d'entrer dans les détails, Harriet s'exclama :

— Mais bien sûr que vous le connaissez ! Sinon, pourquoi voudriez-vous lui laisser un message ? Eh bien figurez-vous que je ne l'ai pas revu depuis ce matin. Il est dans sa chambre. C'est bien le seul de nos clients à ne pas être descendu pour constater les dégâts. Le souci, c'est que Summer est sortie faire une course, et que je ne peux pas quitter mon poste...

— Ce sont des sucettes ?

— Grace ! protesta April.

Mais Harriet avait déjà ouvert le couvercle du bocal posé sur le comptoir et tendait une sucette à chacune des jumelles.

— Si vous alliez livrer votre message vous-même, pendant que je m'occupe de ces petits anges ? suggéra-t-elle. Tournez à droite en haut de l'escalier, puis allez jusqu'au bout du couloir.

— Mais je ne voudrais pas abuser...

— Sottises ! C'est la chambre 8.

D'âge incertain, Harriet Ferris était une figure d'Orchard Hill. Elle avait enseigné le catéchisme à Jay et deux de ses sœurs, et elle adorait les enfants. Cet emploi à l'hôtel n'était pas justifié par de quelconques soucis financiers, son mari bénéficiant d'une confortable retraite ; il lui permettait juste de voir du monde et de s'occuper.

— Ne vous inquiétez pas pour le fantôme, ajouta Harriet. Personne ne l'a jamais vu.

April sentit ses bras se couvrir de chair de poule. Un fantôme ? Elle n'y croyait pas vraiment, mais quand même...

S'exhortant à ne pas se laisser impressionner, elle monta l'escalier, tourna à droite... et frissonna quand l'ourlet de sa légère robe d'été frôla ses genoux comme une caresse.

La seule lumière à l'étage provenait d'un rayon de soleil filtrant à travers les vitraux de la fenêtre en ogive située à une extrémité du couloir. Au centre du parquet en acajou courait une longue et étroite bande de moquette qui étouffait le bruit de ses pas.

Elle arriva devant la chambre 8 et remarqua que la porte était entrebâillée.

Elle tendit l'oreille et perçut un froissement de draps et le bruit d'un matelas qui tanguait légèrement.

— Cole ? C'est April.

Il n'y eut pas de réponse.

Elle s'apprêtait à retourner à la réception pour demander un stylo et une feuille de papier à Harriet, quand elle remarqua une petite table près de la porte, à l'intérieur de la chambre. À côté d'une petite lampe, il y avait un bloc jaune de feuillets repositionnables et un crayon.

Elle appela à nouveau Cole et, n'obtenant aucune réaction, elle tendit le bras, sans franchir le seuil. Tâtonnant du bout des doigts, elle finit par toucher le stylo.

Il roula par terre.

Retenant un mouvement d'humeur, elle se pencha pour le ramasser. Son épaule heurta la porte qui s'ouvrit en grand.

Elle se redressa, le stylo à la main, et vit que la chambre était grande et meublée d'une commode ancienne, d'un fauteuil capitonné, et d'un lit à baldaquin où dormait un homme aux cheveux noirs.

Le drap froissé avait glissé jusqu'à sa taille, révélant la peau hâlée de son torse, sous laquelle se dessinait une musculature impressionnante.

Son cœur s'affola, et le rouge lui monta aux joues.

Pour l'amour du ciel, ce n'était pas la première fois qu'elle voyait le torse nu d'un homme !

Avant que Cole se réveille et la surprenne à le regarder avec insistance, en rougissant comme une gamine, elle s'avança jusqu'à la table et, dos au lit, griffonna un mot.

— Cole est mort ?

April crut que son cœur s'arrêtait de battre. Grace se tenait dans l'embrasure de la porte. Une des bretelles de sa robe bleu ciel avait glissé sur son épaule potelée. Ses lèvres étaient violettes du sucre coloré de la sucette, et ses fins cheveux blonds de bébé entouraient son adorable petit visage.

— Chut, Grace !

— Alors, il est mort ou pas ?

— Non. Tais-toi, maintenant. Je lui laisse un mot.

— Cole est tout nu ?

Évidemment, Violet avait rejoint sa sœur.

— Cela ne te regarde pas, chuchota April.

— Oui, dit Grace. Il est tout nu.

Tendant le bras pour barrer le passage à ses filles, April s'empressa de signer le mot.

— Qu'est-ce que tu as écrit ? demanda Violet.

— Que le barbecue a été reporté à demain, murmura-t-elle. Partons, maintenant. Cole est fatigué, et il ne faut pas le réveiller.

— Pourquoi il est fatigué ?

— Je ne sais pas, Violet.

— Pourquoi il n'a pas mis son pyjama ? questionna Grace.

— Je ne sais pas.

— Et nous, on devra mettre un pyjama ce soir ? lança Violet.

— Oui.

April les tira presque hors de la chambre, et elles se tortillèrent pour regarder une dernière fois Cole endormi, avant qu'elle ferme la porte derrière elles.

Elles rencontrèrent Harriet dans le couloir.

— Ah, vous êtes là, petites chipies, dit la vieille dame, d'un ton faussement sévère que démentait son grand sourire. Vous l'avez trouvé ? ajouta-t-elle en se tournant vers April.

— Oui.

— Il est tout nu, déclara Grace.

Harriet haussa ses sourcils redessinés au crayon.

— Voyez-vous ça !

— Il est couvert et il dort profondément, précisa April, en se demandant pourquoi elle éprouvait le besoin de se justifier.

— Oui, mais il a juste un drap sur lui, insista Grace.

— Et c'est vrai qu'il est tout nu en dessous, renchérit sa sœur.

Puis toutes deux éclatèrent de rire.

April leva les yeux au ciel.

Harriet lui fit un clin d'œil, et elle se refusa catégoriquement à ajouter quoi que ce soit.

Cole ouvrit les yeux. Quelqu'un avait prononcé son nom.

Comme s'il émergeait des profondeurs d'un océan, il secoua la tête, groggy.

Tandis que les contours de la chambre gagnaient en netteté, il constata que sa montre et son téléphone étaient toujours sur la table de chevet, là où il les avait laissés, et que la porte de la salle de bains était ouverte, là aussi comme il l'avait laissée.

Tout semblait normal, et pourtant il avait l'étrange sensation que quelqu'un était entré dans la pièce. Peut-être y avait-il vraiment un fantôme dans l'hôtel…

Du couloir provenaient des bruits étouffés de conversation et des rires. Il reconnut la voix mélodieuse d'April, le phrasé nasillard de Harriet, et les gloussements des jumelles.

Qu'est-ce qu'April et les filles faisaient à l'hôtel ?

Il se hissa sur un coude et vit une note autocollante jaune fixée à l'abat-jour de la lampe, sur la petite table près de la porte. Quelqu'un était donc venu. Il n'avait pas rêvé en entendant prononcer son nom.

Il s'assit au bord du lit pour enfiler son jean encore humide et traversa la pièce en boitant.

Récupérant le message, il esquissa un sourire. Le premier depuis très longtemps.

Samedi soir, la fête battait son plein dans le jardin d'April.

Ben et Will jouaient au croquet avec leur femme respective. Kristy et Gaby étaient en train de gagner et le faisaient savoir haut et fort.

Confortablement calé dans un fauteuil, Jim tenait son dernier petit-fils dans ses bras. Une douzaine d'enfants couraient en tous sens et poussaient des cris d'orfraie, tandis que les pères grimaçaient et que les mères faisaient mine de ne rien entendre.

Au milieu de ce vacarme, deux des voisines d'April et sa belle-mère discutaient d'un livre qu'elles avaient particulièrement aimé.

Affichant un grand sourire, April passait d'un groupe à l'autre avec des plateaux de boissons ou d'amuse-bouche.

Même si elle ne le disait pas, l'absence de Jay lui pesait. D'ailleurs, tout le monde ressentait la même chose.

Cole n'était pas encore arrivé.

Pendant la première heure, tous les invités avaient surveillé le portail du jardin, certains qu'il ne tarderait pas à arriver. Maintenant, ils n'en étaient plus aussi sûrs.

Ils commencèrent à faire griller la viande et à apporter les plats.

La réception continua, et il y eut quantité de rires et de conversations enflammées.

Les parents aidaient les enfants à garnir leur assiette devant le buffet lorsque Will s'écria :

— Le voilà !

Il y eut un soupir de soulagement général quand un homme aux cheveux noirs passa l'angle de la maison. Voyant qu'il s'agissait de Marsh Sullivan, tout le monde fut déçu.

— Désolé pour le retard, dit Marsh. Julia avait besoin de se reposer.

Passant un bras protecteur autour de la taille de sa femme, il la guida vers les invités. Julia portait une casquette de base-ball orange qui ne cachait pas totalement son crâne chauve et, malgré les cernes noirs sous ses yeux, elle affichait un sourire courageux.

Tout le monde prit des nouvelles de la jeune femme, qui les rassura. En dehors d'un peu de fatigue résiduelle, elle se sentait parfaitement bien, la maladie n'étant désormais plus qu'un mauvais souvenir.

JoAnn, la matriarche du clan Avery, chassa un de ses petits-fils d'un fauteuil afin que Julia puisse s'asseoir, et insista pour caler un coussin dans son dos.

Lacey, la belle-sœur de Julia, qui était aussi la meilleure amie d'April, s'empressa de lui apporter un jus de fruits.

— Nous sommes tellement heureux que tu sois guérie, dit-elle.

Tout le monde savait qu'il était encore un peu tôt pour tirer une telle conclusion, mais on fit semblant d'y croire dur comme fer par égard pour Julia et Marsh.

Des steaks hachés arrosés de ketchup ou de moutarde furent déposés dans des petits pains briochés, de la salade de pomme de terre s'empila sur les assiettes, des poignées de chips furent englouties.

Et, pendant ce temps, une dizaine de paires d'yeux attendirent de voir apparaître un invité très spécial.

Une autre heure passa, et le soleil entama sa descente vers l'ouest.

La fête commença à donner des signes de lassitude. On se força à manger une part de tarte. Seuls les enfants trouvèrent la force d'engloutir une coupe de glace, avant de retourner se battre à grands coups de pistolets à eau, tout en hurlant avec une énergie qui semblait inépuisable.

April se laissa tomber dans un fauteuil à bascule installé sur la terrasse couverte. Avec un soupir, elle essaya de se convaincre qu'elle n'avait pas de raison d'être déçue si Cole n'était pas venu. Après tout, il n'avait jamais promis de le faire.

Mais elle avait pensé... Elle avait espéré...

Quoi ? Un miracle ?

— Cole ne viendra plus, maintenant, dit son amie Lacey, en prenant place à côté d'elle.

Tirée de sa rêverie, April regarda du côté du portail.

— On dirait que non, murmura-t-elle.

Elles se turent et observèrent Will, Ben et Noah, le mari de Lacey, qui avaient rejoint les enfants et qui, munis de pistolets à eau, n'étaient pas en reste de tactiques plus ou moins fair-play pour arroser leurs adversaires.

— Regarde-moi ce gamin, fit remarquer Lacey, en couvant son mari d'un tendre regard.

Touché au cou par une giclée d'eau glacée, Noah poussa un rugissement de lion et se vengea en arrosant Will.

— Alors dis-moi, à quoi ressemble Cole ? voulut savoir Lacey.

— Il est grand, calme, avec un regard très intense. Et il ne sourit jamais.

Un mouvement à l'angle de la maison attira soudain son attention.

— Et tu vas pouvoir le vérifier par toi-même. Le voilà.

Tandis que Lacey se tournait pour regarder, Will et Ben poursuivaient férocement Noah, qui zigzaguait pour leur échapper.

Trébuchant soudain, il s'étala de tout son long.

April retint son souffle.

Cole Cavanaugh allait recevoir de plein fouet tout le contenu de deux pistolets à eau.

5

Quand il arriva chez April samedi en fin de soirée, il y avait encore des voitures garées dans sa rue.

Pressant le pas, il suivit les rires et les cris jusqu'au jardin situé derrière la maison.

Il s'était préparé à être bombardé de questions par la famille de Jay à la seconde où il apparaîtrait.

Sûrement pas à recevoir un puissant jet d'eau en pleine figure.

S'ébrouant, il s'essuya les yeux du bout des doigts et prit la mesure de son environnement : une douzaine de gamins qui couraient partout et une vingtaine d'adultes.

April était habillée en jaune. Figée sur place, elle le regardait, horrifiée.

Un homme aux cheveux grisonnants s'approcha, la main tendue. En le voyant, Cole sut aussitôt à quoi aurait ressemblé Jay avec trente-cinq ans de plus.

Ce n'était pas de cette manière qu'il pensait rencontrer le père de son meilleur ami, mais il lui serra la main sans hésiter.

À presque soixante-dix ans, Jim Avery avait la poigne ferme et le regard perçant.

Cole avait préparé un petit discours à son intention, mais il n'eut pas la possibilité de dire un mot.

— Que l'on apporte une assiette de nourriture à ce garçon ! ordonna-t-il.

Puis il s'écarta pour laisser leur tour aux autres.

Cole croisa le regard d'April. Elle esquissa un sourire timide, mais ne se déplaça pas pour faire les présentations. Ce n'était pas plus mal. Il était venu seul, et c'était très bien que chacun puisse le constater.

On lui serra la main, on l'embrassa, on lui parla de choses et d'autres, qu'il ne retint pas tant il était occupé à observer April. Sa robe épousait à ravir ses courbes délicieuses. Ses cheveux prenaient des reflets cuivrés sous la lumière déclinante du soleil. Elle lui plaisait, c'était indéniable. Seulement, après son petit discours devant la tombe de Jay, il était plus déterminé que jamais à garder cela pour lui.

Après avoir rencontré tout le monde, il rejoignit April devant le buffet.

— Besoin de reprendre votre souffle ? demanda-t-elle.

— Quelque chose dans ce genre-là, oui.

Il accepta la canette de bière sans alcool qu'elle lui tendait et sentit un frisson courir le long de son bras quand leurs doigts se frôlèrent.

April sentait des dizaines de paires d'yeux braqués sur elle, maintenant qu'elle se retrouvait face à Cole. Elle avait l'intention d'être la première à l'accueillir quand il arriverait, mais, quand le père de Jay était venu lui tendre la main, elle s'était aussitôt mise en retrait. Après cela, Cole avait géré les présentations tout seul. Il avait beau dire qu'il n'aimait pas la foule, il s'était très bien débrouillé.

C'était un héros de guerre, et elle n'avait pas le droit de l'accaparer. Il n'était pas à elle. Bien sûr que non. Mais qu'il en soit conscient ou non, à l'instant où il avait serré la main de Jim, il avait été intégré dans le clan Avery.

Elle ne s'était pas encore remise de l'échange silencieux entre les deux hommes. Elle avait toujours un peu de mal à respirer, et son cœur battait trop fort.

C'était comme si elle venait de tourner à l'angle d'un tunnel sombre et solitaire où elle errait, complètement perdue, et qu'elle apercevait soudain une lueur au loin.

Ses invités avaient des enfants à coucher, et des choses à faire le lendemain, et pourtant ils étaient restés pour rencontrer Cole. Certains lui avaient parlé seuls, d'autres en petits groupes. Tous s'étaient éloignés en avalant leur salive ou en cillant pour chasser leurs larmes.

Cole savait forcément ce que sa présence représentait pour chacun, mais elle avait du mal à deviner ce qu'il en pensait car son expression ne laissait rien filtrer de ses émotions. Il semblait attentif à ceux qui s'adressaient à lui, mais sur ses gardes.

De quoi se protégeait-il ?

Il leva sa canette, comme pour porter un toast, et elle remarqua qu'il avait des écorchures sur les jointures. Rien d'extraordinaire ou d'anormal. Même constat pour son jean délavé et sa chemise blanche aux manches roulées sur les avant-bras.

En fait, ce n'était pas son apparence qui lui faisait battre le cœur plus vite. C'était plus compliqué et plus profond que ça.

— Vous avez dû trouver mon mot, dit-elle.

C'était stupide, mais il fallait bien qu'elle dise quelque chose. Elle ne pouvait pas continuer à le dévisager comme ça.

— Effectivement.

Elle aimait le timbre rauque de sa voix, la forme de sa bouche et la couleur café de ses yeux. Et elle aimait tout spécialement les voir s'assombrir lorsque Cole plongeait son regard dans le sien.

— Votre porte était entrouverte, reprit-elle. Je vous ai appelé...

— Je pensais que je rêvais.

— Je me suis dit que vous ne viendriez plus.

— J'avais l'intention d'arriver plus tôt, seulement je n'ai pas vu le temps passer. Je suis désolé. Je ne voulais pas faire attendre vos invités.

Ses invités et pas elle ? Il avait fait la distinction, et elle l'avait relevé.

— Ça s'est bien passé, finalement, poursuivit-il. Vous aviez raison. Mais il reste une personne que je n'ai pas rencontrée.

— Oui. La mère de Jay.

April songea à le prévenir que sa belle-mère était une maîtresse femme. Elle était toujours prête à aider son prochain, mais elle ne se laissait pas marcher sur les pieds. Et elle disait toujours ce qu'elle pensait sans retenue. Et puis elle y renonça. Cole était un homme adulte, solide et capable de se débrouiller tout seul.

Ils marchèrent ensemble vers la terrasse, leurs ombres s'étirant sur l'herbe devant eux. Leurs épaules ne se frôlaient pas. Leurs coudes ne se touchaient pas, et pourtant April ressentait une connexion.

Elle ne savait pas comment elle allait gérer cela et paniquait un peu.

Plusieurs invités avaient commencé à rassembler leurs enfants, les restes de nourriture et les glacières. Tout le monde s'interrompit pour regarder Cole rencontrer la mère de Jay.

Le cœur d'April battait à tout rompre quand elle s'arrêta près de la table où JoAnn Avery était assise.

— JoAnn, voici...

— J'avais compris, ma chérie.

Sa belle-mère se leva souplement et se plaça face à Cole.

— Vous avez sûrement remarqué que nous ne faisons pas de chichis. Je suis JoAnn. Je suis heureuse de rencontrer le plus cher ami de mon fils.

Elle l'embrassa chaleureusement sur les joues, comme tout le monde s'y attendait.

La suite fut plus surprenante.

— Mes petites-filles m'ont dit que vous dormiez en tenue d'Adam. Voilà un homme comme je les aime !

April ouvrit de grands yeux.

— Ce qu'elles voulaient dire...

Sa belle-mère l'interrompit :

— Pour l'amour du ciel, il n'y a rien de mal à dormir nu. Moi-même, quand j'étais jeune...

Les sœurs de Jay restèrent bouche bée, comme si c'était une information qu'elles n'avaient pas forcément envie de connaître. Quelques hommes ricanèrent, tandis que Lacey éclatait de rire.

Les seules concessions à la surprise que fit Cole, devant cette révélation hautement personnelle, furent un léger haussement de sourcils, et un petit sourire narquois.

— Je ne m'attendais pas à avoir de la visite, dit-il.

April regarda ses filles qui encadraient leur grand-mère et souriaient d'un air angélique.

— Les filles, vous l'avez dit à quelqu'un d'autre ?

Elles ouvrirent de grands yeux innocents et restèrent muettes.

— Il est possible qu'elles m'en aient parlé, intervint Lacey.

— À moi aussi, renchérit Jim.

— Et à nous, avouèrent deux belles-sœurs d'April.

April se décomposa.

— Je suis désolée, Cole, murmura-t-elle. Les filles et moi n'avions pas l'intention d'exposer votre intimité.

— Allons, allons..., dit JoAnn en tapotant la joue de Cole. Vous ne vous sentez pas exposé, n'est-ce pas ? Et, entre vous et moi, ce qui est encore plus agréable que de dormir nu, c'est de nager nu.

Les filles de JoAnn poussèrent des cris horrifiés, que leur mère balaya d'un revers de main comme si elle écartait des moustiques.

— Au moins trois de vos voisins peuvent voir votre piscine depuis leur maison, fit remarquer Elizabeth, une des sœurs de Jay.

— Ton père et moi n'en connaissons aucun qui soit capable de voir la nuit.

— Parce que papa aussi ? demanda Regan, une autre des sœurs.

— Au moins, c'était la nuit, dit une autre. C'est déjà ça.

— Pas toujours, chérie. Je me souviens de vacances en Europe...

Regan l'interrompit d'un air horrifié.

— Pas question que je dise cela à Ryan. Il rêve d'aller sur une plage naturiste.

— Qu'est-ce que tu veux me dire, mon cœur ?

— Qu'il est temps de partir, répliqua Regan, tandis que son mari passait un bras autour de ses épaules.

— Nous devrions y aller aussi, décréta JoAnn.

Aussitôt, plusieurs invités se levèrent.

— Je crains d'avoir donné le signal du départ, ma chérie, fit remarquer JoAnn en souriant à April.

Les rides qui s'étaient creusées autour de la bouche et des yeux de JoAnn disaient sa tristesse, mais elle n'en faisait jamais étalage et s'efforçait d'aller de l'avant. April ne l'en admirait que plus.

Serrant sa belle-mère dans ses bras, elle murmura :

— Vous êtes vraiment une femme étonnante. Je vous aime.

— Mais oui, ma chérie, je le sais bien, répondit JoAnn.

Puis elle posa sa main sur le bras de Cole.

— Je suis contente que vous ayez pu vous joindre à nous ce soir, jeune homme. Jay était prévenant avec tout le monde, mais ses vrais amis étaient rares.

Elle cilla à plusieurs reprises.

— Eh bien, voilà maintenant que j'ai une poussière dans l'œil, précisa-t-elle, d'une voix un peu tremblante.

Tous ceux qui l'entendirent eurent soudain eux aussi une poussière dans l'œil.

JoAnn regarda autour d'elle.

— On dirait que Jim est prêt. Will et Kristy sont aussi en train de remballer. Eh bien, bonne nuit, tout le monde !

Le jardin fut rapidement rangé. Une chaussure perdue fut retrouvée. Les enfants furent rassemblés. Les poubelles furent vidées, un frisbee fut récupéré sur l'avant-toit du garage. Les chaises furent pliées et emportées par ceux qui les avaient apportées. Pour finir, on s'embrassa, on échangea encore quelques mots, puis ce fut un concert de portières claquées, de vrombissements de moteur et de coups de klaxon.

Et puis, soudain, il ne resta plus que Cole.

Il était presque 22 heures. Grace et Violet étaient accroupies côte à côte. Leurs têtes se touchaient tandis qu'elles contemplaient une cigale qui rampait dans l'herbe. Il ferait bientôt nuit, mais April n'était pas pressée de les détourner de leur découverte.

Cole observait les filles, et April observait Cole.

Il reposait son poids sur sa jambe droite. Le soleil couchant nimbait sa silhouette d'un halo orangé. Des bribes duveteuses de graminées volaient autour de lui.

Il était beau, c'était indéniable. Le nez droit, le menton puissant, la mâchoire carrée... Son visage était tout en angles. Et que dire de ses larges épaules, de ses pectoraux qui se dessinaient sous sa chemise ajustée – et qu'elle avait vus à l'hôtel, quand il dormait... –, de ses hanches étroites et de ses cuisses puissantes...

Il se tourna, comme s'il avait senti l'examen dont il était l'objet, et commença à s'avancer vers elle, sans l'ombre d'un sourire sur son visage.

— Vous m'avez fait mentir ce soir, dit-elle.

Devant son air surpris, elle s'empressa d'expliquer :

— Quand on m'a demandé comment vous étiez, j'ai répondu que vous étiez calme et que vous ne souriez jamais. Pourtant, ce soir, vous avez ri avec la mère de Jay. Qui aurait cru que mes beaux-parents prenaient des bains de minuit ?

— Je pense qu'elle a dit cela pour me mettre à l'aise.

April se demanda quel était le secret de sa belle-mère, car Cole ne semblait pas du tout à l'aise, à présent.

Si elle ne faisait rien dans les prochaines secondes, il allait détaler comme un lièvre apeuré. Et elle n'avait pas envie qu'il s'en aille déjà.

— Voulez-vous entrer quelques minutes ? proposa-t-elle.

Elle perçut son hésitation et ajouta :

— J'aimerais bien savoir quelles sont les modifications que les frères de Jay vous ont proposées pour les travaux.

Son astuce fonctionna.

Tandis qu'elle le précédait à l'intérieur de la maison, elle songea que sa rusée belle-mère n'était pas la seule à avoir quelques tours dans son sac.

Cole ne comprit rien à la tournure que prirent les événements. Il s'apprêtait à partir, et voilà qu'il était en train d'expliquer les idées parfois saugrenues des Avery pour la rénovation de l'étage.

April et lui tenaient chacun un côté du plan, et leurs têtes penchées se touchaient presque, à l'image de celles de Grace et Violet qui poursuivaient leurs découvertes entomologiques.

April écoutait attentivement tandis qu'il détaillait les modifications : un placard plus grand ici, une porte plus large là, un autre emplacement pour la salle de bains...

Il se demandait par quel miracle ses explications pouvaient être cohérentes car il ne pensait à rien d'autre qu'à la beauté d'April dans sa robe jaune, à la douceur de ses cheveux qui lui effleurait le bras, à l'envie qu'il avait de...

Non, il ne pouvait laisser cette pensée prendre forme.

Elle fit passer la masse de ses cheveux d'un seul côté de son visage, révélant son oreille, la finesse de son cou... et le début de son décolleté.

Cole perdit ses esprits en imaginant qu'il posait les lèvres sur chacun de ces endroits...

Heureusement, April se dirigea vers la porte pour appeler les jumelles.

— Les filles ! Il commence à faire nuit. Il est temps de rentrer !

Laissez cette pauvre cigale tranquille. Elle est fatiguée et elle veut aller se coucher.

Les jumelles se levèrent d'un bond et coururent vers la maison.

— Elle est morte, annonça Grace.

— Parce que tu l'as serrée trop fort, dit Violet, d'un ton mécontent.

Laissant la porte claquer derrière elle, la fillette se tourna vers lui et précisa :

— Elle prend toujours les insectes dans ses doigts. Même les araignées. C'est dégoûtant.

Même si son rire lui apparut comme un peu rouillé, Cole sentit se libérer un peu de la tension qui s'était logée au creux de son estomac. April avait raison : il ne souriait pas souvent. Et il lui arrivait encore plus rarement de rire.

April envoya les filles se laver les mains et mettre leur pyjama, et lui demanda s'il voulait quelque chose.

— Un décaféiné ? Une tisane ?

Il regarda d'un œil envieux une assiette de brownies, mais répondit qu'il n'avait besoin de rien.

April déposa deux brownies sur une assiette, lava une fourchette à dessert et lui tendit le tout.

— Il y a du lait dans le réfrigérateur. Servez-vous si vous en voulez.

Sur cette proposition, elle quitta la pièce.

Cole observa l'assiette, essaya de résister et finit par planter sa fourchette dans un des brownies. La pâte était fondante, avec des petits éclats de caramel à l'intérieur, et un épais glaçage blanc sur le dessus. Il dévora les deux et, ne voyant pas de lave-vaisselle, posa son assiette sur la pile qui attendait dans l'évier.

Dans la salle de bains, April demandait aux jumelles de se laver les dents.

Laissant le plan de l'étage sur la table, il noua un sac-poubelle et alla le déposer dans le conteneur à côté du garage.

Désœuvré, il arpenta le salon et prit une photo encadrée, posée sur une des étagères de la bibliothèque. On y voyait April en robe blanche et Jay en costume sombre.

Il les fixa jusqu'à ce que leurs visages se brouillent et que la douleur dans sa poitrine devienne si forte qu'il eut du mal à respirer. Il reporta alors son attention sur des photos des jumelles à différents âges.

Il y avait aussi un cliché d'un séduisant jeune couple, et de deux fillettes qui devaient être April et sa sœur. Sur d'autres photos, il reconnut des personnes qu'il avait rencontrées aujourd'hui.

Il entendit chuchoter dans une pièce au bout du couloir. Il lui sembla distinguer des bribes d'une histoire, puis April revint.

— Elles voudraient que vous alliez leur dire bonsoir.

Il n'avait jamais bordé un enfant et n'était pas sûr de savoir comment faire.

À la lueur d'une veilleuse en forme d'étoile, il enjamba les jouets qui jonchaient le sol et se dirigea en premier vers le lit de Grace.

La fillette leva les yeux et lui adressa un sourire endormi.

— Bonne nuit, dit-il, faute d'avoir une meilleure idée.

Apparemment, cela suffit.

Ses paupières se fermant toutes seules, Grace coinça un lapin en peluche miteux sous son menton.

— Bonne nuit, Cole.

Il se déplaça vers le lit de Violet.

À peine fut-il assis que la fillette se lança dans un grand discours.

— Maman dit que si j'enlève mon pyjama, je ne pourrai pas porter ma robe de princesse pendant une semaine. J'aimerais bien avoir un bébé chien comme Maddie. Maman a dit peut-être, mais ça veut toujours dire non. Tu pourras lui demander ? Je m'en occuperai toute seule. Je sais comment il faut faire. Maddie m'a bien expliqué. Je pense que je vais l'appeler Jasmine. Ou Belle. Ou peut-être Arielle. Ça doit être absolument une fille, parce que je n'ai pas trouvé de nom pour un garçon.

Elle continua à énumérer toutes les idées qui lui passaient par la tête et, tout à coup, s'endormit au beau milieu d'une phrase.

Cole retrouva April dans la cuisine, en train de laver la vaisselle, et il l'observa un moment depuis le seuil.

Elle s'était brossé les cheveux. C'était peut-être bizarre de remarquer cela, mais il avait toujours prêté attention aux détails.

Tous les plans de travail étaient recouverts de restes de nourriture et de vaisselle sale. Il se demanda s'il devait proposer son aide.

— Vous savez, dit-il, en entrant dans la pièce, Violet vous ressemble, physiquement, mais je crois que la mère de Jay avait la même personnalité, quand elle était petite.

Il s'attendait à un rire, ou au moins à un hochement de tête, mais April continua à faire la vaisselle.

— Une information, en passant, poursuivit-il. Elle voudrait un chiot.

Il s'approcha de la paillasse, où s'empilait la vaisselle à essuyer.

— Elle a déjà réfléchi à des prénoms, précisa-t-il.

April soupira.

— Vous n'aimez pas les chiens ? s'enquit-il.

— Si, bien sûr. Ma sœur et moi avions une chienne quand nous étions petites. Marilee l'avait nommée Lady Godiva, mais nos parents avaient raccourci son nom en Lady. Ça a été un drame quand elle est morte.

Elle soupira derechef et fit rouler sa tête sur ses épaules.

— Des courbatures ? lança-t-il. Il est vrai que la journée a été longue.

— Et ces brownies ? Comment les avez-vous trouvés ?

— Excellents.

— C'est Lacey qui les a faits. C'est un délice, mais elle refuse de me donner la recette.

À nouveau, il fut surpris qu'April n'esquisse pas au moins un sourire. Il faisait nuit, maintenant, et il pouvait voir son reflet dans la fenêtre au-dessus de l'évier.

Il faillit parler de Jay. Est-ce qu'il lui manquait ? Le fait d'avoir passé du temps avec sa famille avait-il ravivé le sentiment de son absence ?

— Tout va bien ? demanda-t-il.

Elle hocha la tête, sans réussir à le convaincre.

Il s'approcha et posa sa main sur son épaule.

— Qu'est-ce qui ne va pas, April ?

— Pourquoi dites-vous ça ?

— Vous venez de laver ce verre pour la troisième fois.

Elle le regarda enfin, mais son expression ne laissait rien filtrer de ce qui la préoccupait.

Et, soudain, elle l'embrassa.

Ce fut un baiser furtif. Comme la caresse d'une plume sur ses lèvres.

C'était doux, tendre, et si troublant qu'il ne trouva pas la force de s'écarter.

Elle avait dû se hisser sur la pointe des pieds car il était beaucoup plus grand qu'elle.

Il ferma les yeux et retint son souffle. Leurs corps étaient pressés l'un contre l'autre, et il sentait la chaleur et le parfum d'April l'envelopper.

Au loin, un clocher sonna 23 heures. Le vent soufflait, faisant craquer la charpente. Des insectes nocturnes stridulaient dans le jardin.

Elle posa les mains sur ses épaules, se blottissant davantage contre lui, tandis que son baiser s'enhardissait.

Submergé de désir, il enroula un bras autour de sa taille et répondit avec ardeur à son baiser.

Il ne s'attendait pas à cela. Il ne s'y était pas préparé. Il y avait pensé, il en avait rêvé... Ses rêves n'étaient pas à la hauteur de la réalité.

Cette pensée le ramena à la raison. Ce désir de la tenir contre lui et de l'embrasser remontait à bien longtemps, et il en avait toujours éprouvé de la culpabilité.

Il s'écarta brusquement.

April ouvrit les yeux, et il se noya dans un océan d'or. Elle avait les joues rosies, les lèvres moites et gonflées.

S'il posait le bout de ses doigts sur la veine qui battait follement à la base de son cou, il savait que son pouls serait à l'unisson du sien.

Le désir et l'honneur se livraient une rude bataille en lui. Il avait envie de l'embrasser à nouveau, de respirer sa peau, de la soulever dans ses bras et de l'étendre sur un lit...

— April...

— Je sais. Nous n'aurions pas dû.

C'était lui qui n'aurait pas dû. Il l'avait promis. Et pas seulement à lui-même.

Il aurait dû arrêter April avant que cela commence. En tout cas, il n'aurait pas dû l'encourager. Seulement il savait que rien n'aurait pu l'empêcher de répondre à son baiser.

Il recula d'un pas, puis d'un deuxième.

Maintenant qu'il était trop loin pour la toucher, il pourrait peut-être penser en toute sérénité.

Elle se sentait seule, voilà tout. Il le comprenait mieux que personne, mais il ne pouvait pas la laisser s'égarer ainsi.

— Je suis désolée, murmura-t-elle. Si ça se trouve, vous êtes marié.

— Je ne le suis pas.

— Quatorze mois... Cela fait quatorze mois que Jay n'est plus là. C'est beaucoup trop tôt pour...

— Oui.

Il voyait encore dans ses yeux les effets de leur baiser passionné.

— C'est ce que je n'ai cessé de me répéter tout l'après-midi, dit-elle.

— Je ne suis pas venu ici pour ça, vous savez.

April avait des dizaines de questions, mais elle se concentra sur la plus importante.

— Pourquoi êtes-vous venu ?

Elle eut le temps de compter jusqu'à dix avant qu'il réponde :

— Je voulais me rattraper vis-à-vis de Jay.

Le cœur d'April battait toujours follement, et elle ne savait pas quoi faire de ses mains tandis qu'elle attendait une explication plus précise. Elle finit par les croiser devant elle.

Obtenir des réponses de la part de Cole était comme arracher des mauvaises herbes. Certaines venaient facilement, mais d'autres se cassaient à ras de terre et la racine restait enfouie.

Il n'était pas comme les autres hommes qu'elle connaissait. Seigneur, il y avait tellement de gens qui la bombardaient d'informations personnelles dont elle se serait bien passée !

Cole était différent. Il était secret. Sur ses gardes.

Et elle ne le laissait pas indifférent.

— Comprenez-moi bien, reprit-il enfin. Le fait que vous ayez eu envie de m'embrasser est le plus beau cadeau que l'on m'ait fait depuis longtemps. Mais je sais ce que Jay représentait pour vous et je n'ai pas l'intention d'essayer de prendre sa place.

Elle ouvrit la bouche pour répliquer, mais Cole ne lui en laissa pas l'occasion.

— Dans ces conditions, je comprendrais très bien que vous vouliez faire appel à quelqu'un d'autre pour aménager l'étage.

Elle lutta contre une soudaine vague de panique. Sans rien laisser paraître, elle rétorqua :

— Je pensais, en tant que meilleur ami de Jay, que vous étiez un homme de parole.

Elle vit, à la façon dont il carrait ses épaules et redressait le menton, qu'il était piqué au vif.

— Je le suis et je pense que vous le savez.

— En ce qui me concerne, notre accord tient toujours, dit-elle. Sachez seulement que j'ai décidé de faire deux chambres à l'étage, séparées par une salle de bains. Pendant que les hommes faisaient des suggestions pour rendre la suite parentale plus luxueuse, nous avons décidé entre femmes du risque qu'il y avait à laisser les filles dormir en bas quand elles seront adolescentes. Il faudra sans doute que je mette en place des couvre-feux, et que je surveille leurs allées et venues. C'est pourquoi je serai mieux en bas. Mais nous en reparlerons demain matin.

Il la toisa longuement, et une femme moins aguerrie qu'elle aurait sans doute frémi. Cole était un homme intimidant et, en tant qu'ancien officier, il ne devait pas avoir l'habitude que l'on aille contre ses décisions.

Elle campa sur ses positions et soutint son regard sans flancher.

— Très bien, April. Nous en parlerons demain.

Elle l'accompagna à la porte et la ferma aussitôt derrière lui, laissant les lampes extérieures allumées jusqu'à ce qu'elle entende son pick-up démarrer.

Après s'être assurée que toutes les fenêtres et les portes étaient bien fermées, elle jeta un coup d'œil aux plans de travail encombrés et à la vaisselle qui restait à faire et décida de s'en occuper... le lendemain.

Après avoir vérifié que les jumelles dormaient paisiblement, elle regagna sa chambre et se laissa tomber sur son lit.

Seigneur ! Elle avait embrassé Cole !

Cela lui ressemblait si peu d'agir ainsi !

Elle essaya de se convaincre que ce n'était rien du tout. Il n'empêche qu'elle n'avait pensé qu'à ça depuis le moment où Cole était arrivé à la soirée.

Il avait tenu à préciser qu'il n'avait pas l'intention de prendre la place de Jay. Pensait-il vraiment que c'était ce qui se produirait, s'ils avaient une aventure ?

Elle rougit.

Qui avait parlé d'une aventure ?

En tout cas, elle avait pris l'initiative de ce baiser, et ce n'était pas dans ses habitudes.

Certes, elle avait toujours eu le sens de la repartie, mais elle n'avait jamais pratiqué une séduction agressive, ni fait le premier pas. Les quelques garçons avec qui elle était sortie avant Jay étaient tous venus à elle et elle s'était laissé persuader.

Avec Jay, le coup de foudre avait été immédiat. Quand elle l'avait perdu, elle s'était dit qu'elle ne serait plus jamais intime avec un autre homme jusqu'à la fin de ses jours.

Encore aujourd'hui, il lui suffisait de fermer les yeux pour voir le visage si séduisant de son mari, les fines rides au coin de ses yeux, son sourire toujours si avenant...

Un grand vide se creusa dans sa poitrine tandis qu'elle allumait sa lampe de chevet.

Elle se leva et traversa la pièce pour aller caresser le peignoir accroché à la patère derrière la porte.

En enfouissant son visage dans le tissu-éponge, elle constata avec tristesse que l'odeur de Jay avait totalement disparu, maintenant.

Elle essaya de la recréer dans son esprit. Jay était la première primevère dans l'herbe nouvelle, ce courageux rayon de soleil qui faisait fondre les dernières traces de neige...

Elle pouvait la décrire parfaitement, mais elle ne parvenait plus à faire revivre son odeur... Ce constat lui nouait la gorge et lui serrait le cœur.

Elle enfila le peignoir sur sa robe, roula les manches, croisa les pans et les noua. Puis elle sortit de sa chambre et déambula sans but dans la maison.

Si Jay n'était pas mort, elle n'aurait jamais embrassé un autre homme. Elle était sincèrement persuadée qu'elle n'en aurait jamais eu envie.

Vibrant d'un amour qui n'avait désormais plus d'objet, souffrant d'une absence irrémédiable, elle serra les bras autour de sa taille,

Si seulement elle pouvait le ressusciter.

Mais elle ne pouvait pas plus le faire revenir que faire revivre son odeur.

Le cœur déchiré, les joues couvertes de larmes, elle se retrouva, sans s'en rendre compte, en haut de l'escalier qui menait au grenier.

Elle alluma le plafonnier et tenta de s'imaginer à quoi cet endroit ressemblerait une fois que Cole l'aurait transformé. Sans succès. Elle ne parvint pas à voir autre chose qu'une charpente nue et un sol poussiéreux.

Elle retourna finalement dans sa chambre, où elle ôta le peignoir et le suspendit à la patère où il se trouvait depuis que Jay était parti pour ne jamais revenir.

Elle prit une profonde inspiration et capta une fragrance boisée qu'elle associait à l'hiver.

Jay lui manquerait toujours, elle ne cesserait jamais de l'aimer, mais c'était maintenant l'odeur de Cole qui imprégnait ses vêtements, le baiser de Cole qui flottait sur ses lèvres, le souvenir de ses bras autour d'elle qui troublait ses pensées…

Elle savait ce que cela signifiait, quand un homme serrait la mâchoire comme Cole l'avait fait ce soir : il n'avait aucune intention de l'embrasser à nouveau, même s'il avait souhaité ce baiser, qu'il en avait eu besoin et qu'il l'avait apprécié.

Ça lui avait plu aussi. Beaucoup plus qu'elle n'aurait pu l'imaginer. Elle avait ressenti un élan de désir qu'elle pensait ne jamais voir refaire surface. Elle avait vu une étincelle derrière ses paupières fermées, qu'elle croyait éteinte à jamais.

Déjà, elle rêvait d'un autre baiser…

Comment faire pour convaincre Cole de changer d'avis ?

Elle soupira.

Quelque part, tout au fond de son cœur, une petite graine avait été plantée.

Elle la sentait déjà prendre racine.

Bientôt, elle le savait, il en jaillirait une aspiration à quelque chose de bien plus profond qu'un simple baiser…

6

C'était un de ces après-midi du milieu de l'été qui mettaient April d'excellente humeur. L'air était doux, le vent léger, et les pelouses nouvellement tondues du jardin municipal dégageaient une fraîche odeur acidulée.

Tenant ses filles par la main, elle déambulait paisiblement, en écoutant leur joyeux babil. Elle se sentait aussi libre que les nuages qui parsemaient le ciel bleu, semblables à de grosses boules de barbe à papa.

Elle ne trouva pas étrange de parvenir à voir la couleur des yeux de ses filles à travers leurs lunettes de soleil.

Elle ne s'étonna pas non plus de toutes ces luxuriantes fleurs exotiques qu'elle n'avait jamais vues parmi les habituels pétunias et dahlias.

Il n'y avait rien d'anormal à ce que les voitures, toutes vert amande, roses ou jaunes, glissent sans bruit dans la rue, comme portées par des coussins d'air.

Elle ne fut pas davantage surprise de voir son père prêcher la bonne parole, en haut de marches en marbre blanc qui ne menaient nulle part.

Des gens qu'elle ne connaissait pas étaient rassemblés autour de lui. D'autres entouraient la statue en bronze de Johnny Appleseed, qu'un mystérieux donateur avait offert à la ville. Près de la fontaine, deux femmes à la longue chevelure argentée, vêtues de robes blanches chantaient d'une voix incroyablement mélodieuse et apaisante.

Au loin, quelqu'un frappait sur quelque chose.

April ignora le fracas et continua à marcher en compagnie de ses filles.

Elle ne se demanda pas pourquoi Cole était avec elle, ni pourquoi il était en tenue militaire. Il lui souriait, et elle avait le cœur aussi léger que les ballons gonflés à l'hélium qui flottaient autour d'eux.

Les coups se répétèrent, de plus en plus insistants.Subitement, tous les nuages s'assombrirent et les fleurs exotiques se fanèrent. Les moteurs des voitures se mirent à rugir comme des bêtes féroces, et son père disparut.

Cole se mit à courir dans la rue en appelant quelqu'un, puis il y eut des crissements de frein et une explosion de verre brisé.

— Nooon !

April se réveilla brusquement et s'assit dans son lit, en sueur.

Son cœur battait à tout rompre, et elle avait mal à la gorge d'avoir crié. Il lui fallut quelques instants pour réaliser qu'elle était dans sa chambre. Le peignoir de Jay était accroché à la patère derrière la porte. Un roman était ouvert sur la table de chevet. Les draps étaient enroulés autour de ses jambes.

Elle avait rêvé.

Elle repoussa les cheveux de son visage, se frotta les yeux et tenta de libérer ses jambes prises entre les draps.

C'était la première fois que cela lui arrivait, depuis la mort de Jay.

Autrefois, elle faisait souvent des rêves prémonitoires. Quelques jours avant la mort de son père, elle avait rêvé de funérailles. Elle ne savait pas encore qu'elle était enceinte quand elle s'était vue en songe avec des jumelles.

Elle se figea, soudain glacée.

Mais alors…

Les coups de frein, les klaxons, le verre brisé, le choc d'une voiture heurtant quelque chose… ou quelqu'un…

Et Cole, qui avait disparu…

Non. Ce n'était qu'un rêve, et rien d'autre. Cela n'avait rien de prophétique.

On frappa encore mais, cette fois, le son était bien réel.

Quelqu'un cognait à la porte de la cuisine.

Elle jeta un coup d'œil à la pendulette sur sa table de chevet.

Elle se pencha et regarda à nouveau.

Ce n'était pas possible ! Il était 8 heures passées. C'était probablement Cole.

Elle se leva d'un bond et se rua vers la cuisine, où elle vit la silhouette d'un homme derrière le store de la porte vitrée.

— Un instant ! cria-t-elle.

Puis elle courut au fond du couloir et alla voir les filles, qui étaient généralement réveillées dès le lever du soleil. Ce matin, elles dormaient à poings fermés. La réception de la veille avait dû les épuiser.

Elle retourna dans sa chambre, où elle enfila un short et un fin gilet directement sur le boxer en coton et le débardeur qui lui tenaient lieu de pyjama. Puis elle courut à la salle de bains pour se passer de l'eau sur le visage, se laver les dents et se brosser hâtivement les cheveux.

Elle était rougissante et agitée quand elle ouvrit la porte. Mais, au moins, elle était présentable.

Cole la regarda et demanda aussitôt :

— Qu'est-ce qui ne va pas ?

Elle secoua la tête sans un mot.

— Que s'est-il passé ? insista-t-il.

Elle fut incapable de répondre.

— Il y a un problème avec les filles ?

— Non, lâcha-t-elle enfin. Elles dorment toujours.

Tandis qu'elle reculait pour le laisser entrer, elle surprit le coup d'œil appuyé dont il l'enveloppait. Elle s'était habillée sans se regarder dans un miroir, et elle baissa les yeux pour s'assurer que tout était zippé, boutonné et couvert. Elle avait enfilé le premier short qu'elle avait trouvé dans le tiroir. Il était blanc et un peu plus court que ceux qu'elle portait habituellement, mais pas trop sexy. Son gilet en coton couleur jade était boutonné correctement et, si elle n'avait pas pris le temps d'enfiler des chaussures, tout le reste était à sa place.

Sauf son cœur. Elle avait toujours l'impression qu'il était remonté dans sa poitrine.

— Vous avez l'air fatigué, fit remarquer Cole. Vous avez dormi, cette nuit ?

— Un peu.

— C'est-à-dire ?

— J'ai fait un cauchemar.

Pourquoi n'avait-elle pas revécu en rêve le baiser de Cole ? Où était passée la femme qui était si sûre d'elle, quelques heures auparavant ? Comment avait-elle pu se laisser aller à des sensations si intenses, en prenant le risque d'une nouvelle perte douloureuse.

— Ce baiser, c'était une erreur, décréta-t-elle.

— Tout va bien, April.

— Non. Tout ne va pas bien. Je pensais que c'était un nouveau départ, mais je me trompais. Ce n'est pas votre faute. Je n'aurais pas dû.

Elle savait que son discours était un peu décousu, mais elle avait du mal à recouvrer ses esprits.

Sans ajouter un mot de plus, Cole pivota sur ses talons et quitta la pièce.

Immobile au milieu de la cuisine, April contemplait la porte qui venait de se refermer.

Évidemment, il l'avait cataloguée comme folle et il prenait la fuite.

Elle ne pouvait même pas l'en blâmer.

Soudain, elle entendit frapper trois petits coups secs à la porte.

Elle comprit, et quelque chose de doux et d'apaisant se répandit en elle. Presque aussitôt, son cœur retrouva un rythme normal.

Ouvrant la porte, elle trouva à nouveau Cole sur le seuil. Un coin de sa bouche était remonté en un demi-sourire. C'était le premier sourire qu'il lui offrait, et c'était charmant.

— Bonjour, je suis Cole Cavanaugh.

Elle se perdit dans les profondeurs de ses yeux bruns.

— Pardon, que dites-vous ? Vous êtes April Avery ? Ravi de vous rencontrer, April.

Il marqua une nouvelle pause.

— N'hésitez pas à parler plus fort. Je ne suis pas sûr d'avoir compris. Vous disiez que vous aviez bien besoin d'un ami ?

Elle ne savait pas si elle devait rire ou pleurer et se retrouva à faire les deux.

— Vous voulez être mon ami ? demanda-t-elle.

— Vous voulez que je le sois ?

Cole était un petit malin. Il appartenait aussi à cette rare frange d'hommes que l'on appelait des héros. La combinaison ne manquait pas d'attraits. Cole ne manquait pas d'attraits. En fait, c'était un des hommes les plus séduisants qu'elle ait jamais rencontrés. Et cela ne se résumait pas seulement à son apparence physique.

— Je suppose que oui, répondit-elle.

— Amis, alors, dit-il, en lui tendant la main. Donc on se tutoie.

Elle posa sa main dans sa large paume et, tandis que ses doigts enveloppaient les siens, elle ressentit un léger frémissement et un inexplicable lien.

Son cœur s'emballa un petit peu, mais elle n'en fut pas effrayée car Cole et elle avaient maintenant un accord : amis.

Cole posa son ordinateur sur la table, et elle alluma la cafetière. Puis, comme elle n'avait pas eu le temps de mettre ses lentilles de contact, elle se précipita vers la chambre pour aller y prendre ses lunettes, rangées sur la table de chevet.

De retour dans la cuisine, elle versa du café dans deux tasses qu'elle apporta à table.

Cole était absorbé par sa tâche, et elle en profita pour le regarder.

Elle savait déjà qu'il avait un visage anguleux, un nez droit, des sourcils et des cils très noirs. Il y avait, au-dessus de sa lèvre supérieure, une petite cicatrice blanche qu'elle n'avait pas remarquée avant. Elle se demanda s'il se l'était faite dans une bagarre, ou si c'était le résultat de quelque chose de plus innocent, comme une chute quand il était enfant.

Il leva les yeux et, remarquant qu'elle l'observait, demanda :

— Un problème ?

Elle secoua la tête avant de boire une gorgée de café.

Il était vrai qu'elle avait très envie d'en savoir plus à son sujet, mais elle n'avait pas besoin de tout découvrir aujourd'hui.

Maintenant qu'ils étaient amis, elle pouvait prendre son temps.

Cole lui présenta le nouveau plan en 3D sur lequel il avait probablement travaillé toute la nuit, et ils reportèrent tous les deux leur attention sur le projet de rénovation.

April se pencha, les coudes en appui sur la table et regarda l'écran de l'ordinateur.

L'étage se composait maintenant de deux chambres séparées par une salle de bains.

Cole avait pensé à tous les détails, du type de sol aux portes de placard, en passant par la robinetterie. Elle se demanda combien de temps il y avait passé.

— Tu n'as pas dû beaucoup dormir non plus, dit-elle.

Il secoua la tête et, fidèle à une personnalité qu'elle commençait à mieux connaître, n'apporta pas d'autre information.

— Qu'en penses-tu ? s'enquit-il. C'est ça que tu imaginais, pour les chambres de Violet et Grace ?

Il n'y avait aucune raison pour qu'elle ait soudain envie de pleurer. À part peut-être parce que ce n'était pas ainsi que Jay et elle avaient envisagé les aménagements, pour l'étage. Mais Jay n'était plus là, et elle devait être forte et offrir un avenir à ses filles toute seule désormais. Ces chambres seraient parfaites pour les adolescentes qu'elles allaient devenir.

— April ?

Elle regarda Cole et réalisa qu'il avait posé une question.

— Pardon ?

— Tu veux prendre quelques jours pour réfléchir ?

— Non. Inutile. C'est parfait comme ça. Quelle est la prochaine étape ?

— Eh bien, je vais prendre toutes les mesures, établir la liste des matériaux et les commander, passer à la mairie pour la déclaration de travaux, et faire venir une benne pour les débris.

— Je n'ai pas quelque chose à signer ?

— Je vais te fournir un devis, si tu veux, que tu pourras signer avec la mention « bon pour accord. »

— Combien de temps tu penses que ça prendra pour tout terminer ?

— Quatre semaines. Moins si les sous-traitants que Riley Merrick m'a recommandés peuvent nous caser dans leur emploi du temps entre deux chantiers.

Ils discutèrent des couleurs, des matériaux, puis Cole monta prendre les mesures.

Assise à la table, April sirota un deuxième café en l'écoutant marcher au-dessus de sa tête.

Quand il revint, ils parlèrent encore un peu, mais elle vit bien qu'il était pressé de se mettre au travail.

Il était déjà à la porte quand elle l'appela.

— Cole ?

Il se tourna lentement, et elle enregistra dans sa mémoire la façon nonchalante et sensuelle dont il se mouvait.

Il portait un chino beige taille basse et un T-shirt de la même couleur café que ses yeux. Sa ceinture et ses chaussures étaient en cuir brun.

Vraiment, il n'était pas désagréable à regarder.

— Tu as beaucoup d'amies femmes ?

Il réfléchit.

— À ce jour, j'en ai... une. Et toi ?

— J'ai beaucoup d'amies femmes.

Elle savait que ce n'était pas la réponse qu'il attendait, mais il rit, et elle eut l'impression d'entendre une voiture qui n'avait pas démarré depuis longtemps. Visiblement, il manquait de pratique.

— Je reviendrai plus tard, dit-il. Je ne sais pas à quelle heure.

Il partit avec un sourire qu'elle n'oublierait pas de sitôt.

Quatre semaines, songea-t-elle. C'était le temps qu'il envisageait de consacrer aux travaux. Après cela, il reprendrait le cours de sa vie. Loin d'Orchard Hill.

Peut-être apprendrait-il à rire, pendant ce laps de temps...

Et peut-être découvrirait-elle que l'impression d'être déjà tombée amoureuse de lui n'était qu'une illusion.

Car tomber amoureuse de Cole, c'était s'exposer à souffrir.

Lundi, Cole déposa les documents à la mairie pour l'établissement de l'autorisation de travaux.

Mardi, il supervisa la livraison de la benne et d'une partie des matériaux. Puis il démonta la vieille gaine de ventilation hors d'usage qui courait sous la charpente et jeta tous les débris par la fenêtre, directement dans la benne placée en dessous.

Le travail physique lui faisait un bien fou et lui apportait la certitude de bien dormir, cette nuit. Pas comme la veille, où il s'était réveillé en sursaut, après un rêve érotique.

Il n'était pas question qu'il éprouve du désir pour April, alors qu'ils venaient de conclure une relation purement amicale.

En outre, il avait promis de ne pas essayer de prendre la place de Jay dans son cœur ou dans sa vie.

Sauf que…

Il s'était tourné et retourné dans son lit. Il avait fixé le plafond, s'était exhorté à dormir, avait tenté de lire, de regarder la télévision.

Mercredi matin, le temps était radieux. Il planta un piquet sur la pelouse devant la maison et y agrafa le document officiel l'autorisant à transformer l'étage. Des odeurs qui lui mirent l'eau à la bouche s'échappaient de la maison, et il se hâta d'aller frapper à la porte de la cuisine.

— C'est ouvert, Cole. Entre !

Il se rendit dans la cuisine, où il n'y avait personne. Il vit un plateau de brioches à la cannelle, posé sur l'îlot central. Puis, tandis qu'il dégustait sa première gorgée de café, il vit que la table avait été dressée pour quatre, comme pour une famille.

Une curieuse sensation l'envahit, faite d'attendrissement et d'envie.

Il n'eut pas le temps de l'analyser. Grace et Violet venaient de surgir dans la cuisine.

— Comment aimez-vous votre café, mesdemoiselles ? demanda-t-il. Noir ou avec de la crème ?

Violet gloussa derrière sa main.

— T'es bête ! On boit pas de café. On a quatre ans.

— Presque cinq, corrigea Grace.

— C'est vrai ? Et c'est quand ton anniversaire ?

— Le même jour que Violet.

Il rit. Même si le son était aussi grinçant que des vieux gonds rouillés, il reconnut que cela faisait du bien.

Au même moment, April entra.

Elle ne portait pas ses lunettes et avait relevé ses cheveux en torsade souple. Quelques mèches s'en échappaient.

— Bonjour, Cole. Je vois que tu as trouvé le café.

Elle lui tendit une copie signée du devis qu'il avait imprimé.

— Le petit déjeuner est prêt, dit-elle. Assieds-toi.

À en juger par le plateau de brioches, la casserole de porridge qui mijotait sur le gaz et la salade de fruits frais, elle s'était levée de bonne heure.

Grace et Violet se hissèrent sur leur chaise, mais il resta debout.

— Rien pour moi, merci, dit-il.

April leva des yeux surpris vers lui.

— Tu as déjà déjeuné ?

Il avait avalé une barre protéinée à 5 heures, mais ce n'était pas la question. Il ne pouvait tout simplement pas s'asseoir à la place de Jay. En outre, il avait promis de ne pas s'impliquer avec April sur un plan romantique. Or, il y avait quelque chose de trop intime dans le fait de prendre le petit déjeuner ensemble.

— J'ai de l'équipement à décharger, marmonna-t-il.

Puis il sortit précipitamment.

Dehors, il respira à pleins poumons l'air frais, ouvrit l'arrière du pick-up et tira à lui une lourde scie circulaire.

Lorsqu'il se retourna, il retint un juron. Il était nez à nez avec April. Les bras croisés, le menton levé, elle était fièrement campée sur ses pieds.

— Quoi ? dit-il, d'un ton bourru.

Elle leva les yeux au ciel.

— Tu m'as volé ma réplique, déclara-t-elle.

Il reposa la scie dans le coffre.

— J'ai du travail, April.

— Je vois ça. Mais maintenant que nous sommes amis, tu vas me dire ce que j'ai fait pour t'énerver comme ça.

— Rien.

— Alors de quoi s'agit-il ?

— Tu n'es pas obligée de me nourrir, c'est tout.

— Je nourris tous mes amis. Pose-leur la question, si tu ne me crois pas.

Un couple âgé qui promenait son chien passa à proximité et la salua.

Elle leur répondit chaleureusement. Donc, elle n'en voulait qu'à lui. Pas au monde entier.

— Tu fais asseoir tous tes amis à la place de Jay ? demanda-t-il.

Elle eut un mouvement de recul, comme si elle avait été repoussée par une forte bourrasque. Son expression lui fit comprendre qu'il avait dépassé les bornes.

— Nous n'avons jamais eu de place attitrée, rétorqua-t-elle sèchement.

Il se sentit stupide. Pour sa défense, s'il avait réagi avec excès, c'était parce qu'il savait qu'il lui serait difficile de se contenter d'une amitié alors qu'il voulait tellement plus.

Il se passa la main sur le visage et observa April.

Ses yeux étaient écarquillés, ses joues roses. Dans son chemisier en percale blanche et sa jupe grise, elle était incroyablement féminine, et plus sophistiquée qu'à l'ordinaire.

Elle semblait vexée, aussi. Terriblement vexée.

Il lui devait une explication et des excuses, seulement il n'avait jamais été très doué pour ça.

D'une voix qu'il reconnut à peine, il dit :

— J'ai rêvé de Jay, cette nuit.

April le contempla attentivement, et son regard se fit plus doux.

— C'était un cauchemar ? s'enquit-elle.

— Pas exactement. Et depuis ce matin, je n'ai pas arrêté de réfléchir...

Il ne jugea pas utile de lui dire pourquoi il s'était réveillé en sursaut ce matin.

— Cela ne change rien au fait que nous soyons amis, Cole. Et comme tous mes amis, tu es le bienvenu à ma table. J'adore cuisiner et faire de la pâtisserie, et cela me fait plaisir de savoir que mes amis apprécient mes créations culinaires.

Elle fit demi-tour et lança par-dessus son épaule :

— Fais comme tu le sens ! Tu peux manger à table, ou dans ta voiture, ou même sur le trottoir.

Puis elle regagna la maison, dans une attitude très digne. Mais la façon dont elle claqua la porte indiqua à Cole combien elle était contrariée.

Le soleil était déjà chaud. La journée allait être caniculaire. Il s'empressa de décharger son matériel et installa le chevalet de la scie près du garage, afin de pouvoir la raccorder à l'électricité. Puis il noua autour de sa taille sa ceinture à outillage fétiche, un modèle en cuir patiné par le temps mais toujours solide. Elle l'accompagnait depuis ses débuts dans le métier et, tout particulièrement aujourd'hui, elle lui rappelait qu'il avait été jeune, insouciant et heureux.

Hélas, cela appartenait au passé, désormais.

7

Alors qu'il faisait un aller-retour entre l'étage et le garage, pour se ravitailler en rouleaux de laine de verre, Cole aperçut April qui poussait Grace et Violet sur les balançoires. Mais, en dehors de cela, il ne la vit pas de la matinée.

De temps en temps, il entendait les rires des deux sœurs, qui couvraient la radio qu'il faisait fonctionner en sourdine.

Un peu avant midi, une odeur alléchante se propagea dans la maison. Il l'ignora et continua à travailler jusqu'à 15 heures.

En allant boire un verre d'eau dans la cuisine déserte, il remarqua une tarte aux pommes entamée, posée sur l'îlot central à côté d'une assiette et d'une fourchette à dessert. Il en engloutit deux parts et retourna au grenier.

Deux heures plus tard, il avait terminé l'isolation du toit et décida de s'attaquer à un premier mur.

Quand il descendit pour découper des panneaux de Placoplatre, Grace et Violet jouaient dehors. April vint vers lui avec un verre de limonade dans chaque main.

— J'ai vu que tu avais trouvé la tarte aux pommes, dit-elle.

— Effectivement. Je n'ai pas pu résister à en manger deux parts.

Prenant soin de ne pas effleurer ses doigts, il prit le verre qu'elle lui tendait et but d'un trait son contenu.

Qu'y avait-il chez elle pour lui inspirer cette sensation d'urgence et d'envie profonde qu'il ne parvenait même pas à nommer ? En tout cas, il l'avait ressentie à l'autre bout du monde, avant même de la connaître.

— Quelle est ta couleur préférée ? s'enquit-elle.

Il sursauta.

— Pardon ?

— Ta couleur préférée. Je me demandais, c'est tout.

Il ne répondit pas.

— Je sais déjà que tu aimes le sucré et, comme tu as lavé ton assiette et ta fourchette, je dirais que tu es plutôt bien élevé, poursuivit-elle. Quel genre de films aimes-tu ?

— Je n'ai pas vu de films depuis des années.

Elle soupira.

— Alors je suppose que l'on ne regardera jamais les Oscars ensemble. Et la musique ?

— Qu'est-ce que tu fais, April ?

— Je t'oblige à faire une pause et à boire pour ne pas t'évanouir de déshydratation. Et j'essaye de combler un silence gênant. Par ailleurs, j'aime en savoir le plus possible sur mes amis.

— Tu as toujours la langue aussi bien pendue ?

Elle rit.

— Toujours ! Tu sais à qui ressemble Violet, maintenant. Alors, ta couleur préférée ?

— Je n'en ai pas.

— Tout le monde en a une. Violet, c'est le pourpre, et Grace le rose. Jay, c'était le vert. Mon père, c'était le bleu. Ma sœur, Marilee, le noir. Si jamais tu la rencontres, tu comprendras.

Elle but une gorgée de limonade, et il ne put s'empêcher de regarder sa bouche.

— Mon amie, Lacey, c'est le turquoise.

— Le paon ? demanda-t-il.

Elle eut un petit mouvement de surprise.

— Lacey te fait penser à un paon ? répliqua-t-elle.

— Il se trouve que j'associe les gens aux animaux. Ce n'est pas délibéré. Ça me vient comme ça.

Elle parut fascinée.

— C'est une sorte de don, alors ?

Il haussa les épaules.

— Je suppose.

— Pour Grace, tu dirais quoi ?

— Une licorne.

Ils tournèrent la tête vers le jardin, où Grace essayait d'arracher un seau en plastique des mains de sa sœur.

— Rends-le-moi ! hurla-t-elle.

— Il est à moi ! protesta Violet.

— C'est pas vrai ! affirma Grace.

Les cris se transformèrent en hurlements.

— Une licorne, dit April, imperturbable. Et Violet ?

— Une libellule, même si, pour le moment, elles m'évoquent plutôt deux coqs de combat. Tu ne vas pas intervenir ?

— Je leur laisse encore quelques minutes pour régler le problème entre elles.

Ils observèrent Grace qui tirait de toutes ses forces sur le seau. Elle finit par l'arracher des mains de sa sœur qui hurla de plus belle.

— Il est à moi !

— Tu n'as pas le droit de voler les affaires des autres ! décréta Grace.

— C'est pas toi la chef !

Maintenant qu'elle avait récupéré son bien, Grace le posa par terre, prouvant qu'elle ne le voulait pas vraiment mais qu'elle cherchait plutôt à marquer un point.

— Tu veux jouer à la princesse ? proposa-t-elle.

Violet bouda quelques instants, puis elle rattrapa sa sœur qui se dirigeait vers la cabane que Jay avait construite avant de partir en mission. Il l'avait décrite dans ses moindres détails à Cole et, maintenant que ce dernier pouvait voir le toit pentu recouvert de shingle, les petites fenêtres avec leurs volets manœuvrables, et leurs jardinières en bois, la terrasse en planches de pin douglas, protégée par une pergola et entourée de petites barrières, il comprenait la fierté de son ami.

— Elles font ça souvent ? demanda-t-il.

— Se bagarrer ? Pas autant que ma sœur et moi. Et toi, tu te battais avec tes frères et sœurs ?

— J'étais fils unique. Jusqu'à ce que ma mère tombe malade, nous voyagions beaucoup pour le travail de mon père. Comme j'étais toujours le nouveau partout, je restais en retrait et j'observais beaucoup.

— C'est comme ça que tu as commencé à associer des gens avec des animaux ?

Il n'y avait pas pensé, mais c'était possible.

Il suivit le regard d'April vers le jardin voisin du sien, où son beau-frère Will remplissait au jet d'eau une piscine gonflable pour les enfants.

— Si Will était un animal, lequel serait-il ? s'enquit April.

— Un dauphin.

— Je suis d'accord. Will est intelligent, amical et joueur. Et les autres personnes que tu as rencontrées au barbecue ?

Cole ne savait pas comment ils en étaient arrivés là, mais il se prêta au jeu.

— Eh bien, pour ta voisine, celle d'en face, ce serait cet insecte qui ressemble à une brindille pourvue de pattes de sauterelle.

— Ah oui, je crois que cela s'appelle un phasme.

Il la vit réfléchir un instant, avant de tourner la tête vers la maison d'en face.

— Bernadette Fletcher est la discrétion même. Elle est grande et maigre, et elle parvient toujours à se rendre invisible dans la foule. Exactement comme le phasme, qui se confond avec son environnement.

Elle lui adressa un regard admiratif.

— Tu es doué.

— Je préférerais que tu le gardes pour toi. Je ne suis pas sûr qu'elle trouve la comparaison flatteuse.

— C'est d'accord, à condition que tu me nommes trois autres personnes.

— Qui, par exemple ?

April réfléchit. En dehors d'elle-même, elle n'avait jamais entendu parler de ce phénomène qui consistait à associer des êtres humains à un autre élément. Depuis qu'elle était toute petite, elle percevait l'odeur des personnes qu'elle rencontrait et les assimilait à des saisons.

Grace était le premier œillet à fleurir chaque été, et Violet une glace à la framboise faite maison et dégustée le 4 juillet.

Même si elle avait envie de savoir à quel animal Cole associait toutes les personnes invitées au barbecue, elle commença par le plus exubérant et sans doute le moins compris de tous.

— Noah Sullivan ?

— C'est le pilote, n'est-ce pas ?

Il réfléchit un bref instant avant d'annoncer :

— Un cheval des Outer Banks.

Oh ! Mais il avait raison, se dit April, en songeant à ces chevaux sauvages vivant en Caroline du Nord, et en particulier sur l'île de Shackleford.

— Et ma belle-sœur, Gaby ?

— C'est la blond platine ?

Elle hocha la tête et expliqua :

— Dès que nous nous sommes vues, nous sommes devenues les meilleures amies du monde. Elle possède un sixième sens, mais elle n'aime pas en parler, bien que ses prédictions soient toujours exactes. Je parie qu'elle te fait penser à un renard.

Il secoua la tête avec pitié, comme pour dire « amateur. »

— Un tigre blanc, dit-il.

— Ah oui. C'est vrai qu'elle est exotique, féline, et rare.

Après avoir hésité, elle demanda dans un souffle :

— Et Jay ?

— Un léopard, répondit-il, d'une voix émue.

April eut du mal à retrouver son souffle. Encore une fois, Cole avait raison. Tout comme un léopard, Jay était élancé, puissant et discret. Un proverbe disait que le léopard ne pouvait pas changer ses taches. De la même façon, Jay était toujours resté fidèle à ses opinions.

— Et moi ? s'enquit-elle.

— Tu m'empêches de travailler.

Il lui tendit le verre vide, souleva une plaque de Placoplatre et la posa sur le banc de scie.

— Si tu veux que tes filles s'installent dans leur chambre avant de partir pour l'université, il faut que je m'y remette, décréta-t-il.

Si April avait pu voir son expression tandis qu'il lui tournait le dos, elle aurait vu qu'il souriait.

De son côté, elle se sentait d'humeur légère.

Finalement, ce n'était pas mal d'être amie avec Cole Cavanaugh...

Vendredi après-midi, Cole avait déjà fini d'installer la climatisation et posé un faux plafond pour dissimuler les gaines.

Ça avançait beaucoup plus vite que prévu grâce à l'aide des frères de Jay, et en particulier de Will, qui vivait à côté et passait régulièrement donner un coup de main.

Ce matin, le mari de Bernadette Fletcher, Neil, avait proposé de monter les rails des futures cloisons.

Jour après jour, il réalisait que la porte d'April était réellement toujours ouverte. Elle n'avait pas exagéré en disant qu'elle avait beaucoup d'amis. Outre ceux qu'il avait rencontrés au barbecue, il fut présenté à Chelsea, une organisatrice de mariages, Yvette, une institutrice, et une journaliste dont il n'avait pas retenu le nom.

Concentré sur son travail, il reprenait les mesures d'une planche, avant de la scier, quand on tapa sur son épaule.

Il sursauta, se retourna et découvrit April, qui lui souriait.

Il ôta son casque antibruit et accepta le verre qu'elle lui tendait.

— Il est déjà cette heure-là ?

Elle hocha la tête. C'était le troisième jour qu'elle lui apportait une boisson fraîche vers 16 heures.

— Et le père de Jay ? s'enquit-elle, tandis qu'il avalait une gorgée de thé glacé à la pêche.

Chaque jour, la boisson avait un parfum différent. Et chaque jour elle lui demandait plus d'associations animalières.

Hier, elle l'avait interrogé sur la mère de Jay, qui le faisait penser à un cygne, la sœur de Jay, Elizabeth, qui lui évoquait un cacatoès, et l'organisatrice de mariages, qui avait l'élégance nonchalante et distinguée d'un chat balinais.

Vêtue d'un jean délavé, d'un haut en dentelle blanche à encolure bateau et manches bouffantes, et parée de bracelets en argent et turquoise, April sirotait son thé, en attendant patiemment sa réponse.

— Un aigle doré, répondit-il.

Le regard d'April se perdit loin au-dessus de son épaule, tandis qu'elle analysait cette association.

— Oui, c'est très bien vu, finit-elle par dire. Et Regan ?

Il lui fallut un moment pour se souvenir de laquelle des sœurs de Jay il s'agissait.

— Un zèbre.

Il ne se lassait jamais de la surprise d'April, puis de son sourire quand elle comprenait le sens de sa comparaison.

— J'ai lu qu'il n'y avait pas deux zèbres dont les rayures étaient identiques, fit-elle remarquer.

— Exact.

— Donc, tu la considères comme un individu original et différent du troupeau.

— Sans doute.

— Et moi ?

Il n'allait pas répondre et il était persuadé qu'April le savait.

Après l'avoir longuement observé, elle insista.

— S'il te plaît, Cole, dis-moi que tu ne me vois pas comme un serpent ou un rat, ou une dégoûtante créature poisseuse.

Elle souriait, et il savait qu'elle appréciait autant que lui ces petites pauses quotidiennes. Son seul regret était que le temps passait trop vite, et qu'il devrait bientôt quitter Orchard Hill.

— Rien de tout cela, assura-t-il.

Il finit son verre et le lui tendit en souriant, ce qui lui venait plus facilement maintenant. Puis il sortit son téléphone de sa poche et s'écarta pour appeler le plombier et l'électricien.

S'il avait été du genre à siffler, il aurait probablement entamé une ritournelle idiote.

Finalement, ce n'était pas mal d'être ami avec April Avery.

De retour dans la maison, April observa discrètement Cole par la fenêtre. Il lui semblait qu'il boitait moins depuis quelques jours. Il avait l'air aussi d'apprécier leurs pauses quotidiennes...

Petit à petit, elle en apprenait plus sur son histoire et sa personnalité. Par exemple, elle avait appris qu'il avait eu trente-quatre ans en juin. Sa mère était morte d'une leucémie quand il avait huit ans, et son père d'une rupture d'anévrisme dix ans plus tard. Il avait participé à une bagarre dans un bar, mais il n'avait pas été arrêté.

Il y avait encore tellement de choses qu'elle voulait apprendre sur lui. Mais on était seulement vendredi, et il restait encore trois semaines avant la fin des travaux.

Soudain, elle songea que cela ne faisait pas beaucoup de temps, et une étrange mélancolie l'envahit.

Bientôt, elle n'entendrait plus claquer la portière de sa voiture à 8 h 1, elle ne sentirait plus son cœur s'emballer à l'idée qu'il allait franchir la porte, elle ne pourrait plus observer à la dérobée son profil énergique, loucher sur les muscles de ses bras saillant sous l'effort quand il soulevait des matériaux lourds...

Son regard fut soudain attiré par ses filles, qui revenaient du jardin, en marchant tout doucement, la tête penchée sur leurs bras repliés contre elles.

Quelle trouvaille avaient-elles encore bien pu faire ?

Ouvrant la porte, elle alla à leur rencontre sur la terrasse.

Vêtues de façon identique aujourd'hui, d'un short orange et d'un T-shirt blanc, Grace et Violet s'approchèrent.

— Regarde ce qu'on a trouvé, dit Violet.

Elles se penchèrent, et April découvrit qu'elles tenaient chacune un minuscule lapereau dans le creux de leurs petits bras.

— Il y en a deux, expliqua Grace. Un pour Violet et un pour moi.

— Je voulais un chiot, mais un lapin c'est presque aussi bien, ajouta Violet.

April s'accroupit à la hauteur de ses filles.

— Ils sont adorables. Où les avez-vous trouvés ?

— Sous l'arbre de papa.

Les jumelles avaient nommé ainsi le cèdre bleu que Jay avait planté près de leur cabane.

Violet, qui avait deviné ce que pensait sa mère au sujet des deux lapereaux, referma les bras autour du lapin et recula d'un pas.

Grace n'avait pas compris qu'elles ne pourraient pas garder des lapins sauvages.

— Ils dormaient dans l'herbe, dit cette dernière. On n'avait jamais vu des lapins si petits.

— Et est-ce que vous avez vu aussi leur maman lapin ? demanda April. Elle va s'inquiéter pour eux.

Grace secoua lentement la tête, commençant à comprendre.

— Ils sont à nous ! décréta Violet. Le mien s'appelle Mini, et celui de Grace s'appelle Plume.

— Ce sont de jolis noms, mes chéries. Seulement vous ne pouvez pas les garder. Ils ont besoin de leur maman.

Du coin de l'œil, elle vit Cole glisser son téléphone dans sa poche et venir dans leur direction.

Il arriva à la hauteur de la terrasse quand les premières larmes jaillirent.

— Eh bien, eh bien, que se passe-t-il, ici ? lança-t-il, d'un ton bourru. Oh ! mais ce sont des bébés lapins. Vous devez être des petites filles vraiment spéciales car les mamans lapins n'aiment pas que les humains touchent à leurs bébés quand ils sont tout petits comme ça.

— C'est vrai ? murmura Grace, en ouvrant de grands yeux innocents.

Cole hocha la tête.

April observait ses filles boire les paroles de Cole. Elles étaient si jeunes et vulnérables, et lui accordaient une telle confiance.

Hier, elles étaient folles de joie quand elle les avait emmenées faire des courses en prévision de la rentrée scolaire. Aujourd'hui, elles avaient la tête baissée, les yeux tristes, et leur petit cœur était brisé.

Elles avaient follement envie d'un chiot, mais cela demandait énormément de temps et d'énergie, et April allait reprendre l'enseignement juste après la fête du Travail le 6 septembre. Elle ne voyait pas, dans ces conditions, comment assumer une responsabilité supplémentaire.

— Leur maman est sûrement en train de vous regarder depuis sa cachette, pour s'assurer que vous êtes gentilles avec ses bébés, reprit Cole. Mais il va falloir que vous les remettiez où vous les avez trouvés, pour qu'elle puisse leur donner du lait.

— On a du lait dans le réfrigérateur, décréta Violet.

— C'est du lait de vache, et ce n'est pas bon pour les bébés lapins, expliqua patiemment Cole. Ça peut les rendre très malades.

— Alors il n'y a qu'à aller dans un magasin et acheter du lait pour les lapins, suggéra Grace.

— Ce n'est pas possible. Cela ne se vend pas. Il n'y a que les mamans lapins qui en ont. Vous ne voulez pas qu'ils soient malades, n'est-ce pas ?

Les lapins commençaient à s'agiter dans les bras des fillettes.

— Ils ont faim et ils sont effrayés, dit gentiment April. Ils ont besoin de leur maman.

— Il faut les remettre à leur place, ajouta Cole.

Les fillettes échangèrent un regard et hochèrent la tête. Profondément déçues, elles se dirigèrent vers l'endroit où elles avaient trouvé les lapereaux.

Cole s'accroupit devant le cèdre bleu, qui était maintenant plus grand que les filles, et écarta les branches à l'endroit indiqué par Grace. Délicatement, April replaça les lapins dans l'herbe.

Les jumelles avaient le visage couvert de larmes et, le cœur serré, April songea qu'elle donnerait tout pour les protéger de la tristesse et des déceptions de la vie.

— Je pense que leur maman sera d'accord pour que l'on vienne leur dire bonjour tous les matins, déclara Cole.

— Tous les matins ? demanda Violet d'un ton plein d'espoir.

— Oui. Je pense que les lapins seraient très contents, dit April. Et maintenant, il faut leur dire au revoir.

— Au revoir, Plume.

— Au revoir Mini. À demain.

Cole rabattit les branches basses du cèdre et se leva avec raideur. April lui adressa un « merci » silencieux.

Se penchant vers elle pour essuyer une larme qui perlait à sa paupière, il lui murmura à l'oreille :

— Catastrophe évitée.

Puis il retourna travailler comme si de rien n'était.

Autour d'April, tout semblait absolument normal. Un rouge-gorge s'ébrouait dans le bain d'oiseaux, un rayon de soleil traversait un nuage au-dessus de sa tête. Dans le jardin d'à côté, ses neveux sautaient dans la piscine en poussant des hurlements de Sioux. Grace et Violet cueillaient des pissenlits.

Cole l'avait touchée.

Il avait essuyé du bout des doigts une larme sur sa joue.

Il l'avait touchée, et ce n'était pas comme le soir où ils s'étaient embrassés. Il y avait dans ce geste une tendresse infinie, et cela avait changé quelque chose au plus profond d'elle-même.

Tandis qu'elle accompagnait ses filles à l'intérieur de la maison, elle rangea chaque détail de cet interlude dans les casiers de sa mémoire. Elle les ressortirait plus tard pour les étudier un à un.

Et elle identifierait le moment précis où elle était tombée amoureuse.

Elle n'en avait pas l'intention. Et, si elle avait pu choisir, elle ne serait pas tombée amoureuse d'un homme avec des blessures émotionnelles aussi profondes.

Mais voilà, c'était fait. Elle aimait Cole.

Pourvu qu'il l'aime en retour !

Samedi après-midi, April avait invité trois de ses amies les plus proches à prendre le thé sur la terrasse. Sans elles, jamais elle n'aurait pu survivre aux quatorze mois qui venaient de s'écouler.

— Tu sais ce que Noah a fait, hier soir ? lança Lacey Sullivan.

— Je dois couvrir les oreilles de Joe ? demanda Julia, en ne parlant pas trop fort pour ne pas réveiller son fils qui dormait dans ses bras.

Chelsea Reynolds haussa les épaules.

— Je ne suis pas sûre d'avoir envie de le savoir. Les hommes sont tellement stupides, parfois.

— Il m'a verni les ongles des orteils, répondit quand même Lacey. En sortant de la douche, je me suis plainte de ne plus voir mes pieds. Alors il m'a installée dans le nouveau rocking-chair que nous avons acheté pour la chambre d'enfant, et il m'a verni les ongles en rose, en hommage à nos futures filles.

Toutes les têtes se penchèrent pour admirer les pieds de Lacey qui portait de confortables sandalettes plates.

— Vous allez arrêter, grommela Chelsea.

La fourchette en suspens au-dessus de sa part de tarte aux pêches, elle ajouta :

— J'essaye de détester *tous* les hommes, et vous ne me rendez pas la tâche facile.

Parmi ses amies, Lacey était celle qu'April connaissait depuis le plus longtemps. Élevée dans un minuscule appartement, au-dessus d'un bar miteux, Lacey n'avait pas eu une enfance facile et elle avait dû apprendre très vite à se débrouiller toute seule. C'était aujourd'hui une femme équilibrée, avec un sens de la repartie jamais pris en défaut, et une volonté farouche de conserver son indépendance.

Elle appréciait aussi beaucoup Chelsea. Les cheveux noirs, la peau mate et la silhouette voluptueuse, elle avait beaucoup de succès auprès des hommes. Certains n'hésitaient pas à lui faire des avances après l'avoir consultée pour organiser leur mariage. Elle avait donc de bonnes raisons de se méfier du sexe opposé. Seules ses amies proches savaient qu'elle rêvait du grand amour.

Julia Sullivan ne s'était installée définitivement à Orchard Hill que depuis un an. Avant de la connaître vraiment, beaucoup de gens avaient été scandalisés d'apprendre qu'elle avait déposé le bébé qu'elle venait de mettre au monde chez son père biologique, en se désintéressant de son sort. Ils ignoraient alors qu'elle luttait pour sa vie en Caroline du Nord, où elle élevait aussi sa demi-sœur adolescente, Annalise.

Julia avait été sous le choc de découvrir qu'elle était enceinte, après une romance d'été idyllique. Dès le début, sa grossesse avait été truffée de complications. Elle entamait le quatrième mois quand on lui avait diagnostiqué un cancer du sein. Ses chances de survie s'amenuisaient avec chaque mois passé sans traitement. Mais c'était cela ou mettre un terme à sa grossesse.

Son amour pour son bébé avait été immédiat. D'une certaine façon elle savait que son enfant serait un guerrier, comme elle. Elle avait accepté l'opération pour retirer la tumeur, mais elle avait repoussé la chimiothérapie après la naissance.

Tout comme sa grossesse, son accouchement avait été compliqué aussi. Son bébé était né avec un mois d'avance. Dès qu'ils avaient été en mesure de voyager tous les deux, elle était allée le déposer chez son père. Puis elle était rentrée en Caroline du Nord pour y suivre un traitement, en espérant qu'elle vivrait assez longtemps pour voir grandir son fils.

Lorsqu'elle était venue s'installer à Orchard Hill, quelques mois plus tard, Jay venait de mourir. Ayant connu son propre enfer, elle avait su trouver les mots pour réconforter April.

Marsh avait convaincu Julia de l'épouser. Pendant un moment, il avait semblé que le bonheur était enfin au rendez-vous. Hélas, trois mois plus tôt, Julia avait dû subir une autre intervention et un nouveau protocole de soins.

Depuis, elle était en rémission, et tout le monde espérait que c'en était terminé pour elle des épreuves.

Lacey se leva maladroitement.

— Encore une visite aux toilettes ? demanda Chelsea.

— Je n'en peux plus, grommela Lacey, en posant les mains sur son ventre. J'ai l'impression qu'il n'y a plus de place, là-dedans. Comme toutes les futures mères, j'ai vraiment hâte qu'elles soient là pour les tenir dans mes bras, m'occuper d'elles. Mais là, j'avoue que je rêve surtout de retrouver ma silhouette et ma mobilité. Et surtout, surtout, je voudrais dormir…

Julia croisa le regard d'April et lui adressa un clin d'œil. Même Chelsea, qui était célibataire et avait une expérience limitée des enfants, savait que l'on pouvait dire adieu au sommeil quand on avait un bébé. Et ne parlons pas de deux !

C'était un samedi après-midi chaud et ensoleillé. Dans le jardin d'à côté, Grace et Violet jouaient avec leurs cousins et quelques enfants du voisinage. Visiblement, tout ce petit monde s'amusait bien, vu l'intensité de leurs cris !

Marchant à petits pas, Lacey atteignit enfin la porte.

— Chelsea prétend que la galanterie est morte, déclara-t-elle. Vous voulez que je lui dise qu'elle se trompe ?

April tourna la tête et fut surprise de voir Cole tenir la porte pour Lacey. Elle le fut plus encore quand Lacey planta un baiser sur la joue de Cole.

— Ça, c'est pour avoir dit que je vous fais penser à un paon, et non à une baleine, dit-elle.

Et, sur ces mots, elle disparut à l'intérieur de la maison.

Croisant le regard embarrassé de Cole, April haussa les épaules.

— J'espère que tu ne m'en veux pas de le lui avoir dit. Elle se sent énorme, et j'ai voulu lui remonter le moral, expliqua-t-elle alors que Cole s'attardait près du petit groupe.

— Tu en as parlé aux autres ? s'enquit-il.

— Vous parlez de quoi ? demanda Chelsea.

— April a découvert que j'avais l'habitude d'associer les personnes à des animaux, répondit Cole.

— Et elle, elle vous a dit qu'elle percevait Lacey comme un vin chaud épicé une nuit d'automne ?

Il secoua la tête, et April adressa une grimace à Chelsea.

— Je te remercie, marmonna-t-elle.

— Je ne savais pas que c'était un secret, protesta Chelsea.

— C'est un secret ? lança Cole.

April soupira et secoua la tête.

— Et alors, à quoi associes-tu tes amies ? poursuivit-il.

— Chelsea est un champ de lavande au printemps, et Julia une brise océanique au coucher du soleil.

— Et moi ? ajouta-t-il.

— Bien essayé. Dis-moi quel animal je suis, et je te dirai à quelle odeur tu me fais penser.

Elle rit, et il y avait tellement de joie dans son rire que même Lacey, qui revenait en se dandinant, la dévisagea avec surprise.

— Que se passe-t-il ?

— Oh ! rien d'important, répondit-elle.

— Est-ce que Grace et Violet sont allées dire bonjour aux lapins, ce matin ? lui demanda Cole.

— Elles se sont levées de très bonne heure, mais je les ai fait attendre jusqu'à ce qu'il fasse jour.

Il sourit, ce qui n'aida pas son cœur à retrouver un rythme normal...

À la table, Chelsea agita la main sous les yeux de Lacey.

— Ma chérie, tu peux voir mes doigts ?

— Je suis enceinte, pas aveugle.

— Donc, nous ne sommes pas invisibles, déclara Chelsea, en désignant d'un signe de tête April et Cole.

— Ah, d'accord... J'ai compris, murmura Lacey.

Temporairement indifférente à ses amies, April contempla Cole se diriger vers son pick-up. Elle était convaincue que sa démarche était plus souple. Il portait un jean et un T-shirt noir. Sa ceinture à outils était fixée bas sur ses hanches. Il se pencha pour fourrager dans une caisse en métal, ce qui attira l'attention d'April sur son dos et ses bras...

Chelsea, qui regardait aussi, se mit à jouer avec ses bracelets. Julia berçait doucement le petit Joe, et Lacey massait son ventre proéminent.

Chelsea consulta l'heure sur son téléphone et se leva avec un soupir.

— J'adorerais rester un peu plus pour profiter du spectacle, mais j'ai un dîner de mariage pour soixante personnes à superviser, même si le futur marié est un crétin, et que je ne donne pas six mois à la mariée pour demander le divorce.

Elle embrassa ses amies l'une après l'autre et glissa à l'oreille d'April :

— Toi, il faudra que je te parle.

De sa démarche ultra-sexy, elle se dirigea vers sa voiture et dit quelque chose à Cole quand elle passa à sa hauteur. Puis, s'assurant qu'il ne la voyait pas, elle écarta les bras, paumes en l'air, en faisant une moue dépitée et en secouant la tête. Ils étaient rares, pourtant, les hommes qui restaient indifférents à son charme.

Lacey et Julia échangèrent un regard entendu, communicant silencieusement entre elles comme le faisaient souvent Grace et Violet.

— Qu'est-ce qu'il y a ? demanda April.

Cole fit claquer le couvercle de sa caisse et retourna à l'intérieur de la maison.

— Rien, répondit Lacey.

— Je te connais, protesta April. Quand tu fais cette tête, c'est qu'il y a quelque chose.

— D'accord, tu l'auras voulu ! Que se passe-t-il entre toi et le héros de guerre sexy ?

— Absolument rien.

— Oh ma belle, on ne me la fait pas, à moi. Vous vous dévoriez des yeux. Remarque, je te comprends. Si je n'étais pas follement amoureuse de Noah, j'aurais un gros coup de cœur pour Cole.

— Si seulement ce n'était qu'un coup de cœur...

Lacey ouvrit de grands yeux.

— Tu n'es quand même pas amoureuse ?

April ne put s'empêcher de remarquer que Julia gardait le silence.

— Je sais que cela ne fait que quatorze mois que Jay n'est plus là, et que je croyais ne pas être prête pour une nouvelle histoire, mais j'ai bien l'impression que je suis en train de tomber amoureuse, avoua-t-elle.

— Mais c'est formidable ! s'exclama Lacey.

— Pas vraiment. Je ne sais pas si c'est réciproque.

— Il n'a pas l'air indifférent, si tu veux mon avis...

— Sans doute, mais nous avons décidé d'être seulement amis.

La décision a été prise après que je me suis jetée dans ses bras pour l'embrasser.

— D'habitude, on fait le contraire, non ? On est *d'abord* amis et on s'embrasse *après* ?

— Tu crois ?

— Et alors, c'était comment ? Le baiser, je veux dire ?

Le soupir d'April fut éloquent.

— Quel dommage qu'il ne ressente pas la même chose que moi, murmura-t-elle.

— À ta place, je n'en serais pas aussi sûre.

— Qu'est-ce qui te fait dire ça ?

— Tu as bien vu ce qui s'est passé quand Chelsea est partie. Ce visage parfait, ces grands yeux violets, cette crinière de rêve, ce corps voluptueux, cette robe, ces talons et ce déhanché... Les seuls hommes qui ne tombent pas à ses pieds sont ceux qui sont aveuglés par leur intérêt pour une autre femme. Et, pour ton information, Cole lui a dit au revoir du bout des lèvres et sans la regarder.

April regarda Julia et fut distraite un instant par la tristesse au fond des yeux bleus de son amie. Se sentait-elle bien ? Peut-être était-elle seulement un peu fatiguée ?

Comme Lacey continuait à parler, April reporta son attention sur elle.

— Ma belle, ce type est intéressé par toi.

— Il va partir dès qu'il aura terminé les travaux.

— C'est prévu quand ?

— Dans deux semaines.

— Alors tu dois avancer tes pions.

— Qu'est-ce que tu suggères ?

Au lieu de répondre, Lacey se leva, l'air embarrassé.

— Eh oui, je sais. Encore...

Et puis ses yeux s'arrondirent.

— Oh non..., dit-elle en gémissant.

— Qu'est-ce qu'il y a ? s'enquit Julia, sortant enfin de son silence.

— Je crois que j'ai une contraction.

— Tu crois ou tu en es sûre ? répliqua Julia.

— Mais ta césarienne est programmée dans dix jours, dit April, comme si Lacey n'était pas au courant de ce détail.

Une main à plat sur la table, l'autre soutenant le creux de son dos, Lacey grommela :

— Dis-le à ces deux-là.

Puis elle saisit son ventre à deux mains et gémit longuement.

— On a un problème.

Personne n'eut à demander lequel car la flaque qui se formait à ses pieds était éloquente. Lacey avait perdu les eaux. Ces bébés n'allaient pas attendre, pour naître.

Julia se leva si brusquement que son fils, qui dormait dans ses bras, se réveilla.

April aida Lacey à s'asseoir et se rua dans la maison pour aller chercher son téléphone.

Lacey gémissait. Joe pleurait.

Dans toute cette cacophonie, April se cogna contre Cole, qui s'apprêtait à sortir.

— Appelle une ambulance ! dit-elle.

— Pourquoi ? Que se passe-t-il ?

— Les bébés de Lacey arrivent !

Il jura entre ses dents et sortit son téléphone de sa poche.

Alertés par tout ce bruit, Will, Kristy et tous les enfants arrivèrent en courant.

April était au téléphone avec la gynécologue de Lacey.

Couvrant les pleurs de son fils, Julia parlait à son mari, qui essayait de joindre Noah, lequel testait un Piper Cherokee à cinq mille pieds au-dessus d'Orchard Hill.

En ligne avec le régulateur des services de secours, Cole annonça que l'ambulance serait là dans deux minutes.

Il écouta ce qu'on lui disait et s'adressa à Lacey.

— Il vous demande de rester calme et de respirer comme on vous a appris aux cours prénataux.

— Je devais avoir une césarienne, donc je n'y ai pas assisté ! rétorqua Lacey en grimaçant de douleur.

April et Julia lui firent une démonstration.

C'était officiel, le chaos s'était abattu sur le 404 Baldwin Street.

Et, comme si cela ne suffisait pas, April était maintenant absolument convaincue qu'elle était amoureuse.

8

L'ambulance s'engouffra dans l'allée d'April, toute sirène hurlante et gyrophare en action.

Joe cessa de pleurer. Grace et Violet, serrées l'une contre l'autre, contemplaient la scène, ouvrant de grands yeux.

Trois ambulanciers se précipitèrent vers Lacey, vérifièrent ses constantes et lui posèrent des questions, avant de l'installer sur une civière.

April se sentait impuissante. Julia était livide. Le nouveau-né de Will hurlait dans les bras de Kristy, tandis qu'il tentait de tenir à l'écart ses deux autres garçons et ses nièces.

Lacey était au bord de la panique.

— Je veux Noah ! hurla-t-elle, en tournant la tête de tous côtés, jusqu'à ce qu'elle repère April.

Cette dernière se précipita vers son amie.

— Julia a appelé Marsh, expliqua-t-elle. Il a pris contact avec Tom Bender, le gérant de l'aérodrome, qui a joint Noah par radio. Ton mari s'apprête à atterrir. Il sera à l'hôpital peu de temps après nous.

Elle retint un petit cri de douleur lorsque Lacey lui broya la main.

— Tu vas bientôt faire la connaissance de tes bébés, Lacey. Pense à ça. Deux belles petites filles qui te ressembleront et auront le caractère fougueux et aventureux de Noah.

— Tu essayes de me rassurer ou de me faire peur ?

Lacey fut sanglée sur la civière et hissée à bord de l'ambulance.

— Tu viens avec moi ? demanda-t-elle à April, d'une voix apeurée.

April hocha la tête.

Elle se tourna et inspecta la foule qui comprenait maintenant aussi des voisins. Julia, qui avait passé beaucoup trop de temps dans les hôpitaux depuis un an et demi, dit :

— Je prends le sac de change de Joe et je vous retrouve là-bas.

— Nous allons garder les filles jusqu'à ton retour, proposa Kristy.

— Non ! hurlèrent Grace et Violet.

— Tout va bien, les rassura April. Je pars en ambulance avec Lacey. Je vous raconterai tout à mon retour. Bientôt, il y aura deux nouvelles petites filles avec qui vous allez pouvoir devenir amies. En attendant, vous allez jouer avec Garret et Tyler chez oncle Will et tante Kristy.

— On veut aller avec toi !

Soudain, dans tout ce chaos, la voix de Cole s'éleva, calme et assurée.

— Et si elles restaient à la maison avec moi ?

Tous les regards se tournèrent vers lui. Il s'accroupit à la hauteur de Grace et Violet et, d'une voix très calme, leur dit :

— Nous allons aller voir les lapins pour être sûrs que leur maman leur donne bien à manger. Puis nous dessinerons des traits à la craie sur le sol de l'étage, et vous pourrez voir exactement où seront vos nouveaux lits, vos placards, et tout ce qu'il y aura dans la salle de bains.

Les fillettes le regardèrent avec le plus grand sérieux, puis Violet se tourna vers April.

— Tu vas revenir, maman ?

April comprit alors ce qui les tracassait. Elles avaient peu de souvenirs de leur père, mais elles savaient qu'il avait promis de revenir. C'était une promesse qu'il n'avait pas pu tenir.

— Bien sûr qu'elle va revenir, déclara Cole avec force. L'hôpital n'est pas loin du tout. Lacey va y rester quelques jours avec ses bébés pour se reposer, mais ils ne garderont pas votre maman. Vous avez compris ?

Sûres à présent que leur mère reviendrait dès que les bébés seraient arrivés, les fillettes hochèrent la tête.

— Au revoir, maman.

— Au revoir, mes poussins.

April leva les yeux vers Cole.

— Je donnerai ma vie pour les protéger, murmura-t-il.

Elle le regarda dans les yeux, un peu comme ses filles l'avaient fait.

— Je sais.

Elle serra les jumelles contre elle et monta dans l'ambulance.

Tandis que les voisins rentraient chez eux, Julia changea la couche de Joe et l'installa dans son siège bébé. Will et Kristy proposèrent à Cole de les appeler en cas de besoin.

Pendant ce temps, au nord d'Orchard Hill, Noah posait son Piper Cherokee sur la piste de l'aérodrome privé.

Lacey fut installée dans une salle d'accouchement flambant neuve, dans la nouvelle aile de l'hôpital.

Julia arriva avec Joe. Marsh Sullivan, son mari, fut le suivant. Il ne le dit pas, mais April devina qu'il avait tout laissé en plan dans ses vergers, à l'époque la plus occupée de l'année, pour soutenir sa femme tout autant que sa belle-sœur.

— Noah est arrivé ?

En l'espace de vingt minutes, Lacey avait posé la question trop souvent pour compter.

— Il est sur le parking, répondit Julia, en consultant le SMS le plus récent de Noah.

Quelques instants après, Noah fit irruption dans la pièce, si semblable à l'un de ces chevaux sauvages que Cole avait vu en lui.

Vêtu d'une blouse d'hôpital, d'une charlotte et de surchaussures, il s'installa à côté du lit de sa femme, repoussa ses cheveux plaqués sur son visage moite et lui prit la main.

— Je ne me suis jamais posé aussi vite, dit-il. J'avais peur d'arriver trop tard. Je suis là, maintenant, mon cœur. Tout ira bien.

Julia et April quittèrent la pièce, laissant au couple l'intimité que l'événement méritait. Marsh emmena Joe avec lui à la cafétéria, tandis que les deux amies s'installaient dans la salle d'attente.

— Qui était avec toi quand Joe est né ? demanda April.

— Ma demi-sœur de seize ans. Je crois que cette expérience a été pour elle la meilleure leçon de contrôle des naissances qui soit.

Elles échangèrent un sourire, puis Julia ajouta :

— Marsh a promis qu'il s'occuperait d'elle si…

Sa voix se brisa.

— J'espérais que…

Voyant son mari et son fils attendre l'ascenseur au bout du couloir, elle agita la main dans leur direction, en souriant avec tendresse.

— Tu espérais quoi ? s'enquit April d'une voix douce, devinant ce que son amie allait dire.

Julia soupira.

— Que Marsh et toi... Si le pire arrivait... vous pourriez...

— Quoi ? Tomber amoureux ?

— Vous auriez ma bénédiction ! répondit Julia avec un pâle sourire. Tu es merveilleuse avec les enfants. Tu es gentille, drôle, forte. Je ne vois personne d'autre à qui j'aurais plus envie de confier Marsh, Joe et Annalise.

April savait qu'elle n'avait qu'une seule chance de dire la chose juste. Combien de fois quelqu'un lui avait dit que Jay était dans un monde meilleur, maintenant ? Ou que son heure était venue. Qu'il veillait sur elle et les filles de là-haut. Que la première année était la plus difficile.

Même si cela partait d'une bonne intention, ces mots lui laissaient toujours un sentiment de grand vide.

Aujourd'hui, elle avait envie de dire à Julia qu'elle n'allait pas mourir, mais ce n'était pas ce que son amie voulait entendre. Le cancer était un ennemi sournois. Comme un serpent dissimilé dans l'herbe, il pouvait rester caché pendant longtemps, donnant de l'espoir aux malades et à leurs proches, avant de frapper à nouveau sournoisement.

Elle posa la main sur celle de Julia, plus froide que la sienne.

— Je me sens honorée et très touchée, dit-elle. Je te promets, si le pire arrivait, de tout faire pour aider Marsh et les enfants. Je serai une amie présente et dévouée, comme tu l'as été pour moi.

— Mais ?

— Je connais Marsh depuis sept ans. Il était célibataire depuis longtemps avant de te rencontrer. Je suis certaine qu'il est l'homme d'une seule femme. Ce qui veut dire que tu vas devoir vivre très longtemps.

Julia regarda au loin sans sourire.

— Et toi ? Tu vas suivre le conseil de Lacey ? demanda-t-elle.

April réfléchit à la question.

— Qu'as-tu fait quand tu es revenue chercher Joe ?

— J'avais l'intention de vivre en Caroline du Nord avec mon fils.
— Qu'est-ce qui t'a fait changer d'avis ?
— Marsh.
— Comment ?
— Il m'a ouvert les bras, et j'ai couru me jeter contre lui.
— Je ne crois pas que ce sera aussi facile avec Cole.
— Alors tu vas devoir faire en sorte qu'il soit impossible pour lui de te dire non.

À 20 h 22, Lacey avait fait mentir trois spécialistes, non seulement en réussissant à être enceinte contre tous leurs pronostics, mais en donnant naissance par voie basse à deux bébés, de frêle constitution mais en bonne santé.

Quand il fut enfin possible de la voir, elle semblait épuisée mais rayonnait de joie. Un bébé au creux de chaque bras, Noah était aux anges.

Après avoir félicité son frère et sa belle-sœur et admiré ses nièces, Marsh retourna avec sa femme et son fils dans ses vergers adorés.

Toujours émue par les nouveau-nés, Lacey s'émerveilla devant leur duvet de cheveux noirs, et leurs mains et pieds si petits.

— Les miracles, ça existe, April, dit-elle. Va réclamer le tien. Et ne fais rien que je ne ferais pas.
— Il n'y a rien que tu sois incapable de faire.
— Justement.

April promit de revenir le lendemain et se dirigea vers l'ascenseur.

Dehors, il faisait nuit. Elle aurait pu appeler quelqu'un pour venir la chercher. Après tout, ce n'était pas les amis et les proches qui manquaient. Elle préféra faire à pied les deux kilomètres entre chez elle et l'hôpital. Cela lui laisserait le temps de réfléchir à la façon de procéder avec Cole.

Il n'était que 22 heures, mais elle avait l'impression qu'il était plus tard. Un quartier de lune argenté s'élevait à l'est, et le ciel scintillait d'étoiles.

On était samedi soir. Quelqu'un donnait une fête un peu plus loin dans la rue, et pourtant sa maison semblait figée dans le silence.

Les lampes extérieures n'étaient pas allumées, et la lumière des réverbères au carrefour n'allait pas jusque-là. Son regard fut attiré par le halo doré d'une lampe dans le salon, dont les volets étaient ouverts. Elle prit le temps d'observer l'intérieur de sa propre maison.

Elle pouvait voir la splendide aquarelle réalisée par Julia au-dessus du canapé. Sur la table, un vase contenait les pissenlits cueillis la veille par Grace et Violet.

Il y avait de la lumière aussi à l'étage, et cela donnait une tout autre allure à la maison.

Empruntant le chemin qui menait à la porte de la cuisine, elle marqua un temps d'arrêt et renifla.

— Cole ?

— Je suis sur la terrasse.

Scrutant les ténèbres, elle devina sa silhouette assise à la table.

— C'est bien une odeur de cigare que je sens ? demanda-t-elle.

— Will en a allumé un avant de rentrer chez lui, il y a quelques instants. Il est passé sous prétexte de m'offrir un cigare qu'il lui restait de la boîte offerte pour la naissance de son petit dernier. Mais je suis à peu près certain que sa femme l'a envoyé voir si je m'en sortais avec les filles.

April sourit. Cela ressemblait bien à Will et Kristy.

— Ça s'est bien passé avec les filles ? s'enquit-elle.

— Très bien. Elles se sont endormies à l'étage. J'espère que cela ne te pose pas de problème ?

— Pas du tout. Les jumelles de Lacey et Noah sont arrivées.

— Je sais. Will l'a vu sur Facebook.

— Ah, alors je n'ai plus rien à t'apprendre. À part peut-être les prénoms. Olivia Rose et Lenora Renee.

— C'est joli. Comment Jay et toi avez choisi les prénoms des filles ?

— Grace est mon deuxième prénom, et Jay m'offrait toujours des violettes pour mon anniversaire.

Ce souvenir lui arracha un sourire attendri, puis elle rentra dans la maison, et Cole la suivit.

Aussitôt, ils montèrent à l'étage.

Les jumelles étaient endormies côte à côte, enroulées dans des sacs de couchage, l'un rose et l'autre jaune, sur le sol de ce qui serait bientôt une chambre. Les outils de Cole avaient été rangés et le sol nettoyé des débris et de la sciure. Les fenêtres étaient entrebâillées, laissant entrer une douce brise.

April avait contrôlé l'avancée des travaux chaque soir après le départ de Cole. Toutes les cloisons étaient montées. L'électricien avait terminé d'installer les prises et les interrupteurs. Lundi, le plombier s'attaquerait à la salle de bains.

Amusée, elle observa les dessins à la craie de toutes les couleurs : baignoire, douche, lavabo et toilettes en rose. Des rectangles verts représentaient les lits, complétés par des oreillers. Des formes jaunes figuraient les chevets, commodes et bureaux. Le tout était complété des habituels arcs-en-ciel, fleurs, cœurs et papillons un peu partout.

Si proche d'elle qu'elle sentit son souffle tiède sur son oreille, Cole murmura :

— Elles se sont installées chacune dans leur chambre. Quand je suis monté un peu plus tard pour vérifier que tout allait bien, Violet avait rejoint Grace. Elles dormaient toutes les deux profondément, et je n'ai pas eu le cœur de les réveiller.

April sourit. En effet, ses filles n'aimaient pas être séparées. Elles portaient toutes les deux leur nouveau pyjama. Elle se pencha pour soulever Violet dans ses bras, tandis que Cole faisait de même avec Grace.

Quand elles furent dans leur lit, April arrangea leur couette et alluma la veilleuse en forme d'étoile. Puis Cole et elle sortirent sur la pointe des pieds.

Quelque chose d'étrange flottait dans l'air. Peut-être était-ce l'obscurité du couloir, ou l'intimité qu'il y avait à partager quelque chose d'aussi précieux que de coucher deux petites filles endormies. Peut-être était-ce dû à ce qu'April avait en tête.

— Tu es probablement fatiguée. Je vais y aller, dit Cole.

— Tu veux bien rester encore quelques minutes ? lança-t-elle, en se dirigeant vers le salon.

— Euh... Oui... Je suppose.

On ne pouvait pas dire qu'il se montrait encourageant.

La lampe au-dessus de la table avait un variateur de luminosité, qui était réglé au plus faible. Appréciant le jeu d'ombre et de lumière sur le visage de Cole, elle l'observa sans hâte.

— Quelque chose ne va pas ? demanda-t-il. Il y a eu des complications à la naissance ?

— Tout s'est bien passé. Lacey et Noah sont aux anges. Les petites sont magnifiques et en parfaite santé.

Cherchant son souffle, elle fit appel à tout son courage et ajouta :

— J'ai quelque chose à te dire.

Une odeur boisée et légèrement mentholée flottait autour d'elle. C'était celle de Cole, unique et reconnaissable entre toutes.

— D'abord, je voulais te remercier d'être resté avec les filles. Je ne m'y attendais pas, mais tu m'as aidée, et je t'en suis sincèrement reconnaissante.

Il s'apprêtait à lui répondre, mais elle leva une main pour l'empêcher de parler.

— Tu es un ami formidable.

Elle sourit et y vit un encouragement quand le regard de Cole resta fixé sur sa bouche.

Il sourit à son tour. Cela lui arrivait de plus en plus.

Lorsqu'elle posa une main sur son bras, il n'eut pas de mouvement de recul.

— Tu es un homme exceptionnel.

— April, je...

Elle posa les doigts sur ses lèvres pour le faire taire. Si elle ne terminait pas maintenant, elle ne le ferait jamais.

— J'avais les meilleures intentions possible, vraiment.

Les yeux de Cole ne quittaient pas les siens.

— Mais l'amitié, ce n'est pas ce que je ressens pour toi, Cole. Ce n'est pas ce que je veux.

Bon. Il ne secoua pas la tête, ne la traita pas de folle, ne s'enfuit pas. C'était déjà ça.

Il ne la prit pas non plus dans ses bras. N'avait-elle pas dit à Julia qu'il ne lui faciliterait pas la tâche, comme Marsh l'avait fait pour elle ?

— Je veux plus, Cole.

L'air se chargea d'électricité. Elle sentit son pouls s'accélérer.

Cole ouvrit la bouche, mais aucun son n'en sortit.

Ça tombait bien, elle avait encore quelque chose à ajouter.

— J'ai envie de toi, Cole.

Pendant cinq magnifiques et interminables secondes, elle crut qu'il allait l'embrasser.

Ses lèvres s'entrouvrirent, et une veine se gonfla le long de son cou puissant et hâlé. Dans le silence de la maison, le bruit des insectes nocturnes à l'extérieur lui parut assourdissant.

Elle aurait probablement pu se hisser sur la pointe des pieds et faire avancer les choses, mais elle lui ouvrait son cœur en toute honnêteté, et elle ne voulait pas l'influencer par des ruses féminines.

Il s'éloigna d'elle et commença à arpenter la pièce, comme un lion en cage.

— Je ne sais pas quoi dire, April.

Ce n'était pas exactement des paroles d'encouragement...

— Dis ce que tu as en tête, Cole.

— J'ai eu un coup de cœur pour toi.

Il disait cela comme s'il avouait qu'il était un tueur en série.

— Un coup de cœur ? répéta-t-elle.

— Des sentiments.

Elle se retint de sourire. C'était trop tôt. C'était possible, mais trop tôt.

— Il y a longtemps, précisa-t-il.

Là, elle ne comprenait plus.

— Depuis combien de temps ? murmura-t-elle.

Il eut un gémissement, comme s'il était à l'agonie.

— Avant la mort de Jay, avoua-t-il. Et je me sentais terriblement coupable.

— Comment pouvais-tu avoir des sentiments pour moi ? Nous ne nous étions jamais rencontrés avant que tu arrives à Orchard Hill, il y a trois semaines.

— Jay parlait de toi tout le temps. Certains des gars se moquaient de lui. Pour eux, une telle perfection n'existait pas, c'était le sentiment de solitude qui lui faisait embellir les choses. Moi je savais. Quand il parlait de toi, je t'imaginais comme si tu étais devant moi. Et puis, petit à petit, j'ai commencé à rêver de toi...

— Personne ne t'attendait, à la maison ?

— Non.

— Tu te sentais seul. Tu avais besoin d'imaginer une compagnie féminine. Il n'y a rien de mal à ça.

Elle vit bien que cela ne l'apaisait pas.

— J'aime Jay.

Elle vit la confusion dans les yeux de Cole.

— Je l'aimerai toujours, je crois que tu le sais. Seulement je t'aime aussi.

Il commença à venir vers elle, et elle retint son souffle.

Cette fois, c'était sûr, il allait la prendre dans ses bras.

Il s'arrêta à quelques pas d'elle et se tint parfaitement immobile, comme quelqu'un qui chercherait à conserver son équilibre au bord d'un précipice.

Puis, sans un mot, il bifurqua vers la porte et quitta la pièce sans un regard.

Médusée, April s'ingéniait à comprendre, quand il réapparut.

— Nous nous sommes mis dans un beau pétrin ! rugit-il.

Un lion en cage, vraiment.

— Je ne peux pas, April.

Puis il posa les mains sur ses épaules, l'attira à lui et l'embrassa.

C'était un baiser ardent, vibrant d'intensité, un baiser vital et essentiel.

Elle ferma les yeux et une chanson joyeuse monta dans sa poitrine, car c'était un véritable baiser, un baiser du cœur.

Elle avait tellement rêvé de ce baiser…

Rejetant légèrement la tête en arrière, elle noua ses bras autour du cou de Cole.

Cela faisait si longtemps qu'elle n'avait pas ressenti cette euphorie, ce besoin puissant, cet abandon et cette impression d'être à la juste place dans les bras d'un homme.

Elle laissa échapper un gémissement de plaisir.

Cela interrompit Cole comme s'il avait reçu une gifle.

Lorsqu'il s'écarta, elle vit qu'il était contrarié.

— Ne t'arrête pas, s'il te plaît, demanda-t-elle.

— J'ai promis à Jay.

Elle écarquilla les yeux.

— Il était au courant de ce que tu ressentais pour moi ?

— Non.

— Je ne comprends pas. Quand lui as-tu fait cette promesse ?

— Au cimetière, peu après mon arrivée à Orchard Hill. J'ai

promis à Jay que je terminerais l'étage pour les filles et toi, que je m'occuperais de vous le temps de mon séjour, mais que jamais je n'essayerais de prendre sa place.

Il soupira, profondément malheureux.

— Je n'ai pas respecté ma promesse, April. Je ne suis pas le genre d'homme que tu mérites. Je suis dés...

— Je t'interdis de dire que tu es désolé !

Il secoua la tête avec obstination.

— Cole, tu comprends que l'on ne peut pas faire de promesses à un mort ?

Il ne répondit pas.

— Je suis moins désirable en vrai que dans ton imagination, c'est ça ?

— Bien sûr, que non ! s'exclama-t-il.

Elle attendit qu'il s'explique, puis elle comprit.

— C'est à cause de Jay, c'est ça ? Tu ne veux pas t'autoriser à m'aimer pour ne pas le trahir.

Il se remit à faire les cent pas sans un mot.

Elle savait qu'une terrible bataille faisait rage en lui. Elle ne la comprenait pas, mais elle savait que cela ne servirait à rien de tenter de le convaincre que personne ne prenait jamais la place de quelqu'un d'autre.

S'il ne voulait pas se laisser aller à l'amour, elle ne pouvait rien y faire.

Finalement, il revint près d'elle.

— Je sais que tu n'as pas envie d'entendre ça, mais je suis désolé, April. Tu mérites mieux. Tu mérites le bonheur, et je ne suis pas en mesure de te l'offrir.

Elle le regarda longuement et finit par soupirer.

— Très bien. Je crois que tu ferais mieux de partir, maintenant, murmura-t-elle.

— Je ne veux pas que nous nous quittions comme ça. Mon intention n'était pas de te faire de la peine. Je n'ai pas envie qu'il y ait une gêne entre nous.

— Je ne peux rien te promettre.
Elle avait besoin de réfléchir.
— April…
— On se voit lundi, Cole.

9

Cole rêvait.

Il ne s'attendait pas à dormir, et encore moins à rêver, mais c'était pourtant le cas.

April était là, dans sa chambre du Stone Inn. Ils étaient dans son lit, elle avait les mains sur son torse, ses cheveux lui caressaient le visage, ses jambes s'emmêlaient aux siennes. Ses vêtements à elle gisaient au sol. Lui, il était tout habillé.

Même dans son sommeil, il savait qu'il rêvait car ses vêtements n'étaient pas ceux d'un civil.

Petit à petit, le décor changea.

Il était dans le désert. On entendait des coups de feu. La chaleur était accablante. On donnait des ordres.

Jay était avec lui, leurs mouvements étaient synchronisés, leurs pensées à l'unisson.

Ils rampaient à travers une fumée noire, affrontant un ennemi qu'ils ne voyaient pas mais dont ils sentaient la présence.

Ils étaient encerclés, à bout de forces. Mais ils ne devaient pas céder à la panique. Ils ne pouvaient pas renoncer.

Au plus fort des combats, ils furent séparés.

Ce ne fut que bien plus tard, alors qu'il le cherchait désespérément, que Cole vit son ami étendu sur le sable. Le devant de son uniforme était rouge de sang.

Cole se précipita vers lui, lui prit la main.

Jay ouvrit les yeux et murmura :

— Je compte sur toi.

Sous ses yeux, Jay s'évapora comme de la vapeur d'eau

Cole se réveilla en sursaut, le cœur battant à tout rompre, et s'efforça de reprendre ses esprits.

La lampe était allumée sur la table de chevet. La télévision fonctionnait. Il s'était couché tout habillé.

Il saisit la télécommande et mit l'écran en veille. Puis il se leva, se dirigea pieds nus vers la fenêtre et tira le rideau pour observer la rivière qui serpentait sous la lune, tel un ruban argenté.

Il n'y avait d'autre guerre que celle qui se livrait entre son cœur et sa raison.

Les rêves étaient faits d'un assemblage d'images qui pouvaient donner lieu à toutes sortes d'interprétations, il le savait.

Il avait toujours essayé de se persuader qu'il ne croyait pas aux rêves prémonitoires. Pourtant, il y avait eu des moments dans sa vie où ce qu'il avait rêvé s'était produit. Quand il était enfant, cela le terrifiait. Plus tard, il avait appris à écouter son instinct, à réfléchir.

Pensif, il suivit des yeux la trace d'un avion dans le ciel.

Depuis presque quinze mois, il vivait avec la certitude que Jay était mort à sa place.

La veille de l'embuscade, il avait rêvé de sa propre mort. Sans l'intervention de Jay, qui était parti bravement à l'assaut pour protéger sa position, il y serait resté. Et tous ceux qui l'aimaient se seraient vu épargner un deuil terrible. Violet et Grace auraient encore leur papa. April aurait encore son mari. Jim et JoAnn auraient encore leur fils.

Et voilà qu'il rêvait à nouveau. Quel était le message, cette fois ?

April l'aimait…

Tout en lui l'exhortait à résister. Peu importait ce qu'il voulait, ce dont il avait besoin. Il devait s'en tenir à la promesse qu'il avait faite à Jay.

Alors il s'y tiendrait.

April finit de plier les dernières chemises de Jay et commença à retirer ses cravates du tiroir. Elle le revit en train d'en choisir une soigneusement et la nouer autour de son cou. Quelle que soit sa tenue, il était toujours incroyablement séduisant.

Émue, elle ferma les yeux un instant. Elle s'était dit qu'elle accomplirait cette tâche avec détachement, sans évoquer de souvenirs… Elle n'y parvenait pas.

L'été dernier, une adorable veuve de soixante-quinze ans, qui avait perdu l'homme avait qui elle était mariée depuis cinquante-quatre ans, lui avait dit qu'elle le saurait, quand le temps serait venu de franchir cette étape.

Il était temps. Et ce n'était pas facile.

La veille, elle avait mis les costumes de Jay dans un carton. Puis elle en avait rempli un autre de ses chemises et de ses cravates. Mais elle n'avait pas eu le courage de s'en débarrasser tout de suite et avait rangé les cartons dans un placard…

Ce matin, les filles l'avaient suppliée d'aller au parc. Elle avait donc préparé un pique-nique et les avait conduites à l'aire de jeux, puis à l'hôpital pour voir les bébés de Lacey.

Le tri des affaires de Jay en était resté là.

Aujourd'hui, par ce beau mardi d'été, elle terminait ce qu'elle avait commencé.

Elle mit tous les T-shirts de sport de Jay et ses sweat-shirts du lycée dans un carton qu'elle rangea dans le bas de son placard, au cas où les filles voudraient les récupérer un jour.

Puis elle ouvrit le premier tiroir de la commode.

Ses doigts tremblèrent en effleurant le portefeuille de Jay.

Comme elle l'avait fait si souvent, elle le porta à son nez et respira le cuir patiné, puis elle l'ouvrit et regarda les photos de ses filles et d'elle. Le permis de conduire de Jay était toujours dans sa pochette transparente, tout comme son billet porte-bonheur de cinquante dollars était à sa place dans un des compartiments.

Elle le sortit, et un petit bout de papier soigneusement plié vint avec.

Elle le déplia et porta ses doigts tremblants à ses lèvres quand elle découvrit le petit mot qu'elle avait secrètement glissé dans la poche de Jay, avant qu'il parte travailler, le lendemain de leur premier anniversaire de mariage.

Elle ignorait qu'il l'avait conservé.

L'ayant relu, elle se jeta sur le lit et pleura longuement.

Plus tard, elle remit le petit mot à sa place dans le portefeuille, alla se passer de l'eau fraîche sur le visage et se remit à la tâche.

Après avoir déposé le portefeuille de Jay dans une petite boîte, elle y ajouta un fuseau de lavande, ses plaques d'identification militaires, sa médaille Purple Heart et d'autres menus souvenirs dont elle ne voulait pas se séparer.

Ses vêtements de tous les jours iraient à une œuvre de charité locale. Les costumes étaient destinés à une association qui aidait les personnes défavorisées à préparer leurs entretiens d'embauche, et leur fournissait les tenues appropriées.

À présent, la partie du placard réservée à Jay était vide, ainsi que les tiroirs de sa commode.

Elle se demanda si elle serait capable un jour de les utiliser. Elle se sentait vide aussi, comme amputée d'un organe vital.

Espérant ne pas avoir l'air aussi dévastée qu'elle le ressentait, elle jeta un coup d'œil dans le salon, où les jumelles regardaient un dessin animé.

Les voyant bien sages et occupées, elle transporta un premier carton jusqu'à sa voiture.

Prenant soin d'éviter la flaque que la pluie de la veille avait laissée, elle renouvela les voyages entre la maison et le coffre du SUV.

À chaque fois qu'elle revenait dans la chambre, son regard était attiré par le peignoir de Jay, suspendu derrière la porte. Elle l'avait délibérément laissé là. Le voir, le toucher, savoir tout simplement qu'il était là l'aidait à se sentir mieux. C'était sa place, et il n'en bougerait pas.

Il ne lui restait plus que deux cartons à charger quand elle croisa Cole. Il était arrivé ce matin quelques minutes après 8 heures, comme il le faisait toujours. Ils s'étaient dit bonjour, et il avait bu un café tandis que les jumelles lui parlaient du chien avec lequel elles avaient joué la veille au parc.

— Devine comment il s'appelle ? avait demandé Grace.

— Grizzli, avait répondu Violet, sans laisser une chance à Cole de faire une proposition. Il est immense et plus lourd que nous deux.

Cole lui avait adressé un sourire, mais April avait détourné les yeux.

À présent, elle ne ressentait plus de colère. Elle était triste, et surtout fatiguée de ressentir cela.

— Qu'est-ce que tu transportes ? demanda-t-il.

— Des affaires que je veux donner.

— Laisse-moi t'aider.

Ne lui laissant pas le choix, il lui prit le carton des mains.

En découvrant ceux qui s'empilaient déjà dans le coffre du SUV, il comprit.

— Tu te sépares des affaires de Jay.

Si seulement il n'y avait pas eu une telle déférence dans son intonation…

Avec un soupir, elle reprit le carton, le mit dans le coffre, en poussant un peu pour qu'il trouve sa place parmi les autres. Puis elle appuya sur un bouton, et Cole et elle reculèrent tandis que le hayon s'abaissait.

Ils se dévisagèrent longuement, aucun des deux ne trouvant le courage de rompre le silence.

Les jumelles apparurent soudain sur le perron. Criant assez fort pour que tout le quartier les entende, elles informèrent leur mère que le dessin animé était terminé.

April se hâta de rentrer pour leur expliquer qu'il était temps de donner les affaires de leur papa à des gens qui en avaient besoin.

Quitter la maison d'April samedi soir avait été une décision difficile pour Cole.

Il avait dit qu'il ne voulait pas qu'il y ait de la gêne entre eux, mais plus rien n'était comme avant.

Ils passaient une bonne partie de la journée dans la même maison, mais le contact était rompu. Leur camaraderie des dernières semaines avait disparu.

Elle ne lui demandait plus de faire des associations humain/animal. Elle n'insistait plus pour savoir comment il la voyait. Et, surtout, elle ne lui souriait plus.

Aujourd'hui, elle avait décidé de donner les affaires de Jay.

Une page se tournait. Elle était décidée à avancer dans la vie.

Avec ou sans lui.

Ses conversations avec April lui manquaient, tout comme ses questions anticonformistes et ses intuitions fulgurantes.

Ce n'était pas facile pour lui. Bon sang ! C'était même une torture.

Il avait envie de la prendre dans ses bras et il ne comprenait pas ce qui l'en empêchait.

Il était dehors, en train de changer la lame de sa scie, quand April et les jumelles sortirent de la maison. Grace et Violet portaient un jupon en tulle rose, un T-shirt blanc et des ballerines. Leurs cheveux étaient relevés en un petit chignon de danseuse. Grace avait un petit sac à main à paillettes, et Violet un boa en plumes mauve.

April avait les cheveux détachés jusqu'au milieu du dos, à l'exception d'une mèche relevée de part et d'autre de son visage, et maintenue par des pinces ornées de turquoises. Elle était vêtue d'un short blanc et d'un chemisier sans manches bleu lavande.

— Il y a quelqu'un, maman ! s'exclama soudain Grace.

Tout le monde tourna les yeux vers l'homme qui s'engageait à pied dans l'allée.

— Puis-je vous aider ? demanda April, d'un ton amical.

Il aurait été impoli de fixer l'inconnu, et Cole se remit au travail. Il avait eu le temps de noter que l'homme avait la trentaine, les cheveux blonds et qu'il portait un pantalon de toile beige et un polo bleu marine. De taille moyenne, il avait une allure passe-partout.

— Je suis Nathan Hampton. Je viens de rejoindre l'équipe de la clinique vétérinaire de Jake Nichols. Mais si je vous empêche d'aller à un rendez-vous, je peux repasser…

Cole dévissa le boulon qui retenait l'ancienne lame de scie usagée. L'homme était également poli. Normalement, il l'aurait déjà associé à un animal. Mais rien ne lui vint. Il avait peut-être perdu son don…

— Vous ne me dérangez pas du tout, monsieur Hampton.

— Nathan, s'il vous plaît.

Le sourire qu'il adressa à April déplut souverainement à Cole.

— Mon chien et moi avons emménagé dans la maison au coin de la rue, la semaine dernière, et…

— Tu as un chien ? intervint aussitôt Violet.

Nathan lui sourit gentiment.

— Oui. Un labrador. Elle s'appelle Roxie, et c'est à cause d'elle que je viens vous voir.

Il reporta son attention sur April.

— Je l'ai sauvée d'une situation dramatique. Il y a tellement de maltraitance animale.

Il balaya cette remarque d'un geste et poursuivit :

— Il n'y paraît plus, aujourd'hui. Elle a trois ans, et c'est le chien le plus doux que j'aie jamais connu.

Nathan enveloppait April d'un regard appréciateur, et Cole ressentit l'envie soudaine de le saisir par le col de son polo et de lui faire quitter les lieux.

— Quel âge ont vos filles ? demanda Nathan.

— Elles auront cinq ans, jeudi prochain, répondit fièrement April.

Cole n'avait pas réalisé, quand les jumelles avaient évoqué leur anniversaire, que la date était si proche.

Le boulon sur lequel il s'acharnait se libéra enfin et roula sur le plateau du pick-up, avec un bruit sonore que lui seul parut remarquer.

De plus en plus agacé, il retira l'ancienne lame d'un geste brusque

— C'est votre mari ? lança Nathan, en baissant la voix.

— Non, c'est un ami de mon défunt mari.

Un ami de Jay, nota Cole. Pas un ami à elle.

Les bonnes manières exigeaient maintenant qu'il remarque la présence du visiteur. Il se contenta d'un bref signe de tête.

— Votre deuil est récent ? s'enquit Nathan, qui semblait soudain très intéressé de savoir qu'April était célibataire.

— Un peu plus d'un an. Mais vous vouliez me dire quelque chose à propos de votre chien ?

— Ah. Oui. Il se trouve qu'elle a très peur de l'orage, et elle s'est enfuie, la nuit dernière. Depuis, je la cherche partout.

Il plongea la main dans la poche de son pantalon et en sortit son téléphone.

— Voici sa photo. Vous ne l'auriez pas vue ?

D'accord, ce type avait une bonne raison de se rapprocher d'April, songea Cole. Cela dit, il n'appréciait pas du tout ce rapprochement…

Il finit de resserrer le boulon sur la nouvelle lame et se retint de grincer des dents.

— Elle est adorable, fit remarquer April, après avoir jeté un coup d'œil à l'écran du téléphone, mais je ne l'ai pas vue.

Nathan montra la photo à Grace et Violet. Pressées contre Grace, les bras noués autour de ses jambes, elles ouvrirent de grands yeux.

— Je vais avoir un chiot pour mon anniversaire, dit Violet.

April corrigea.

— Ce que ma fille a voulu dire, c'est qu'elle a *demandé* un chiot pour son anniversaire.

Le vétérinaire sourit.

— Je serais heureux de vous aider dans cette démarche. En attendant, si vous voyez Roxie, pourriez-vous me prévenir ?

— Naturellement.

Il sortit une carte de visite de sa poche, chercha quelque chose pour écrire et aperçut le crayon de charpentier de Cole sur l'établi.

Il s'approcha en quelques enjambées souples.

— Ça ne vous dérange pas si je vous l'emprunte, mon vieux ?

Sans attendre la réponse, il prit le crayon et inscrivit quelque chose au dos de la carte, avant de la tendre à April.

— Il y a le numéro de la clinique, et j'ai rajouté le mien, dit-il. Vous pouvez m'appeler nuit et jour.Il lui adressa à nouveau ce sourire ultra-rayonnant, et elle lui sourit en retour.

— Quand j'aurai retrouvé Roxie, vous pourrez peut-être venir la voir à la maison avec vos filles.

April répondit peut-être quelque chose, mais Cole n'entendit pas car la rage faisait bourdonner ses oreilles.

Le vétérinaire reposa le crayon où il l'avait pris et s'éloigna en petites foulées sportives.

Cole vit rouge. La couleur de la jalousie.

— Au revoir, Cole ! dirent les jumelles en agitant leurs petites mains.

Il se força à sourire pour elles.

April ne le regarda même pas et installa ses filles dans la voiture.

C'était une bonne mère. Et une femme superbe.

Le sourire qu'elle avait adressé au vétérinaire était sincère, chaleureux, sans retenue. Elle ne lui avait pas souri de cette façon depuis samedi soir, songea Cole, que ce petit intermède avec ce Nathan il ne savait plus quoi rendait maussade.

Trois jours s'étaient écoulés depuis qu'il s'était enivré du parfum d'April, depuis qu'il avait senti ses mains douces peser sur ses épaules, depuis qu'il avait pressé contre son corps ses courbes délicieuses et pris possession de ses lèvres...

Ces trois jours ressemblaient à une éternité.

April s'installa au volant et quitta l'allée en marche arrière.

Les jumelles lui firent des signes de la main, avec leur enthousiasme habituel. April ne lui accorda pas un regard.

Il ne pouvait pas l'en blâmer.

Quelle femme pourrait donner le change après avoir dit à un homme qu'elle l'aimait et s'être vu repoussée ?

Aucune ayant son cœur et sa personnalité.

Cole s'était imaginé qu'il était tombé amoureux d'elle en écoutant Jay décrire leur façon de vivre, animée, excentrique pleine d'humour.

Maintenant qu'il connaissait April en personne, il comprenait que cela n'avait rien à voir avec les sentiments réels qu'il éprouvait aujourd'hui, si forts qu'ils en étaient douloureux physiquement.

April semblait vivre les derniers moments de son deuil.

Elle était prête à aller de l'avant. Et il ne savait pas comment il supporterait de rester en retrait, en la regardant tomber amoureuse d'un autre homme.

Il avait fait une promesse à Jay quand il se tenait devant sa tombe, et il avait respecté cette promesse. Il n'avait pas essayé de prendre sa place.

Ce n'était pas ce qu'April attendait de lui. Elle voulait quelque chose de différent. Cela, il l'avait bien compris. Et pourtant, il l'avait repoussée.

Quel était son problème ? Pourquoi ce blocage ?

Il avait intérêt à l'identifier avant qu'il soit trop tard.

10

April n'était plus elle-même.

Depuis des jours, elle errait sans but dans la maison, hésitant entre la morosité et l'envie de tout casser.

À cet instant, elle avait envie de lancer quelques assiettes contre le mur.

Ou alors, elle pourrait se couper les cheveux... Avec les ciseaux de cuisine.

Mais elle aimait bien ses assiettes.

Et aussi ses cheveux.

Elle savait quel était le problème. Cela rimait avec « folle ».

Oui, Cole la rendait folle.

Elle avait une terrible envie de l'embrasser. Et aussi de l'étrangler.

Pourtant, elle n'était pas quelqu'un de violent, d'ordinaire. D'accord, elle avait brûlé son matelas dans un accès de rage, mais là c'était différent. Cole n'était pas mort. Il était même bien vivant, ici, dans sa maison.

Si près, mais tellement loin...

Elle leva les yeux au ciel. Voilà qu'elle se mettait à citer les paroles d'une chanson ! Elle n'était même pas capable de se morfondre avec son propre style.

L'étage était presque terminé. Le sol était posé, les portes étaient sur leurs gonds. Des lustres similaires, tout à fait adaptés pour de jeunes princesses, étaient accrochés aux plafonds fraîchement peints.

Lundi, le carreleur viendrait faire les joints dans la salle de bains. La baignoire, la douche et les lavabos étaient installés ; il ne manquait que la robinetterie, les miroirs et les porte-serviettes.

En résumé, les travaux seraient bientôt terminés.

Cole retournerait à Rochester, et elle n'aurait d'autre choix que de le laisser partir.

Ils manquaient de temps pour résoudre leur problème.

Elle ne demandait pas d'explications. Quiconque avait aimé et perdu un être cher pouvait comprendre que des choses se produisaient dans la vie des gens, occasionnant de profondes blessures. Il ne fallait pas tout disséquer, placer sous un microscope pour ensuite le partager.

Parfois, la seule façon de vivre en paix, c'était de libérer sa douleur, de la tenir dans le creux de sa main et d'ouvrir les doigts pour la laisser s'envoler.

Si Cole l'aimait, tout ce qu'elle voulait, tout ce dont elle avait besoin, c'était qu'il dise son prénom et lui ouvre les bras.

Ce n'était pas grand-chose, et pourtant c'était tout.

— April ?

— Oui ?

Était-ce vraiment sa voix, ce souffle tremblant et plein d'espoir ? Elle était pitoyable.

Cole était devant sa porte d'entrée. Elle était dehors et elle ne savait plus pourquoi.

Le vent rabattit une mèche de cheveux sur sa joue. Ce fut en levant la main pour la repousser qu'elle se souvint qu'elle tenait le courrier.

Transférant la publicité et les factures dans l'autre main, elle coinça ses cheveux derrière son oreille et fixa Cole.

Il était appuyé contre l'encadrement de la porte, tenant d'une main la moustiquaire ouverte. Il y avait des taches de peinture rose et violette sur son avant-bras.

— Je n'ai pas vu les filles, dit-il. Elles sont là ?

April secoua la tête.

Il sembla déçu.

— Ah... La peinture est sèche. Je voulais leur montrer leur chambre.

— Elles passent la nuit chez leurs grands-parents.

— Donc, tu es toute seule, ce soir.

— Oui.

Invite-moi.

Demande-moi de rester ici avec toi. Nous commanderons des plats à emporter. Nous parlerons.

Ou, nous ne parlerons pas.

Nous ferons l'amour. Nous nous créerons des souvenirs.

Nous vivrons le premier jour de notre vie de couple.

Elle essaya de lui insuffler mentalement ces pensées.

Il se redressa.

— C'est gentil de leur part, dit-il. Ça te fera du bien, tu pourras te reposer, pour une fois.

À l'évidence, il était impossible de faire entrer quoi que ce soit dans un cerveau obtus.

Elle compta jusqu'à 10 pour lui laisser le temps de l'inviter...

Rien.

— Je vais sortir, décréta-t-elle.

Il était possible que son intonation soit un peu agressive. Tant pis !

Elle ne lui dit pas de s'écarter.

Elle ne lui dit pas qu'il était dans le passage.

Serrant les dents, elle se rua sur le perron et se pencha pour passer sous son bras tendu en travers de l'embrasure.

Elle déposa le courrier sur la table de la cuisine et lava les verres des filles qui traînaient.

Il était un peu plus de 16 heures.

Jim et JoAnn gardaient les jumelles un soir par semaine depuis la mort de Jay. Ça leur faisait plaisir, et il était bon pour les filles d'être séparées de leur mère de temps en temps.

Au début, elle avait trouvé cela difficile. Elle se cloîtrait dans la maison et pleurait. Puis elle avait commencé à rendre visite à ses amies. Parfois, elles allaient voir un film, ou elles se retrouvaient dans un restaurant. Ce soir, ce serait différent.

Elle avait dit qu'elle sortait. Et April Avery ne mentait jamais. Elle allait devoir passer un coup de téléphone et organiser quelque chose.

Cole ne tenait pas en place.

Il n'était que 20 heures, et déjà la soirée lui semblait longue.

Après avoir rangé ses outils, il avait décidé de lever le camp vers

18 heures. D'habitude, April était dans la cuisine à cette heure-là, en train de préparer le dîner des filles.

Ce soir, la cuisine était vide.

En entendant cliqueter des talons dans le couloir, il avait lancé :

— J'y vais, April ! Tu veux que je revienne demain, ou tu préfères que...

Ses paroles moururent sur ses lèvres quand il la vit entrer.

Bon sang ! Ça alors !

C'était la première fois qu'il la voyait dans une robe comme celle-là. Couleur miel, coupée dans un tissu soyeux, elle flottait sur elle comme de l'or liquide. Dévoilant son décolleté et ses bras, elle était serrée à la taille, avant de s'épanouir en corolle autour de ses hanches, et s'arrêtait juste au-dessus des genoux.

— Est-ce que ma tenue est bien ? demanda-t-elle

— Euh... Oui.

Il chercha son souffle.

— Tu es très belle.

— Tu es sûr ? C'est la quatrième tenue que j'ai essayée. Je n'ai pas fait d'achats vestimentaires depuis des années, tu comprends... Tout ce que j'ai est tellement moche ou démodé.

Moche ? Démodé ? Elle plaisantait ? La couleur de sa robe rehaussait les paillettes d'or de ses yeux. Et elle mettait son corps tellement en valeur...

Sa peau était sublimée par un maquillage léger, et ses lèvres avaient la couleur d'une pêche gorgée de soleil.

Il en avait l'eau à la bouche et le corps en feu.

Elle fit ce truc que seules savent faire les femmes : rejeter leurs cheveux par-dessus leur épaule sans y toucher. Ils cascadèrent en boucles souples jusqu'au creux de ses reins, captant la lumière et s'éclairant de plusieurs nuances de brun et de roux.

— Demain matin, ce sera parfait, dit-elle.

Devant son expression perplexe, elle précisa :

— C'est bien ce que tu voulais savoir ? Si tu devais revenir demain ou lundi ?

Elle haussa les épaules.

— Tu feras comme tu voudras, en fait, ajouta-t-elle. Ça m'est égal.

Il y avait une grosse différence entre ce qu'il voulait faire et ce qu'il devait faire…

Quand elle commença à parler de ses sandales noires, aux talons vertigineux, et se demanda si elle ne devait pas les changer contre une paire d'escarpins plus classiques, il préféra s'en aller.

Arrivé à l'hôtel, il se mit à faire les cent pas dans la chambre.

Il se doucha.

Et recommença à arpenter la pièce.

Il avait fini par descendre à la réception et avait demandé à Harriet Ferris des nouvelles du fantôme. Puis il était allé se promener le long de la rivière et avait jeté quelques cailloux en essayant de faire des ricochets.

Il était retourné dans sa chambre et il avait commandé une pizza.

Il avait allumé la télévision, fait défiler les chaînes et l'avait éteinte.

Et il avait fait les cent pas.

Le soleil, semblable à une grosse orange lumineuse, commença à descendre vers l'horizon. Quelques nuages laiteux bordés de rouge semblaient jouer à cache-cache dans le ciel.

Insensible à la beauté de la nature, il consulta l'heure et se demanda ce que faisait April et avec qui elle le faisait.

Le nouveau vétérinaire était passé un peu plus tôt. Il distribuait des avis de recherche un peu partout pour sa chienne.

Il avait dû inviter April à dîner… et plus si affinités.

Normalement, il avait l'estomac solide. Donc, la pizza n'était pas à blâmer s'il avait une sensation de lourdeur dans le ventre et des aigreurs.

April n'était pas allée à la Bell's Tavern depuis sa réouverture. Ruby O'Toole, qui était devenue Ruby Sullivan, l'avait achetée l'année dernière. Lacey avait vécu dans le petit appartement au-dessus. Quand son père tenait l'établissement, c'était un bistrot sordide.

Aujourd'hui, la Bell's Tavern avait une réputation fabuleuse. Il y avait des concerts le week-end, des soirées dansantes une fois par mois, des tournois de billard le jeudi et des parties de cartes dans l'arrière-salle tous les soirs. On y servait de la bière brassée dans la région et des boissons qui portaient des noms tels que « dynamite », « clair de lune », ou encore « fontaine de jouvence ».

April avait opté pour un verre de cidre, tandis que Chelsea s'en tenait à son sempiternel vin blanc.

Ce soir, l'orchestre jouait de la musique country et l'ambiance était enjouée.

Il était 22 heures. Trop tôt pour qu'elle rentre à la maison.

— Ne regarde pas, April, mais il y a un type que tu connais au comptoir, et qui te dévore des yeux, lui fit remarquer Chelsea. Oh ! attends ! Il vient par ici.

Le cœur d'April se gonfla d'espoir.

Levant les yeux d'un air détaché, elle essaya de masquer sa déception.

— Oh ! Bonsoir, Nathan.

Le vétérinaire sourit. Il avait vraiment un beau sourire.

— Vous permettez que je vous tienne compagnie ? s'enquit-il.

À peine était-il assis que Tiffany, la serveuse, apparut. Tandis que Nathan commandait une bière, Chelsea en profita pour balayer la salle du regard.

Soudain, elle donna un coup de coude à April.

— Ce n'est pas Cole, au bar ? demanda-t-elle.

April tourna la tête, en s'efforçant d'adopter un air dégagé.

Vêtu d'un jean délavé et d'une chemise blanche aux manches relevées sur ses avant-bras hâlés, Cole était incroyablement séduisant. D'ailleurs, cela n'échappa pas à une jolie brune, qui ne perdit pas un instant pour se hisser sur le tabouret à côté du sien, et pour engager la conversation.

Ruby, la nouvelle propriétaire, vint elle-même apporter les consommations.

— Vous avez vu la photo du fantôme ? demanda-t-elle, tout excitée. Harriet Ferris l'a prise la nuit dernière à l'hôtel et l'a fait circuler sur les réseaux sociaux.

Elle sortit son téléphone de sa poche pour apporter la preuve de ce qu'elle disait.

April se pencha pour regarder.

Oui, cela ressemblait un peu à un fantôme. Peut-être... Plus ou moins...

Elle lança un coup d'œil en direction du bar. Cole était de nouveau seul et fixait pensivement son verre. La brunette avait dû renoncer.

Comme s'il sentait qu'elle l'observait, il tourna les yeux vers elle. L'intensité de son regard la déconcerta.

Entourée de mystérieuses radiations, incapable de calmer les battements frénétiques de son cœur, elle finit par reporter son attention sur la tablée.

Cela commençait à être vraiment contrariant, et il était temps qu'elle fasse quelque chose.

— Je suis un peu fatiguée, dit-elle à Chelsea. Je crois que je vais rentrer.

— Puis-je vous raccompagner ? proposa Nathan.

Nathan Hampton n'était pas du tout désagréable à regarder. Il était charmant, visiblement intéressé par elle... Il avait un bon contact avec les enfants, et qui aimait davantage les animaux qu'un vétérinaire ? Il était d'un abord facile, très affable, et il avait vraiment l'air d'un type bien.

Seulement voilà, leurs doigts s'étaient frôlés par mégarde, tout à l'heure, et elle n'avait rien ressenti du tout.

Il avait un joli sourire. Il souriait beaucoup, contrairement à quelqu'un qu'elle connaissait.

— Non merci, Nathan, répondit-elle. J'ai quelque chose à faire.

Chelsea, intuitive comme toujours, lui adressa un clin d'œil.

— Vas-y, ma belle.

April glissa la chaîne de sa pochette sur son épaule, se leva et se dirigea nonchalamment vers le bar.

Cole la vit, et elle se rendit compte qu'il ne parvenait pas à détacher les yeux d'elle.

— J'aimerais te parler, dit-elle.

Il indiqua le tabouret vacant à côté de lui.

— En privé, précisa-t-elle.

Il jeta un billet sur le bar. Le temps qu'il descende de son siège, elle était déjà arrivée à la porte.

Dehors, le temps était doux. Les étoiles étaient de sortie, tout comme les propriétaires de chiens et les piliers de bar qui allaient d'un établissement à un autre.

— Qu'est-ce que tu veux ? lança-t-il d'un ton bourru.

— Eh bien...

Un couple sortit de la taverne, et trois hommes cherchèrent à entrer.

Cole et elle se déplacèrent pour ne pas gêner le passage.

Mais le film venait sans doute de finir au cinéma d'à côté, car une foule pressée se déversait sur le trottoir.

Elle soupira. Elle voulait parler à Cole en privé, loin des oreilles indiscrètes.

— Tu es venue en voiture ? lui demanda Cole.

Elle secoua la tête.

— Mon pick-up est là, dit-il.

Elle le suivit jusqu'à son véhicule et, lorsqu'il lui tint la portière, elle monta en évitant de le frôler.

Quand il fut au volant, elle se tourna vers lui.

— Tu n'as pas intérêt à me ramener à la maison, dit-elle.

Quinze secondes plus tard – elle le sut parce qu'elle avait tout bonnement compté – il demanda :

— Bien. Et où veux-tu aller ?

— Dans ta chambre. À l'hôtel.

Elle retint son souffle.

L'attente lui parut interminable.

Quoi qu'il dise ou qu'il fasse, elle était prête.

11

Des éclairs de chaleur étincelaient au-dessus des grands arbres qui encadraient le Stone Inn.

Pendant quelques secondes, April put apercevoir la silhouette torturée de la bâtisse, aux multiples avancées de toit, tourelles, bow-windows et balcons.

Ce n'était pas étonnant que l'hôtel ait la réputation d'être hanté, car il semblait tout droit sorti d'un roman gothique.

Elle était soulagée d'être au moins arrivée jusque-là. Il n'était pas évident que Cole accepte.

En fait, elle avait dû lui demander s'il avait confiance en elle, puis attendre d'interminables secondes qu'il hoche la tête. Pour finir, elle lui avait dit qu'elle avait quelque chose d'important à lui dire, mais qu'elle ne pouvait pas le faire chez elle.

Tant de ses espoirs, de ses rêves et de ses souvenirs emplissaient déjà la maison du 404 Baldwin Street. Si ça se passait mal avec Cole, elle ne voulait pas que les réminiscences de son échec flottent entre ses murs.

Un éclair déchira à nouveau le ciel, et elle aperçut le profil ciselé de Cole.

Ce n'était pas la perspective de croiser un fantôme qui lui asséchait la bouche, lui donnait les mains moites et faisait trembler ses jambes, alors qu'ils se dirigeaient vers le perron.

Et si elle ne trouvait pas les bons mots ?

Si elle ne réussissait pas à faire comprendre à Cole que l'amour méritait que l'on se batte pour lui ?

Il était un soldat dans l'âme. Il ne pourrait pas s'empêcher de se battre pour eux…

Enfin, elle l'espérait.

Cole entra un code à l'entrée, et la lourde porte du hall se déverrouilla.

Il y avait de la lumière au rez-de-chaussée, mais le bureau de la réception était désert.

April pouvait sentir la chaleur qui émanait de Cole tandis qu'ils montaient côte à côte le vaste escalier circulaire.

Il marchait avec raideur, mais elle ne pensait pas que c'était dû à sa blessure. Il avait bâti une forteresse autour de lui, comme s'il en avait besoin pour renforcer sa détermination.

Et si elle ne parvenait pas à percer son armure ?

Bientôt, ils furent devant sa porte, au bout du couloir.

Le moment de vérité était arrivé.

— Nous y sommes.

Elle était tellement plongée dans ses pensées que la voix de Cole la fit sursauter.

Une fois dans la chambre, ils restèrent plantés face à face comme des piquets.

Elle aurait voulu que ce soit moins embarrassant.

Prenant une profonde inspiration, elle s'humecta les lèvres et leva les yeux vers l'homme dont elle était tombée amoureuse.

— J'ai recommencé à rêver, dit-elle.

— Et ce sont des rêves agréables ?

Ils se tenaient assez près l'un de l'autre pour pouvoir se toucher s'ils le souhaitaient, mais leurs bras restaient le long de leur corps.

Il était rare qu'elle porte des talons de dix centimètres. Cela lui donnait l'impression d'être une grande liane souple et déliée. Mais elle devait quand même lever la tête pour croiser le regard de Cole.

Ce qu'elle lut dans ses yeux lui donna de l'espoir.

Elle s'était dit que c'était son premier baiser qui l'avait ramenée à la vie. Maintenant, elle réalisait que c'était ses yeux, sombres, profonds et emplis de sagesse.

— Je fais des rêves érotiques, répondit-elle sans détour. Et tu y tiens le rôle principal. Mais ce n'est pas ce que je veux te dire.

Il reporta son poids sur sa jambe valide, mais il ne battit pas en retraite.

C'était un homme vraiment courageux.

— Nous avons tous les deux cessé de rêver quand Jay est mort, reprit-elle. Je ne pense pas que c'était une coïncidence. Tout comme cela n'en est pas une que nous ayons recommencé à rêver en même temps.

Elle marqua une pause, au risque de l'entendre protester. Il n'en fit rien. Ce qui l'encouragea à poursuivre.

— L'autre soir, tu m'as dit que tu avais promis à Jay de ne pas essayer de prendre sa place. D'abord, je voudrais que tu comprennes que Jay n'aurait jamais exigé de toi ce genre de promesse. Par ailleurs, il y a assez de place dans mon cœur pour vous deux.

Cette fois, il ouvrit la bouche pour protester, mais elle posa la main sur son bras et il se tint tranquille.

— Jay voudrait que je sois heureuse. Et tu me rends heureuse, Cole. Il aurait voulu que tu le sois aussi. Réponds-moi sincèrement. Est-ce que je te rends heureux ?

Elle attendit sa réponse, le cœur gonflé d'espoir.

Il se passa la main dans les cheveux. Ils avaient poussé un peu, perdant de leur rigueur militaire.

Il alla à la fenêtre et regarda dehors,

Après d'interminables secondes, il revint.

Il soupira, et se décida à parler.

— Jay est mort à cause de moi.

— Mais qu'est-ce que tu racontes ?

— Nous avions des ordres. Il devait rester à l'arrière, et je devais donner l'assaut. C'est moi qui aurais dû…

Il ne termina pas sa phrase, mais elle avait compris. Elle comprenait même beaucoup de choses, maintenant.

— C'est toi qui aurais dû mourir, murmura-t-elle.

Il serra les dents.

— Tu regrettes d'être en vie ? demanda-t-elle d'une voix douce.

— Bien sûr que non. Je regrette que Jay ne le soit plus.

— Je suis certaine que tu es un soldat d'exception, Cole.

Il croisa les bras, comme s'il savait qu'il n'allait pas aimer ce qu'elle allait dire après.

— Tu te sens coupable que Jay soit mort à ta place.

— Évidemment ! Il avait beaucoup plus à perdre que moi.

— Tu sais ce que je pense ? Tu as porté le deuil de Jay encore plus intensément que moi.

Elle le vit chercher son souffle.

— Tu l'aimais autant que moi. Toutes les âmes sœurs ne sont pas des amants, Cole. Il y a des mères et des filles, des pères et des fils, des frères d'armes. Je suis sa veuve et j'ai le droit de montrer ma peine. Toi, tu es un soldat héroïque qui a sauvé quantité de vies, et qui a eu la vie sauve aussi. Tu ne comprends pas que ta vie n'a pas moins d'importance que celle de Jay ?

— Ce n'est pas la question, dit-il, d'une voix étranglée.

— Je t'aime déjà, Cole. Et si l'impensable se produisait, si tu meurs après avoir vécu quelques années avec moi, cela me ferait moins mal que de te voir partir maintenant, en renonçant à tout ce que nous pourrions vivre ensemble. Perdre quelqu'un à qui l'on tient, c'est horrible. Je le sais, et tu le sais aussi. Mais ne jamais connaître l'amour, c'est encore pire.

Comme elle s'y attendait, il tourna les talons et se mit à faire les cent pas.Ce coup-ci, elle ne lui en tint pas rigueur. Elle comprenait son chagrin. Elle ne la connaissait que trop, cette douleur si forte qui empêchait de respirer. Elle savait qu'il avait peur d'être confronté à nouveau à la perte d'un être aimé.

Elle n'était pas rassurée non plus.

Et si les blessures émotionnelles de Cole étaient trop profondes pour qu'il ose prendre le risque de tout perdre encore une fois ?

— Tu veux bien faire quelque chose pour moi ? lança-t-elle.

Il arrêta ses allées et venues, et revint près d'elle.

Elle prit son visage entre ses mains.

— Invite-moi dans ton lit, Cole.

Il écarquilla les yeux.

— Jay ne m'a jamais dit que tu étais prête à employer toutes les ruses pour parvenir à tes fins.

— Tant mieux. Je préfère que tu découvres certains de mes secrets par toi-même.

Elle devina la bataille qui faisait rage en lui. Il était tenté, mais il hésitait encore.

Finalement, il laissa échapper un profond soupir.

— Je t'aime, April, mais…

Il n'alla pas plus loin, comme s'il pensait, tout comme elle, qu'il n'y avait pas de restrictions possibles quand on était amoureux.

Quand le suspense lui fut intolérable, elle demanda :

— Mais quoi ?

Il lui saisit les mains et les posa sur son cœur, qu'elle entendit battre sourdement sous ses paumes.

Longtemps, ils s'observèrent en silence, chacun cherchant à déchiffrer les attentes et les désirs de l'autre.

Le cœur battant à tout rompre, April retenait son souffle, troublée par le parfum de Cole et par son souffle chaud sur sa peau.

Il allait l'embrasser. Elle en avait la certitude.

Lentement, elle leva la tête vers lui. Les lèvres frémissantes, elle anticipait la caresse imminente de sa bouche… Et le baiser que lui donna Cole fut à la hauteur de ses espérances.

Le message qui passait dans cette étreinte contenait tout ce qu'elle avait tant attendu de lui : l'amour, la confiance, la compréhension.

Et elle y accordait d'autant plus de valeur en sachant que ces émotions venaient d'un endroit profond et secret du cœur de Cole, où jamais aucune femme n'était entrée.

Les lèvres de Cole étaient douces et tièdes, et butinaient les siennes avec une délicieuse habileté. Pressée contre lui, dans un mouvement d'abandon et d'offrande, elle ouvrit la bouche pour lui offrir l'occasion d'un baiser plus intime, acceptant le contact audacieux et voluptueux de sa langue, et frissonna de plaisir quand ses mains puissantes la couvrirent de caresses fiévreuses.

Mais il n'était pas homme à précipiter les choses, ni à perdre aussi aisément le contrôle.

Interrompant soudain cette étreinte si prometteuse, il lui souleva la main gauche et, les yeux rivés aux siens, posa ses lèvres sur le léger creux que son alliance avait laissé dans sa chair.

— J'ai remarqué que tu l'avais enlevée, dit-il. Tu n'es pas obligée de le faire pour moi.

Submergée par l'émotion, elle sentit une larme rouler sur sa joue.

— Je t'aime, April. Et je veux vivre le reste de ma vie avec toi. Je veux que nous passions toutes nos journées et toutes nos nuits ensemble, et que nous devenions un vieux couple aux cheveux gris, perclus de rhumatismes, et toujours aussi follement amoureux. Voilà ! Tu es contente ?

Elle sourit à travers ses larmes.

Oui, elle était contente. Et même plus que ça !

Elle était follement heureuse.

— Je ne sais pas pourquoi Jay est mort et pas moi, reprit-il. Je ne sais pas pourquoi les choses arrivent. Mais il semblerait que le destin m'ait conduit jusqu'à toi.

Il reprit son souffle, une lueur d'espoir intense vibrant dans ses yeux.

— Quand le temps sera venu, quand tu seras prête… voudras-tu m'épouser ?

— Oh que oui, je vais t'épouser ! Et il n'est pas né, celui qui m'en empêchera !

Et ils scellèrent cette décision par un long baiser.

Mille pensées tournaient dans la tête de Cole.

Quel genre de bague April voulait-elle ? Et la cérémonie ? Quand, à quel endroit ?

Comment Grace et Violet allaient-elles l'appeler ? Papa, c'était exclu. Ce titre serait à jamais réservé à Jay. Elles lui trouveraient sans doute un surnom. En tout cas, il serait fier et heureux de prendre soin d'elles.

Il ne savait pas si April voulait d'autres enfants. Lui, il aimerait en avoir un ou deux. Il imaginait déjà les agrandissements qu'il pourrait apporter à la maison du 404 Baldwin Street.

Plus tard, ils auraient énormément de décisions à prendre. Ils feraient chacun des concessions et, parfois, ils se disputeraient.

Mais, pour le moment, il leur restait la plus belle et la plus bouleversante des découvertes à faire, celle de l'intimité des corps, que l'union des cœurs et des âmes venait sublimer.

Il y avait la vie, et il y avait la mort.

Et pour ceux qui avaient le courage d'accepter que l'un n'allait pas sans l'autre, de prendre à bras-le-corps ce qui se présentait, de ne pas refuser indéfiniment d'être heureux de crainte de tout perdre et de souffrir, au bout du compte, il y avait l'amour.

Épilogue

C'était un de ces après-midi de fin d'été qui faisaient monter le sourire aux lèvres d'April.

Dans le centre-ville d'Orchard Hill, l'air était doux, la brise légère, et les pelouses fraîchement tondues du jardin municipal exhalaient un puissant parfum de verdure.

Cole et elle arpentaient à pas lents le chemin sinueux qui bordait Division Street, Grace et Violet entre eux.

La nouvelle de leurs récentes fiançailles s'était répandue, et chaque personne qu'ils croisaient les félicitait.

Les habitants de cette charmante bourgade embrassaient chaleureusement April, tapotaient affectueusement les petites têtes de Grace et Violet, et déboîtaient quasiment le bras de Cole en lui serrant vigoureusement la main.

Beaucoup le remerciaient pour son sens du devoir et du sacrifice, et il acceptait ces louanges plus facilement qu'auparavant. Mais April savait qu'il serait toujours pudique concernant son engagement pour sa patrie. Il restait en permanence vigilant, sur le qui-vive, protecteur. C'était son soldat, son ange gardien.

Jamais elle n'aurait cru pouvoir être à nouveau aussi heureuse.

Elle n'osait imaginer ce que dirait son père s'il était encore parmi eux. Préparer un mariage en deux semaines à peine était quelque chose que l'on aurait pu attendre de sa sœur, pas d'elle. Pourtant, elle ne voulait pas perdre une minute à attendre, alors qu'elle aurait pu la passer avec Cole.

Les chambres des filles étaient terminées. Ils avaient équipé chaque chambre de lits jumeaux, et elles dormaient dans une chambre ou dans l'autre, mais toujours ensemble. Elles n'aimaient pas être séparées.

La journée était magnifique. Il avait plu à nouveau, et les fleurs qui poussaient dans les jardinières installées sur le rebord de chaque fenêtre n'avaient jamais été aussi épanouies ni aussi odorantes.

Un lointain souvenir traversa brièvement l'esprit d'April, et elle eut la vague impression de s'être déjà trouvée ici à cet instant. Curieusement, elle s'attendait à voir son père posté sur les marches en marbre du palais de justice. Il n'était pas là, bien sûr, puisqu'il était décédé depuis dix ans. Et pourtant, elle sentait sa présence auprès d'elle aujourd'hui.

Se sentant aussi libre que les nuages cotonneux qui parsemaient le ciel d'un bleu intense, elle s'émerveilla des bancs peints de vives couleurs, des trottoirs pavés de briques, et des vitrines au charme suranné.

La musique d'une chorale d'enfants sortait des haut-parleurs à chaque coin de rue. Un petit groupe s'était rassemblé autour de la statue de Johnny Appleseed, et deux femmes en robe blanche répétaient près de la fontaine.

Grace et Violet étaient heureuses que leur mère et Cole se marient, mais elles ne parlaient que du chiot qu'on leur avait promis pour leur anniversaire, qui aurait lieu le lendemain.

L'espace d'un bref instant, April sentit monter en elle une sourde angoisse. Incapable d'en comprendre la source, elle chercha le regard de Cole et fut aussitôt apaisée. Avec lui, elle n'avait rien à redouter.

Elle ne réalisait toujours pas sa chance. Cole Cavanaugh faisait tourner toutes les têtes et pourtant il n'avait d'yeux que pour elle.

Certaines femmes cherchaient toute leur vie un homme bon et honnête à aimer. Elle, elle avait eu une chance incroyable : elle en avait trouvé deux.

Vêtue de rose, comme à son habitude, Harriet Ferris sortit d'une boutique toute proche. En les voyant tous les quatre, elle eut un grand sourire et vint vers eux, en faisant cliqueter ses talons sur le trottoir.

— Faites-moi voir cette bague dont j'ai tant entendu parler ! ordonna-t-elle.

April leva brièvement la main pour lui montrer sa bague de fiançailles.

— Regarde ! dit Violet à sa sœur.

Sans prévenir, elle descendit du trottoir, passa entre deux voitures en stationnement, et déboula dans la rue, où zigzaguait un chien beige terrifié.

April se crispa tandis que les klaxons se déchaînaient et que les pneus crissaient sur le bitume.

— Violet ! hurla-t-elle.

Indifférente à son inquiétude, Violet suivit le chien à travers la circulation.

Il y eut d'autres bruits, coups de frein et d'avertisseur.

April cria à nouveau.

Cole courait déjà vers Violet, dont l'attention était focalisée sur le chien. April saisit la main de Grace pour l'empêcher de suivre sa sœur.

Cole se déplaçait comme l'éclair, bondissant entre deux voitures en stationnement, avant de déboucher devant un autre véhicule sur le point de heurter Violet.

Avant que le pire se produise, Cole attrapa la fillette, plongea à terre et roula hors de vue d'April.

Vinrent alors des bruits de métal broyé, de verre volant en éclats, et un terrifiant bruit mat, comme celui d'un corps heurté par quelque chose de dur…

Grace hurlait, et April luttait pour ne pas perdre connaissance.

Harriet ouvrait de grands yeux derrière ses verres à double foyer. April mit fermement la main de Grace dans celle de la vieille dame.

— Ne la lâchez pas, ordonna-t-elle. S'il vous plaît.

Harriet hocha la tête et tint la fillette à deux mains.

April se précipita dans la rue, à présent pleine de voitures.

Les nuages s'étaient obscurcis, le soleil avait disparu.

Elle devait rejoindre Cole et Violet.

Pourvu qu'il ne leur soit rien arrivé…

Elle contourna une voiture, puis une camionnette. Redoutant ce qu'elle allait découvrir, elle passa derrière un SUV blanc, et elle les vit : Cole, Violet et le chien beige qui ressemblait à un labrador.

Cole était assis sur la chaussée et serrait fort Violet contre lui. Ils avaient tous les deux des écorchures. Ils étaient tous les deux vivants.

Il y avait gens attroupés partout, et tout le monde parlait en même temps.

Tandis qu'April croisait les yeux de Cole, tout disparut : les bruits discordants, les odeurs de pneus échauffés et de gaz d'échappement, le désordre, le moteur fumant d'une voiture, le capot tordu d'une autre, la portière enfoncée d'une troisième... Tout cela s'évanouit.

La lueur qui passa dans les yeux de Cole, destinée à elle seule, transcenda l'espace et le temps, et les connecta aux tout premiers temps où l'amour fut créé.

Il lui sourit, et Violet s'exclama :

— Maman ! Le chien est blessé ! Il faut l'aider !

April regarda plus attentivement la pauvre créature qui gisait, immobile, à quelques mètres de là, une patte visiblement brisée et les yeux clos.

Violet repoussa Cole de toutes ses forces.

— Lâche-moi ! Lâche-moi ! Il a besoin de moi !

Cole se releva et, portant toujours Violet dans ses bras, se dirigea vers le labrador.

April les rejoignit et s'agenouilla près de l'animal.

— Pose-moi par terre, ordonna Violet. Je veux le caresser.

Cole interrogea April du regard. Comme elle hochait la tête, il mit délicatement la fillette sur ses pieds mais ne lui lâcha pas la main.

April et sa fille se penchèrent et posèrent une main sur le flanc de l'animal. Il était tiède, mais April ne sentait aucun pouls.

— Violette, mon petit cœur, dit-elle, je pense qu'il...

Sa fille ne l'écoutait pas. Sans un mot, elle continua à caresser doucement le chien blessé.

Soudain, April vit que l'animal remuait faiblement la queue. On ne pouvait pas considérer cela comme un battement enthousiaste, mais il était en vie.

Et puis Harriet fut là, avec Grace et un policier.

— Elle voulait absolument rejoindre sa sœur et le chien, expliqua la vieille dame. Je n'avais pas la force de la retenir plus longtemps.

Après un signe de tête, April prit la main de sa fille. Grace s'agenouilla aussi à côté du chien, et le caressa comme le faisait sa sœur.

Le labrador ouvrit un œil, fixa les fillettes, et le battement de sa queue s'amplifia.

Les jumelles échangèrent un sourire.

— Doucement, ne bouge pas, murmura April, quand le chien commença à lutter pour se relever, sans y parvenir.

Un second policier arriva, ainsi qu'une ambulance. Des ambulanciers se précipitèrent vers le petit groupe.

— C'est votre chien ? demanda l'un d'eux.

— Oui, dirent les jumelles d'une même voix.

April et Cole échangèrent un regard.

En réalité, l'animal appartenait à Nathan Hampton. C'était Roxie, la chienne qu'il avait sauvée d'un sort cruel, et qui s'était échappée l'autre soir, parce qu'elle avait eu peur de l'orage.

Le jeune vétérinaire appartenait à la famille des types bien, tout comme Jay et Cole. Il aimait les enfants et les animaux, et April était persuadée qu'il tenait beaucoup à ce chien. Aussi voulait-elle par-dessus tout que la pauvre bête s'en sorte.

Abby Fitzpatrick, l'une des amies les plus proches d'April, qui était aussi correspondante de presse du journal local, prenait des photos. Tous ceux qui avaient un téléphone portable l'imitaient.

Le secouriste en chef voulut que Violet et Cole montent dans l'ambulance.

— Nous ne sommes pas blessés, lui expliqua Cole. Je vous le dirais si c'était le cas. La voiture ne nous a pas heurtés. À part quelques égratignures dues à notre chute, ma fille et moi allons bien.

Les larmes continuaient à rouler sur les joues d'April. Son pire cauchemar avait failli se produire. Cette scène ressemblait tellement à celle qu'elle avait rêvée, que c'en était à la fois étrange et terrifiant.

Elle aurait pu perdre sa fille aujourd'hui. Ou Cole. Ou les deux.

Mais ce n'était pas le cas. Et elle le devait à Cole, son guerrier, son héros. Il avait protégé Violet de ses bras, de son corps, de son cœur et de son âme.

Elle le regarda et vit qu'il l'observait.

Jay avait sauvé la vie de Cole dans le désert, et aujourd'hui c'était au tour de Cole de sauver Violet. C'était comme si Jay avait fait venir son ami à Orchard Hill pour réaliser cela.

Il y avait beaucoup de brouhaha et de désordre.

Cole discutait avec le policier et le chef secouriste. April ignorait ce qu'il disait, mais on accepta visiblement sa requête. Il souleva le chien aussi doucement que possible et le transporta jusqu'à l'ambulance.

Tenant ses filles par la main comme si elle ne les lâcherait plus jamais, April y monta à sa suite.

On parla d'eux au bulletin d'informations de 18 heures, où l'héroïsme de Cole fut souligné.

Tandis qu'elle regardait la télévision dans la salle d'attente de la clinique vétérinaire, elle ne cessait de s'émerveiller du miracle qui lui avait été accordé.

L'une des assistantes vétérinaires s'occupa des égratignures de Violet et de Cole, en y appliquant de l'antiseptique. Il y avait un trou dans le jean de Cole, de la saleté sur la jupe blanche d'April et sur les genoux des filles. Aussi incroyable que cela puisse paraître, ils étaient tous sains et saufs.

Nathan Hampton réduisit lui-même la fracture de sa chienne puis, quand l'animal se réveilla, il offrit à Violet et Grace leur premier cadeau d'anniversaire.

— Roxie est à vous, dit-il solennellement aux fillettes qui auraient cinq ans le lendemain. Vous lui avez sauvé la vie. Maintenant, elle vous protégera.

Les jumelles acceptèrent avec gravité le cadeau et la responsabilité.

April et Cole serrèrent la main du vétérinaire, et Cole transporta Roxie jusqu'à sa voiture.

April installa ses filles sur leur siège rehausseur, boucla soigneusement leur ceinture de sécurité.

Veillant à ne pas bousculer sa patte plâtrée, Cole déposa leur nouveau chien entre elles et conduisit avec la plus grande prudence sa nouvelle famille à la maison.

L'amour emplissait l'habitacle du pick-up où étaient réunis un homme héroïque, une femme dont l'amour avait le pouvoir de guérir, deux petites filles qui avaient reçu exactement ce qu'elles voulaient pour leur anniversaire, et un chien qui, à en croire les battements frénétiques de sa queue depuis qu'il était réveillé de son anesthésie, était heureux de vivre et d'avoir trouvé un nouveau foyer.

KELLY HUNTER

Le plaisir d'un roi

Traduction française de
LOUISE LAMBERSON

GENTLEMEN

HARLEQUIN

Titre original :
UNTOUCHED QUEEN BY ROYAL COMMAND

Ce roman a déjà été publié en 2020.

Prologue

Ils n'auraient pas dû se trouver là, lui et sa sœur. Mais cela faisait au moins six ans qu'Augustus, prince héritier d'Arun, cherchait à localiser cet endroit recouvert d'un dôme de verre qu'il apercevait à chaque fois qu'il quittait le palais ou y revenait en hélicoptère.

Interrogé, son père avait répondu que ces pièces étaient condamnées depuis plus d'un siècle, et sa mère avait ajouté que le lieu était devenu dangereux, à cause notamment de la toiture en mauvais état.

Arguments qui n'avaient pas empêché Augustus et sa sœur Moriana de persévérer dans leur chasse au trésor. Et ils en seraient revenus bredouilles une fois de plus, s'ils n'avaient emporté ce jour-là un plan très détaillé des lieux, déniché dans l'une des bibliothèques du palais.

Le cœur battant, ils s'arrêtèrent sur le seuil et contemplèrent le sol pavé de marbre clair, en harmonie avec les colonnes entourant la vaste salle circulaire. Les quelques pièces de mobilier restées là étaient recouvertes de draps poussiéreux et grisâtres. Mais le plus frappant, c'était la douceur de la température ambiante, alors que partout ailleurs dans le palais, il faisait froid.

— On devrait vivre ici ! s'exclama sa sœur.

Se tournant vers elle, Augustus la vit ouvrir tour à tour les portes situées sous les arcades soutenues par les élégantes colonnes.

— Ça ressemble à des chambres, poursuivit Moriana. J'aimerais vraiment bien m'y installer.

— Il te faut autant de chambres pour toi toute seule ?

— Je me roulerais en boule au soleil, comme un chat. Tu connais un autre endroit où on peut faire ça, au palais ?

— Mère te tuerait, si tu t'exposais trop longtemps au soleil. Tu perdrais ton teint laiteux.

— Je n'ai pas le teint laiteux, Augustus ! Même si mère veut que je sois comme elle. J'ai les cheveux noirs, les yeux bruns et la peau mate – comme toi et père. Ma peau *adore* le soleil. Elle en a *besoin* ! Elle le *réclame* ! Oh ! waouh...

Sur ces mots, elle disparut sous une autre arcade.

— ... Une piscine...

— Qu'est-ce que tu dis ? s'exclama Augustus.

Au moment où il passa à son tour sous l'arcade, il heurta sa sœur qui revenait en sens inverse.

— J'ai entendu quelque chose remuer dans un coin, murmura-t-elle, l'air terrifié.

— Tu veux toujours t'installer ici ?

Il s'arrêta devant la cavité rectangulaire. Plutôt des bains qu'une piscine. En tout cas, il n'avait jamais vu de mosaïques aux motifs aussi élaborés ailleurs, ni cette nuance particulière de bleu.

— Je ne sais pas, mais je veux jeter un coup d'œil dans les autres pièces. Je te laisse passer devant, d'accord ?

Augustus la regarda en roulant des yeux, bien que sa fierté exigeât qu'il prenne la direction des opérations. Il avait quatorze ans et plus tard, il régnerait sur le pays, après tout. Aussi ne se laisserait-il pas impressionner par le premier bruit suspect. Bombant le torse, il passa devant sa sœur et se dirigea vers le lavabo taillé à même le mur et aux robinets en argent patinés par le temps. Quand il voulut en tourner un, celui-ci résista mais finit par céder, sans laisser échapper une seule goutte d'eau.

— C'est quoi, cet endroit ? Et pourquoi y a-t-il tous ces bancs de pierre et ces alcôves ? demanda Moriana en le rejoignant, pas vraiment rassurée.

Augustus réfléchit. Sans le plan, ils n'auraient jamais réussi à parvenir jusque-là, c'était certain. Mais qu'avaient-ils fini par trouver ? Mystère.

— Ces pièces étaient peut-être réservées aux chevaliers pour qu'ils viennent s'y reposer et dormir, et se baigner, poursuivit sa sœur. Et ils pouvaient s'entraîner aux combats d'épée dans la grande salle ronde.

— Peut-être, acquiesça-t-il machinalement.

Avec sa douceur et sa beauté étranges, cette partie du palais dégageait une atmosphère insolite, songea Augustus en décrochant un lambeau de soie enroulé autour d'une sorte de patère fixée au mur. Le fragment d'étoffe tomba sur le sol en se décomposant.

— Les chevaliers portaient des peignoirs de bain en soie, tu crois ?

Sa sœur le dévisagea en écarquillant les yeux.

— Pourquoi l'as-tu détruit ?

— Je n'ai fait que le déplacer. C'est le temps, qui l'a détruit, répliqua-t-il avec sa logique imparable.

— Je peux le ramasser ?

Sans attendre sa permission, elle se pencha et rassembla les restes de tissu, puis se redressa et se mit à frotter le mur avec.

— Si tu as l'intention de faire le ménage, il va te falloir mieux que ça.

— Je veux juste voir les dessins. Oh...

Le geste en suspens, elle contempla le mur, interloquée. Augustus se rapprocha et...

— Félicitations ! Tu as découvert des vieux dessins obscènes.

— C'est de l'art, espèce d'idiot !

— Ah ah...

— Si seulement on voyait mieux...

— Pour cela, il faudrait installer l'électricité. Ou mettre des torches dans les supports fixés dans le mur.

Alors qu'il fermait les yeux, des images s'imposèrent à son esprit. Ce n'étaient pas des chevaliers qui avaient vécu dans ces pièces, mais des femmes, confinées là pour le bon plaisir du roi.

Augustus n'avait jamais entendu parler d'un harem au palais ni rien lu sur le sujet, mais, comme le répétait souvent leur vieux professeur d'histoire, on ne trouve pas tout dans les livres...

— Alors, des chambres, des bains, une grande salle commune, résuma-t-il. Quoi d'autre ?

Continuant leur exploration, ils découvrirent une cuisine, des remises aux placards et rayonnages vides, des pièces équipées de cheminées, d'autres de sièges plus ou moins spacieux sculptés à même les murs. Ils trouvèrent des commodes et des buffets dissimulés sous de lourdes tentures, des miroirs, et même une vieille brosse à cheveux.

— Je crois que personne ne sait que ces objets sont là, dit Moriana en reposant délicatement la brosse à sa place. Et je me demande pourquoi tout le monde fait comme si cet endroit n'existait pas. Cette brosse est très ancienne, le dos a l'air d'être en ivoire incrusté d'argent. Nous devrions peut-être amener notre professeur d'histoire ici. Il serait fou...

— Non ! l'interrompit Augustus d'un ton plus brutal qu'il ne l'aurait voulu. C'est un endroit *privé*.

Sa sœur le regarda d'un air surpris mais n'insista pas, et le suivit quand il quitta la pièce qui donnait, comme toutes les autres, sur la grande salle circulaire.

Augustus leva les yeux vers le stupéfiant dôme de verre.

— Nos ancêtres venaient peut-être ici pour regarder les étoiles et les étudier.

Il pourrait faire la même chose, un soir. Il en profiterait pour jeter un coup d'œil à ces scènes aux gens nus dessinées sur les pavés... Même un futur roi devait s'informer sur ce genre de choses, et puisqu'il avait ces dessins à sa disposition...

— C'était peut-être un espace réservé aux astronomes, conclut-il.

— Ah... Et ils observaient les étoiles perchés sur ce trapèze... ? Tu as vu, il y a des marches... Tu crois que c'était un cirque ?

— Non, je crois que cet endroit était un harem.

Avec un peu de chance, sa petite sœur ne lui demanderait pas d'explications plus précises...

— Je monte, tu viens ? reprit-il en se dirigeant vers les marches qui conduisaient à une étroite plate-forme située à mi-hauteur.

Leur mère ne manquait pas une occasion de louer l'intelligence acérée de son fils et le contrôle dont il faisait preuve en toutes circonstances, et trouvait toujours le moyen de critiquer les débordements de sa benjamine. Alors qu'en réalité, Augustus était tout aussi fougueux que Moriana, voire davantage. Il était plus doué pour dissimuler ses propres excès sous des dehors imperturbables, voilà tout.

« Un roi doit toujours faire passer les besoins de son peuple avant ses propres désirs », lui répétait son père.

« Un roi ne doit jamais perdre le contrôle. »

Ces paroles régissaient sa vie de prince héritier, qu'il le veuille ou non.

Une fois qu'ils furent parvenus à la mince plate-forme, Augustus força Moriana à s'asseoir avant de s'installer à côté d'elle. S'appuyant le dos au mur, il regarda le dôme de verre, puis baissa les yeux sur le sol pavé de marbre.

— Je me sens comme un oiseau dans une cage, dit sa sœur. Je me demande si les femmes qui ont vécu ici ressentaient la même chose...

— Sans doute.

Il n'était pas une femme, mais il savait ce que c'est que d'être prisonnier de son devoir.

— On pourrait s'entraîner au tir à l'arc d'ici, en installant des cibles en bas.

Moriana fit mine de tendre un arc devant elle.

— Et pfft ! En plein dans le mille !

— C'est une sacrée bonne idée ! acquiesça Augustus.

La colère rentrée devait bien trouver un exutoire. Et puis, il pourrait venir se réfugier dans cet endroit à d'autres moments, loin des regards critiques et moralisateurs.

— Jure-moi que tu ne diras à personne que nous sommes venus ici, Moriana.

— Je le jure, affirma-t-elle, les yeux brillants.

— Et que tu ne viendras pas ici toute seule.

— Pourquoi ? Tu viendras bien, toi.

Parfois, sa sœur avait le don de lire en lui.

— Qu'est-ce que tu feras ici tout seul ? continua-t-elle.

Il viendrait là pour se défouler. Crier. Pleurer. Laisser sortir tout ce qu'il était contraint de garder en lui.

— Tu n'as jamais envie d'être quelque part où personne n'observe et critique tes moindres mouvements ? De t'asseoir au soleil sans rien faire, si tu en as envie. De te mettre en colère et de dire tout ce que tu veux dire, même si personne ne t'écoute. *Surtout* quand personne ne t'écoute.

Même si c'était égoïste, incorrect, condamnable. Et indigne d'un futur roi.

— J'ai besoin d'avoir un endroit où je suis libre d'être moi-même, récapitula Augustus.

Sa sœur remonta ses genoux contre sa poitrine et les serra entre ses bras avant de tourner la tête vers lui d'un air peiné.

— Nous ne devrions jamais avoir à cacher notre vrai moi, Augustus. Je sais qu'en tant que membres de la famille royale, nous devons montrer l'exemple, mais nous pouvons laisser quelques personnes voir qui nous sommes vraiment, non ?

Il repensa à l'interminable leçon de morale sur l'égoïsme à laquelle il avait eu droit, pour avoir osé dire à son père qu'il ne voulait plus jamais assister aux funérailles nationales d'un roi qu'il ne connaissait même pas.

— Oui, toi tu peux te le permettre, soupira-t-il. Mais pas moi.

Lorsque sa mère recevait son invité, Sera avait pour consigne de ne pas quitter la maison. Elle devait rester dans la pièce du fond, ne pas faire de bruit, et ne jamais se montrer.

À sept ans, elle ne se serait jamais permis d'enfreindre ces règles. Trois fois par semaine, parfois quatre, le visiteur se présentait à la porte de la maison et ensuite, après sa venue, on pouvait de nouveau acheter à manger. Et du vin, bien que depuis quelque temps, il y eût moins de nourriture et davantage de vin, que sa mère malade prenait comme un médicament. Et puis, le visiteur restait de moins en moins longtemps, avait remarqué Sera.

Tout doucement, elle se rapprocha de la porte et colla son oreille au panneau de bois. Si elle arrivait à la boutique avant la fermeture, le boulanger lui céderait peut-être un pain à moitié prix, avec une friandise en cadeau. Un jour, il lui avait même donné des œufs. Et à chaque fois, il lui demandait de saluer sa mère de sa part. Le boulanger était un homme bon et généreux, disait sa mère en souriant.

Elle et lui étaient allés à l'école ensemble autrefois, bien avant qu'elle ne quitte le pays pour faire des études et devienne *mieux* qu'une jeune femme ordinaire.

Qu'entendait-elle par là ? Sera l'ignorait. Elle savait seulement qu'il ne restait plus grand-chose à vendre dans la maison et qu'à présent, sa mère était malade tout le temps et ne riait plus. Sauf quand il y avait du vin. Dans ces moments-là, elle riait pour un rien. Elle avait été une danseuse célèbre, une grande dame, une maman capable de chasser les cauchemars d'une simple caresse sur le front, mais maintenant…

Tous les enfants du quartier savaient ce qu'elle était devenue, y compris Sera.

Yuna Boreas était une prostituée.

Elle tendit l'oreille. Pas de chuchotements, ni de rires. Ni de… ces autres bruits bizarres. Le visiteur devait être parti. Le jour baissait. Le boulanger fermerait bientôt sa boutique et alors, pas de pain.

Soudain, il y eut un bruit sourd, suivi d'un autre, de verre brisé. Sa mère avait dû laisser tomber son verre, c'était déjà arrivé. Dans ces cas-là, Sera ramassait les morceaux épars sur le plancher nu – le dernier tapis avait été vendu depuis déjà longtemps – et essayait de convaincre sa mère de s'asseoir. Au bout d'un certain temps, celle-ci arrêtait enfin de danser et se laissait choir sur une chaise en murmurant à Sera qu'elle était une petite fille bien sage.

N'entendant plus aucun bruit, Sera entrebâilla la porte pour jeter un coup d'œil dans le salon et vit sa mère agenouillée sur le sol, en train de ramasser les bris de verre. Elle était seule. Ouvrant grand la porte, Sera se dirigea vers elle avant de s'arrêter net au milieu de la pièce. En fait, il y avait quelqu'un. Une femme très élégante, belle, mince, aux yeux clairs et au doux sourire, qui lui rappela sa mère autrefois.

Ne sachant que faire, Sera regarda celle-ci d'un air interrogateur. Elle n'aurait pas dû se montrer, et maintenant qu'elle l'avait fait, elle n'osait ni parler ni bouger. Ni l'aider à nettoyer les dégâts.

— Nous n'avons pas besoin de toi, dit sa mère avant de détourner les yeux. Rentre chez toi.

Chez elle ? Où ça ?

— C'est la fille des voisins, poursuivit Yuna à l'adresse de la visiteuse. Elle vient faire le ménage.

— Alors laisse-la faire son travail, répliqua l'inconnue.

— Je peux m'en occuper, répliqua froidement Yuna avant de se tourner à nouveau vers Sera. Va-t'en et reviens demain.

— Non, attends, intervint la visiteuse.

Sera obéit et, pétrifiée sur place, regarda la belle dame se rapprocher d'elle et lui soulever le menton pour mieux voir son visage.

— C'est ta fille.

— Non, je t'ai...

— Ne mens pas.

La mère de Sera demeura silencieuse.

— Tu as enfreint les règles, dit la dame.

— Je suis désolée..., murmura Sera, en même temps que sa mère disait :

— Je suis tombée *amoureuse*.

Sur ces mots, Yuna éclata d'un rire dur qui se transforma vite en sanglot.

La mystérieuse visiteuse répliqua gentiment :

— Tu n'étais pas obligée de partir. Il y a des moyens...

— Non.

— Tu es l'une d'entre nous. Nous aurions pris soin de vous.

— Non, fit la mère de Sera en secouant la tête. Vous vous seriez débarrassées de nous.

— Nous vous aurions cachées. Tu crois vraiment que tu es la première courtisane à être tombée amoureuse et à avoir un enfant ?

Sera recula, avide de se faire oublier. Mais elle écoutait ce curieux échange avec la plus grande attention, même si elle ne comprenait pas la moitié de ce qui se disait.

— Comment nous as-tu retrouvées ? demanda Yuna.

— Par pur hasard. Je traversais la ville et me suis arrêtée à la boulangerie pour acheter du pain au levain, expliqua la belle dame avec un léger sourire. Je me souvenais qu'il était particulièrement bon, ici. Le fils de l'ancien boulanger, qui a remplacé son père, m'a reconnue et il a parlé de toi. Nous avons bavardé. Je ne te veux aucun mal, Yuna. Au contraire, je désire t'aider.

— Tu ne peux plus rien pour moi. Je suis fichue.

— Alors, laisse-moi aider ta fille.

— Comment ? En lui apprenant à servir les autres sans jamais rien demander en retour ? Jamais je ne permettrai que ma fille choisisse cette vie.

— Pourtant, cela te plaisait bien, autrefois.

— J'étais une idiote.

— Que crois-tu qu'il arrivera à cette enfant, une fois que ton organisme sera complètement empoisonné par l'alcool et que tu finiras par mourir de faim ? Qui s'occupera d'elle, lui fournira le gîte et le couvert, et lui assurera une éducation décente ?

— Pas toi, en tout cas, répondit la mère de Sera, au bord des larmes.

— Tu n'as plus beaucoup d'options, répliqua l'inconnue en regardant autour d'elle. Tu as déjà vendu tout ce qui avait de la valeur, n'est-ce pas ? Tu possèdes encore des bijoux ?

— Non, chuchota sa mère.

— Et la maison, elle t'appartient ?

— Non.

— Depuis combien de temps es-tu malade ?

— Un an. Peut-être plus. J'ai un cancer.

— Et tu penses tenir longtemps, en offrant ainsi tes services au premier loqueteux venu ? Yuna, s'il te plaît. Je peux te fournir un logement. Et te faire soigner correctement. Vous bénéficierez toutes les deux du plus grand confort, toi et ta fille. Et je te garantis la discrétion absolue quant à l'identité du géniteur de cette petite. Ne crois pas que j'ignore de qui il s'agit.

— Il ne veut pas d'elle.

— En effet. Mais nous, nous n'abandonnons jamais nos enfants. Comment peux-tu en douter ? Fais-moi confiance, Yuna.

Sera vit une larme glisser sur la joue de sa mère.

— Je pensais que tout irait mieux si je partais le plus loin possible. Au début, ça s'est bien passé. Et puis, la situation actuelle n'est pas définitive. Je peux…

— Laisse-moi t'aider, l'interrompit la visiteuse en lui prenant les mains.

— Promets-moi qu'elle ne deviendra pas courtisane, Lianthe, supplia sa mère.

— Je te promets de lui donner le même choix que celui que je t'ai offert.

— Tu l'éblouiras.

— Tu n'auras qu'à faire en sorte que cela n'arrive pas, répliqua la belle dame en entraînant Yuna vers le sofa.

Une fois qu'elles furent assises l'une à côté de l'autre, elle fit signe à Sera d'approcher.

— Viens que je te regarde, mon enfant, dit-elle en souriant.

Immobile devant elle, Sera se força à soutenir son regard clair.

— Je m'appelle Lianthe. Et je veux que vous veniez avec moi, ta mère et toi, dans les montagnes, de façon à ce que je puisse m'occuper de vous deux jusqu'à ce que ta mère aille mieux. Cela te plairait ?

— Il y aura des visiteurs qui viendraient voir maman ?

— Quel genre de visiteurs ?

— Comme le monsieur qui vient ici.

La dame qui s'appelait Lianthe échangea un regard avec Yuna.

— Non, il ne viendra pas la voir là-bas, je te le promets.

— Et elle pourra avoir du vin ? Parce que c'est important pour elle. Ça lui fait du bien.

— Oui, elle en aura, jusqu'à ce que nous trouvions un meilleur médicament. Dis-moi, mon enfant, as-tu faim ?

Son ventre gargouilla, répondant à sa place.

— Quand as-tu mangé pour la dernière fois ?

Fallait-il répondre ? Dire la vérité ?

— Vous voulez du thé ? demanda Sera.

Ça, il y en avait dans le placard de la cuisine, et elle savait le préparer.

La dame, Lianthe, regarda sa mère d'un air de reproche.

— Yuna, te rends-tu compte de ce que tu fais à ta fille ? Elle a droit à son enfance, comme tous les enfants de son âge.

— Il ne doit pas savoir, répliqua farouchement sa mère. Il ne doit pas me la prendre.

— Il ne le saura jamais, je te le promets.

— Elle ne doit jamais l'approcher.

— Tu as ma parole.

— Elle choisira. Si elle ne veut pas être courtisane, tu lui donneras les moyens de choisir une autre voie.

— C'est entendu.

— Sera ? dit sa mère en se tournant vers elle. Veux-tu que nous partions vivre dans les montagnes avec Lady Lianthe ?

Loin de cet endroit où tous les enfants se moquaient d'elle et lui lançaient toutes sortes d'insultes, et où les hommes la regardaient d'un air bizarre. Loin de la peur de voir sa mère s'endormir un soir après avoir bu trop de vin, et ne plus jamais se réveiller.

— Il y aura à manger, là-bas ? demanda-t-elle.

Sa mère se cacha le visage entre les mains.

— Oui, répondit Lady Lianthe. Il y aura toujours à manger et des gens pour prendre soin de vous deux, Sera. C'est bien ainsi que tu t'appelles, n'est-ce pas ?

Sera hocha la tête.

— C'est un très joli prénom, poursuivit-elle en souriant. Pour une très jolie petite fille.

1

Elle était envoyée à Augustus d'Arun par son peuple, mais à en juger par l'expression fermée du beau visage viril, le roi n'appréciait guère ce présent, songea Sera en l'observant par-dessous ses cils baissés.

Cependant, il ne pouvait la congédier sans rompre avec la tradition vieille de sept cents ans qui liait leurs deux peuples, et sans enfreindre en même temps les lois de son propre pays.

Sera avait été élevée, éduquée, pour servir de compagne à un personnage de haute naissance, et ce dès le jour où sa mère l'avait confiée à Lady Lianthe en échange d'un toit et d'une existence confortable. En dépit de son jeune âge, Sera s'était promis de s'acquitter de ce qu'elle considérait comme une dette.

Plus tard, elle avait été sélectionnée pour sa beauté et sa vivacité d'esprit. Elle avait été initiée à la danse, aux arts martiaux et à tous les raffinements en matière d'élégance et de maintien. Et depuis quelques années, elle était destinée au roi d'Arun.

Jamais elle n'avait regretté de s'être engagée dans cette voie, estimant avoir déjà été largement dédommagée des avantages dont elle et sa mère avaient bénéficié. Aussi était-elle totalement prête à assumer le rôle choisi pour elle par Lianthe.

D'autant qu'Augustus d'Arun était vraiment bel homme. Haute taille, corps mince et athlétique, bouche aux lèvres fermes, cheveux brun foncé nonchalamment repoussés en arrière et donnant envie d'y glisser la main. Il était par ailleurs réputé pour gouverner son pays avec bienveillance et équité.

Qualités qui rehaussaient encore son charme.

Il contempla le petit groupe accompagnant Sera d'un air à la fois tranquille et déterminé. Deux gardes l'entouraient, un troisième assurant ses arrières, tandis que Lady Lianthe, ambassadrice du Haut Pays, la précédait. Cinq personnes en tout, dont Sera était l'élément central, face au roi debout à côté d'un imposant fauteuil en cuir, dans une pièce froide et sombre.

Le vieux secrétaire qui les avait accueillis prit enfin la parole.

— Lady Lianthe, ambassadrice du Haut Pays, et sa suite, Majesté.

Étant donné que Lianthe avait demandé audience dans les délais requis et reçu un accord écrit en provenance du Bureau du roi, celui-ci savait parfaitement à qui il avait affaire. Avait-il passé les deux jours précédents à éplucher les vieux livres d'histoire de son pays pour essayer de comprendre ce dont ses ancêtres n'avaient pas jugé bon de l'instruire ?

Une chose était certaine, Augustus d'Arun aimait les femmes, raison pour laquelle il prolongeait son célibat. Il avait d'une part nourri un grand respect envers sa mère du vivant de celle-ci, décédée depuis déjà de nombreuses années. Et il tenait en haute estime sa sœur Moriana, devenue récemment reine consort de Liesendaach, avec laquelle il entretenait de bonnes relations. D'autre part, il avait fréquenté plusieurs aristocrates de haute noblesse, mais sans qu'aucune d'entre elles ne retienne bien longtemps son attention et ses faveurs.

— Ainsi, vous êtes venus, dit-il enfin.

Sera sourit presque en entendant la voix de baryton aux inflexions racées qu'elle connaissait bien pour avoir écouté maintes fois les discours du roi.

Lianthe inclina la tête devant lui.

— Majesté, en vertu du traité passé entre mon peuple et la Couronne en l'an 1312...

— Je ne veux pas d'elle.

— En vertu de ces accords, poursuivit Lianthe avec son assurance coutumière, et dans l'éventualité où le roi d'Arun serait encore célibataire à l'aube de sa trente et unième année, le peuple du Haut Pays se doit de lui procurer une compagne de noble naissance...

— Je ne peux l'accepter.

— Une compagne de noble naissance chargée de veiller à la

satisfaction des besoins et désirs du roi, jusqu'à ce qu'il prenne femme et produise un héritier. À ce moment-là, et avec...

— Elle ne peut pas rester ici, trancha-t-il.

— À ce moment-là, et avec le consentement du roi, la compagne choisie pour lui ayant accompli sa mission, elle recevra l'équivalent de son poids en or et sera libre de quitter le palais et renvoyée à son peuple.

Le visage caché presque entièrement par le large capuchon lui recouvrant la tête, Sera observait le roi avec attention.

— Le traité est toujours valide, Majesté, lui rappela Lianthe, imperturbable. Il n'a jamais été annulé.

Le regard sombre, jusqu'à présent concentré sur Lianthe, se posa sur Sera.

— Lady Lianthe, avec tout le respect que je dois au peuple du Haut Pays, je n'ai pas l'intention d'honorer ce traité. Il n'y a pas de place ici pour une concubine. Ces temps sont révolus.

— Avec tout le respect que je vous dois, Majesté, permettez-moi de vous dire que vous ne savez rien des concubines. Mais je vous en prie, interrogez la Cour, le Parlement et l'Église, tous vous confirmeront la validité de ce traité. De notre côté, nous attendrons. Et dans l'immédiat, nous accomplirons notre devoir. Majesté, j'ai l'honneur de vous présenter Lady Sera Boreas, fille de Yuna, courtisane du Haut Pays et présent envoyé par notre peuple au roi d'Arun.

Dès qu'elle eut achevé de parler, Sera plongea en une profonde révérence, consciente qu'en dépit de son calme apparent, Lianthe n'appréciait pas la réaction du roi.

Comme il gardait le silence, elle demeura immobile.

— Redressez-vous, ordonna-t-il soudain d'un ton brusque.

Tout en s'exécutant docilement, Sera regarda discrètement Lianthe, qui pinçait les lèvres.

— Lady Sera n'est pas un animal domestique, Majesté, fit-elle remarquer d'un ton neutre.

— Dans ce cas, abstenez-vous de l'offrir comme si elle en était un, répliqua-t-il, pince-sans-rire. Je sais quelles étaient les conditions d'hébergement requises pour les concubines venues du Nord. J'espère que vous pourrez fournir vos propres eunuques, car je crains de ne pas en avoir sous la main.

Le regard sombre glissa sur les gardes entourant Sera.

— Et si je ne m'abuse, ces hommes sont des plus virils, n'est-ce pas ?

En effet.

— Je m'en passerai volontiers, si tel est votre désir, Majesté, dit Sera sans dissimuler son amusement. En revanche, je suis impatiente de m'installer dans les appartements traditionnellement réservés aux concubines du Nord. J'ai lu beaucoup de choses à leur sujet.

— Y a-t-il un visage assorti à cette voix mélodieuse ? demanda-t-il après un nouveau silence.

Lorsque Sera repoussa son capuchon en arrière, Augustus d'Arun la regarda en plissant les yeux.

— La prochaine fois, dit-il avec l'ombre d'un sourire, prenez la tête de votre petite troupe et montrez votre visage.

— Si cela peut vous faire plaisir, je n'y manquerai pas, Majesté.

— Cela fera plaisir à tout le monde, j'en suis certain, acquiesça-t-il avec un soupçon d'humour. Mais dites-moi, Lady Sera, en quoi comptez-vous m'être utile, exactement ?

— Cela dépendra de vos besoins, Majesté.

— Très bien. Il y en a un que vous pourrez aisément satisfaire dès maintenant : partez et retournez auprès des vôtres.

— Ah..., fit Sera en hochant la tête. Pour ce faire, il faudra d'abord vous trouver une épouse, Majesté. Voulez-vous que je m'en charge ?

Augustus avait déjà eu affaire à des femmes prêtes à tout pour l'approcher et obtenir ses faveurs, mais jamais encore il ne s'était trouvé face à un tel mélange d'assurance et de détermination. Ni à de telles beautés, fut-il forcé de reconnaître.

En dépit de son âge mûr, Lady Lianthe dégageait une subtile association d'élégance et d'autorité, rehaussée par la teinte pourpre de sa toilette raffinée. Quant à la plus jeune, vêtue d'une longue cape de soie noire dissimulant son corps de la tête aux pieds, elle avait un visage d'une beauté stupéfiante et aux traits parfaits, et des yeux d'une superbe nuance de gris.

Depuis son accession au trône, Augustus avait par ailleurs l'habitude d'être entouré de gens désireux de satisfaire ses moindres caprices, mais il préférait les considérer comme des employés au service de la royauté, et non des serviteurs. À cet effet, il avait mis au point un règlement définissant ce qu'ils étaient en droit d'attendre de sa part, et réciproquement.

Mais dans cette affaire, il n'y avait pas de règles définies. Aussi lui et ses assistants avaient-ils passé les deux derniers jours dans les archives du palais, à éplucher les vieux volumes reliés de cuir dans l'espoir de trouver des renseignements concernant les concubines du Haut Pays et les lois les gouvernant. Jusqu'à présent, Augustus avait découvert quantité d'informations sur leur grâce et leur beauté sans égales, ainsi que l'éducation hors pair dont elles bénéficiaient. Mais rien qui puisse l'aider à se débarrasser de ces deux visiteuses non désirées.

— Je regrette, Lady Sera..., commença-t-il en secouant la tête. Mais les appartements auxquels vous faites allusion ont été condamnés il y a cent vingt ans.

Inutile de leur expliquer qu'après avoir enfin réussi à accéder à la salle circulaire recouverte du dôme de verre, lui et sa sœur y étaient revenus le plus souvent possible. Jusqu'au jour où leur mère les y avait surpris, perchés sur la plate-forme et se livrant à un tir en règle sur de farouches assaillants, lesquels n'étaient autres que d'inoffensifs potirons chapardés dans le jardin potager.

La reine avait aussitôt fait barricader l'accès à l'ancien harem et avait même posté un garde dans le couloir.

— En outre, il n'y a ni chauffage ni électricité dans ces pièces, et les canalisations d'eau sont inutilisables. Par conséquent, l'endroit est inhabitable.

— Nous ne manquons ni de ressources ni de gens compétents, au Haut Pays, répliqua Lady Lianthe avec fierté. Et ce serait pour nous un grand honneur de restituer à ces lieux leur magnificence d'antan.

Elles avaient réponse à *tout*.

— Considérez cet hébergement comme provisoire, répliqua-t-il avant de se tourner vers son fidèle secrétaire. Nous sommes tous en mesure de témoigner que les termes du traité ont été respectés. Et nous prenons acte de mon intention de décharger Lady Sera de son devoir le plus rapidement possible. Je trouverai moi-même ma future épouse et en temps voulu. D'ici là, je n'ai nul besoin d'une concubine.

Il n'avait que trente ans, bon sang ! Par conséquent, il avait encore le temps de produire un héritier et de garantir sa succession. Si cela s'avérait nécessaire, sa sœur pourrait même régner. Puis ses enfants. Sauf que Theo s'y opposerait à coup sûr. D'autant que le royaume de Liesendaach avait lui aussi besoin d'un héritier, peut-être même encore davantage qu'Arun.

— Accordez-leur l'hospitalité qu'elles demandent, reprit-il à l'adresse de son secrétaire.

Si ces pièces poussiéreuses et vides ne les rebutaient pas, rien n'y parviendrait.

Les trois gardes s'inclinèrent, les deux femmes firent une profonde révérence, puis tous tournèrent les talons et disparurent, ne laissant que le silence derrière eux. Ainsi qu'un parfum de violette.

Une fois la porte refermée, Sera se tourna vers Lianthe.

— L'entrevue aurait pu mieux se passer…, murmura-t-elle.

— Cette insolence est insupportable ! s'exclama sèchement Lianthe.

— Pardon… ? fit Sera, interdite.

— Je parle de lui. Pas étonnant qu'il soit encore célibataire.

Le vieux secrétaire, qui ouvrait la marche devant les deux gardes, toussa discrètement.

— Oui, il y a beaucoup d'humidité, ici, reprit Lianthe, diplomate. Les rats doivent s'y sentir bien.

— Il s'agit d'un raccourci, Lady Lianthe. Rarement fréquenté. Quant aux pièces mises à la disposition de Lady Sera, je ne sais que vous dire. Vous n'y trouverez aucun confort. Nous avons de nombreuses suites réservées aux invités. Si vous le souhaitez, je serai ravi de vous y conduire.

Sur ces mots, il ouvrit une porte et le soleil jaillit, inondant de ses rayons dorés une petite cour fermée au sol recouvert presque entièrement de grands pots en terre cuite où poussaient des plantes aromatiques cultivées avec soin. Après avoir franchi une autre porte située en face de la première, ils se retrouvèrent à nouveau plongés dans la pénombre avant que le couloir ne s'élargisse suffisamment pour permettre à une demi-douzaine de personnes de s'y côtoyer. À l'extrémité du couloir se dressait une imposante double porte en bois sombre équipée d'énormes gonds de fer forgé – et barrée de deux poutres épaisses.

Le vieux secrétaire s'arrêta et se tourna vers les gardes.

— Eh bien ? Qu'attendez-vous ?

— De plus en plus charmant, comme accueil…, murmura Sera, tandis que ses gardes s'attaquaient aux poutres.

Le bois craqua, le métal grinça…

— Nous pourrions faire pousser des rosiers en pots de chaque côté de la porte, dit-elle à haute voix.

Après un nouvel accès de toux subit, leur guide regarda les gardes pousser les deux battants de la lourde porte.

Éblouie, Sera s'abrita les yeux de la main et contempla le dôme de verre qui surplombait le vaste espace circulaire entouré de colonnes de marbre gris soutenant les arcades noyées dans l'ombre. Le peu de mobilier restant était dissimulé sous des draps grisâtres ressortant sur le sol nu, en marbre clair lui aussi. Dérangés dans leur solitude, des insectes voltigeaient dans la lumière coulant à flots.

Sera s'avança vers l'une des arcades et poussa la porte. Un pigeonnier ? Quant à cette autre, elle contenait un bassin. Vide, naturellement. Mais puisqu'il y avait eu de l'eau autrefois, les plombiers la feraient revenir sans difficulté. Des fresques en partie effacées recouvraient les murs, des supports attendaient les flambeaux. Il y avait même un trapèze attaché à un minuscule balcon situé à mi-chemin entre le sol et le dôme. Les récits lus dans les journaux intimes des courtisanes ne rendaient pas justice à la beauté et la singularité de ce lieu.

— Rien ne nous fait peur, n'est-ce pas ? fit-elle en se tournant vers Lianthe.

Celle-ci hocha la tête et s'adressa à leur guide :

— Pouvons-nous disposer d'agents de nettoyage ?

Le vieil homme la contempla en silence, l'air embarrassé.

— Non ? Dans ce cas, nous ferons venir les nôtres, ainsi que des artisans. Nous devrions nous estimer heureuses qu'il n'y ait pas de rats, je suppose…

— Je crois savoir pourquoi il n'y en a pas, dit Sera en levant de nouveau les yeux vers le dôme de verre.

Plusieurs formes imprécises nichaient dans la structure soutenant la coupole.

— Ce sont des hiboux, tu crois ? demanda-t-elle.

Levant les yeux à son tour, Lianthe sourit.

— Oui. C'est un bon présage. Veux-tu les garder ?

— Pourquoi pas ? Mais pas tous. Par conséquent, nous aurons besoin de l'aide d'un fauconnier. Je présume que le roi Augustus n'a pas jugé bon d'en garder au palais ?

— En effet, Lady Sera, répondit le vieux secrétaire. Mais le roi Casimir de Byzenmaach en a un.

— Ah oui, acquiesça Lianthe. Les fauconniers de Byzenmaach sont réputés pour leur respect des traditions. Tomas le Taiseux opère toujours là-bas, n'est-ce pas ? Comment va-t-il, ce garçon ?

— Il a grandi, Lady Lianthe, sans devenir beaucoup plus bavard pour autant.

Cette remarque lui valut un sourire de Lianthe.

— Mais il est toujours aussi dévoué à ses bêtes à plumes, poursuivi le secrétaire du roi. Si vous avez besoin de lui, nous pouvons le faire venir.

— Formidable, dit Sera. Nous garderons donc deux de ces volatiles. À moins qu'il ne faille d'abord demander la permission du roi ?

— Il faut la lui demander, en effet, acquiesça Lianthe.

— Dans ce cas, je vais aller le voir tout de suite, répliqua Sera en se débarrassant de sa longue cape. Le trouverai-je dans le salon où nous l'avons laissé ?

— Probablement pas. Il doit avoir regagné son bureau, à présent. C'est la deuxième porte à gauche dans le couloir, après celle du salon. Vous déboucherez sur un petit bureau, le mien. La porte communiquant avec celui du roi sera peut-être ouverte. Sinon, frappez.

Le roi Augustus avait bien regagné son bureau, et la porte était ouverte.

Lorsque Sera frappa doucement, il leva les yeux des documents posés devant lui, tandis qu'elle faisait à nouveau la révérence depuis le seuil de la pièce.

— Relevez-vous, ordonna-t-il aussitôt. Qu'y a-t-il ?

— J'aimerais inviter Tomas, le fauconnier de Byzenmaach, à venir me voir.

— Vous seriez-vous déjà lassée de moi ? répliqua-t-il en haussant un sourcil.

Il la dévisagea lentement, de la tête aux pieds.

— J'ai besoin de lui pour qu'il me débarrasse des rapaces qui se sont installés dans mes appartements.

— Des rapaces, vraiment ?

— Des hiboux, Majesté.

— Ah... Je suis presque déçu..., fit-il avec une lueur moqueuse au fond des yeux.

— M'autorisez-vous à faire appel à lui, Majesté ?

— Votre requête concerne-t-elle une suite destinée à nos invités ? Parce que je vais être clair, Lady Sera. Je ne désire pas vous accueillir au palais, mais, étant donné que j'y suis contraint, je vous invite à séjourner dans un endroit plus approprié, et plus confortable, que celui que vous avez choisi.

— Il ne s'agit pas de l'une des suites destinées aux invités, Majesté. Et vous êtes parfaitement clair, en effet. Peut-être ne l'ai-je pas été suffisamment de mon côté. Je vous demande la permission de restaurer l'ancien harem afin de m'y installer. Ces travaux ne vous coûteront rien. Et je veillerai à ce que les lieux conservent leur caractère d'origine. Chaque jour, je vous soumettrai les noms de tous les artisans et de tous les ouvriers que je ferai venir au palais. Si vous le permettez, et si vous me laissez libre d'agir à ma guise, je rendrai ces pièces habitables en l'espace d'une semaine. Me donnez-vous votre permission ?

— Vous défendez vos arguments avec l'assurance d'un politicien. Mais ce sont là de belles paroles et des promesses que vous ne tiendrez pas.

— Je tiendrai ma promesse, Majesté. Considérez cela comme un test, si vous voulez.

— Et quand vous quitterez le palais ? Qui profitera de ces aménagements ?

— La prochaine courtisane qui s'y installera plus tard.

— Lady Sera, dit-il d'une voix posée empreinte d'une autorité sans doute innée. Aucune courtisane ne sera plus jamais offerte à un roi d'Arun. J'en fais le serment.

— Dans ce cas, vous pourrez transformer ces pièces en musée, rétorqua Sera, refusant de capituler. Vous n'éprouvez aucune estime pour moi. Je l'ai compris. Vous n'avez pas besoin de mon aide. Vous n'en voulez pas. Et vous ne comprenez pas la valeur du *soutien* qui vous est offert. Très bien. Cependant, nous sommes vous et moi liés par un traité et j'ai en outre une dette à régler. Me donnez-vous la permission de faire venir le personnel dont j'ai besoin pour rendre mes appartements habitables ?

— J'avais cru comprendre que les courtisanes étaient des êtres dociles..., fit-il avec une ironie non dissimulée.

Et sans répondre à sa question.

— Je le suis. Je peux être ce que vous désirez que je sois. Tout ce que je demande, ce sont des directives.

Aucune émotion ne passa sur les traits d'Augustus d'Arun, tandis qu'il la contemplait en silence. Pas la moindre chaleur n'éclaira son regard sombre et froid.

— Vous avez ma permission, répondit-il enfin d'un ton neutre.

Quand Sera rejoignit l'ancien harem, le secrétaire du roi avait quitté les lieux.

Elle s'avança entre les deux battants de la porte en songeant qu'il faudrait remplacer rapidement celle-ci et s'arrêta sur le seuil, le cœur battant.

Le regard du roi l'avait glacée, transpercée jusqu'au cœur.

Elle contempla le vaste espace déserté depuis plus d'un siècle. Non, elle ne pleurerait pas. Cela ne lui était *jamais* arrivé, pas même le jour des obsèques de sa mère. Mais la tâche qui l'attendait lui paraissait soudain gigantesque. Sans parler de celle qui consisterait à gagner la confiance d'Augustus d'Arun, et à lui trouver une épouse.

Refusant de se laisser décourager, Sera redressa les épaules avant de rejoindre Lianthe et les gardes qui avaient commencé à ôter les draps recouvrant les meubles. Elle n'était pas seule, ses fidèles alliés avaient foi en elle, en ses capacités.

— Tu l'as trouvé ? demanda Lianthe en l'apercevant.

— Oui.

— Et… ?

— Il est vraiment bizarre. Et coriace. Il n'aime pas qu'on lui tienne tête et je sens qu'il va mettre mon amour-propre à rude épreuve.

— Nous savions que ce ne serait pas facile, Sera. Mais je suis certaine que vous finirez par vous entendre, lui et toi.

— J'aimerais bien partager ta certitude…, murmura Sera.

— Et alors ? Est-il d'accord pour que nous fassions venir Tomas le fauconnier ?

Zut, elle avait oublié de lui reposer la question.

— Oui, il est d'accord.

2

Six jours plus tard, Augustus n'avait toujours pas trouvé de solution pour se débarrasser de ce présent indésirable. Aussi gardait-il ses distances, se concentrant sur son travail et ses obligations, et s'efforçant de rester indifférent aux chuchotements de ses employés. Parce que tout le monde savait désormais que le harem du palais était en cours de restauration.

Lady Lianthe et Lady Sera avaient fait venir tout le personnel nécessaire du Haut Pays, depuis de simples agents de nettoyage jusqu'aux artisans les plus spécialisés. Eau et électricité avaient été rétablies, des ingénieurs avaient certifié que le dôme ne risquait pas de s'écrouler. Ne restaient plus que divers aménagements à peaufiner.

Tomas le fauconnier était venu de Byzenmaach, accompagné de la sœur de Casimir, Claudia. Apparemment, Sera et celle-ci avaient fréquenté la même école autrefois. Sera avait préparé un véritable festin en l'honneur de ses invités et convié Augustus à y participer. Mais il avait bien sûr décliné l'invitation.

Quant aux chuchotements, ceux-ci se transformèrent bientôt en rumeurs circulant dans tout le palais, plus farfelues les unes que les autres.

Lady Sera était une sorcière, une créature perverse qui causerait la perte d'Augustus. Il est vrai que les agissements de son invitée forcée ne pouvaient qu'attirer la curiosité de tout le personnel. Elle et ses gardes se livraient à d'étranges combats d'épée dans le vaste espace circulaire, semblables à des danses rituelles, disait-on. Elle avait fait remplacer le trapèze par un nouveau, lequel ressemblait plutôt à une balancelle suspendue par des liens de soie descendant jusqu'au sol, lui avait confié son vieux secrétaire. Avant d'ajouter que Lady Sera y grimpait comme elle aurait monté les marches d'un escalier. Avec grâce et légèreté.

La veille, un convoi accompagné d'une véritable garnison était arrivé du Nord et avait demandé l'accès au palais, semant ainsi la panique parmi les équipes de sécurité – et provoquant la colère d'Augustus. Pourtant, il perdait *très rarement* le contrôle de lui-même.

Il lui avait dit de ne pas trop s'installer, bon sang ! Et il avait bien précisé qu'il trouverait le moyen d'annuler ce traité absurde. Elle *savait* qu'il s'y employait. Par conséquent, à quoi bon faire venir toutes ces antiquités, ces œuvres d'art ? Cela ne faisait qu'amplifier les rumeurs. À présent, on racontait qu'une courtisane du Haut Pays s'établissait à demeure au palais. Dans le harem.

Le père d'Augustus, ancien roi d'Arun et désormais conseiller de la Couronne, n'avait été d'aucun secours. Étant déjà marié et père de deux jeunes enfants à trente ans, il n'avait jamais eu affaire à une courtisane. De toute évidence, cette situation impossible était sans précédent. Une concubine offerte à un souverain pouvait être renvoyée *si et seulement si* ledit souverain avait pris femme et produit un héritier.

De son côté, elle avait le droit de refuser l'entrée à ses appartements à quiconque, excepté à celui auquel elle était liée par le fichu traité. En outre, lorsqu'elle désirait recevoir des invités, elle devait lui en soumettre la liste afin d'obtenir son approbation.

Voulant en savoir davantage sur Sera Boreas, Augustus avait demandé un complément d'informations sur elle et le dossier avait été déposé sur son bureau ce matin même.

Elle avait fait des études à Oxford, de philosophie, sciences politiques et économie. Elle avait pris des cours de musique à Saint-Pétersbourg, de danse avec des professeurs du ballet national de Chine, et avait été initiée aux arts martiaux par les moines du Haut Pays. Quant à ses origines, celles-ci demeuraient entourées de flou. Sa mère avait tenu compagnie à des politiciens et des dignitaires haut placés du monde entier. En plus d'être leur compagne, elle avait été leur conseillère, réussissant même parfois à persuader des hommes politiques farouchement opposés à se rencontrer en terrain neutre. Lady Lianthe aurait très bien pu être la grand-mère de Sera, mais cela restait à vérifier.

Plus Augustus avançait dans la lecture du dossier, et moins Sera lui paraissait réelle. Et il ne savait toujours pas en quoi consistait *précisément* son rôle.

Rien qu'au cours de l'année passée, elle avait honoré de sa présence la table de moult chefs d'État et autres personnages des plus importants. Son influence était tout bonnement stupéfiante. Et lui l'hébergeait dans l'équivalent d'un grenier !

Il devait aller la voir et discuter avec elle. C'était la moindre des choses. Mais il avait besoin d'aide. De préférence féminine.

Alors qu'il se faisait cette réflexion, l'Interphone se mit à clignoter.

— Votre sœur est en ligne, lui annonça son vieux secrétaire.

— Passez-la-moi.

Le problème était résolu.

— Augustus, je sais que je te manque terriblement, mais tu as vraiment acheté un chat ?

— Je... Pardon ?

Le récent mariage de Moriana l'avait privé d'une organisatrice d'événement hors pair, mais pas seulement, en effet. De là à la remplacer par un chat...

— Qui t'a raconté cela ? Theo ?

— Il m'a dit qu'il fallait que je t'appelle, parce qu'il avait entendu des rumeurs selon lesquelles tu te sentais si seul que tu avais pris un animal de compagnie. Et il a ajouté quelque chose à propos d'un chat.

En réalité, Theo, roi de Liesendaach, son voisin et époux de Moriana, était également spécialiste en matière d'embrouilles – et il savait pertinemment de quel genre de compagnie il s'agissait.

— Moriana, je ne veux pas qu'il y ait de malentendu. Je ne suis pas en mal d'affection et n'ai pas besoin de compagnie, féline ou autre. C'est bien compris ?

— Ah... Dans ce cas, je me demande pourquoi Theo a insisté pour que je t'appelle ce matin. Nous venons de rentrer d'un petit voyage à Byzenmaach où nous avions été invités par Casimir et Ana. Je m'entends très bien avec elle et leur fille ! Au fait, ils m'ont demandé pourquoi ils n'avaient pas reçu d'invitation pour le bal du Solstice d'hiver qui a lieu chaque année à Arun. Et je n'en ai pas encore reçu non plus, d'ailleurs. J'avais pourtant laissé des instructions très claires.

Moriana étant la reine des listes, Augustus n'en doutait pas un instant.

— Pourquoi Marguerite ne s'en est-elle pas chargée ? poursuivit sa sœur.

— Elle ne convenait pas pour le poste.

Silence à l'autre bout du fil. Mais il la connaissait, Moriana ne pourrait pas se retenir longtemps...

— Augustus, tu ne peux pas continuer à les renvoyer toutes au bout de deux semaines !

— Si elles vont vendre des infos confidentielles à la presse, c'est mon droit, il me semble.

— Oh...

— Eh oui. Je reçois une nouvelle candidate lundi. En attendant, que sais-tu à propos des courtisanes du Haut Pays ?

— Seulement qu'il y en avait autrefois. Il y a des siècles. Elles vivaient dans notre ancien refuge secret. Comme des animaux domestiques.

Comme sa sœur demeurait à nouveau silencieuse, Augustus s'attendit à ce qu'elle fasse le lien entre la réflexion de Theo et la question qu'il venait de lui poser – et ne se prive pas de le harceler jusqu'à ce qu'il lui raconte tout, dans les moindres détails. Mais, contre toute attente, elle n'en fit rien.

— Je sais aussi que nous avons conservé quelques costumes leur ayant appartenu, dit-elle, revenant à son thème de prédilection. Des toilettes sublimes. Je n'appellerais pas cela des robes, mais plutôt des tenues réservées aux activités... se pratiquant dans la plus stricte intimité.

Augustus ferma un instant les yeux.

— Bon, que sais-tu d'autre à leur sujet ? Et de plus actuel ?

— Aujourd'hui, toutes ces histoires relèvent de la légende. Il y a un livre pour enfants qui parle de cela, dans la nurserie – à supposer qu'il n'ait pas été jeté. Il raconte l'histoire d'une petite fille intelligente et jolie, qui est enlevée à sa famille adorée pour être emmenée dans un palais perché sur le sommet d'une montagne. Là, on lui apprend à danser, à se battre et à devenir espionne. Ensuite, elle rencontre un roi – elle fait de l'espionnage pour lui – qui tombe amoureux d'elle et ils vivent heureux et ont des tas d'enfants. Saute le passage où elle empoisonne l'épouse stérile du roi en question.

— Il a un titre, ce livre ?

— *Au service du roi*. C'était l'un de mes préférés. Pourquoi ?

À lui, personne ne l'avait jamais lu.

— Depuis bientôt une semaine, j'héberge Lady Sera Boreas, du Haut Pays, dans notre ancien refuge secret. Elle m'a été envoyée comme un *présent* de son peuple.

Nouveau silence. Puis :

— Répète ?

— Une courtisane est ici, au palais, à mon service. Hier, six camions entiers ont apporté quantité d'antiquités et d'œuvres d'art d'une valeur inestimable, et qui ne sont montrées que lorsqu'une courtisane se trouve en résidence ici. Tu...

— Tu as bien dit des *antiquités et des œuvres d'art d'une valeur inestimable* ?

— Reste concentrée, Moriana. J'ai hérité d'une concubine – oui, tu as très bien entendu. Alors invite-la à Liesendaach, garde-la, et découvre ce qu'elle me veut. Tu peux faire ça pour moi ?

— Elle a des livres ? Je parie qu'elle a apporté des livres anciens avec elle. Tu sais ce que cela signifie ?

Moriana se voyait sans doute déjà organisant une exposition d'objets précieux ayant appartenu aux courtisanes du Haut Pays.

— Oui, que j'ai un problème auquel je n'ai pas encore trouvé de solution. Qu'est-ce que je suis supposé faire avec cette femme, à ton avis ?

— Elle est belle ? Ces créatures sont réputées pour leur rare beauté.

— Oui, elle l'est.

— Intelligente ?

— Je pense. Et rusée. Et énigmatique. Si tu ne peux pas l'inviter à Liesendaach, j'ai besoin que tu viennes ici. Lie-toi d'amitié avec elle, gagne sa confiance, et dis-moi ce qu'elle veut.

— Je peux venir dans une semaine.

— J'ai besoin de toi aujourd'hui.

— Impossible. J'ai un déjeuner à 13 heures, un rendez-vous

concernant un gala de charité à 15, une visite dans un hôpital à 16 et ensuite, un dîner privé avec mon époux bien-aimé que j'ai à peine vu de toute la semaine.

— L'absence aiguise le désir. J'envoie l'hélicoptère te chercher.

— Pourquoi ne pas lui parler toi-même et voir ce qu'elle pourrait faire pour toi ? Te servir d'organisatrice d'événements, par exemple ? Les courtisanes d'autrefois étaient de véritables muses, des stratèges, des femmes de grande influence. Pense à Mme de Pompadour ou à Théodora de Byzance. Ta Sera Machin Chose possède peut-être les mêmes pouvoirs. Donne-lui quelque chose à faire. Confie-lui une tâche précise – mais pas ta personne...

— Ne dis pas n'importe quoi, s'il te plaît, gronda Augustus.

— Elle te l'a proposé ?

Il serra les mâchoires et préféra ne pas répondre.

— Bon, d'accord, reprit Moriana. Je m'en fiche, de toute façon, parce qu'une sœur ne doit pas savoir certaines choses. Confie-lui l'organisation du bal du Solstice d'hiver. Je ne plaisante pas, mets-la au travail. Et comme ça, tu sauras si elle peut te servir à quelque chose.

— Je préférerais qu'elle s'en aille.

— Mais pourquoi ? Tu as besoin d'un ou d'une responsable événementiel, Augustus. Quelqu'un de qualifié et en qui tu peux avoir confiance. Parle-lui, découvre ce qu'elle attend de son rôle et de toi. Vous arriverez peut-être à vous entendre.

— Et sinon ?

— Tu trouveras une issue. Mais pas avant que je n'aie vu toutes ces œuvres d'art et l'aie persuadée de nous laisser les photographier, et de nous communiquer toutes les informations les concernant. Je suis impatiente de voir ça.

Augustus soupira. Theo avait décidément une mauvaise influence sur Moriana, autrefois dévouée tout entière à la couronne d'Arun. En fait, elle représentait un véritable trésor pour son mari et elle lui manquait à lui, son frère. Moriana avait raison, en tout cas : il avait besoin d'une personne de confiance, et hautement qualifiée, pour la remplacer. Quelqu'un d'impliqué dans son rôle. Et il lui fallait une épouse... Il y songeait de temps en temps, mais sans envisager de s'en occuper *maintenant*, non. Il remettait toujours cela à plus tard.

En attendant de s'y atteler, et puisqu'il avait une… courtisane à sa disposition, ils pourraient peut-être redéfinir le rôle de celle-ci.

— D'accord. Je vais lui parler.

Finalement, Augustus ne se résolut à aller voir Sera Boreas qu'en milieu d'après-midi, répugnant toujours à passer un compromis avec elle. Mais cette situation impossible avait assez duré, et rien ne servait d'ignorer sa présence ou d'espérer qu'elle disparaisse par enchantement. Quant à trouver une solution pour se débarrasser d'elle, Augustus n'avait pas avancé d'un pouce. Par ailleurs, il se fiait entièrement au jugement de Moriana et vu le parcours de Sera Boreas, celle-ci serait une organisatrice d'événement parfaite.

Il s'arrêta devant la double porte et contempla les rosiers dont le parfum capiteux faisait remonter en lui des souvenirs liés à sa mère. La défunte reine adorait installer des arrangements floraux un peu partout dans le palais. Mais elle n'aurait pas approuvé cette plantation quelque peu saugrenue et qui ressemblait fort à un défi.

Après un dernier regard désapprobateur à la profusion de couleurs tendres, Augustus résista à grand-peine au désir d'inhaler à fond le parfum sucré émanant des fleurs délicates. Se redressant, il tira sur le cordon de soie et entendit les notes mélodieuses d'un carillon résonner à l'intérieur. Comme rien ne se passait, il sonna à nouveau et cette fois, la double porte s'ouvrit… sur une apparition aussi troublante que le parfum des roses.

Tout d'abord, il fut fasciné malgré lui par la peau laiteuse et le dessin parfait des lèvres, le doux relief des pommettes hautes, les cheveux d'un noir de jais tressés en une natte épaisse lui descendant jusqu'à la taille, ces yeux magnifiques, d'une subtile nuance de gris. Gris tourterelle.

Cette fois, sa courtisane portait un pantalon ample à taille basse et un haut court moulant ses rondeurs délicieusement féminines. Elle était mince, mais possédait des courbes qui avaient dû affoler plus d'un homme digne de ce nom.

Ouvrant plus grand la porte, elle recula d'un pas et baissa les yeux, avant de plonger dans l'une de ces fichues révérences. D'un autre côté, elle se mouvait avec une telle grâce, une telle fluidité, qu'Augustus ne pouvait nier le plaisir ressenti à la voir effectuer ce qui ressemblait à une danse.

— Cessez, je vous prie, dit-il en se ressaisissant.

Elle se redressa avec la même grâce et sourit.

— Soyez le bienvenu, Majesté. Et pardonnez ma tenue négligée. Je n'attendais personne.

— Je vous dérange ?

— Pas du tout. Je m'entraînais à une nouvelle technique – je pratique les arts martiaux.

— Ne vous interrompez pas pour moi.

— Je peux m'entraîner n'importe quand. Et je préfère avoir de la compagnie.

Un éclat argenté traversa ses yeux clairs, tandis qu'elle s'effaçait pour le laisser passer.

— Entrez, je vous en prie.

Augustus s'avança dans le vaste espace circulaire et regarda autour de lui. Une propreté impeccable caractérisait désormais les lieux autrefois en si piteux état. De riches tentures et tapis recouvraient en partie les murs et le sol, des tableaux anciens et des miroirs aux cadres d'argent ressortant sur les matériaux précieux. Un immense canapé rond occupait le centre de la pièce, composé de quatre sections orientées vers l'intérieur et séparées par des ouvertures situées aux quatre points cardinaux, de façon à permettre d'accéder aux sièges.

— Vous êtes seule ? demanda-t-il, étonné.

— Les fournisseurs et les artisans sont partis, ainsi que Lady Lianthe. Mes gardes participent en ce moment à une réunion avec vos équipes de sécurité, afin de décider du meilleur moyen de leur être utiles. Les gens de maison ont terminé leur travail. Alors oui, je suis seule.

— Peu importe, puisque c'est vous que je suis venu voir, répliqua Augustus, un peu bourru.

Après l'avoir invité à le suivre, elle lui tourna le dos et se dirigea vers l'immense sofa en cuir patiné, parsemé çà et là de jetés et de coussins de soie colorée. Au milieu, une tapisserie courait sur le sol, telle une fresque se déployant en corolle.

— Qu'est-ce que c'est ? demanda-t-il, perplexe.

— La tapisserie ?

Augustus hocha la tête.

— Il s'agit d'un instrument de communication. Chaque scène représente une action répondant à un besoin ou un désir. Autrefois, le visiteur, ou une courtisane, s'exprimait en choisissant la place où il s'asseyait. Et son besoin, ou désir, était satisfait.

— Vraiment ?

— C'est du moins ce que l'on raconte.

— Et je suis supposé profiter de ce... dispositif ?

— Pourquoi ne pas vous asseoir et en décider ?

— Peut-être.

Mieux valait garder ses distances et ne pas entrer dans son jeu, même si la tentation était grande d'examiner ces scènes de plus près.

— J'ai essayé de me débarrasser de vous, dit-il tout à trac.

— Je sais, Majesté.

Elle baissa les yeux sur la tapisserie.

— Prenez le temps de regarder, même si vous n'avez pas l'intention de vous servir de ses fonctionnalités. C'est une pièce remarquable. Je vais préparer du thé.

Incapable de s'en empêcher, Augustus la suivit du regard, tandis qu'elle s'éloignait et disparaissait sous une arcade. Le gracieux balancement des hanches rondes exerçait un effet déplorable sur ses sens, constata-t-il avec dépit. Agacé, il reporta son attention sur la tapisserie.

Certaines scènes étaient faciles à interpréter. L'une figurait un homme installé confortablement dans un fauteuil alors qu'une femme lui faisait la lecture. Une autre, des gens attablés devant un vaste assortiment de pâtisseries. Il y avait aussi une scène de bain, un combat à l'épée, un homme allongé entouré de danseuses tenant d'immenses éventails. Sur une autre, il vit des hommes et des femmes à l'air grave rassemblés autour d'une table ronde et manifestement engagés dans de sombres négociations. Sur la suivante, un couple nu enlacé sur un lit...

Sa courtisane revenant avec le thé, Augustus se tourna vers elle.

— Vous faites toutes ces choses ? demanda-t-il d'un ton détaché.

— Mon rôle consiste avant tout à vous être agréable, Majesté. Voulez-vous vous asseoir ?

Quand il prit la tasse qu'elle lui tendait et que leurs doigts se frôlèrent, la jeune femme s'immobilisa. Lui aussi.

Augustus ne croyait pas à l'attirance immédiate. Il n'avait jamais été l'esclave de sa libido. Mais la chaleur qui se déploya en lui était bien réelle...

— C'est un piège, dit-il, émergeant de sa torpeur.

— Un piège ? répéta-t-elle en soutenant son regard.

Il désigna les scènes représentées sur la tapisserie. Sera Boreas n'était pas venue pour le servir mais pour le posséder.

— Quelle épouse parviendrait à me satisfaire, si j'avais tous ces services à ma disposition ? Où aurais-je envie d'aller sinon ici, où mes moindres caprices pourraient être satisfaits ? Si je laissais libre cours aux pulsions les plus basses qui sommeillent en moi, il serait trop tard ensuite pour nous échapper, vous comme moi. Je vous posséderais, totalement. Et vous me posséderiez.

— Ce n'est qu'une interprétation parmi d'autres, répliqua-t-elle avec calme.

— Quelles sont les autres ?

— Oubliez l'aspect sexuel et profitez de mon habileté en matière de politique. Arun représente une force de stabilité pour la région. Beaucoup aimeraient voir cette stabilité perdurer, notamment les responsables du Haut Pays. Et vous-même.

— Je m'emploie à la consolider, il me semble.

— Votre projet – initié par vous-même et vos trois voisins – de mettre en commun les ressources en eau, sa collecte et sa distribution, n'est pas passé inaperçu. La région va devenir un bloc puissant, à condition que vous soyez en mesure d'en maintenir la cohésion.

Theo, Casimir et Valentine étaient avec lui, ils partageaient tous les quatre la même vision.

— Je le suis.

— Nous le pensons, en effet. Mais qui expliquera vos ambitions aux nations plus éloignées qui pourraient craindre un tel accroissement de pouvoir ?

— Vous, je suppose, fit-il d'un ton franchement sarcastique.

— Nous avons des contacts qui vous échappent encore, acquiesça-t-elle posément. Je peux vous mettre en relation avec des gens utiles, faciliter des échanges qui resteront ouverts après mon départ.

— Et où est votre intérêt, dans tout cela ?

— Participer au développement de la paix dans le monde ? répliqua-t-elle avec un léger sourire.

— Vous êtes une sainte, répliqua Augustus, pince-sans-rire. Mais vous ? Qu'en retireriez-vous *personnellement* ? Je ne comprends pas qu'une femme intelligente, cultivée, et ravissante de surcroît, puisse choisir un tel rôle. Je me demande ce que vous recherchez. Votre but est-il d'épouser un homme puissant et d'obtenir par là une partie de son pouvoir ? Lorsque vous en aurez terminé avec moi, à quel souverain en mal de compagnie vous enverra-t-on ?

— Lorsque je partirai d'ici, je rentrerai au Haut Pays, répondit-elle sans se troubler. Et personne ne m'enverra plus nulle part. J'aurai réglé ma dette et serai libre de faire ce que bon me semblera.

— De quelle dette parlez-vous ?

— Lady Lianthe a veillé à ce que ma mère soit bien soignée et accompagnée durant son long et difficile déclin. Elle lui a permis de mourir en paix et dans la dignité. Et sans elle, je me serais retrouvée à la rue.

— Quel âge aviez-vous lorsque c'est arrivé ?

— En quoi est-ce important ? Tout le monde s'était détourné de nous. Pas eux, Lianthe et les gens du Haut Pays.

— *C'est* important, insista Augustus.

Un petit pli creusa le front lisse.

— J'avais sept ans quand j'ai rejoint le Haut Pays.

À sept ans, elle s'était retrouvée liée par une dette envers ceux qui l'avaient sauvée.

— En gros, vous n'avez pas eu le choix. Vous avez dû faire ce que l'on vous demandait de faire.

— Avez-vous eu le choix de faire autre chose que de succéder à votre père ?

— Non, concéda-t-il d'un bon brusque. Nous ne sommes pas si différents, vous et moi.

Sauf que pour elle, il ne s'agissait pas d'un engagement à vie.

— Je vous libérerai de vos obligations dès que je le pourrai, reprit Augustus.

— Je vous en remercie. Mais d'ici là, permettez-moi de vous rendre service.

Son regard glissa malgré lui sur la maudite roue, s'arrêta sur une scène où...

— Vous n'êtes pas obligé de profiter de tous les services proposés sur ces images.

Elle le connaissait à peine et lisait déjà en lui comme dans un livre ouvert. Cela ne lui arrivait *jamais* d'être ainsi percé à jour.

— Mais vous pourriez en essayer quelques-uns sans pour autant vendre votre âme au...

— J'ai besoin d'une responsable événementiel. Il me faut quelqu'un pour organiser un bal et d'autres événements moins importants.

Il lui tendit la tasse de thé dont il n'avait pas bu une seule gorgée.

— Vous pourriez commencer par cela, enchaîna-t-il.

— Bien sûr, Majesté, acquiesça-t-elle en prenant la tasse.

— Mieux vaut établir des frontières précises entre nous. D'autre part, j'aimerais vous voir installée dans un endroit plus confortable. Mon secrétaire se fera un plaisir de vous faire visiter les suites disponibles, choisissez celle que vous voudrez.

— Si vous et moi devons respecter des frontières précises, j'aimerais discuter d'un point important.

Elle s'interrompit. Pour la première fois, elle parut... nerveuse.

— Suis-je libre de fréquenter d'autres hommes ?

Une sensation étrange parcourut Augustus. Il était *choqué* par sa demande.

— Je n'ai jamais partagé mon intimité avec quiconque, poursuivit-elle en redressant ses fines épaules. Je vous la réservais. Je mentirais si je disais que je n'étais pas impatiente de vivre ces instants. Mais comme vous ne semblez pas enclin à...

Il la dévisagea un instant en silence, interloqué.

— Vous êtes courtisane, et *vierge* ?

— Pensez-vous sérieusement qu'ils vous auraient envoyé une femme ayant déjà appartenu à un autre homme ?

— Pardonnez mon ignorance. Mais je vous rappelle que je ne savais rien des us et coutumes en vigueur dans l'univers d'où vous venez, Lady Sera.

Quant à la réaction primaire qui s'était déclenchée en lui, à la pensée d'avoir affaire à une jeune femme pure qu'il pourrait initier aux plaisirs de la chair... Mieux valait l'éradiquer. Sans pitié. Parce qu'il n'avait pas le droit de se laisser aller à un tel désir. Ni de profiter d'une situation que celle qui s'offrait à lui n'avait pas choisie.

Une sorte de vertige le gagna. Il avait à sa disposition une courtisane. Vierge. Là, debout devant lui, sous le dôme de verre, le ventre nu entre le haut court et le pantalon à taille basse. Le visage dépourvu de tout maquillage.

Soudain, il eut envie d'étrangler quiconque oserait poser la main sur elle.

— Avez-vous quelqu'un en vue ?

— C'est avec vous que j'envisageais de vivre ma première étreinte, répondit-elle en baissant furtivement les yeux sur la bouche d'Augustus.

— Et si je profitais de la situation ? Si je vous ligotais et vous brutalisais ? Vos généreux bienfaiteurs vous ont-ils appris à résister à des individus sadiques et pervers ?

Elle le dévisagea en silence.

— Vous ne savez pas à quoi vous vous exposez, ajouta-t-il.

Son premier baiser serait pour lui, s'il le voulait. Elle serait à lui tout entière. Il n'avait qu'un mot à dire.

Augustus tourna les talons et s'avança vers la porte avant de perdre la tête et de prendre ce qu'elle lui offrait.

Il s'arrêta, la main sur la poignée, et se retourna malgré lui. Comme elle s'apprêtait à s'incliner, il l'en empêcha d'un geste.

— Non, je ne veux plus de ces révérences. Nous sommes au XXIe, bon sang ! Venez ici.

Quand elle l'eut rejoint et leva les yeux vers lui, il vit de l'incertitude dans son regard. Il pencha la tête, lentement, jusqu'à ce que leurs lèvres ne soient plus séparées que par quelques millimètres.

— Je n'ai certes pas demandé que l'on vous envoie, mais vous êtes venue pour être *ma* courtisane et je ne permettrai pas qu'un autre que moi pose la main sur vous. Pas de baisers. Pas de sexe. Pas de flirt. Est-ce clair ?

— Oui, parfaitement clair, chuchota-t-elle.

Il l'effrayait, comprit Augustus. L'instant d'après, il se retrouva prisonnier des beaux yeux gris. Peut-être n'était-elle pas effrayée du tout, finalement. Parce que ce qui se lisait à présent dans le regard de sa courtisane n'avait rien à voir avec la peur.

— Faites le travail que je vous ai demandé, dit-il d'une voix rauque. Mettez-moi en relation avec les personnes influentes qui pourraient m'être utiles. Et trouvez-moi une épouse convenable, si possible.

S'il le voulait, il pourrait goûter ces lèvres pleines et sensuelles. Les caresser du bout de la langue...

— Mais surtout... Ne me tentez pas.

Sera referma la lourde porte derrière lui et s'y adossa. Les paroles d'Augustus continuaient de résonner dans son esprit. La sensation des lèvres chaudes et fermes frémissait encore en elle. Il ne l'avait pas vraiment embrassée et pourtant, elle vibrait tout entière. Elle avait *désiré* qu'il prenne possession de sa bouche. Elle aurait voulu se donner à lui, corps et âme.

Se laissant choir souplement sur le sol, elle glissa ses deux mains entre ses cuisses pour tenter d'éteindre le feu qu'il avait allumé en elle. Son corps réclamait l'assouvissement. C'était ses mains à lui qu'elle voulait sentir là, au plus intime de sa féminité.

Les yeux clos, Sera remua la main en imaginant le vrai baiser dont elle avait rêvé. Elle se passa la langue sur les lèvres, là où celles d'Augustus les avaient effleurées, et quelques instants plus tard, se laissa emporter par le plaisir.

3

L'organisation du bal du Solstice d'hiver ne prit que deux jours. La liste des invités ayant déjà été préparée par Son Altesse royale Moriana, Sera n'eut qu'à contacter celle-ci pour lui demander son approbation concernant les quelques noms ajoutés par elle-même dans le but de trouver une épouse à Augustus. La reine de Liesendaach répondit promptement à son appel et approuva ses choix sans réserve. Quant au personnel du palais, il était ravi que quelqu'un prenne la direction des opérations, et tous s'avérèrent des plus compétents.

Ensuite, il y eut un déjeuner pour douze personnes à organiser, ainsi qu'un dîner plus informel pour trente convives qui se tiendrait dans l'un des salons.

Depuis sa visite surprise, Augustus n'était pas revenu la voir. Quant aux gardes de Sera, ils avaient été incorporés aux équipes de sécurité du palais, mais elle allait les retrouver tôt chaque matin pour leurs exercices quotidiens. Ils s'entraînaient derrière les écuries royales, dans le manège où le sable amortissait les chutes. À cette heure-là, ils ne dérangeaient personne, avaient-ils pensé. Mais au bout de trois jours, ils avaient de nombreux spectateurs, manifestement fascinés par les arts martiaux que Sera et ses gardes maîtrisaient parfaitement.

Lorsque ce matin-là, elle tomba pour la troisième fois – à cause de son manque de concentration –, Ari, avec lequel elle s'entraînait, recula, montrant ainsi qu'il se retirait du combat. Sera n'était pas un adversaire facile à dominer, et ce dernier coup reçu en plein sternum lui aurait cassé plusieurs côtes si elle ne l'avait évité à la dernière seconde. De toute évidence, Ari s'était attendu à plus de réactivité de sa part.

Elle resta au sol, les yeux fermés et retenant son souffle pour ne pas aviver la douleur. Soudain, elle sentit que quelqu'un s'accroupissait à côté d'elle et, rapide comme l'éclair, saisit le poignet de celui qui allait poser la main sur son buste.

— Doucement…, murmura-t-il.

Entrouvrant les paupières, Sera contempla l'avant-bras qu'elle maintenait bloqué. Hâlé et musclé. Elle redescendit sur la main, puissante et aux ongles carrés coupés court. Mais quand elle voulut voir le visage de celui qui se tenait ainsi penché au-dessus d'elle, le soleil l'aveugla. Il ne s'agissait ni d'Ari ni de Tun, ces deux-là ne lui auraient jamais proposé leur aide, ils la connaissaient trop bien. Sans doute était-ce un spectateur.

Il lui suffit de bouger juste un peu pour que le corps de l'homme bloque le soleil, lui permettant ainsi de distinguer ses traits.

Augustus.

Quand elle inspira et qu'aucune douleur ne se manifesta, Sera se redressa lentement sur son séant sans s'évanouir, Dieu merci.

— Vous avez fait une sale chute, dit-il d'un ton neutre.

— C'est ma faute, murmura-t-elle en lui lâchant le poignet.

Prenant la main qu'il lui tendait, elle le laissa l'aider à se relever. Sa propre main paraissait minuscule, en comparaison avec la sienne.

— Que faites-vous ici ? demanda-t-elle en scrutant le regard d'Augustus.

Aucune émotion dans les yeux sombres.

— Au cas où vous l'auriez oublié, je suis ici chez moi. Et on m'a appris que, lorsqu'ils sont de repos, mes agents de sécurité venaient regarder les gardes du Haut Pays se battre, ce qui a éveillé ma curiosité. Je devrais sans doute m'estimer heureux que les autres ne désertent pas leurs postes.

Sera dégagea sa main et tourna les yeux vers ses deux gardes, le troisième étant de service au palais. Ils ne bougèrent ni l'un ni l'autre, naturellement, mais Ari remua discrètement les doigts, lui envoyant ainsi un message qu'elle seule pouvait déchiffrer. « Je vous ai blessée ? » « Non », répondit-elle. Ari n'eut pas l'air convaincu mais n'insista pas.

— Que pouvons-nous faire pour vous, Majesté ? demanda-t-elle à Augustus.

— Trouver un autre endroit pour vous entraîner.

— Le sable amortit les chutes, tandis que le sol de mes appartements est trop dur pour de vrais combats, répliqua Sera avec calme. C'est l'endroit idéal, ici. Non seulement nous ne dérangeons personne, mais nous sommes tout à fait disposés à initier ceux qui le souhaiteraient. Ari est un maître réputé, Tun un champion qui retournera bientôt dans nos montagnes pour sa dernière année de méditation, avant de devenir lui aussi un maître accrédité.

— Et vous ? Avez-vous un niveau suffisamment élevé ?

— Certes. Si je suis tombée, c'est uniquement à cause d'un manque de concentration passager. Mais ne vous inquiétez pas : cela ne se reproduira pas.

— Que vous a dit le plus âgé des deux en langage des signes ?

Ainsi, il avait remarqué leur petit manège...

— Il voulait savoir si j'étais blessée.

— Il aurait pu le demander plus ouvertement.

— Vous vous êtes occupé de moi, il n'a pas voulu interférer.

— Dites-leur de ne plus utiliser ce langage devant mes hommes. Cela ne fera qu'accroître les rumeurs qui entourent vos mœurs bizarres, et quelque peu archaïques.

— Les gens craignent ce qu'ils ne comprennent pas.

— Ils craignent aussi la beauté extrême, les exhibitions de pouvoir et de force, et ceux qui ne restent jamais au sol, qui ne s'avouent jamais vaincus.

— Je ne parviendrai jamais à vous contenter, n'est-ce pas ? Quoi que je fasse. Vous m'avez confié l'organisation de plusieurs événements et j'ai accompli ma tâche – avec succès, il me semble. J'ai sélectionné pour vous des candidates au pedigree approprié et susceptibles de vous agréer. J'ai prévu de vous présenter à des personnalités influentes. Que désirez-vous de plus ?

— Passer des nuits tranquilles, répondit-il d'une voix rauque. Et ne pas vous voir surgir dans mes rêves. Ma sœur vient d'arriver. Elle m'a dit avoir déjà été en contact avec vous par téléphone et aimerait vous rencontrer.

— Je la verrai avec plaisir dans une demi-heure, le temps de me rendre présentable.

— Non, vous la verrez tout de suite. Suivez-moi, ordonna-t-il d'un ton sans appel.

Sera obéit à contrecœur. Elle avait du sable dans les cheveux, sur son T-shirt à manches longues et son pantalon large en coton...

Bientôt, Augustus ouvrait une porte à demi dissimulée dans le mur du palais.

— Après vous.

— Pourquoi êtes-vous aussi désagréable ? demanda-t-elle.

— Il s'agit d'une visite non programmée, et l'emploi du temps de ma sœur est toujours si serré qu'elle n'a jamais beaucoup de latitude, répliqua-t-il en plissant les yeux. Croyez-moi, je déteste ce genre de situation autant que vous, mais Moriana est ici, maintenant, et vous êtes très bien comme vous êtes. Avancez, s'il vous plaît, et allez tout droit devant vous.

Retenant la protestation qui lui montait aux lèvres, Sera s'engagea dans le couloir étroit mais bien éclairé. Au bout de celui-ci, elle trouva une autre porte, ouverte sur un vaste salon dont un mur entier était occupé par de larges fenêtres donnant sur les jardins du palais. Quand elle entra dans la pièce, une femme élégante vêtue d'une robe bain de soleil rose orangé se leva d'un fauteuil. Mais lorsque Sera voulut s'incliner devant elle, une douleur violente lui traversa la poitrine.

Peut-être s'était-elle cassé une côte, finalement.

— Moriana, je te présente Lady Sera, courtisane du Haut Pays, dit Augustus. Sera, redressez-vous.

— Augustus ! protesta sa sœur. Ce n'est pas un chien !

— Si je ne le lui dis pas, elle restera indéfiniment dans cette position ridicule.

Sur ces paroles, il se pencha et lui prit le bras pour la forcer à se redresser, arrachant ainsi une plainte étouffée à Sera.

— Vous êtes bien blessée, dit-il d'un ton brusque. Ne le niez pas, cette fois.

— Je vais tout à fait bien, répliqua-t-elle, avec le plus d'assurance possible.

S'il cessait de la regarder de cet air méprisant, elle se sentirait mieux, en tout cas.

— Je vous ai dérangée ? s'enquit poliment sa sœur. J'espère qu'Augustus ne vous a pas demandé de nettoyer les écuries.

— Non, pas du tout, Votre Altesse.

— Je l'ai trouvée en train de se battre avec deux de ses gardes.

— Je faisais de simples exercices, précisa Sera.

— Eh bien, trouvez-en d'autres, fit-il, les yeux presque noirs.

— Je pratique les arts martiaux depuis quinze ans. Si vous me demandez d'y renoncer, je le ferai car il est de mon devoir de vous obéir. Alors, permettez-moi de vous demander de ne pas me le demander.

Une toux discrète lui rappelant qu'ils n'étaient pas seuls, Sera s'excusa aussitôt en inclinant brièvement la tête. D'autant que sa tenue laissait vraiment à désirer.

— Je vous l'ai dit, Majesté, ce genre d'incident ne se reproduira pas, poursuivit-elle à l'adresse d'Augustus.

— Nom de... J'essaie de vous *protéger* !

Il se tourna vers sa sœur.

— Je te l'ai amenée. Elle est à toi. J'ai autre chose à faire. Si elle s'évanouit, laisse-la où elle s'est effondrée.

— Augustus !

Sans se donner la peine de s'excuser, évidemment, il tourna les talons et quitta la pièce à grands pas.

— Ça alors..., commença la reine Moriana après un léger silence. Je n'en reviens pas... Mais qu'avez-vous fait à mon frère toujours si courtois et respectueux du protocole ?

— Pas grand-chose, répondit Sera. Il ne veut pas de moi, Votre Altesse, c'est tout.

— Quel âge avez-vous ?

— Vingt-trois ans.

— Vous en paraissez seize. C'est peut-être cela qui le perturbe...

Sera en doutait fortement, mais s'abstint de tout commentaire.

— Êtes-vous venue ici de votre plein gré ?

— Bien sûr. Et je suis consciente de l'honneur qui m'est accordé.

— Vous me rassurez, répliqua la sœur d'Augustus. Mais cela fait plus d'un siècle qu'aucune courtisane du Haut Pays n'avait mis les pieds dans ce palais. À Arun, nous sommes méfiants de nature et farouchement indépendants, voyez-vous. En quoi pouvez-vous servir mon frère ? Qu'avez-vous à lui offrir ?

— Des appuis politiques et des contacts avec des personnages influents. Avez-vous vu les noms que j'ai ajoutés à la liste des invités au dîner qui aura lieu demain ?

— Un diplomate, un médiateur et un historien venus d'un pays étranger. Autrement dit, des personnalités auxquelles nous n'avons pas affaire d'ordinaire.

— Et pourtant, leurs voix sont écoutées ailleurs, là où d'autres s'interrogent sur le grand projet de distribution d'eau initié par votre frère, votre époux et leurs amis. En parler tranquillement autour d'un bon repas, n'est-ce pas le moyen idéal de le faire connaître ?

— Sous-entendriez-vous par là que mon frère ne sait pas se débrouiller tout seul ?

— Je veux simplement dire que certains dignitaires du Haut Pays exercent une influence qui dépasse de loin les frontières d'Arun – et de Liesendaach –, même si votre frère et votre mari sont d'excellents négociateurs. Si le roi d'Arun exprime le désir d'entrer en contact avec de hauts responsables qui peuvent l'aider, il sera exaucé.

— L'a-t-il exprimé ?

— Non.

Il était bien trop fier pour cela. Et trop méfiant.

— Il y a aussi la question de l'héritier dont le pays a besoin, enchaîna Sera.

— Je ne vois pas bien comment une courtisane pourrait l'aider dans ce domaine.

— Les courtisanes ont pourtant toujours été des entremetteuses très efficaces. Quelque chose retient votre frère de s'engager. Une fois que nous aurons compris de quoi il s'agit, nous serons en mesure de traiter le problème et de trouver une candidate susceptible de lui fournir ce dont il a besoin. Je peux l'encourager à formuler ces… besoins…

La reine Moriana eut soudain l'air un peu mal à l'aise.

— Qu'est-ce qui vous fait penser que mon frère a des besoins particuliers ?

Après une légère hésitation, Sera décida de ne pas y aller par quatre chemins.

— Le fait qu'il soit toujours célibataire, peut-être ? Chacun explore ses désirs intimes lorsqu'il en a l'opportunité, Votre Altesse. Mon rôle est de lui offrir un espace où il puisse librement les exprimer. Certains de vos ancêtres avaient des goûts très spécifiques en la matière.

— *Spécifiques* ? répéta la reine en battant des cils.

— Nous disposons des journaux intimes des courtisanes, Votre Altesse. En tant que membre de la famille royale d'Arun, vous y avez naturellement accès.

— Je peux les voir maintenant ?

— Bien sûr. J'en ai quelques-uns dans mes appartements.

— Les rumeurs concernant vos appartements ne manquent pas...

— Elles sont avérées. Accepteriez-vous de venir prendre le thé avec moi ? Votre frère n'a pas daigné tremper ses lèvres dans celui que je lui avais préparé, mais je vous certifie que je n'use pas de poison. Ce serait contre-productif.

— J'ai du mal à savoir si vous plaisantez ou non...

Sera sourit.

— Je commence à entrevoir l'étendue du problème auquel mon frère se trouve confronté, poursuivit la reine, pince-sans-rire. Oui, j'aimerais voir ces journaux et aussi ce que vous avez fait de la grande salle circulaire et de sa coupole de verre. Je vais annuler mes autres rendez-vous de la matinée.

— J'en suis ravie. Si vous voulez bien me suivre, Votre Altesse...

— Avez-vous eu l'occasion de rencontrer mon père ?

— Seulement brièvement, répondit Sera en se dirigeant vers l'ancien harem en compagnie de la sœur d'Augustus. Il est venu voir les travaux, mais n'est pas resté longtemps.

— Il laisse de plus en plus Augustus s'occuper de tout. Avez-vous de la famille ?

— Non, Votre Altesse.

— Appelez-moi Moriana.

— Très bien, Moriana. Ma mère est morte il y a déjà longtemps et je n'ai ni frère ni sœur.

— Et votre père ?

— Il m'est inconnu.

— Ah... J'avais entendu dire que vous étiez d'ascendance noble.

— Oui, du côté de ma mère, acquiesça Sera. Nous ne tenons compte que de l'ascendance côté maternel.

— C'est très inhabituel, murmura Moriana. Et lorsque vous partirez d'ici, une fois qu'Augustus sera marié et aura donné un héritier au pays, que ferez-vous ? Irez-vous proposer vos services ailleurs, ou choisirez-vous une tout autre voie ?

— J'ai de nombreuses possibilités. Je possède des contacts dans le monde entier et j'ai bénéficié d'une éducation solide. Les opportunités ne manqueront pas.

— Quelle bonne idée, ces rosiers ! s'exclama Moriana en s'arrêtant devant la double porte.

Sera ouvrit les deux battants et s'effaça pour la laisser passer. Augustus avait à peine jeté un coup d'œil aux œuvres d'art exposées dans la grande salle, mais sa sœur s'immobilisa au milieu de l'espace et leva aussitôt les yeux vers le dôme de verre par lequel s'écoulait un flot de lumière dorée.

— Elle est toujours aussi fascinante, cette coupole. Mais le soleil ne brille pas toujours, à Arun. Ayant grandi ici, je sais de quoi je parle. Vous êtes bien chauffée ?

— Il y a le chauffage au fuel dans la plupart des pièces adjacentes et ici aussi, lorsque le soleil est insuffisant pour réchauffer la pierre. Cela me suffit. Quant aux bains, ils bénéficient d'un système de chauffage solaire.

— Mais c'est bien trop vaste pour une personne seule, murmura la sœur d'Augustus. Autrefois, combien de personnes auraient vécu ici avec vous ?

— Plusieurs dizaines. Mais Lady Lianthe vient me voir de temps en temps. Et d'autres peuvent me rendre visite, avec la permission de votre frère.

— Je ne doute pas qu'il vous l'accorde.

— Je vais vous montrer les journaux, et si vous le permettez, j'irai me rendre plus présentable pendant que vous les regardez.

— Je vous en prie. Dois-je sonner pour demander que l'on nous apporte le thé ?

— Je fais tout moi-même.

— Pas de problème, nous ferons tout nous-mêmes ! Allez vous changer, je m'occupe du thé. Et une fois que j'aurai examiné les œuvres qui ornent les murs et jeté un coup d'œil à ces journaux intimes, je pourrai m'installer sur le sofa en vous attendant ?

— Mais oui, je vous en prie. Les journaux se trouvent dans la bibliothèque, c'est la première arcade sur votre droite. Ils ne peuvent sortir d'ici, ni être copiés – vous comprendrez pourquoi dès que vous commencerez à les lire. D'autre part, j'ai laissé quelques livres sur la table, dont je pense qu'ils pourraient être exposés dans les différentes bibliothèques et salles de lecture du palais. Vous me donnerez votre avis.

Après s'être déshabillée, avec précaution à cause de l'état de sa cage thoracique, Sera se peigna les cheveux avec soin. Elle n'avait rien de cassé, mais des gros bleus marbraient sa peau çà et là. À défaut d'appliquer de la glace dessus – ce qu'elle aurait fait si elle avait été seule –, elle prit une longue écharpe en coton doux et s'en enveloppa la poitrine en se comprimant les côtes au maximum. Elle essaierait de se procurer des anti-inflammatoires plus tard, mais pour l'instant, elle devait s'occuper de sa prestigieuse invitée.

Une fois rhabillée, d'une tunique toute simple en lin blanc suffisamment ample pour dissimuler le bandage, sur un legging couleur ocre, elle se noua les cheveux en chignon, enfila des sandales à bouts ouverts et à hauts talons, puis appliqua rapidement de l'eye-liner et du mascara, ainsi qu'une touche de brillant à lèvres.

Lorsqu'elle regagna la grande salle, elle trouva Moriana, une tasse de thé à la main, immobile devant la tapisserie qui avait tant intrigué Augustus.

— Très impressionnante, cette fresque, dit-elle en tournant les yeux vers Sera. Raconte-t-elle une histoire ?

— C'est une roue des désirs, répondit Sera en la rejoignant. Il suffit de choisir sa place en fonction de ses besoins du moment, et je satisfais ceux-ci.

Moriana se raidit visiblement.

— Votre frère ne l'a pas beaucoup appréciée. Je crois qu'il a trouvé ces images trop… évocatrices.

— J'imagine ! s'exclama Moriana en rosissant. Est-il censé venir ici et choisir…

— Les désirs qu'il aimerait voir satisfaits, oui. Cela dit, il est venu une fois en tout et pour tout et a refusé de s'asseoir. Il a peut-être besoin de temps pour s'y habituer.

— Eh bien, tout un programme…, murmura son invitée en déambulant lentement autour de la tapisserie.

— Si vous me permettez d'être franche, vous me paraissez un peu… inhibés, à Arun.

— Peut-être, répliqua Moriana avec un léger sourire. Vous avez une scène préférée ?

— J'aime faire la lecture à ceux qui le désirent. J'aime aussi les débats intellectuels et les discussions sur des sujets éclairés. Par conséquent, mes préférées sont les scènes représentant ce type d'activités. Quant à celles évoquant le sexe…

Elles auraient pu la tenter, si elle avait eu une chance de les vivre.

— À chacun ses préférences, n'est-ce pas ? enchaîna Sera.

Après avoir hoché la tête en silence, Moriana demanda :

— Et que signifie celle-ci, avec les personnes debout autour d'une table recouverte de cartes géographiques ?

— Il s'agit de stratégie, de discussions à propos de guerre ou de problèmes relatifs à des questions de succession. Un manuel accompagne la tapisserie. Je l'ai mis de côté pour votre frère, à supposer qu'il veuille le consulter un jour.

— Je pourrais le lui remettre, proposa Moriana. Il l'acceptera peut-être plus facilement, si je le lui présente comme une curiosité historique plutôt que si vous lui proposez un manuel d'utilisation…

— Remettez-le-lui, je vous en prie. Mais auparavant, voulez-vous vous asseoir ? Je vois que vous avez préparé le thé.

— Je… Ces… offres… sont-elles valables aussi pour moi ?

— Naturellement.

— Dans ce cas, si je souhaite discuter avec vous des options de mariage envisageables pour mon frère, où dois-je m'asseoir ?

— Devant la scène avec les cartes, puisqu'il s'agit de stratégie. J'irai alors chercher mon ordinateur portable et nous examinerons ensemble les meilleures options. Ensuite, nous établirons une liste à laquelle je me référerai au moment d'organiser le prochain dîner ou événement, en m'assurant de la présence des femmes que nous aurons sélectionnées. Mais avant de nous mettre au travail, puis-je vous offrir quelques douceurs pour accompagner votre thé... ?

Après avoir inspiré à fond, Moriana s'assit devant la scène en question, puis regarda Sera en souriant.

— J'adore les dates fourrées.

Sera lui sourit à son tour, ravie de s'être trouvé une alliée.

— Fourrées... à la pâte d'amandes et nappées de chocolat noir ?

4

Face à la double porte, Augustus tira sur la cordelette. Cette visite était une erreur. Il aurait dû faire venir Sera dans son bureau pour discuter de la liste concoctée par elle et Moriana. Les trois premières élues lui seraient présentées lors du bal du Solstice d'hiver, avait dit sa sœur. Avant de préciser que Sera n'y assisterait pas.

À quoi bon faire appel à une entremetteuse, si celle-ci n'était pas présente ?

La porte s'ouvrit et cette fois, la tentatrice du Haut Pays ne fut pas surprise de le voir, puisqu'il l'avait avertie de sa venue. Il lui avait laissé le temps de se préparer. Et cette entrevue se bornerait à une conversation. Rien de plus.

Dire qu'il y avait un manuel d'utilisation accompagnant cette maudite fresque ! Augustus l'avait parcouru au cours de sa pause-café de l'après-midi.

Heureusement, il commençait à s'habituer à l'effet que Sera Boreas semblait produire sur sa libido. Les yeux doux, le regard docile, elle lui sourit d'un air soumis. Ce soir-là, elle portait une tunique de soie transparente, vert mousse, sur un bustier couleur prune et une jupe droite dont le bas dépassait de la tunique sur quelques centimètres. Les cheveux lustrés rassemblés en une longue queue-de-cheval lui descendaient jusqu'à la taille. Des pendentifs en argent, en forme d'éventails agrémentés de minuscules pompons de soie, ornaient ses oreilles et ondulèrent doucement quand elle s'effaça pour le laisser entrer. Des pompons assortis entouraient le lien retenant ses cheveux. Quant au maquillage, il était des plus subtils.

L'ensemble formait un tableau d'une beauté stupéfiante.

— Puis-je prendre votre veste ? demanda-t-elle.

Augustus la laissa faire sans prononcer un mot, puis la regarda se diriger vers un valet de bois en partie dissimulé sous une arcade. Ensuite, elle alla refermer la double porte et le regarda dans les yeux.

— Je n'ai pas fait de révérence.

En effet, et il lui en était reconnaissant.

— Comment vont vos côtes ?

— Très bien, je vous remercie.

Il y avait une nouvelle table. Petite, ronde, et autour de laquelle trois personnes pouvaient prendre place. Quatre en se serrant un peu. Ainsi qu'un nouveau sofa, en plus de l'ancien qui trônait toujours au centre de la grande salle. Le nouveau était installé contre un mur, à côté d'une étagère sur laquelle s'alignaient quantité de livres reliés, et entre deux fauteuils à oreilles en cuir. Le tout étant disposé sur un épais tapis d'un pourpre intense et profond.

— J'ai pris la liberté de créer un autre coin salon, dit Sera en suivant son regard. Votre sœur pense que cela pourrait encourager les visiteurs à venir me voir. Ou contribuer à les mettre plus à l'aise en arrivant ici.

Quand il s'agissait de mettre les gens à l'aise, Moriana était effectivement un génie hors pair.

— Elle doit vous manquer, ajouta Sera.

— Elle nous manque à tous.

Lorsque sa sœur vivait au palais, il la trouvait névrosée et même un peu toquée. Et il avait pensé qu'après son départ, tout continuerait à fonctionner comme avant. Erreur. Moriana était la fée sans laquelle tout semblait aller de travers.

— Elle s'occupait de tout ce qui avait trait aux relations publiques et aux divers événements qui ont régulièrement lieu au palais. Il arrive qu'il y ait deux, voire trois réceptions le même jour. Sans parler des bals et des dîners officiels. Elle a laissé des instructions détaillées pour chacune de ces occasions, mais son jugement me fait cruellement défaut, quand il s'agit de placer les invités, de déterminer les rapprochements à favoriser. Cet art ne se transmet ni par notes ni par mails, hélas. Moriana a tout cela dans la tête.

Pourquoi se laissait-il aller à de telles confidences ?

La veille au matin, sa sœur s'était assise devant la case « stratégie », lui avait-elle raconté. Si cela avait fonctionné pour elle, cela fonctionnerait pour lui. Il se dirigea vers le sofa central et s'assit devant la scène représentant des individus rassemblés autour d'une table recouverte de cartes géographiques.

Sera lui sourit, d'un vrai sourire, comme s'il lui faisait plaisir. Et ce sourire…

Pouvait-il lui ordonner de ne pas lui sourire ainsi ?

— Voulez-vous boire quelque chose ? Eau, vin, café, thé ? demanda-t-elle.

— Rien, merci, répondit Augustus d'un ton délibérément distant. Apportez-moi la liste des fiancées potentielles que vous avez concoctée avec ma sœur et asseyez-vous. J'ai des modifications à y apporter.

— Tout de suite. Je vais chercher mon ordinateur.

À son retour, elle s'assit à côté de lui, en entremetteuse efficace et parfaitement à l'aise dans ce rôle. Quant à lui, il ne put s'empêcher de se rapprocher d'elle, captivé par son parfum délicat et fleuri, son profil pur, et le petit éventail en argent au pompon de soie caressant le cou gracieux.

Il était même si fasciné qu'il dut recourir à toute la force de sa volonté pour se concentrer sur le fichier contenant les noms des candidates potentielles. Noms assortis d'une foule de détails sur leur ascendance, leurs passe-temps favoris…

— C'est une évaluation de leur caractère, dans cette colonne ?

— Oui, bien que subjective, naturellement. Et principalement basée sur la personnalité qu'elles affichent en public. Elles peuvent se révéler tout à fait différentes sous leur vernis social. Et nous pourrons ajuster cette évaluation au fur et à mesure. Mais si vous vouliez bien me faire part des qualités que vous admirez le plus chez une femme, cela pourrait m'aider. Désirez-vous qu'elle soit de tempérament calme, ou la préféreriez-vous plus fougueuse ? La voyez-vous plutôt décontractée et dotée du sens de l'humour, ou rigoureuse et gardant son sérieux en toutes circonstances ? Voulez-vous une partenaire soumise et docile, ou une créature indomptable que vous pourriez avoir du mal à dominer ?

— La soumission m'ennuie. Les scènes me font horreur. Et la bêtise est à mes yeux une tare insupportable.

Sera pianota sur son clavier et plusieurs noms disparurent.

— Des préférences en matière de couleur de cheveux, d'yeux ou de peau ?

— Non, aucune.

Jusqu'à peu, il ignorait avoir une préférence pour les yeux gris, les cheveux noirs et la peau à l'aspect aussi soyeux que des pétales de rose. Avec un peu de chance, cette obsession serait de courte durée.

— Pourriez-vous envisager d'épouser une femme ayant une religion différente de la vôtre ?

— Non, elle devrait se convertir. Dans ce domaine, les exigences de la Couronne prévalent à toute autre considération.

D'autres noms disparurent de la liste.

— Aimeriez-vous avoir affaire à une vierge ?

— Vous parlez sérieusement ?

Les doigts fins s'immobilisèrent sur les touches.

— Je... Oui. Historiquement, les...

— Bornons-nous au XXIe siècle.

— La question n'en demeure pas moins, répliqua-t-elle avec calme. Préférez-vous une vierge, ou une femme expérimentée en matière de sexe ?

Augustus retint un juron.

— Ce n'est pas important !

— Très bien.

Silence.

— Merci d'avoir répondu à mes questions, Majesté.

— Vous rougissez, dit-il d'une voix sombre. Vous parlez de fiancées vierges, mais vous, comment pouvez-vous vous croire prête à faire les choses représentées sur cette fresque, alors que personne ne vous a encore touchée ?

Une courtisane vierge ! C'était ridicule, bon sang ! Plus que ridicule. Pas étonnant que cela l'empêche de dormir.

— Un corps peut être préparé mentalement, répondit-elle en fixant l'écran.

Subitement, l'idée d'une courtisane vierge perdit tout ridicule, remplacée par une chaleur dévastatrice qui paraissait emplir tout cet espace autrefois dédié au plaisir.

— Ainsi, vous vous croyez prête à faire n'importe quoi ?

— J'espère l'être. Sinon, je faillirais à mon rôle, ce qui serait inacceptable et déshonorant.

— Je ne vois vraiment pas ce qu'il y aurait de déshonorant à ne pas être prête à faire n'importe quoi avec n'importe qui !

Décidément, elle avait le don de le mettre hors de lui…

— Mais à qui devez-vous rendre des comptes, bon sang ?

— À vous.

— Certainement pas ! Et si c'était le cas, vous auriez quitté les lieux comme je vous en ai priée ! Entrevoyez-vous seulement l'étendue des problèmes que vous avez apportés ? Problèmes que j'essaie de résoudre en même temps que je m'efforce d'assurer votre protection ?

— Je n'ai pas besoin de protection.

— Vous dites être innocente. Les innocents ont *toujours* besoin de protection.

Augustus se leva d'un mouvement brusque et s'éloigna de la tentation avant de commettre un acte impardonnable.

— Lisez-moi les noms qui restent, ordonna-t-il.

Elle s'exécuta, d'une voix de plus en plus ferme. Il lui demanda de supprimer quelques noms supplémentaires, ayant eu l'occasion de rencontrer ces femmes et constaté qu'elles n'étaient pas pour lui. Puis, se rendant compte qu'il marchait autour du sofa, il élargit son périmètre et examina d'autres tapisseries et sculptures.

Mais ses pas le ramenaient inexorablement vers le centre de la pièce, à la satanée roue des désirs se déployant aux pieds de Sera.

Quand il en eut terminé avec la liste, Augustus se dit que rien ne justifiait plus sa présence en ces lieux.

— Si vous pouviez me donner quelques précisions supplémentaires sur ce que vous recherchez chez votre future épouse, cela m'aiderait vraiment beaucoup, dit Sera.

Bonne question, dont la réponse restait des plus floues. Il était trop habitué à ne pas exprimer ses pensées intimes.

— Pourquoi ? Pour que vous puissiez aller tout raconter au plus offrant ?

— Je ne ferais jamais une chose pareille. Aucune courtisane du Haut Pays ne trahirait votre confiance. C'est un principe auquel nous ne dérogeons jamais.

Il décida de la croire. Et puis, la belle affaire si ses préférences devaient sortir de la sphère privée ! Ses désirs n'avaient vraiment rien d'extraordinaire. Pour un homme de sa position, du moins.

— Elle doit être résistante, commença-t-il. Il ne servirait à rien de choisir une femme qui s'effondrerait sous le poids des pressions et des contraintes auxquelles elle se trouvera confrontée. Elle sera liée à la Couronne et au pays par son devoir. Elle devra supporter la présence de la presse qui suivra ses moindres déplacements, ses moindres faits et gestes. Je la veux au centre, à mes côtés, et têtue, curieuse, observatrice, intuitive et aimable avec des individus qu'elle connaîtra à peine.

Maintenant qu'il était lancé, il ne savait plus comment s'arrêter. Parce qu'il avait bel et bien réfléchi à tout cela. Depuis longtemps, et il se sentait soulagé d'en faire part à quelqu'un.

— Par-dessus tout, je veux savoir ce qui la poussera à demeurer à mes côtés, lorsque la route deviendra plus difficile, la tâche plus ardue. Parce que ce sera le cas. Ma mère aimait mon père plus que tout et il l'aimait. Leur bon assortiment a représenté un atout majeur pour le pays. Ma sœur aime Theo et son amour est réciproque. Liesendaach en profite. Parfois, je doute d'être capable d'aimer quelqu'un de cette façon. Et pourtant, j'en vois les bénéfices. La force que cela représente. Par conséquent, je n'ai rien contre. Au contraire.

Cette fois, il en avait trop dit. Trop révélé sur lui-même.

Augustus se retourna pour contempler un tableau ancien. Sera ne fit aucun commentaire, se contentant de tapoter sur son clavier.

— Parfait, dit-elle enfin. Et, pardonnez-moi cette question très personnelle, mais trouvez-vous le sexe satisfaisant ?

— Vierge, et thérapeute sexuelle, en plus ?

— En avez-vous besoin ?

Il éclata d'un rire qui sonna faux.

— Non, merci. Je me débrouille.

— Certains de vos ancêtres préféraient les hommes. Il leur a fallu des épouses capables de s'accommoder de leurs goûts. Et de fermer les yeux à l'occasion.

— Je préfère les femmes.

— Et côté fidélité ? Serez-vous fidèle à votre épouse ?

— Oui, répondit Augustus sans hésiter.

— Et attendez-vous d'elle qu'elle vous soit fidèle ?

— Oui. Je ne partage pas.

Le regard rivé à son écran d'ordinateur, elle continua d'enregistrer ses réponses, toujours sans faire aucun commentaire.

— J'ai trente ans. Je préfère les femmes aux hommes. Je n'ai jamais été amoureux. Et je pensais disposer de plus de temps avant de me marier, jusqu'à ce qu'une courtisane d'antan descende de sa montagne magique pour m'aider à accomplir mon devoir, résuma Augustus d'un ton brusque. Je peux me trouver une épouse tout seul, indépendamment de ce que vous, votre Lady Lianthe ou ma sœur pouvez penser. Si je suis ici, c'est uniquement parce que je refuse de vous laisser comploter dans mon dos. Et que cela ira beaucoup plus vite si nous nous occupons ensemble de la question.

— Oui, je sais, acquiesça-t-elle sans se troubler.

— D'autre part, je souhaite pouvoir expliquer votre rôle sans amener autrui à s'interroger sur ma santé mentale, ma moralité ou la vôtre. À partir de maintenant, lorsque vous aurez affaire au personnel du palais, vous serez Lady Sera Boreas, responsable événementiel du palais royal. Vous rendrez compte de vos agissements soit à moi personnellement, soit à mon secrétaire particulier. Vous superviserez tous les événements à ce titre et non à celui d'invitée. Je souhaite par ailleurs vous voir porter des tenues appropriées à vos fonctions : tailleurs élégants et sobres, bijoux discrets, coiffures strictes. Je ne veux ni tuniques transparentes ni talons aiguilles de quinze centimètres lorsque vous travaillez.

— Et en privé ?

— Vous êtes libre de porter ce que vous voulez, cela va sans dire. Je n'ai pas à intervenir dans votre vie privée.

— Au contraire, vous…

— Taisez-vous ! Je ne veux pas entendre ces paroles.

En fait, il lui donnait des ordres alors qu'il se trouvait chez elle, dans son espace privé, réalisa Augustus. Quelle situation impossible, bon sang !

— Tout ce que vous faites dans mon palais œuvre contre moi, poursuivit-il en embrassant du regard le vaste espace. Le personnel ne parle que de la remise en état de ce lieu. La rumeur s'est répandue selon laquelle le roi Augustus d'Arun entretient une courtisane qu'il cache dans une pièce circulaire, conçue comme une cage. Qu'il a été ensorcelé et nourrit de sombres désirs en désaccord total avec la modernité et l'ouverture d'esprit qu'il affiche en public. Vous êtes une sorcière, une tentatrice, une créature mythique. C'est ce que l'on raconte sur vous, sur moi, et sur cette situation absurde. Il est grand temps de prendre le contrôle de cette fable rocambolesque !

— Vous voulez me changer.

— Non, fit Augustus en secouant la tête. Minimiser le mystère. Moderniser la mythologie. Et pour cela, j'ai besoin de votre coopération. Vous allez organiser l'installation de l'une des œuvres d'art apportées du Haut Pays dans le grand hall du palais, avec les explications idoines pour l'accompagner, de façon à mettre en lumière sa signification historique. Je veux que vous exposiez une douzaine de livres de vos collections dans la bibliothèque nationale, et que vous organisiez une tournée d'œuvres d'art d'intérêt historique dans nos musées. Je veux que vous donniez des conférences dans les universités et les bibliothèques, en mettant l'accent sur le rôle que vous jouez actuellement ici sur le plan *culturel*. Que vous soyez présente en tant qu'invitée d'honneur à chaque fois qu'un trésor sera dévoilé au public.

— Nous ne recherchons pas la publicité, Majesté.

— Dans ce cas, il ne fallait pas vous envoyer ici.

Leurs regards s'affrontèrent un instant.

— Je vous demande d'être une femme d'aujourd'hui s'adressant à un auditoire d'aujourd'hui, poursuivit Augustus. Une femme possédant du recul sur l'histoire et le pouvoir du Haut Pays et capable d'expliquer sa présence dans mon palais, ainsi que sa relation avec moi. Faites-le, sinon je le ferai pour vous.

Il enfonça les mains dans ses poches et se détourna. La regarder trop longtemps ne menait jamais à rien de bon. Les réactions de sa libido l'ulcéraient, d'autant qu'elles lui faisaient perdre le fil de sa pensée.

— Vous n'êtes pas stupide, Sera. Vous avez étudié la philosophie, les sciences politiques et l'économie, toutes disciplines dans lesquelles vous excellez. Si c'est le pouvoir qui vous intéresse, prenez-le ouvertement. Choisissez-vous une place susceptible d'être acceptée par tous. À commencer par moi.

Il jeta un coup d'œil en direction de la roue.

— Parce qu'il y a ici beaucoup trop d'éléments que je ne peux, que je *refuse* d'accepter.

— Majesté…

Qu'elle l'appelle par son prénom, bon sang !

— La seule chose que je désire vous entendre dire, c'est que vous acceptez le défi et l'opportunité de faire partie de mon personnel.

Le silence emplit l'espace, tandis qu'Augustus levait les yeux vers le dôme de verre.

— Je l'accepte.

Un soulagement immense l'envahit.

— Les hiboux sont revenus, dit-il en guise d'assentiment. Deux d'entre eux. Sont-ils à l'intérieur ou à l'extérieur ?

— À l'intérieur. Mais ils ne sont pas revenus. J'ai choisi d'en garder deux.

— Savez-vous de quelle espèce il s'agit ?

— D'après Tomas, ce sont des grands-ducs d'Amérique. Lianthe dit que c'est un bon présage.

— Et vous, que dites-vous ?

— Du moment qu'ils restent là-haut, je dirais que nous pouvons trouver un arrangement domestique. Le bassin a été rempli tôt ce matin.

Changement de sujet, changement de voix. Plus légère, avec une note plus enjouée. Augustus risqua un coup d'œil de son côté et vit qu'elle s'était levée. Elle paraissait… plus détendue, peut-être.

— Je suis ravie de voir ce lieu reprendre vie, poursuivit-elle. Cela faisait plus de cent vingt ans que personne n'y avait séjourné. Ne trouvez-vous pas cela fascinant ?

Des souvenirs confus remontèrent en lui. D'un bassin pavé de marbre, de bancs de pierre. Il brûlait de voir les transformations qui avaient eu lieu, il ne pouvait le nier.

— Montrez-moi ces bains.

Lorsque Sera appuya sur un interrupteur, la lumière emplit l'espace. L'éclairage n'avait certes rien d'archaïque, l'installation des plus sophistiquées donnant une impression de flammes dansantes qui projetaient des ombres sur le blanc ivoire sur lequel ressortaient les veines plus foncées.

— À quoi sont destinés ces alcôves et ces coussins ? demanda-t-il.

— Aux massages, aux soins du corps, et au sexe. Il y a également un sauna. Je sais que vous ne souhaitez pas en profiter, mais nous avons recherché avant tout l'authenticité.

— L'eau du bassin est chauffée ?

— Bien sûr, Majesté. Vos ancêtres utilisaient le bois. Nos ingénieurs ont installé des panneaux solaires sur la structure du dôme. Cette partie du palais est désormais autonome sur le plan énergétique.

Sans que quiconque ne lui demande son autorisation, songea Augustus. Mais elle avait l'air si sincèrement heureuse qu'il ne voulut pas assombrir sa joie.

— Aimeriez-vous prendre un bain, Majesté ?

Elle savait qu'il désirait davantage qu'un bain. Elle voyait la tension qui l'étreignait, il en était certain.

— Je ne devrais pas.

— C'est du gâchis de ne pas en profiter, non ?

— Ne me tentez pas.

— Un bain peut très bien n'être que cela : un bain.

— Dites mon prénom.

Sera le regarda en silence, scruta ses traits.

— C'est un ordre.

— Augustus.

Dans ce simple mot, elle avait insufflé un mélange de douceur et de chaleur savamment dosé. Elle avait appris à moduler sa voix en fonction de la situation et de la personne à qui elle s'adressait.

— Voulez-vous prendre un bain, Augustus ? reprit-elle en désignant une pile de serviettes et un ensemble de flacons. On m'a transmis l'art de rendre l'expérience agréable. Je pourrais vous laver les cheveux. Vous faire un massage avec des huiles qui vous apaiseront, vous détendront, ou au contraire vous vivifieront. À vous de choisir ce dont vous avez envie.

— Vous ne le savez pas ?

— J'ai du mal à lire en vous, répondit-elle, un peu déroutée par une question aussi directe.

La proposition qu'il lui avait faite un peu plus tôt l'avait surprise. Jouer un rôle public n'était pas prévu. Aucune scène de la roue des désirs n'évoquait une telle possibilité. Quant à l'attitude ambiguë d'Augustus depuis son arrivée, Sera ne mentait pas en disant qu'elle ne savait comment l'interpréter.

— Vous pouvez aussi prendre un bain seul pendant que je me retire dans une autre pièce. Ce bassin est réservé à *votre* usage, Augustus. Libre à vous d'y faire ce que bon vous semblera.

Après s'être détournée, elle se dirigea vers les flacons et prit de l'huile essentielle de santal, de bergamote et d'orange, qu'elle mélangea avec du miel dans un grand bol en prenant son temps. Puis elle alla verser le tout dans l'eau du bassin et retourna rincer le bol avant de le ranger à sa place.

— Je trouve ce rituel apaisant, murmura-t-elle sans regarder Augustus.

— En quoi cela consiste-t-il, exactement ? demanda-t-il d'une voix légèrement rauque.

— Si vous vous décidez, je vous dévêtirai, vous donnerai du savon et vous laverai les cheveux. Ensuite, je vous sécherai, hydraterai votre peau et vous rhabillerai. Cela prend en général une heure en tout.

— Et quel profit en retirez-vous ?

— Cela m'apaise, je vous l'ai dit. Et je serais heureuse de vous faire du bien. Mais je suppose que cette idée vous déplaît, naturellement ?

— Faites-le.

Du dédain avait coloré sa voix, mais Sera n'en tint pas compte, préférant se réjouir d'avoir la permission de lui administrer les soins qu'elle maîtrisait à la perfection.

Elle se rapprocha d'Augustus et s'arrêta devant lui. Déshabiller un homme n'était pas difficile. Il suffisait de respecter un ordre bien précis. Et elle savait comment s'y prendre. Seuls ses doigts tremblants trahirent sa nervosité quand elle prit un poignet et le retourna pour détacher le minuscule bouton de manchette. Concentrée sur sa tâche, Sera remarqua le pouls battant à toute allure. Y était-elle pour quelque chose ?

Après avoir défait le second bouton de manchette, elle dénoua la cravate en soie bordeaux sans que le regard d'Augustus ne quitte son visage. Puis elle s'occupa de la chemise, qu'elle dut dégager du pantalon pour pouvoir défaire le tout dernier bouton.

— Cela va mal se terminer, dit-il d'une voix rauque.

— Détendez-vous. Je sais ce que je fais.

Écartant les pans de la chemise blanche, elle fit glisser l'étoffe sur les épaules, les bras musclés, avant de laisser choir le vêtement sur le sol.

Ensuite, Sera s'agenouilla aux pieds d'Augustus et entreprit de lui ôter chaussures et chaussettes, tout en lui passant doucement la main sur les jambes pour l'aider à se détendre. Retenant son souffle, elle déboutonna la braguette et fit bientôt descendre le pantalon sur les hanches étroites, les cuisses puissantes…

— Posez la main sur mon épaule ou sur ma tête pour ne pas perdre l'équilibre, proposa-t-elle en lui soulevant un pied.

Quand elle se trouva presque nez à nez avec le caleçon noir étiré sur le membre viril, Sera tressaillit intérieurement. Rien, dans sa formation, ne l'avait préparée à l'effet que cette proximité troublante produisait sur ses sens. Lentement, elle leva les yeux vers la fine toison brune recouvrant partiellement le torse et les abdominaux parfaits. Fascinée par tant de beauté, elle ferma un instant les paupières pour mieux se repaître de la chaleur et des effluves musqués émanant du magnifique corps d'athlète immobile devant elle.

Au même instant, Augustus laissa échapper une plainte étouffée et recula avant de se débarrasser lui-même de son caleçon.

Entièrement nu, il était magnifique. Partout.

— Je vais prendre ce bain maintenant.

La voix chuchotée passa sur elle comme une caresse. Toujours agenouillée sur son coussin, Sera le vit entrer dans l'eau puis s'immerger complètement, au mépris de tout rituel.

Quand il réapparut, il tendit la main vers les flacons de savon liquide et en prit un avant de se laver vigoureusement. Elle le regarda se rincer, rejeter la tête en arrière et repousser les mèches mouillées de son visage. Puis il tourna les yeux vers elle.

— Voulez-vous me laver les cheveux, Sera ?

Soulagée de pouvoir se raccrocher au rituel, elle se redressa aussitôt et alla chercher cruche et shampoing. Ensuite, elle s'installa au bord du bassin et fit signe à Augustus de s'allonger de façon à avoir la tête dans l'eau, là où celle-ci était la moins profonde. Se penchant, elle lui souleva la nuque avant d'appliquer le shampoing et de lui masser doucement le cuir chevelu, en veillant à épargner ses yeux.

Elle opta pour un massage plus ferme que celui qu'elle prodiguait aux enfants du Haut Pays. En retour, Augustus la gratifia d'une plainte rauque qui la fit sourire.

— Plus fort, murmura-t-il, les yeux clos.

Le regard de Sera descendit sur le torse hâlé, le ventre plat. Il avait les jambes légèrement écartées, laissant voir une superbe érection.

Quand elle reporta son attention sur son visage, elle se rendit compte qu'Augustus la regardait en plissant les yeux.

Les joues en feu, elle remplit la cruche et commença à lui rincer les cheveux. Il la laissa faire, puis se releva et s'avança vers les marches de marbre.

S'efforçant de dissimuler son trouble, Sera s'obligea à regarder avec détachement la puissante silhouette sortir du bassin. Quand elle le rejoignit et lui tendit une grande serviette de bain, Augustus la prit et s'essuya le visage avant de la laisser tomber sur le sol. Ensuite, il demeura immobile en face de Sera et soutint son regard sans ciller.

— Si je vous demandais de m'embrasser, mais à un seul endroit, lequel choisiriez-vous ?

Une fois de plus, la solide formation qu'elle avait suivie ne l'avait pas préparée à ce genre de situation. Où aimerait-elle l'embrasser ? Dans le creux de l'épaule ? Là où une goutte d'eau glissait sur le cou ?

Mais lorsqu'il referma la main sur la puissante érection, elle sut que c'était cet endroit entre tous qu'elle désirait goûter. Augustus le lui permettrait-il ? Il désirait peut-être seulement connaître ses préférences...

Le regard rivé au sien, elle s'agenouilla à nouveau devant lui et vit un éclair traverser les yeux sombres.

— Vous êtes sûre ? demanda-t-il dans un souffle.

— Je veux savoir ce que cela fait. Pas vous ?

— Je le sais déjà.

Sans plus attendre, elle rapprocha ses lèvres du membre dressé et fut surprise par sa douceur et sa chaleur. S'enhardissant, elle referma les lèvres autour de la partie la plus sensible et passa délicatement la langue sur la peau soyeuse.

— Oui, comme ça, murmura Augustus.

Encouragée, Sera le prit entièrement dans sa bouche. Mais il lui posa la main sur la tête et se retira en chuchotant :

— Respire...

Il recommença le manège, lentement, tandis que Sera fermait les yeux et s'accordait au rythme enivrant qu'il instaurait peu à peu.

— Regarde-moi, ordonna-t-il soudain.

Rouvrant les yeux, elle croisa le regard ardent qui fouillait le sien.

— Tu aimes cela, murmura-t-il enfin.

Oui, elle adorait, même. Mais après avoir accéléré encore la cadence, il se retira soudain complètement. Qu'avait-elle fait ? Ou n'avait *pas* fait ?

— Je suis désolée, je...

— Ne t'excuse pas.

Sans lui laisser le temps de répliquer, Augustus la prit par les épaules pour l'aider à se redresser, puis la souleva dans ses bras avant d'écraser sa bouche sur la sienne. Il l'embrassa avec fougue, presque brutalement, et Sera lui répondit sans retenue. Jamais elle n'avait vécu quelque chose d'aussi intense, d'aussi fabuleux.

— Touche-moi, dit-il contre ses lèvres. Caresse-moi.

D'instinct, Sera enroula ses jambes autour des hanches étroites. Il lui appuya alors le dos contre une colonne et se pressa contre elle en même temps qu'il reprenait sa bouche.

Quelques instants plus tard, il s'abandonnait au plaisir en poussant une longue plainte rauque. Elle sentit sa jouissance à travers les épaisseurs d'étoffe, avant de basculer à son tour dans l'extase, tandis qu'il la serrait contre lui à l'étouffer.

Ils demeurèrent ainsi enlacés durant un long moment, le souffle court, puis il la reposa doucement sur ses pieds et se détourna. Sans dire un mot, il renfila ses vêtements et regagna la grande salle, se dirigea vers la porte, l'ouvrit et disparut.

Le cœur serré, Sera regarda les deux battants se refermer sur lui, en s'efforçant de refouler l'horrible sensation d'abandon et de manque qui fondait soudain sur elle.

5

Augustus avait toujours exercé un contrôle d'acier sur lui-même. Né prince héritier d'Arun, il avait appris à réfléchir avant de parler, à peser le pour et le contre de toute action avant d'agir. Et ce depuis son plus jeune âge. Débordements en tout genre et crises d'adolescence avaient été l'apanage de Moriana. De son côté, il n'avait traversé aucune période de turbulences. On le félicitait pour son sang-froid, sa fiabilité, son sérieux. Il savait ce qu'il avait à faire et s'y tenait, respectueux de son devoir.

Alors, que venait-il de se passer ? Quelle folie s'était emparée de lui ?

Jamais il ne s'était conduit ainsi auparavant. Il avait pris son plaisir sans rien donner en retour. Il avait laissé une femme, vierge en plus, appuyée contre un mur, tremblante, les vêtements souillés, le regard effaré, les lèvres…

Seigneur, ces lèvres… Ce qu'elles lui avaient fait…

Augustus s'arrêta dans le long couloir et s'appuya le front contre le mur froid. Puis il ferma les yeux en essayant de comprendre ce qui lui était arrivé. Sera l'attirait, depuis le premier instant où il l'avait aperçue. Il avait voulu la libérer de l'obligation qui pesait sur elle. Il avait tout fait pour y parvenir. Parce qu'à ses yeux, c'était la seule chose à faire. Et pourtant, il l'avait laissée s'installer dans l'ancien harem désaffecté et l'avait autorisée à le restaurer. Ensuite, il lui avait confié le poste d'organisatrice d'événement parce qu'il avait besoin de quelqu'un pour remplacer Moriana.

Avec son accord, elle avait dressé une liste de fiancées potentielles, pas parce qu'il désirait se marier, mais parce que s'il se mariait, elle quitterait le palais. Stupide raison pour renoncer au célibat, mais de toute façon, il faudrait bien qu'il se marie tôt ou tard.

Il avait fait ce qu'il fallait, comme d'habitude.

Jusqu'à ce qu'il craque lamentablement.

Augustus se redressa et s'écarta du mur, puis s'avança vers la double porte d'un pas résolu. Il tira la cordelette tressée, contempla les roses et attendit. Comme rien ne se passait, il sonna de nouveau et cette fois, il entendit quelqu'un ouvrir le judas. Il se plaça devant celui-ci pour se faire reconnaître et attendit quelques secondes de plus.

Les battants s'écartant enfin, Sera apparut devant lui, enveloppée dans une serviette de bain blanche et les cheveux mouillés.

— Majesté, dit-elle d'une voix plus voilée que d'ordinaire.

— Augustus, corrigea-t-il. Je peux entrer ?

Elle s'écarta et ouvrit grand la porte.

— Je suis un monstre, poursuivit-il dès que celle-ci fut refermée.

— Parce que vous m'avez donné ce que j'avais demandé ?

— Vous n'aviez pas demandé cela.

Après l'avoir regardé fixement, elle tourna les yeux vers le grand sofa occupant le centre de l'espace.

— Je ne veux pas m'asseoir devant cette fichue roue !

Et voilà, il recommençait à se conduire comme un mufle...

— Vous preniez un bain, je suis désolé de vous avoir dérangée, poursuivit-il, radouci.

— Vous ne me dérangez pas, Augustus.

— Je suis venu vous présenter mes excuses. La manière dont je me suis comporté avec vous est inacceptable.

— La passion vous fait peur, répliqua-t-elle avec calme.

— Non.

Elle se contenta de hausser un sourcil au dessin parfait.

— J'ai perdu le contrôle. J'ai cédé à mes plus vils instincts, sans réfléchir. J'ai profité égoïstement de vous et cela, c'est impardonnable.

— Vous trouvez que je ressemble à une victime ? demanda-t-elle après l'avoir dévisagé en silence.

— Vos lèvres sont encore gonflées...

— Ah... Peut-être, en effet.

Augustus baissa malgré lui les yeux sur la gorge à la peau laiteuse, les petits seins ronds moulés par le tissu-éponge, les bras minces, les mains fines.

— Voulez-vous achever de vous baigner ? demanda-t-il en fixant délibérément une statuette posée sur un piédestal.

Pourquoi était-il revenu vers la tentation, bon sang ? Parce qu'il réagissait à la proximité troublante de Sera et son contrôle recommençait à lui échapper, comme une heure plus tôt.

— Je venais de sortir du bassin lorsque vous êtes arrivé, répondit-elle simplement.

— Je ne...

— Vous ne... ?

— C'était votre première fois, dit-il d'une voix rauque. J'aurais dû en tenir compte et me concentrer sur votre plaisir au lieu de m'abandonner au mien comme je l'ai fait. Mais je peux réparer mes torts.

— En gardant votre contrôle ?

— Oui.

— Vous ne me devez rien, Augustus, dit-elle en inclinant légèrement la tête de côté pour le regarder. Votre ego est blessé parce que vous pensez que je n'ai pas aimé ce que je vous ai fait ? Vous vous trompez, je vous assure.

Comment avait-elle pu aimer ces instants durant lesquels il avait *profité* d'elle ?

Les beaux yeux gris semblèrent s'éclaircir encore.

— Voulez-vous réessayer ? proposa-t-elle d'une voix douce. Pour rassurer votre ego et effacer en vous toute culpabilité ? Vous pouvez m'embrasser à nouveau, si vous le désirez.

Il ne s'agissait pas de lui, bon sang !

— Mais *vous*, que désirez-vous ?

— Là ? Maintenant ?

— Oui, là, maintenant.

— J'aimerais vous embrasser encore, répondit-elle après un court silence. Et que vous m'embrassiez, délicatement, avec douceur, et nous verrons ce que nous ressentons. Je vous ferai part de mes impressions.

Un baiser, et cette fois, il penserait à elle et non à lui. Se rapprochant d'elle, Augustus pencha la tête et effleura ses lèvres avec les siennes. Les paupières à la peau presque transparente s'abaissèrent et il accentua la pression, prenant possession de la bouche offerte. Bientôt, il sentit le bout de la langue de Sera lui caresser les lèvres. Il la laissa faire, attentif à ses moindres réactions, à ses moindres tressaillements.

Puis il écarta doucement sa bouche de la sienne et contempla le beau visage à l'ovale parfait, tandis qu'elle rouvrait les yeux et soutenait son regard.

— C'était mieux ? demanda-t-il.

— Différent, répondit-elle avec un léger sourire.

Quand il reprit possession de sa bouche, Augustus s'autorisa à glisser la langue entre les lèvres pulpeuses. Sera répondit à ses caresses, avec une ardeur enchanteresse.

— Mieux ? murmura-t-il contre sa bouche.

— Est-ce là ce que vous attendez d'une femme ? Qu'elle ne vous connaisse jamais vraiment parce que vous dissimulerez toujours le fond de votre cœur derrière votre cher contrôle ?

— Ne me provoquez pas. Règle numéro un des souverains d'Arun : ne jamais perdre le contrôle.

— Et quelle est la règle numéro deux ?

— Œil pour œil, dent pour dent.

Sur ces mots, il s'agenouilla devant elle, écarta la serviette de bain et appuya les lèvres entre les cuisses à la peau aussi douce que de la soie. Sera laissa échapper un halètement qu'il prit pour un encouragement. Glissant une main entre ses jambes pour les écarter, il la goûta du bout de la langue. Le plaisir qu'il en retira lui-même fut si intense qu'il se mit à la lécher sans retenue, tandis qu'elle poussait d'adorables petits cris qui redoublaient sa propre excitation. Mais lorsque son membre viril réclama l'assouvissement, il l'ignora sans pitié. Il avait déjà pris son plaisir. C'était le tour de Sera, à présent.

Elle posa les mains sur sa tête pour le guider, avec une fermeté surprenante. Et lorsqu'il redoubla ses efforts, elle fut parcourue tout entière par un long tressaillement accompagné d'une plainte rauque.

Quelques instants plus tard, elle jouit autour de sa langue et se mit à trembler de tout son corps. Augustus sentit les ondes de volupté la traverser de part en part. Il aurait dû s'en aller, il avait fait ce qu'il avait à faire, mais soudain, elle s'agenouilla elle aussi et lui posa les mains sur les épaules.

— Embrasse-moi et laisse-toi aller, Augustus, dit-elle en le regardant droit dans les yeux.

Incapable de résister à la promesse qu'il lisait dans les yeux clairs, il obéit et prit sa bouche avec passion.

— Cesse, murmura-t-il quand il finit par écarter le visage du sien. Ne me tente pas.

Il s'en alla de nouveau sans un regard en arrière, regagna ses appartements, se débarrassa de tous ses vêtements, se rendit à la salle de bains et prit une douche brûlante. Dans le vain espoir de se purifier le corps et l'esprit.

Le lendemain matin, Augustus enchaîna les longueurs de bassin dans sa piscine privée, fendant l'eau d'un crawl puissant et rageur. Ensuite, il alla se réfugier dans son bureau où il s'immergea dans le travail pour ne pas penser à Sera, jusqu'à ce que son vieux secrétaire proteste et fasse venir un assistant pour le seconder.

Avant le déjeuner, il demanda à son pilote de préparer l'hélicoptère, car il avait rendez-vous aux écuries royales de Liesendaach avec Benedict, cousin de Theo et fin connaisseur en matière de chevaux. L'appareil décolla aussitôt le déjeuner terminé.

Deux heures après son arrivée, après lui avoir dit ce qu'il pensait des poulains, Benedict se tourna vers Augustus et le regarda en haussant les sourcils.

— Qu'est-ce qui t'arrive ? Tu as l'air aussi désespéré qu'un junkie en manque.

Et il s'y connaissait aussi dans ce domaine pour avoir mené une vie dissolue, avant de s'assagir et de rentrer dans le rang après la mort de son père.

— Je ne suis pas un drogué, répliqua sombrement Augustus.

— Et pourtant, il émane de toi une anxiété presque palpable. Traverserais-tu une crise existentielle ? insista Benedict en le dévisageant avec attention. Je ne voudrais pas me montrer indiscret, mais je dois une faveur à ta sœur. Elle m'a rendu mon cousin.

— Tu parles ! Tu *adores* fourrer ton nez dans ce qui ne te regarde pas ! D'autre part, je me fiche de ta dette envers Moriana, je n'ai rien à faire de vos histoires.

Il désirait seulement penser à autre chose qu'à la femme qui obsédait ses pensées.

— Pas de crise d'identité sexuelle, au moins ?

Pourquoi persistait-on à lui poser cette question, bon sang ?

— J'aime les femmes et n'ai aucun doute là-dessus, répondit-il sèchement. Je ne vois pas ce que je pourrais te donner de plus comme précision sur le sujet.

— Ne te froisse pas, Augustus. Je te posais la question juste pour le cas où tu aurais besoin de conseils – je suis un expert en la matière.

— Pour avoir passé des années à t'autoriser tous les vices, ajouta Augustus, non sans ironie.

— Et maintenant, je suis redevenu un individu tout à fait respectable. Et je m'inquiète pour toi, en dépit de mon indifférence légendaire. Avec l'âge, je m'adoucis, vois-tu.

— Reporte ton inquiétude et ta sollicitude sur quelqu'un d'autre.

— J'ai entendu dire que tu hébergeais une courtisane au palais. Moriana trouve cela fantastique. Autant sur le plan artistique qu'historique et culturel. Mais, bien que je partage l'enthousiasme de ta sœur pour tout ce qui a trait à la culture, je pense qu'elle passe à côté de l'essentiel. Tu as à ta disposition une femme capable de satisfaire tes moindres désirs et caprices sexuels. Comment vis-tu la chose ?

Évidemment... À quoi pouvait-on s'attendre de la part de Benedict, sinon à des questions en rapport avec le sexe ?

— J'ai libéré Lady Sera de son rôle de courtisane et l'ai embauchée comme organisatrice d'événement et responsable des relations publiques.

Les yeux baissés sur l'allée, les mains dans les poches, Benedict s'avança à ses côtés jusqu'à la voiture qui devait les emmener voir un haras voisin.

— Pas de services plus spéciaux ?

— Elle est chargée de me trouver une épouse.

Lorsque Benedict riait, il le faisait de bon cœur. Il fut pris d'un tel accès de fou rire qu'il se plia en deux, sous le regard furieux d'Augustus.

— Alors ça, c'est la plus mauvaise idée que tu aies jamais eue ! s'exclama-t-il après avoir recouvré l'usage de la parole.

— Merci pour ton soutien. Moriana l'aide à trouver la candidate idéale.

— Nom d'un chien, tu es sérieux.

— Je suis toujours sérieux.

Enfin, *presque* toujours...

— J'ai besoin de trouver une épouse pour que la courtisane en question quitte le palais. J'ai par ailleurs besoin d'un héritier. Cela me paraît suffisant comme raisons de faire de mon mariage une priorité, non ?

— Je comprends ton besoin d'une épouse. Et même ton désir de tenir compte de l'avis de Moriana quant au choix de la candidate idéale, comme tu dis. Mais pourquoi demander à ta courtisane – pardon, ton *ex*-courtisane – de t'aider à la choisir ?

— Elle ne m'aide pas à la choisir, elle se borne à organiser le défilé des fiancées potentielles.

— Autrement dit, tu lui donnes l'occasion d'opérer la sélection selon ses propres critères.

— Si je n'aime pas ce qu'elle me propose, je peux toujours regarder ailleurs.

Il n'épouserait pas n'importe quelle femme au simple motif qu'elle avait été sélectionnée pour lui par Sera et Moriana !

— J'ai déjà rencontré de mon côté quelques candidates appropriées, enchaîna-t-il. Il me faut seulement élargir mon horizon et Lady Sera peut m'y aider.

— As-tu l'intention de coucher avec ton ex-courtisane en attendant de trouver la perle rare ?

Une vision assaillit Augustus, de Sera agenouillée devant lui. Puis une autre lui succéda. Il la vit nue sous lui, les cheveux épars autour de son beau visage ovale, égarée dans le plaisir et le suppliant de la faire jouir.

— Non. Cela pourrait rebuter la future épouse en question.

— Mais c'est tentant.

— En effet, reconnut-il, les mâchoires serrées.

— Je comprends ton dilemme... Si tu avais moins de scrupules, cela t'aiderait.

— Un roi se doit de donner l'exemple. Et je ferai en sorte de n'avoir rien à me reprocher, lorsque Sera Boreas quittera le palais.

— OK. Mais d'ici là...

— Je vais devenir complètement cinglé, oui.

Les jours suivants, Sera ne revit pas Augustus. De toute évidence, il l'évitait, mais cela ne la dérangeait pas du tout, au contraire. Parce qu'elle n'était pas supposée rougir au souvenir de la sensation de la bouche ferme et sensuelle sur l'endroit le plus intime de son corps. Ni rêver de revivre ces instants fabuleux. Elle aurait été prête à tout pour une caresse, un regard d'Augustus. Un désir inconnu la dévorait, elle songeait sans cesse à ce qu'ils pourraient faire, éprouver ensemble. Avec lui, elle se sentait capable de tout expérimenter.

Par conséquent, mieux valait qu'ils gardent leurs distances. Pour l'instant, en tout cas. Lorsqu'elle le reverrait, Sera espérait bien être redevenue maîtresse de ses émotions.

Se concentrant sur ses fonctions, elle suivit les consignes d'Augustus à la lettre, installa des œuvres d'art venues du Haut Pays dans tous les endroits qu'il lui avait indiqués, à l'intérieur du palais ainsi que dans les bibliothèques et les musées d'Arun. Elle organisa également une tournée de conférences et passa des heures à préparer diverses allocutions, en fonction de l'auditoire auquel elle s'adresserait. Le rôle assigné par Augustus était complètement différent de l'ancien, celui de courtisane, mais Sera prenait de plus en plus de plaisir à remplir les tâches qui lui incombaient, et à le faire à la perfection.

Par ailleurs, elle s'était acheté des tailleurs élégants et sobres, tous de teintes foncées, dans lesquels elle ressemblait davantage à une banquière qu'à une courtisane. Le jour du bal du Solstice d'hiver, elle choisit un tailleur-pantalon noir, des boots noires, et se rassembla les cheveux sur le dessus de la tête en queue-de-cheval. Avec son minuscule sac banane en cuir noir à la ceinture et son écouteur à l'oreille, elle affichait ainsi clairement son statut d'employée et non d'invitée.

Ce qui n'empêcha pas certains hommes de la dévisager avec concupiscence, les plus téméraires allant jusqu'à lui demander son numéro de téléphone ou lui proposer de la retrouver plus tard. Cependant, la plupart d'entre eux essuyèrent ses refus polis sans protester. Quant à ceux qui insistèrent, ils eurent affaire à Ari et Tun. Augustus avait souhaité qu'elle soit présente, mais en lui assurant une protection, heureusement.

Lorsque, les traits impassibles, le secrétaire particulier du roi lui fit signe de le rejoindre, Sera s'exécuta docilement.

— Le roi vous présente ses respects et demande à ce qu'à partir de maintenant, vous renvoyiez, soit à moi soit à vos gardes, toute personne qui s'adresserait à vous.

— Avec plaisir.

— Il vous prie par ailleurs de cesser d'attirer délibérément l'attention sur vous.

— Pardon ? fit Sera, interloquée. Ma tenue vestimentaire n'est pas assez sobre ?

Le vieil homme haussa les épaules, signifiant par là qu'il aurait été bien incapable de répondre à sa question.

— Dois-je oublier toutes ces années de cours de maintien et marcher le dos voûté ?

— Je ne fais que transmettre le message du roi, dit le digne secrétaire avec un nouveau haussement d'épaules.

— Eh bien, vous direz au roi que je ne cherche absolument pas à attirer l'attention de quiconque. Les gens regardent ce qu'ils veulent et de la façon qui leur plaît. Je n'y peux rien.

— Je n'y manquerai pas, Lady Sera.

Sur ces mots, il tourna les talons et s'éloigna avant de disparaître dans un couloir.

Lorsqu'une seconde plus tard, un invité s'avança vers elle, il suffit à Sera d'un mouvement de doigts discret pour qu'Ari se charge d'intercepter l'homme en question.

Et quand le secrétaire du roi vint à nouveau la retrouver, elle l'accueillit avec un sourire aimable.

— Le roi suggère que vous supervisiez l'événement depuis le balcon ouest. Il pense que ce sera plus approprié.

Évidemment, ce balcon étant plongé dans la pénombre, personne ne la verrait…

Il y avait deux façons d'y accéder, par l'escalier de service ou l'escalier monumental. Elle choisit ce dernier.

La tête haute, le regard rivé droit devant elle, Sera traversa l'immense salle brillamment éclairée, suivie de près par Ari et Tun, puis gravit lentement les marches.

En agissant ainsi, elle était sûre de focaliser l'attention de toutes les personnes présentes. Parmi lesquelles se trouvait Augustus.

Augustus alla la rejoindre deux heures plus tard, lorsque les invités eurent quitté la salle de banquet pour passer dans celle où jouait déjà l'orchestre sélectionné pour l'occasion.

Contrairement à Sera, il emprunta l'escalier de service pour accéder au balcon ouest et dès que l'un de ses deux gardes lui ouvrit la porte, il l'aperçut, de dos. Après l'avoir dévisagé un instant en silence, le second garde prit lui aussi congé et referma la porte du balcon derrière lui, les plongeant dans la semi-obscurité.

— Que fais-tu ici ? demanda-t-elle sans même se retourner. Ta place est en bas, pas ici.

— Comment as-tu su que c'était moi ?

— Ari s'est retiré sans me consulter. Par conséquent, il ne pouvait s'agir que d'une seule personne, toi…

Les gardes du Haut Pays se montraient dociles jusqu'à un certain point, Augustus l'avait très bien compris. Ils coopéraient avec les équipes de sécurité du palais, mais ils demeuraient avant tout au service de leur maîtresse.

— Je suis très honoré de cette marque de confiance, répliqua-t-il avec une pointe d'ironie.

— Préfères-tu que je le rappelle ?

— Non.

Il attendit un instant avant de poursuivre.

— La soirée ne s'est pas tout à fait déroulée comme prévu, du moins pas en ce qui te concerne.

— Vraiment ? fit-elle d'un ton détaché. Je pensais que tout se passait bien. Tu as rencontré beaucoup de monde, fait la connaissance de personnalités influentes. La nourriture m'a paru être à ton goût. J'ai cru constater que Katerina DeLitt était non seulement une femme très charmante, mais aussi une interlocutrice de premier choix.

— En effet. Son pedigree est parfait, sa culture impressionnante, elle a de l'entregent, un carnet d'adresses bien rempli et elle ne manque certes pas d'allure ni de charme. Et pourtant, aucune des femmes présentes ici ce soir n'a paru être capable de monopoliser l'attention comme tu l'as fait avant de disparaître.

— Cela arrive.

— Pourquoi ? demanda Augustus, crispé et agacé. Tu étais supposée t'intégrer au personnel, briser le mythe des courtisanes d'antan. Au lieu de cela, tu...

— Qu'ai-je fait ? l'interrompit-elle en se retournant d'un mouvement vif. N'avais-je pas choisi une tenue appropriée ? N'ai-je pas fait en sorte que la soirée se déroule sans anicroche ? N'étais-je pas disponible à chaque instant et prête à intervenir en cas d'imprévu ou d'incident ? N'ai-je pas rempli la mission que tu m'avais confiée ?

— Tu as trop attiré l'attention sur toi.

Elle s'adossa au balcon et croisa les bras, apparemment inconsciente du peu de hauteur de la balustrade et du vide qui béait derrière elle.

— J'attire ce type d'attention depuis mon enfance. On disait que j'avais trop de présence, que ma beauté rendait les autres mal à l'aise. Certains ont envie de m'anéantir ou de me rabaisser avant même que je ne leur aie adressé la parole. D'autres de me posséder uniquement pour satisfaire leur ego. Je ne passe pas inaperçue, je n'y peux rien. Ma beauté sera toujours célébrée et diabolisée, parfois les deux à la fois, parce que beauté est synonyme de pouvoir, et qu'elle devient encore plus dangereuse lorsqu'elle tombe entre les mains de celui qui sait en user.

Quand elle inclina la tête de côté, sa peau claire ressortit dans la pénombre.

— Tu veux me changer, me formater et me donner une nouvelle personnalité, et je n'y vois pas d'inconvénient. Mais tu ne pourras jamais modifier les réactions des autres vis-à-vis de moi. Ni la tienne. Alors, que veux-tu ? Es-tu venu me demander d'organiser une nouvelle rencontre avec la charmante Katerina DeLitt ? Pour me condamner parce que ma simple présence incite certains individus à se conduire comme des mufles ?

Augustus allait justement aborder ce dernier point. L'attitude de certains invités l'avait ulcéré, tout en ravivant son désir instinctif de la protéger. Il avait eu envie de la proclamer comme sienne, de se précipiter sur quiconque oserait la convoiter.

S'il le souhaitait, il n'avait qu'un mot à dire pour qu'elle se donne à lui, là, maintenant. Il en était certain. Et plus tard, elle lui préparerait une nouvelle liste de fiancées potentielles dont aucune ne saurait jamais provoquer en lui le tumulte qu'il ressentait en ce moment même. Le désir sauvage qui le consumait. Pour elle et elle seule.

— Ma ministre du Commerce entretient-elle vraiment une liaison avec l'ambassadeur de Liesendaach ? demanda-t-il d'un ton neutre. Il faudra que j'en touche un mot à Theo.

— Penses-tu vraiment qu'il l'ignore ?

Bien vu.

— Dans ce cas, répondit Augustus en hochant la tête, j'en parlerai à ma sœur et renverrai ce diplomate dans son pays, et demanderai qu'il soit remplacé dans ses fonctions.

Après l'avoir gratifié d'un léger sourire, elle décroisa les bras et posa les mains derrière elle sur la balustrade.

— Ce serait une bonne occasion d'aborder la question des conflits d'intérêts, acquiesça-t-elle.

— Qu'as-tu remarqué d'autre ?

— L'épouse de ton ministre des Transports est enceinte et supporte mal les exigences relatives à la charge incombant à son mari. L'une des jumelles Cordova de Liesendaach rentrera chez elle ce soir avec ton maître des écuries, bien que je ne puisse dire précisément de laquelle il s'agit. Et le prince Benedict de Liesendaach adore t'agacer, bien plus que tu ne pourrais l'imaginer. S'il n'était pas aussi épris de son compagnon, je le croirais prêt à tout pour attirer ton attention.

— Benedict adore surtout se faire passer pour un mauvais sujet. Ce qui empêche ses interlocuteurs de remarquer son ironie féroce avant qu'il ne soit trop tard. À ce moment-là, il en sait en général suffisamment sur eux pour les avoir à sa botte jusqu'à la fin de ses jours. Ne le sous-estime jamais.

— Je le trouve fort sympathique, murmura-t-elle.

— C'est un grand collectionneur d'art. Je suis certain qu'il serait ravi de découvrir les trésors exposés dans l'ancien harem.

Et il perdrait assurément la tête devant la roue des désirs.

— Je te conseille de faire attention lorsque tu lui proposeras de s'asseoir. Parce que le connaissant, je suis prêt à parier qu'il voudra essayer toutes les cases, par simple curiosité.

Quand elle sourit, Augustus cessa de respirer. Jamais encore il ne lui avait vu ce sourire, à la fois complice et confiant.

Il détourna les yeux, désireux de ne pas se comporter comme tous ceux qui cédaient à la fascination que Sera exerçait sur eux. Il voulait la traiter d'égal à égale. Lui permettre d'échapper à la vie imposée à la petite fille de sept ans.

— Fais en sorte que Katerina DeLitt soit invitée à la prochaine réception qui aura lieu au palais, dit-il d'une voix rauque. Elle me plaît. Et invite également les deux candidates suivantes.

Puis, au prix d'un effort surhumain, il tourna les talons et quitta le balcon pour aller rejoindre les invités dans la salle de bal.

6

Sera s'avança dans le bassin et s'immergea jusqu'au cou dans l'eau délicieusement chaude et parfumée.

Désormais, elle était la seule à profiter des bains de l'ancien harem. De toute évidence, Augustus n'éprouvait pas le désir de renouveler sa seule et unique expérience du rituel de soin. En fait, il n'était plus jamais revenu lui rendre visite depuis le soir où...

Fermant les yeux, elle s'efforça de chasser les images qui défilaient dans son esprit, accompagnées du souvenir des sensations provoquées par les savantes caresses. Il lui suffisait d'y repenser pour s'embraser tout entière. Obtiendrait-elle jamais l'assouvissement des sens que lui seul serait capable de lui apporter ? Le comportement d'Augustus était si étrange, si contradictoire. Il la désirait, Sera n'en doutait pas un instant. Elle le lisait dans ses yeux, dans la façon dont il serrait les poings, probablement sans même s'en rendre compte, comme pour s'empêcher de la toucher. Alors qu'il brûlait de le faire autant qu'elle brûlait qu'il la touche, la goûte à nouveau, partout.

Sera rouvrit les yeux et soupira avant de se ressaisir aussitôt. Elle n'allait tout de même pas gâcher son premier jour de congé !

Depuis le bal du Solstice d'hiver, Augustus lui confiait de plus en plus de tâches. Toutefois, elle n'avait jamais affaire à lui directement, tout passait par son secrétaire particulier. Elle faisait tout ce qu'on lui demandait sans jamais se plaindre et s'était vite retrouvée à travailler sept jours sur sept. Cela ne la dérangeait pas d'enchaîner conférences, interventions télévisées et organisation de tel ou tel événement, mais la veille, elle avait ressenti le besoin de faire une petite pause.

Quand elle avait exposé sa requête au vieux secrétaire, celui-ci l'avait dévisagée un instant en silence avant de baisser les yeux en murmurant : « Il serait temps... » Stupéfaite, Sera l'avait alors vu ouvrir un tiroir de son bureau et en sortir un document qu'il avait posé devant lui.

— Je vous prépare un contrat en bonne et due forme, Lady Sera.

Ensuite, il avait biffé certains passages dudit contrat, y avait ajouté quelques mentions manuscrites, avant de le lui tendre.

— Lisez-le et si cela vous convient, signez-le et rapportez-le-moi, voulez-vous ? avait-il proposé avec son sérieux habituel. Il n'y a aucune raison pour que vous passiez toutes vos journées à travailler comme une tâcheronne, Lady Sera.

Après l'avoir remercié, Sera avait emporté le précieux document qu'elle avait parcouru à la hâte en souriant. Non seulement elle aurait désormais congé tous les mardis, mais aussi les mercredis et jeudis matin !

Augustus devait être furieux... Cependant, elle avait remarqué qu'il traitait son secrétaire particulier avec bienveillance et finissait toujours par tenir compte de son avis, même quand il n'était pas d'accord avec lui.

Elle se lava les cheveux et se massa longuement le crâne avec délice. Elle commencerait sa première journée de liberté par un entraînement en règle avec Ari, décida-t-elle en se rinçant ensuite avec soin. Cela faisait trop longtemps qu'elle consacrait tout son temps au travail et négligeait ses besoins personnels.

— Lady Sera a entrepris de réorganiser la collecte de fonds destinée à soutenir les réformes concernant le programme d'éducation. Celui qui tenait tant à cœur à votre grand-mère, votre mère et Moriana.

— Elle aurait d'abord dû me consulter, rétorqua Augustus. À propos, j'aimerais en savoir davantage sur le passé de Lady Sera. Je ne voudrais pas avoir de surprises quand il s'agira de faire examiner les réformes qu'elle est en train de préparer.

— Vous avez déjà un dossier sur elle.

— J'ai un simple curriculum vitæ. Je souhaite voir les résultats de l'enquête que j'ai demandée sur elle. Veillez à ce qu'ils me parviennent. Quant au contenu de ces réformes ...

— Elles sont prévues depuis six mois, fit remarquer son secrétaire. Et vous les remettez toujours à plus tard pour vous concentrer sur le projet concernant la distribution de l'eau, si bien que j'ai confié le dossier à Lady Sera il y a une semaine, sur une impulsion. Alors, si vous n'approuvez pas ces réformes, prenez-vous-en à moi.

— Je n'y manquerai pas, acquiesça Augustus.

— Les enfants représentent l'avenir, répliqua le vieil homme avec calme. Et je suis impatient de connaître les vôtres.

— Pour cela, il me faudrait d'abord une épouse, soupira Augustus.

— À propos, pour le dîner de ce soir, reprit son secrétaire. Tenue décontractée, de ville, ou de soirée ?

L'espace d'un instant, Augustus imagina Sera en robe de soie pourpre au décolleté profond et fut gagné par un vertige.

— Décontractée.

Lorsque Sera arriva devant la porte ouverte du salon bleu à 19 heures passées de trente secondes, Augustus s'y trouvait déjà.

Dans cette veste noire et cette chemise en lin blanc faisant ressortir sa peau mate et ses yeux sombres, il était d'une beauté encore plus ténébreuse, constata-t-elle en tressaillant.

Elle s'inclina brièvement devant lui, tandis qu'il la dévisageait en silence.

Ce soir-là, Sera avait choisi une tunique diaphane, sur un bustier brodé et un pantalon ajusté, des escarpins à talons aiguilles et avait parsemé ses cheveux de perles colorées.

— Tu appelles cela une tenue décontractée ? demanda Augustus.

— Tu portes toi-même un costume coupé sur mesure, et une montre ancienne d'une valeur de cinquante mille dollars, fit-elle remarquer avec calme. Côté décontraction, je ne vois que ton col de chemise entrouvert et ton nœud de cravate desserré.

Elle le regarda en haussant un sourcil.

— Tu t'attendais peut-être à ce que je vienne en short ?

— Je suis certain que la montre ne valait pas cinquante mille dollars lorsque mon grand-père l'a achetée, répliqua-t-il tranquillement. Mais tu as raison. Et tu es ravissante.

Elle l'était toujours, quoi qu'elle porte, mais ce soir, elle dégageait un charme encore plus puissant que d'habitude. Et auquel il allait avoir beaucoup de mal à résister.

— Désires-tu boire quelque chose ? demanda Augustus. Un verre de vin ?

— Oui, merci.

— Rouge, ou blanc ?

— Blanc.

Il remplit un verre en cristal et le lui apporta. Lorsque leurs doigts se frôlèrent, le regard clair croisa le sien et tout sembla s'arrêter autour d'eux, tandis qu'un kaléidoscope d'images se déployait dans son esprit. Il revit Sera agenouillée devant lui, le cajolant, le léchant. Sera nue et offerte s'abandonnant au plaisir sous ses lèvres…

— T'ai-je donné une raison de douter de mes capacités en matière d'éducation ? demanda-t-elle soudain. N'ai-je pas accompli à la perfection toutes les tâches et toutes les missions que tu m'as confiées jusqu'à présent ?

— Tu as été parfaite, en effet, et je n'ai absolument rien à te reprocher.

— Alors, pourquoi ne pas me faire confiance sur ce dossier ? Je sais ce qu'est la pauvreté pour l'avoir vécue, Augustus. Je n'ai pas subi de violences, mais si Lady Lianthe n'était pas apparue dans ma vie et celle de ma mère, Dieu seul sait ce qui aurait pu m'arriver. Tandis que toi, tu as grandi entouré de privilèges. Tu ignores tout du manque, quel qu'il soit. Chaque jour, je remercie le ciel de m'avoir donné un physique agréable et je mesure ma chance d'avoir eu accès à une scolarité normale, puis de faire des études supérieures, sans parler des formations que j'ai suivies au Haut Pays et à l'étranger.

— J'ai du mal à t'imaginer pauvre, reconnut Augustus.

— Ma mère a été autrefois envoyée auprès d'un homme de haute naissance. Elle est tombée amoureuse de lui, et cela a précipité sa chute parce que lui ne l'aimait pas. Il la voulait à sa disposition, c'est tout, pour satisfaire ses moindres caprices. Et il n'a certes jamais souhaité que je vienne au monde. Ma mère s'est enfuie, mais il avait le bras long. Elle a essayé de recommencer sa vie, mais il réussissait toujours à la retrouver. Alors elle s'est cachée, et après ma naissance, elle a continué à vivre ainsi cachée, avec moi, déménageant sans cesse. Les logements sont devenus de plus en plus exigus. La nourriture plus rare. Ses protecteurs plus exigeants, et moins raffinés.

Le récit de Sera lui déplaisait fortement, mais Augustus l'écouta néanmoins tandis que, perchée sur ses talons aiguilles, elle arpentait la pièce.

— Je ne me souviens pas des toutes premières années, mais je me rappelle que lorsque j'avais sept ans, ma mère s'était mise à boire et se mourait d'un cancer. De mon côté, j'étais si maigre et sous-alimentée que la première fois que Llanthe a posé un repas complet devant moi, j'ai pu à peine y toucher.

Elle tourna les yeux vers la table dressée pour le dîner.

— Depuis ce jour, je préfère les simples collations aux repas complets.

— Pourquoi me racontes-tu tout cela ?

— Pour te faire comprendre que je sais de quoi ont besoin les petites filles qui n'ont pas accès à l'éducation et les femmes qui n'ont pas joui de ce privilège enfant, et qui n'ont eu d'autre choix que de dépendre d'un mari ou de travailler pour survivre. Et qui, sans qualifications, sont souvent obligées d'accepter n'importe quel emploi, sous-payé la plupart du temps. Ou de vendre leur corps.

Quand elle porta son verre à ses lèvres, sa main tremblait, remarqua Augustus, troublé. En outre, la bouche de Sera ne fit qu'effleurer le bord de cristal.

— Pourquoi avoir accepté ce verre de vin si tu ne bois pas ?

Il se dirigea vers la table, souleva la carafe et versa de l'eau dans un verre, puis se dirigea vers Sera et lui prit le verre de vin qu'il remplaça par l'autre.

Au lieu de protester, elle vida celui-ci d'un trait.

— Tu me laisses continuer sur le projet, ou tu me retires le dossier ? demanda-t-elle.

— Je vais y réfléchir.

— Très bien, je suis obligée de me soumettre à ta volonté et j'attendrai donc docilement ta réponse, répliqua-t-elle en allant reposer son verre vide sur la table. À présent, je vais me retirer, si tu le permets.

Une étrange sensation envahit Augustus. Proche de la désolation. Soudain, il en eut assez de ce cérémonial, de cette comédie. Il *désirait* être avec elle, bon sang ! Et pas pour parler travail. Alors pourquoi se priver de sa compagnie ? D'autant qu'elle partageait son désir, il en était certain.

— Sera... Pourquoi ne pas rester et dîner avec moi ? Même si tu ne goûtes pas à tous les plats, ajouta-t-il à la hâte.

— Et nous parlerons de quoi ? demanda-t-elle posément. Des qualités supplémentaires que tu attends d'une épouse ? Mais pas des femmes qui ne savent même pas si elles auront quelque chose à manger le lendemain, n'est-ce pas ? Ni des enfants qui n'ont même pas la possibilité d'apprendre à lire et à écrire.

— Je n'ai pas dit que je m'opposais au projet, protesta-t-il.

Pris d'une subite et irrésistible envie de boire, il resserra les doigts autour du pied de son verre en cristal.

— Vas-y, dit Sera en se rapprochant de lui. Lance-le.

— Pourquoi ferais-je une chose pareille ? demanda-t-il en reposant lentement son verre sur la table. Je ne suis pas un sauvage.

Alors qu'il brûlait de balancer le verre contre le mur, en effet.

— On t'a inculqué cela dès ton plus jeune âge, dit-elle en se rapprochant encore. Un roi n'a besoin ni de passion, ni de compassion, n'est-ce pas ?

— Il n'y a rien de répréhensible à rester maître de ses émotions, repartit Augustus. On a tendance à surestimer la passion, de nos jours.

— Si tu le penses vraiment, je te plains.

Elle s'arrêta devant lui, tout près de lui. Et soudain, elle leva la main et lui agrippa les cheveux.

— Crois-tu que le monde se serait écroulé autour de toi, si tu avais lancé ce verre ? chuchota-t-elle en attirant son visage vers le sien.

Le baiser fut brûlant et punitif. Si Sera se vengeait de son manque d'empressement à lui donner le feu vert, soit. Mais si elle pensait le faire changer d'avis, elle se leurrait.

Mais quand elle écarta son visage du sien, c'était elle qui détenait le pouvoir, pas lui. Parce qu'il se sentait si frustré qu'il aurait fait n'importe quoi pour prolonger ce baiser. Enfin, *presque* n'importe quoi.

— Tu es un roi bon et juste, Augustus, tout le monde est d'accord sur ce point, dit-elle en laissant retomber sa main.

Elle recula d'un pas.

— J'espère seulement que tu deviendras humain un jour.

Immobile, il la regarda s'éloigner et franchir le seuil. Dès qu'elle eut disparu dans le couloir, il alla refermer la porte, compta jusqu'à dix, recommença, puis s'avança vers la table et reprit son verre dont il avala le contenu cul sec.

Furieux, il contempla le verre vide en songeant à toutes les choses qu'il ne pouvait pas faire, tous les désirs qui lui étaient interdits… et le balança dans la cheminée où il se brisa avec vacarme.

Et le monde ne s'écroula pas pour autant.

Après avoir, une fois de plus, à peine fermé l'œil de la nuit, Augustus se leva avec le soleil, prit une douche et s'habilla rapidement. Puis il se rendit aux cuisines où il aimait prendre son petit déjeuner lorsqu'il se trouvait au palais. Mais quand il entendit deux employés parler des *redoutables* gardes du Haut Pays qu'ils étaient allés regarder s'entraîner la veille, avant d'ajouter que Lady Sera s'était de nouveau jointe à eux, il saisit un petit pain à peine sorti du four, le coupa en deux et y étala une tranche de jambon cru avant de mordre dedans avec une vigueur frisant la rage.

S'il ne pouvait même plus prendre son petit déjeuner tranquille, sans entendre parler de cette tribu venue du Haut Pays…

Cependant, dès qu'il eut terminé sa seconde tasse de café, il quitta les cuisines par la porte de derrière et se dirigea vers les écuries où les gardes de Sera s'entraînaient désormais. Non qu'Augustus leur en ait donné la permission, mais parce qu'à l'intérieur des bâtiments, le sol était à leur convenance et qu'ils se trouvaient un peu plus à l'abri des regards curieux.

Quand il rejoignit l'espace où avait lieu l'entraînement, Augustus vit Sera à terre et tressaillit malgré lui. Mais il n'eut pas le temps de s'inquiéter, car elle roulait déjà sur le flanc et, comme mue par un ressort, se redressait sur ses pieds d'un bond souple et gracieux. Tun et Ari se rapprochèrent alors de leur maîtresse et conversèrent avec elle paisiblement durant quelques instants, puis Sera, qui avait dû l'apercevoir du coin de l'œil, se sépara bientôt des deux gardes et s'avança vers lui.

— C'est ta façon de te défouler ? demanda Augustus.

— Ça fonctionne.

Il avait réfléchi à ce qu'elle lui avait dit la veille. Au mépris affiché pour son besoin de tout contrôler.

— Tu veux savoir ce que je vois quand je te regarde te *défouler* avec tes gardes ? Une démonstration de contrôle absolu, enchaîna-t-il sans lui laisser le temps de répondre.

Tournant brièvement les yeux vers Ari, il ajouta :

— Et des êtres totalement dédiés à la quête du contrôle.

— Pourquoi es-tu venu ici ?

— J'ai réfléchi à ce que tu m'as dit hier soir et à tout ce que *je* n'ai pas dit – et qui aurait pu t'aider à comprendre ma réticence.

Sera le dévisagea en silence, attendant qu'il poursuive. Augustus n'avait pas envie de lui parler, pas du tout, mais elle s'était dévoilée à lui la veille et il désirait lui rendre la pareille. Et puis, ils se comprendraient peut-être un peu mieux si elle connaissait ces détails.

— J'avais quinze ans lorsque j'ai embrassé une fille pour la première fois. Elle travaillait aux écuries et avait quelques années de plus que moi. Elle attendait cela depuis longtemps et ne s'en cachait pas. Elle ne me harcelait pas, mais presque. En matière de baiser, c'était plutôt chaste, mais elle est allée vendre son histoire à un journaliste aussitôt après et le lendemain matin, nous avons tous lu l'article dans le journal en prenant le petit déjeuner.

Quinze ans après, il gardait un souvenir cuisant du savon passé par son père.

— La femme avec laquelle j'ai fini par perdre ma virginité était elle aussi plus âgée que moi, et suffisamment riche et influente pour tenir les meutes de paparazzi à distance durant un bon moment. Suffisamment longtemps pour que je me sente en sécurité dans ses bras. Jusqu'au jour où elle en a eu assez de moi et est allée accorder une interview aux journalistes.

Il se passa la main sur le visage.

— Elle m'a décrit comme un amant parfait – ce que j'étais devenu, en effet —, avant d'ajouter que je me montrais parfois un peu trop passionné et trop intense dans mes goûts. Elle a dit admirer ma brillante intelligence en glissant aussitôt que je préparais des bouleversements sociaux et des réformes économiques hardies que je mettrais en œuvre dès mon accession au pouvoir. J'avais commis l'erreur de lui parler des causes qui me tenaient à cœur, vois-tu. De projets audacieux qui n'avaient pas la moindre chance de se réaliser. Pas à ce moment-là, du moins. Il faudrait d'abord des années de préparation avant de pouvoir y songer. Les journalistes m'ont traité d'ignorant, d'idéaliste naïf et stupide – j'étais stupide, en effet, de m'être confié à cette femme. Elle a également loué mes instincts protecteurs, avant de mentionner ma réticence maladive à me lier et à me fier à quiconque.

Tout cela était vrai. Et faux à la fois.

— Alors que je m'étais fié à elle, justement. Comme un imbécile.

Sera entrouvrant les lèvres, il l'arrêta d'un geste de la main.

— Et maintenant, toi, une courtisane envoyée ici pour me servir, tu veux me représenter auprès des femmes qui ont été victimes de toutes sortes de maltraitances ! Tu vas parler avec elles de sexualité, d'abus sexuels, en mon nom ! Te rends-tu compte des questions que cela risque de susciter ? Sur moi, mes habitudes en matière de sexe, mes relations avec les femmes, avec mes maîtresses, alors que depuis cette lamentable mésaventure, j'ai toujours fait en sorte de préserver ma vie privée ?

— Tu n'as rien à craindre de moi, dit-elle en redressant les épaules. Les courtisanes du Haut Pays ont la confidentialité pour règle d'or. En outre...

Elle secoua la tête.

— Je ne trahirais jamais ta confiance, Augustus. Je t'en donne ma parole. Je t'en fais le serment.

Elle était sincère, il lisait la franchise dans ses beaux yeux limpides.

— J'ai envie de te croire. Mais l'expérience m'a prouvé que je ne devrais pas.

— Je ne peux pas en décider à ta place, répliqua-t-elle de sa voix mélodieuse et calme.

— J'y réfléchirai, dit-il en hochant la tête. Mais j'étais venu pour une autre raison.

— Oui ?

— Pour te regarder. J'aime ta façon de te mouvoir.

C'était aussi simple et aussi compliqué que cela.

Augustus détourna les yeux et suivit du regard un garçon d'écurie qui se dirigeait vers les box.

— Je t'envie le mélange de passion et de contrôle que tu mets dans tout ce que tu fais, poursuivit-il. Et c'est encore plus évident quand tu te bats contre un opposant. C'est beau.

Un silence total accueillit ses paroles. Mais quand il se risqua à tourner les yeux vers Sera, elle lui sourit doucement, l'air époustouflé.

— Je… Merci, Augustus.

Et le monde ne s'écroula pas non plus.

— Qu'avez-vous décidé, concernant le projet de Lady Sera ? lui demanda son secrétaire deux heures plus tard.

Augustus se frotta l'arête du nez. Depuis que Sera lui avait parlé de son enfance, une image demeurait gravée dans son esprit : celle de la petite fille de sept ans attablée devant une assiette remplie de nourriture dont elle ne pouvait avaler une bouchée.

Elle voulait se rendre auprès de femmes qui, elles, n'avaient pas eu la chance de rencontrer une personne capable, ou désireuse, de leur venir en aide.

Sera aurait pu être l'une d'entre elles. Elle avait plus ou moins vécu la même chose enfant, mais s'en était sortie grâce à Lady Lianthe.

Sa mère avait été l'une d'entre elles. Elle avait été détruite par la vie.

Le projet de Sera avait une âme, une visée humaniste. Et il pouvait lui faire confiance, ses motivations étaient complètement désintéressées. Elle n'en ferait pas une affaire personnelle. Il ne s'agissait ni d'elle ni de lui.

Augustus laissa retomber sa main et écouta son cœur, pas sa raison.

— Donnez-lui le feu vert.

7

Dès le début de sa mise en place, le projet de Sera recueillit des éloges dithyrambiques, tant de la part du public que de la presse, et parmi les plus encourageants qu'Augustus eût jamais connus depuis son accession à la direction du pays.

Six nouveaux programmes de sensibilisation aux questions de santé et d'éducation furent coordonnés, renforçant par là la réputation d'Arun en tant que nation progressiste dans le domaine de la santé publique et de l'éducation pour tous.

Bien loin de voir son image ternie, Augustus était désormais considéré comme un bienfaiteur, voire un sauveur. Un homme que toute femme serait fière d'avoir à ses côtés. Il avait même accompagné Sera dans l'une de ses expéditions, parce qu'il était curieux de la voir en action d'une part, mais aussi pour lui apporter son soutien. Il n'y avait pas eu la moindre allusion à leur relation, mis à part des questions concernant les fonctions strictement professionnelles qu'il lui avait confiées peu après son arrivée au palais.

Il avait eu l'impression d'assister à un miracle.

Aussi le dîner de charité auquel il participait ce soir lui paraissait-il un peu fade et superficiel en comparaison de cette expérience des plus concrètes.

Ce dîner servirait à collecter des fonds pour la recherche contre le cancer et faisait partie des événements annuels auxquels Augustus prenait part depuis sept ans. À sa demande, il avait été placé à côté de Katerina DeLitt et celle-ci était suffisamment fine pour comprendre qu'elle ne se trouvait pas à côté de lui par hasard. Elle se montrait aussi charmante qu'à l'accoutumée et sa conversation ne manquait ni de piquant ni d'humour, mais sans parvenir à retenir toutefois l'attention d'Augustus. Peut-être parce qu'il avait confié la supervision de l'événement à Sera.

Sera, avec son tailleur noir et ses hauts talons. Sera et ses cheveux noirs rassemblés en chignon serré sur la nuque, le visage à peine maquillé. Elle n'avait pas besoin d'artifices. Sa beauté naturelle suffisait.

— Elle est très belle.

— Pardon ? fit Augustus en se concentrant sur sa voisine de table.

Non, il s'agissait d'un hasard. Si Katerina avait remarqué qu'il avait l'esprit ailleurs, elle était trop bien élevée pour le lui montrer.

— Lady Sera Boreas. Elle est très belle.

Ainsi, sa première impression avait été la bonne...

Surpris par sa perspicacité, il dévisagea la ravissante jeune femme avec un intérêt accru. Elle lui sourit alors d'un air complice et inclina légèrement la tête de côté en soutenant son regard, ses longs pendants d'oreilles incrustés de petits diamants scintillant et ondulant doucement autour de son visage.

— Et très douée, à en croire ne serait-ce que la moitié des éloges qu'elle reçoit de toutes parts.

Il aurait dû détourner la conversation et faire la cour à Katerina DeLitt. Parler de la vocation du dîner de charité. De courses hippiques... Au lieu de cela, Augustus céda à la curiosité.

— Qu'avez-vous entendu raconter sur Lady Sera ?

— On dit qu'elle excelle dans le domaine des arts martiaux, répondit Katerina avec un haussement d'épaules. Qu'elle danse avec une grâce incomparable. On raconte aussi qu'elle possède un sens aigu de l'observation et vous est liée par des liens qui demeurent mystérieux aux yeux de tous. Que d'anciennes lois vous ont obligé à l'accueillir au palais. Et que vous ne pourrez la renvoyer que lorsque vous vous serez trouvé une épouse capable de vous donner un héritier. Mais que, même à ce moment-là, vous pourriez fort bien la garder au palais.

— C'est à peu près cela, acquiesça-t-il. Hormis le dernier point, car je la laisserai partir.

— On dit également qu'elle a de l'ascendant sur vous, que vous la considérez comme votre muse.

Augustus fronça les sourcils.

— Si vous me permettez d'être franche, qu'attendez-vous de moi, Majesté, alors que de toute évidence, votre attention est ailleurs ?

— J'apprécie votre franchise, Katerina, et je serai franc à mon tour. J'ai besoin d'une épouse qui me donne des enfants et assume son rôle de souveraine avec zèle et efficacité. Vous correspondez au profil recherché, j'apprécie votre compagnie... et j'apprends à vous connaître.

— Je vois. Et l'amour ? demanda-t-elle avec un élégant haussement de sourcils.

— Il peut se développer.

— Maj...

— Appelez-moi Augustus.

— Très bien, Augustus. Je sais que ce n'est pas très à la mode, mais soyons *vraiment* francs l'un envers l'autre. Tout honorée que je sois d'avoir pu retenir votre attention, je ne suis pas pressée de mettre mon cœur en péril pour vous, sachant ce qui vous est offert par ailleurs.

— C'est-à-dire ?

En guise de réponse, elle tourna les yeux vers Sera.

— Lady Sera fait partie de mon personnel, je n'ai aucune vue sur elle, déclara fermement Augustus. Elle quittera le palais dès que les termes du traité auront été respectés. Elle pourrait même partir avant cela, si je trouve le moyen de la libérer de ses obligations.

— Mais votre reine sera-t-elle jamais capable de la remplacer ? J'en doute. Regardez la vérité en face, mon cher Augustus. Lorsque vous êtes entré dans cette salle de réception tout à l'heure, qui avez-vous cherché du regard en premier ? Et qui avez-vous *continué* à chercher du regard jusqu'à ce qu'elle apparaisse ?

Katerina sourit à nouveau, avec gentillesse et sans plus aucune malice.

— Soyez franc. Ce n'était pas moi.

À présent, Sera collaborait régulièrement avec Augustus, et sans plus passer par son secrétaire. Une sorte de routine s'était installée entre eux : ils participaient ensemble aux diverses réceptions et manifestations officielles, publiques ou privées, et en discutaient après. Parfois elle allait le retrouver dans son bureau pour débattre d'une question ou d'une autre et il arrivait aussi qu'il vienne la voir dans l'ancien harem.

Là, il s'asseyait toujours sur le grand sofa, devant la case stratégie. Cela ne dérangeait pas Sera. Elle aimait pouvoir lui être utile et puisqu'il ne souhaitait pas que leurs rapports prennent un tour plus intime, elle se contentait de leur bonne entente sur le plan professionnel.

Pour sa part, elle préférait ne pas penser à son désir de se rapprocher d'Augustus. Ni aux réactions de son propre corps lorsqu'elle se trouvait à proximité de lui.

Elle refusait d'admettre qu'elle risquait fort de tomber amoureuse de lui. Sera savait ce qui résulterait d'un tel attachement. Elle en avait eu l'exemple sous les yeux. Elle avait grandi avec.

Ce soir-là, quand il vint la rejoindre chez elle, Augustus contempla la roue des désirs un long moment avant de se retourner vers elle. Sera savoura le regard appréciateur qu'il laissa descendre sur elle. Elle remarqua la façon dont il enfonçait les mains dans ses poches de pantalon, comme pour s'empêcher de les poser sur elle.

En dépit de leurs rapports strictement professionnels, l'attirance sexuelle qu'ils éprouvaient l'un pour l'autre n'avait pas disparu. Elle vibrait entre eux, presque palpable.

— Tu sais de quoi j'ai vraiment envie, ce soir ?

Le cœur de Sera se mit à battre la chamade.

— D'un sandwich au fromage fondu, enchaîna-t-il sans la regarder.

Ah...

— C'est tout à fait possible. Autre chose ?

— J'accepterais volontiers un verre de vin pour l'accompagner, et si tu pouvais mettre un peu de musique, ce serait parfait.

— Assieds-toi, je t'en prie. J'ai tout ce qu'il te faut : fromage, vin, musique.

Après tout, c'était toujours mieux qu'un entretien de stratégie...

— Nous pouvons nous faire apporter...

— Non ! l'interrompit Sera. J'ai toutes sortes de provisions à la cuisine. Je serai ravie de préparer un repas que nous prendrons ensemble.

— Tu n'es vraiment pas obligée. Cuisiner ne fait pas partie de tes attributions.

— Oublions nos rôles et nos attributions le temps d'une soirée, d'accord ? Et puis, cela me fait plaisir de t'inviter à dîner avec moi. Alors, assieds-toi, s'il te plaît...

Elle se dirigea vers la cuisine sans attendre de voir s'il s'asseyait, ni où il choisissait de s'asseoir. Quand elle revint, il était assis, mais pas à la même place que d'habitude. Il avait choisi la case où l'on voyait des gens partager un repas.

Quand elle se pencha pour verser le vin dans deux verres et croisa le regard brûlant d'Augustus, Sera arrêta son geste. Il lui prit aussitôt la bouteille de la main, frôlant ses doigts et la faisant frissonner.

— Merci, dit-il simplement.

Sans un mot, Serra se dirigea vers la chaîne stéréo et sélectionna une musique douce et apaisante.

Lorsqu'elle revint un peu plus tard avec un grand plateau, Augustus avait la tête appuyée en arrière et les yeux clos.

— J'espère que tu profiteras de ce festin avec moi, murmura-t-il en rouvrant les yeux.

— J'en ai bien l'intention.

— Ne t'agenouille pas à mes pieds, Sera. C'est peut-être conforme à la formation que tu as reçue, mais je ne pourrais le supporter.

Décidément, il se laissait aller, ce soir...

Elle s'assit à côté de lui et prit une tranche de melon, puis un verre de vin qu'elle porta à ses lèvres.

— Tu ne bois pas, dit-il, les paupières mi-closes.

— Il m'arrive de boire de temps en temps, commença Sera.

En fait, son rapport à l'alcool était compliqué. À cause de la façon dont sa mère en avait abusé d'une part, mais aussi de son effet désinhibiteur.

— L'œnologie a fait également partie de ma formation, reprit-elle d'un ton détaché. Tu peux me poser toutes les questions que tu voudras, je suis certaine d'être en mesure d'y répondre.

Quand il sourit et que tout son visage austère s'illumina, elle le regarda en retenant son souffle.

— Quel est le vin le plus approprié pour accompagner le melon et les sandwichs au fromage fondu ?

— Celui que nous buvons.

Le sourire s'agrandit. Sa chaleur enveloppa Sera.

— Comment vont les hiboux ? demanda Augustus en se penchant pour prendre un sandwich.

— Ils ont des noms, maintenant. Tomas et Claudia sont venus déjeuner avec moi mardi dernier et nous les avons choisis ensemble. J'avais prévenu ton secrétaire, et demandé ta permission.

Il haussa l'épaule, comme si c'était le cadet de ses soucis.

— Mon secrétaire garde certains détails pour lui, surtout ceux qu'il juge anodins. Comment va Claudia ?

— Son ancienne liberté lui manque. Celle dont elle jouissait du temps où elle vivait dans les montagnes du Nord.

— C'est pour cela qu'elle passe autant de temps avec le fauconnier ?

— Il y a peut-être une autre raison.

Augustus la dévisagea d'un air interrogateur et cette fois, ce fut au tour de Sera de hausser l'épaule. Elle n'allait certes pas parler des motivations intimes de Claudia, même si elle avait sa petite idée sur la question.

— Alors, le plus petit, le mâle, s'appelle désormais Orion, et l'autre, sa femelle, Ara. Orion descend parfois se percher sur le trapèze, avant de remonter faire son rapport à sa compagne, qui feint d'être indifférente à ma présence. En réalité, elle m'observe et s'y intéresse beaucoup plus qu'elle ne le laisse paraître.

Ayant terminé son sandwich, Augustus but son vin et reposa son verre sur le plateau en disant :

— Excellent. Il vient des caves du Haut Pays, je suppose ?

— En effet. Elles sont très bien approvisionnées.

Il s'adossa au sofa et la contempla un long moment en silence, l'air songeur, avant de se décider à parler.

— Je ne voudrais pas gâcher cette charmante soirée, Sera, mais je dois t'avouer que ton installation au palais, la façon dont tu t'es immiscée dans mon existence et mes pensées... me dérangent profondément.

Une douleur vive traversa la poitrine de Sera.

— Tu n'es pas satisfait de mon travail ? Je ne te suis pas utile ?

— Côté professionnel, je n'ai pas à me plaindre, au contraire.

Quant à m'être utile, tu l'es à certains égards. Mais à d'autres, pas du tout.

Que répliquer à cela ? D'autant qu'il ne semblait pas disposé à s'expliquer davantage. Il leva les yeux vers le dôme de verre laissant voir le ciel constellé d'étoiles et demeura silencieux un moment avant de poursuivre.

— J'avais quatorze ans lorsque j'ai enfin trouvé ce lieu, dit-il lentement. À chaque fois que nous survolions le palais en hélicoptère, j'apercevais le dôme, mais en dépit de nos recherches, Moriana et moi n'arrivions jamais à localiser cet endroit. J'avais bien interrogé mes parents, mais ils m'avaient répondu que ces pièces avaient été condamnées à cause de leur mauvais état. Jusqu'au jour où ma sœur et moi avons enfin réussi à y accéder et en avons fait notre refuge secret.

Il remplit à nouveau son verre et le tendit vers la plate-forme située à mi-hauteur du mur.

— Nous nous asseyions là-haut et envoyions des flèches dans des potirons posés sur le sol. Nous en avons bousillé, des flèches ! Elles ricochaient quasiment toutes sur la pierre ou le marbre au lieu d'atteindre leurs cibles ! J'étais conscient d'abîmer les dalles et les murs, mais je m'en fichais. Je me disais que c'était ma manière de me venger du sort qui m'était réservé. De me rebeller contre le palais, la Couronne. Les attentes qui pesaient sur moi depuis ma naissance. *Sois digne. Droit. À la hauteur de ton devoir.* J'étais le prince héritier, je *devais* être à la hauteur, partout où j'allais, sauf ici. Pas de jugement, dans cet espace béni. Je pouvais jurer, hurler et prendre des risques qui m'étaient interdits ailleurs. Quand je venais ici, je pouvais voler.

Sera tressaillit.

— Tu utilisais le trapèze ?

— C'est une simple balançoire.

Pas de filet de sécurité, des cordes à moitié pourries. Pas d'entraînement…

— La première fois, tu as dû avoir une belle montée d'adrénaline ?

— C'était assez fabuleux, oui, acquiesça-t-il doucement. Lorsque tu as demandé à t'installer dans ces pièces, j'y ai vu une sorte de symbole. Au lieu de représenter un refuge, ce lieu allait redevenir un endroit dangereux et interdit, bien que pour de tout autres raisons qu'autrefois. Tu ne peux t'imaginer à quel point je te désire, Sera. Je brûle d'envoyer au diable toute retenue, tout contrôle, d'oublier que je dois montrer que de nos jours, les rois n'ont que faire de courtisanes.

— Pourquoi résister… ? murmura Sera.

— Je ferais de ta première fois un moment fabuleux, continua-t-il d'une voix douce. Je te traiterais en reine.

— Je ne veux pas être une reine.

— Nous faisons tous des choses qui ne nous plaisent pas forcément, répliqua-t-il en se rapprochant d'elle.

Quand il effleura ses lèvres avec les siennes, Sera lui offrit sa bouche d'instinct. Puis elle ferma les yeux pour mieux savourer les sensations inouïes qui ondoyaient en elle.

Ce baiser était merveilleux. Elle s'y abandonna tout entière.

Lorsque, au bout d'une éternité, leurs lèvres se séparèrent, Augustus appuya le front contre le sien en laissant échapper un soupir tremblant. Puis il laissa glisser la main sur son épaule, son bras, et enlaça ses doigts aux siens.

— Si tu veux que j'arrête, c'est le moment de le dire, Sera. Parce que cela va compliquer les choses.

— Je veux que tu continues, chuchota-t-elle. Et moi aussi, je peux t'offrir des moments fabuleux.

Les yeux étincelants, il reprit sa bouche en même temps qu'il lui ôtait sa tunique, avant de s'occuper du bustier de soie mordorée. Il écarta ensuite ses lèvres des siennes et les laissa descendre sur son cou, sa gorge, avant de les refermer sur la pointe d'un sein.

Cela suffit presque à faire basculer Sera dans l'extase. Il la souleva alors par les hanches et se redressa en la portant dans ses bras. L'instant d'après, elle était allongée sur le sofa et il se penchait à nouveau pour reporter son attention sur l'autre sein, tandis qu'elle creusait les reins pour mieux s'offrir aux divines caresses.

Augustus se redressa à nouveau et lui souleva les jambes l'une après l'autre pour la déchausser, puis acheva de la déshabiller.

Une véritable pluie de baisers se répandit bientôt sur elle, partout. Dans le creux de l'épaule, sous l'aisselle, dans le pli du coude, sur ses seins, son ventre. Soudain, il lui souleva de nouveau la jambe et laissa glisser ses lèvres expertes sur la cheville avant de remonter lentement jusqu'à l'intérieur de la cuisse.

Sera s'envola dès l'instant où il referma les lèvres sur son sexe et donna un petit coup de langue. Mais cela ne lui suffit pas. Elle avait besoin de le sentir en elle.

— Je voudrais...

— Je sais ce que tu voudrais, l'interrompit-il d'une voix rauque. Mais il me faut d'abord un préservatif.

— Je prends la pilule, murmura Sera en lui effleurant la joue du bout des doigts. Mais si tu le souhaites...

Elle s'interrompit et tendit la main vers un tiroir dissimulé dans la structure en bois du sofa.

— Tu avais tout prévu, à ce que je vois, fit Augustus en la regardant faire.

Il brûlait de la retourner sur le ventre et de reprendre sa délicieuse exploration. Sera était si sensible, si réactive, si prête à fondre sous ses doigts et à se donner à lui. Quant à lui, il avait du mal à contenir le désir qui le dévorait.

Sans dire un mot, il s'empara du petit sachet qu'elle tenait dans sa main, le déchira, puis enfila le préservatif sur son érection. Ensuite, il se raccrocha au contrôle qui avait été instillé en lui dès son plus jeune âge. *Ne te laisse pas aller. Retiens-toi. Songe d'abord aux besoins d'autrui avant de penser aux tiens. Le devoir d'un roi consiste avant tout à servir son peuple. Donne au lieu de prendre.*

Il donna, mais Sera lui rendit baiser pour baiser, caresse pour caresse, avec un zèle qui l'émut malgré lui. Et quand il la pénétra, doucement mais fermement, il crut avoir enfin trouvé la paix du cœur.

S'immobilisant au-dessus d'elle, Augustus murmura des fadaises contre les lèvres de Sera qui, les yeux rivés aux siens, soulevait les hanches pour l'encourager à continuer.

Il la transporta au bord de l'extase. Encore et encore. Puis donna un coup de reins vigoureux qui la fit basculer dans la jouissance. Il l'y accompagna, se livrant à elle corps et âme.

— Je ne te fais pas mal ?

La douceur avec laquelle il s'occupait d'elle sidérait Sera. Ils prenaient un bain ensemble, comme elle en avait tant rêvé, et ces moments partagés avec lui étaient si merveilleux qu'elle aurait voulu qu'ils ne s'arrêtent jamais.

— Non, pas du tout, le rassura-t-elle.

Elle ne mentait pas, elle n'avait par ailleurs éprouvé aucune douleur quand il l'avait déflorée.

Avec une lenteur exquise, il passa le gant entre ses cuisses, tandis qu'elle écartait les jambes pour lui faciliter la tâche.

— J'aime beaucoup cela, au contraire, murmura Sera en fermant les yeux.

— Moi aussi, répliqua-t-il de sa belle voix profonde. Malheureusement, je crains...

Elle lui posa un doigt sur les lèvres et lorsqu'il lui prit le poignet pour écarter sa main, elle remplaça son doigt par sa bouche.

— Il nous reste des tas de choses à faire, chuchota-t-elle contre ses lèvres. J'ai un univers entier à découvrir... Et j'ai besoin de toi pour me diriger...

— Petite gourmande...

— J'ai attendu longtemps.

— Qu'attendais-tu, au juste ? Moi, ou le sexe ?

— Les deux. Mais ce à quoi je ne m'attendais pas, c'est à te désirer avec une telle intensité. Je pourrais t'embrasser pendant des heures, te caresser, te lécher...

Il prit possession de sa bouche avec une fougue qui fit trembler Sera.

— Oui, murmura-t-elle en écartant ses lèvres des siennes. N'aie pas peur de me malmener, Augustus. Tu m'as vue me battre, alors tu sais que je ne vais pas me briser entre tes mains.

Elle s'interrompit et le regarda droit dans les yeux.

— Nous n'aurons pas toute notre vie pour revivre de tels instants, poursuivit-elle. Mais cette nuit nous appartient et je veux te sentir de nouveau en moi, et que tu me dises que cela n'a jamais été aussi bon pour toi. Prends-moi, chevauche-moi jusqu'à en crier. Ou jusqu'à me faire crier. Fais-moi grimper au septième ciel avec toi. Et accorde-moi une faveur, Augustus : cette fois, ne te retiens pas.

Sans dire un mot, il la souleva dans ses bras, sortit du bassin et se dirigea vers l'une des alcôves où il l'étendit sur les coussins de soie.

Et le vœu de Sera fut exaucé. Il ne se retint pas.

8

Lorsqu'il entra dans le bureau de son secrétaire, Augustus était d'une humeur massacrante. Il s'était réveillé seul dans les appartements de Sera, avec un petit mot posé à côté de son oreiller et sur lequel était écrit : *Entraînement.*

Peu avant l'aube, ils avaient en effet fini par aller jusqu'au lit de Sera et lui s'était endormi rapidement.

En se levant, il avait aperçu une coupe de fruits ainsi qu'une corbeille contenant des petits pains briochés aux raisins, le tout posé sur une console en bois précieux.

Et avant de partir, il avait laissé à son tour un mot dans lequel il demandait à Sera de venir le rejoindre en milieu de matinée dans son bureau.

Son secrétaire s'éclaircit la gorge en le regardant passer devant lui, et Augustus crut déceler une lueur inhabituelle dans les yeux bruns.

Ce fidèle compagnon savait quasiment tout, mais quand même… Comment aurait-il pu deviner qu'il sortait du lit de Sera ?

— Bonjour, dit-il en s'avançant vers la porte de son propre bureau.

— Vous êtes en retard.

Augustus hocha la tête. Au lieu de prendre une douche rapide, il s'était offert un bain prolongé dans le fichu bassin, espérant revoir Sera avant de partir. En vain, naturellement.

Son secrétaire lui tendit un dossier

— Qu'est-ce que c'est ?

— Le rapport sur Lady Sera, arrivé hier soir. Par porteur.

— C'est mauvais signe.

— Mon enquêteur ayant jugé que ces informations étaient

particulièrement sensibles, il a procédé à l'ancienne – ce qui ne lui a pas été difficile vu qu'il a soixante-dix ans et est plutôt vieille école. Le rapport est manuscrit, il n'en existe aucune copie, et notre homme a fait le ménage derrière lui.

— Ce qui veut dire... ?

— Qu'à moins de lire ce dossier, personne n'aura jamais connaissance de ces informations. Soit dit en passant, vu le prix que vous avez payé ses services, c'est le moins qu'il pouvait faire.

Augustus prit le dossier en fronçant les sourcils.

— Sont-elles vraiment si sensibles ?

— Je doute qu'elles provoquent un conflit armé. Je suppose qu'elles choqueraient certains des individus concernés. Ceux qui ne seraient pas déjà au courant – s'il en existe.

— Qu'ai-je de prévu à 11 heures ? Pouvons-nous libérer un créneau de façon à ce que je puisse m'entretenir avec Sera ?

— Un nouveau projet à étudier ?

Augustus s'autorisa un sourire.

— Pas pour l'instant. Il va me falloir du café. Très fort.

Une fois dans son bureau, il referma la porte, alla s'asseoir et posa le dossier devant lui d'un geste brusque. Il commençait toujours sa journée de travail par la lecture des rapports quotidiens empilés nettement sur un coin de l'imposant bureau noir et classés par ordre d'importance. Il aurait pu les consulter directement sur son ordinateur, mais il préférait s'adonner à ce petit rituel et voir la pile diminuer peu à peu.

Il contempla le rapport posé devant lui. La mère de Sera avait aimé un homme, un individu violent, dont elle avait eu un enfant. Sera le lui avait déjà dit, mais sans citer de nom. Or, s'il envisageait de l'épouser – ce qui était bel et bien le cas –, mieux valait éviter les surprises.

Sera redressa les épaules et entra dans le bureau d'Augustus à 11 heures précises. Elle ne l'avait pas réveillé avant de partir, d'une part parce qu'il dormait profondément, mais aussi parce qu'elle ne savait comment se comporter avec lui, suite à la nuit qu'ils avaient partagée. Et elle ne le savait toujours pas.

Après avoir traversé la pièce froide, elle s'assit en face de lui, de l'autre côté de l'impressionnant bureau noir, puis s'efforça de rester impassible sous le regard sombre et impénétrable dardé sur elle.

L'amant ardent et sans défenses avait disparu, remplacé par le chef d'État aux traits sévères. Elle revit ses cheveux ébouriffés, son expression juvénile tandis qu'il cédait au sommeil dans ses bras...

— Bonjour, dit-elle d'un ton neutre.

— Bonjour, Sera. Tu veux du café ?

— Non, merci. Tu désirais me voir ?

— Oui, pour plusieurs raisons, professionnelles et personnelles.

Une lueur indéchiffrable traversa le regard d'Augustus.

— Comment vas-tu, ce matin ? demanda-t-il.

— Pas trop mal. Ari a refusé de se battre avec moi, trouvant que je manquais de concentration.

— Sait-il que j'ai passé la nuit avec toi ?

— Vu qu'il est le chef de ma sécurité, il le sait forcément. Tu n'as pas confiance en lui ?

— Si, je ne l'imagine vraiment pas en train de se livrer à des commérages sur ta vie privée avec les agents de sécurité du palais. Mais ce n'est pas de lui que je voulais te parler.

Il baissa les yeux sur le dossier posé devant lui.

— Tu as été formée pour remplacer Lady Lianthe quand elle se retirera.

— En effet, acquiesça Sera en carrant les épaules. Mais rien ne m'oblige à le faire.

Plutôt que de fixer le dossier, elle se concentra sur la main qui tenait celui-ci, et repensa aussitôt aux merveilleuses caresses des longs doigts minces...

— Et moi qui croyais te donner l'occasion d'ajouter de nouveaux talents à ton curriculum...

Il n'était pas de bonne humeur. Sa voix était incisive, tranchante.

— Je suis heureuse d'assumer les fonctions que tu m'as confiées, dit-elle. Mais tu sais pourquoi je suis au palais. Je n'étais pas venue pour postuler à un poste, mais pour honorer un traité passé entre mon pays et le tien, et rembourser une dette personnelle. Tu persistes à sous-entendre que j'ai été contrainte de remplir cette mission. Tu te trompes, je l'ai choisie.

— Et où places-tu la nuit dernière dans tout cela ?

— La nuit dernière sera ce que tu souhaiteras qu'elle soit. Nous pouvons l'oublier, la revivre, la démolir à coups de reproches. Pour ma part, je l'ai savourée.

— Tu étais vierge.

— Et alors ?

— Tu ne l'es plus.

Manifestement, elle n'était pas la seule à avoir l'esprit confus…

— Je fêterai cela plus tard. Mais auparavant, laisse-moi te rassurer, Augustus. Sache que je n'éprouve aucun regret et que je n'ai pas l'intention d'aller raconter à quiconque ce que nous avons partagé, ni de te forcer à m'épouser au prétexte que tu m'as pris ma précieuse virginité.

Il la regarda en plissant les yeux, l'air sceptique.

— Ainsi, tu ne veux pas m'épouser ?

La panique s'empara de Sera.

— Cela n'a jamais été prévu. Les courtisanes ne se marient pas.

— Vraiment ? répliqua-t-il d'une voix glaciale. C'est interdit, ou c'est toi qui t'y refuses ?

— Tu es furieux contre moi.

— Toujours aussi perspicace. Réponds à ma question.

— Je n'ai jamais songé à t'épouser, déclara-t-elle, le plus posément possible. Je t'aime bien, mais le rôle d'épouse est très différent de celui de courtisane.

— Vraiment ? fit-il à nouveau.

Elle détestait son ironie, qu'il maniait avec un art redoutable.

— Et en quoi est-ce si différent ? poursuivit-il sur le même ton. Tu es déjà liée à moi et sous ma protection.

— Pour une durée limitée.

— Tu joues le rôle d'hôtesse, de conseillère et tu es prête à partager mon lit.

Une petite moue se dessina sur les belles lèvres sensuelles.

— Et tu m'aimes bien.

Elle l'aimait *à la folie*.

— Augustus, tu es roi. Je ne suis personne. Une simple compagne qualifiée.

— Tu possèdes des contacts dans le monde entier, notamment dans les milieux politiques. Tu n'es pas n'importe qui.

— Ton peuple ne m'accepterait jamais pour souveraine.

— Tu crois ? Pourtant, à en juger par les éloges que j'ai lus sur toi dans la presse, je dirais que tu as au contraire toutes les chances de ton côté.

— Parce qu'ils me voient comme une curiosité. Une créature exotique qui est en plus intelligente et a un visage charmant.

— Je dirais plutôt qu'ils te voient comme une femme exceptionnelle. Ce que tu es.

— Tu recherches l'amour, Augustus. C'est pour cela que tu es encore célibataire. Or je n'en ai pas à t'offrir.

Sa mère avait aimé et en avait payé le prix. Sera l'avait payé aussi et ne souhaitait pas renouveler l'expérience.

— D'après toi, qu'avons-nous fait la nuit dernière, Sera ?

— C'était bon, je ne le nie pas. Mais j'ai été formée pour plaire, pour faire plaisir.

Sera refusa de songer aux sensations ressenties avec Augustus, à *l'amour* qui la dévorait. Pour lui.

— Ma mère a aimé et cela a causé sa perte, poursuivit-elle. Même après l'avoir quitté, elle ne pouvait lui échapper. Elle n'était *jamais* libre. Si je me mariais, je ne connaîtrais jamais la liberté non plus. Ce nouveau rôle...

Quand elle s'interrompit, il enchaîna à sa place, le regard fouillant le sien.

— Celui d'épouse, de reine d'Arun. De mère de mes enfants.

Un tressaillement parcourut Sera.

— Je ne serais jamais libre, répéta-t-elle obstinément.

Puis elle se retrancha dans le silence, tandis qu'une horrible tension envahissait l'atmosphère, étouffante et oppressante.

— Très bien, déclara Augustus avec une pointe d'amertume. Tu ne veux rien avoir à faire avec la royauté.

Il baissa les yeux sur le dossier posé devant lui.

— Pourtant, à en juger par ce rapport, si tu le voulais, tu n'aurais qu'à déclarer publiquement l'identité de ton père pour en être.

— Que veux-tu dire ? demanda Sera, la bouche soudain sèche.

— Que tu es la fille d'un roi, répondit-il en tapotant le dossier du bout des doigts. Mais tu as préféré le taire.

Il ne pouvait pas être au courant. Hormis Lianthe, personne ne le savait.

— Ma mère m'a parlé de mon père une seule fois, et sans jamais préciser son nom, affirma-t-elle avec calme. Elle m'a seulement dit qu'il s'agissait d'un monstre qui n'avait pas le temps de s'occuper de ses filles et je l'ai crue. Je ne sais pas qui il est, et même si je le savais, pourquoi voudrais-je considérer un tel homme comme mon père, qu'il soit de haute naissance ou pas ?

— Tu sais très bien de qui je parle, répliqua Augustus en se penchant en avant.

Au fil des années, Sera avait réussi à découvrir la vérité, en effet, et tenu sa langue. Elle ne l'avait dit à personne.

— Sur mon certificat de naissance, il est écrit *Père inconnu*.

— Ton père est mort récemment. Ton demi-frère est roi, et enfant, tu es allée à l'école avec ta demi-sœur. Si elle est bien ta demi-sœur. Le nom de son géniteur reste encore à confirmer - il aurait pu s'agir du frère du roi plutôt que du roi lui-même. Mais peu importe, tu as une famille. Une famille royale.

Une famille dont elle ne voulait pas faire partie.

— Tu n'as aucune preuve de ce que tu avances.

— Tu crois cela ?

— Augustus, je t'en supplie. Laisse le passé en paix. C'est mieux ainsi, pour tout le monde.

— Tu sais de qui il s'agit.

— Je ne sais rien.

— Tu mens. Tu appartiens à la famille royale de Byzenmaach. La sœur de Casimir sait-elle qui tu es ?

Incapable de demeurer plus longtemps assise, Sera se leva.

— Claudia est mon *amie*. Si mon père est celui que tu dis, alors tu dois savoir qu'il se fichait bien de ses filles. Ce n'est un secret pour personne. Oui, ma mère a été envoyée pour le calmer quand il a commencé à maltraiter sa femme. Elle avait pour mission de lui offrir d'autres divertissements, d'autres exutoires à sa colère. Elle a tenté de le faire, mais cet homme dur et violent était impossible à contrôler, aussi a-t-elle échoué. Elle s'est enfuie et s'est cachée, et j'en suis *heureuse*. Le sang royal qui coule dans mes veines m'indiffère, je n'en éprouve aucune fierté. Cet individu était un tyran et un meurtrier. Son fils, Dieu merci, est bien meilleur que lui, et Byzenmaach est désormais entre de bonnes mains. Que pourrais-je encore ajouter ? Ou désirer de plus ?

— Le pouvoir.

— Je l'ai déjà.

— Un statut royal.

— Autrement dit, une prison.

— Une famille, répliqua doucement Augustus.

Quelque chose se brisa en Sera, ce fut si douloureux qu'elle referma les bras autour de son buste et se pencha en avant pour atténuer la souffrance.

— J'en ai déjà une, chuchota-t-elle.

Elle s'efforça de ne pas penser aux photographies vues récemment dans la presse. Celles représentant Casimir de Byzenmaach, son demi-frère, avec sa femme et leur fille, conçue des années plus tôt et légitimée depuis peu. Il semblait si amoureux, si heureux... Il avait en outre retrouvé sa sœur Claudia, revenue d'exil pour reprendre sa place à ses côtés.

— Je suis Sera Boreas, du Haut Pays, fille de Yuna et pupille de Lianthe. Et courtisane jusqu'à ce que tu me libères. Je n'ai que faire de titres ou de devoirs royaux.

— Pas même envers moi ? *Avec* moi ?

— *Je ne sais pas ce que tu veux de moi* ! s'écria-t-elle.

— Si, tu le sais parfaitement. Je te l'ai dit et te le répète : je n'ai pas besoin de courtisane, Sera. C'est une épouse que je veux. Mais bien que tu sois la candidate idéale, que tu possèdes toutes les qualités que je recherche chez une femme, tu refuses de m'épouser. Je ne t'en blâme pas. Pourquoi assumerais-tu des devoirs royaux, alors que tu jouiras bientôt de la liberté de vivre à ta guise ?

Ses traits se durcirent.

— Mais tu ne peux plus rester au palais. Je ne regarderai pas ailleurs tant que tu vivras ici. Or il semble que je *doive* regarder ailleurs.

— Je ne peux pas partir. Le traité...

— Non seulement tu le peux, mais je te le demande.

Sera le dévisagea, à court d'arguments. Il paraissait si calme, si distant...

— *J'exige* que tu t'en ailles, reprit-il, voyant qu'elle ne bougeait toujours pas. Et je ne voudrais pas te manquer de respect, mais cette fois, j'en ai assez, Sera. Tu as jusqu'à minuit pour quitter le palais.

Le dos raide, Augustus regarda la porte se refermer sur Sera. Il n'était jamais tombé amoureux de sa vie, pas une seule fois. Il ignorait tout de l'amour. Jusqu'à ce que Sera sorte de son bureau en emportant son cœur avec elle.

Il se passa la main sur le visage et se força à respirer calmement. Cela ne diminua pas la douleur qui lui étreignait la poitrine, mais il se sentit un peu plus vivant.

Sera avait préféré la liberté au devoir. À lui, Augustus. La nuit partagée avec elle avait été fabuleuse, mais il avait mal interprété ce qu'ils avaient vécu ensemble. La passion produisait de tels effets. Ils avaient fait l'amour, et alors ? Sera avait joué son rôle de courtisane, c'est tout.

Se ressaisissant, il souleva le téléphone d'une main ferme.

— Faites venir mes avocats. Je prépare une demande en mariage destinée à Katerina DeLitt.

Demande qui serait à coup sûr rejetée, mais peu importait. Il en avait besoin pour une autre raison. Et puis, il n'était pas obligé de la faire parvenir à Katerina maintenant.

— Débrouillez-vous pour savoir combien pèse Sera, poursuivit-il. Sortez le double de son poids en or des coffres du palais et envoyez-le au Haut Pays, à l'attention de Lady Lianthe. Aujourd'hui. Vous y joindrez une copie de la demande en mariage destinée à la baronne DeLitt. Ensuite, vous veillerez à ce que Sera et ses gardes aient quitté le palais ce soir – à minuit au plus tard !

9

Perplexe, Sera relut la courte missive que venait de lui remettre le secrétaire particulier d'Augustus.

— Vous êtes libre, Lady Sera, déclara le vieil homme d'une voix ferme. Les termes du traité ont été respectés, quasiment à la lettre. J'ai réservé des suites pour vous et vos gardes dans un hôtel du centre-ville.

Debout à côté d'elle, Ari croisa les bras sur son torse impressionnant.

— Il est 23 heures, fit-il remarquer avec flegme.

— Il s'agit d'un hôtel cinq étoiles, et la réception est ouverte vingt-quatre heures sur vingt-quatre. Les réservations sont payées jusqu'à la fin du mois, au cas où vous souhaiteriez reporter votre retour au Haut Pays.

— En quoi les termes du traité ont-ils été respectés ? demanda Sera.

— Le roi ayant lancé une demande en mariage, il considère qu'il a satisfait aux dispositions du traité. Lady Lianthe a donné son accord. Le double de votre poids en or lui a été envoyé aujourd'hui même.

— Je...

Il fallait qu'elle appelle Lianthe. Et parle à Augustus. Même si elle ne savait pas du tout ce qu'elle lui dirait.

— Sa Majesté est-elle au palais ? Je peux le voir ?

— Je regrette, Lady Sera. Il n'est pas là.

C'était sans doute un mensonge, mais il n'aurait servi à rien d'insister.

— Pourrais-je le voir demain matin ?

— Je crains que cela ne soit pas possible, il enchaînera les rendez-vous toute la journée.

Évidemment...

— Les hiboux...

— Nous nous en occuperons, Lady Sera. Et tous vos biens seront emballés avec soin puis réexpédiés au Haut Pays. En outre, un véhicule du palais est à votre disposition. Il vous attend devant l'entrée sud.

La liberté tant convoitée prenait un goût affreusement amer. En fait, Sera avait l'impression d'être congédiée plutôt que libérée.

Elle acquiesça néanmoins d'un hochement de tête.

— Je laisserai une lettre destinée à Sa Majesté sur mon bureau. Voudrez-vous bien la lui remettre ?

— Vous pouvez compter sur moi.

Au grand soulagement de Sera, le vieux secrétaire redevint enfin lui-même, renonça à son air sévère et alla jusqu'à lever les yeux au ciel.

— Quant à vous assurer qu'il lira bien votre lettre..., soupira-t-il. Ça, c'est une autre affaire, Lady Sera...

Dès qu'il fut parti, Sera se tourna vers Ari.

— Je dois appeler Lianthe. Prévenez les autres que nous allons sans doute devoir partir.

Avec un hochement de tête, il sortit son téléphone portable de sa poche avant de s'éloigner. De son côté, Sera quitta la pièce et se rendit dans sa chambre pour appeler Lianthe.

Celle-ci répondit à la deuxième sonnerie.

— C'est vrai ? demanda Sera sans autre préambule. Les termes du traité ont été respectés ?

— Il n'est pas marié et n'a pas d'héritier, commença Lianthe calmement. Mais il a rédigé une demande en mariage en bonne et due forme, laquelle a toutes les chances d'aboutir. Il m'a également informée que ta présence n'était plus nécessaire et m'a menacée de révéler à Casimir et Claudia tes liens avec la famille royale de Byzenmaach, si je n'acceptais pas sa décision.

Lianthe laissa échapper un soupir.

— Alors j'ai accepté. J'ignore vraiment qui a pu lui fournir ces informations. Pas toi, j'imagine.

— Non. Il a fait enquêter sur moi.

— Hormis nous deux, *personne* n'est au courant.

— Quelqu'un l'a tout de même découvert.

Des larmes se pressant soudain sous ses paupières, Sera ferma les yeux pour les refouler.

Elle ne pleurait *jamais*, et ce n'était pas le moment de craquer.

— Il m'a demandé de devenir sa femme. Et je n'ai pas su quoi lui répondre.

— Ah, je comprends mieux, à présent, répliqua doucement Lianthe. Quel dommage… Je trouve sa fermeté envers toi assez admirable, je l'avoue. Il doit être très amoureux de toi.

— Il se sent piégé, c'est tout. Il est forcé de se marier et ne ressent pas d'attirance particulière pour les candidates potentielles. Je le sais pour l'avoir observé.

— En revanche, l'attraction qu'il éprouve pour toi est puissante, manifestement.

Sera repensa aux confidences d'Augustus concernant son enfance, le désir insatiable qu'il avait montré envers elle, aux moments aussi complices qu'inattendus qu'ils avaient eus.

— Peut-être, admit-elle. Mais je ne suis pas faite pour l'amour, Lianthe.

— Tu as quelque chose contre ?

— Oui. Je ne crois pas qu'il apporte le bonheur.

— Ta mère était un cas extrême. Elle est tombée amoureuse d'un homme dur et violent.

— Augustus n'est pas violent, mais il est difficile et exigeant. Il a besoin d'une épouse qui se tienne à ses côtés. Je devrais être disponible tout le temps. Qui souhaiterait vivre une vie pareille ?

— Pas toi, apparemment. Même si tu étais amoureuse de lui. Ce qui n'est pas le cas.

— En effet.

— Très bien ! s'exclama Lianthe d'un ton un peu trop enjoué. Quand reviens-tu parmi nous, alors ?

— Tu as envie d'en parler ?

Augustus foudroya sa sœur du regard et se demanda à nouveau

pourquoi il l'avait laissée s'inviter à dîner. Il lui manquait, prétendait-elle. Subitement. Alors que d'habitude, elle n'avait jamais le temps de venir le voir. En réalité, elle voulait savoir où il en était côté projets de mariage.

— Parler de quoi ?

— De la rumeur selon laquelle tu as présenté – ou *vas* présenter – une demande de mariage à Katerina DeLitt ? Ou bien du départ impromptu de ta courtisane ?

Elle le regarda en haussant les sourcils.

— À toi de choisir.

Sera était partie quatre jours plus tôt. Quand il se rendait dans la salle ronde désormais désertée, Augustus devenait fou. Le doux hululement des hiboux paraissait le narguer. La simple vue de la roue des désirs lui était insupportable.

— Je choisis le silence.

Moriana respecta son choix durant trente secondes – mais uniquement parce qu'elle avait la bouche pleine.

— Tu préfères en parler avec Theo ? demanda-t-elle après s'être tapoté délicatement les lèvres avec sa serviette de table.

Elle reposa celle-ci à côté de son assiette.

— Ou avec Benedict ? C'est fou comme il peut se montrer pertinent quand il s'agit d'affaires de cœur.

— Heureusement qu'il n'est pas là ! s'exclama Augustus, pince-sans-rire. Sera Boreas est partie, le traité a été honoré, à la grande satisfaction des deux parties, et je serai marié avant la fin de l'année.

— Très bien. Mais avec qui ? Et ne me raconte pas que tu es fou amoureux de Katerina, s'il te plaît. Je te connais. Ce n'est pas vrai.

— Depuis quand l'amour constitue-t-il une condition indispensable au mariage ?

— Depuis quand n'est-ce plus indispensable pour toi ?

— Tout le monde n'est pas fait pour le grand amour, ma chère. Je sais que toi et Theo...

— Tu n'es pas différent de moi, l'interrompit sa sœur en redressant le menton d'un air hautain. Tu désires vivre ce genre d'amour. Tu l'as *toujours* désiré.

Augustus se contenta d'un haussement d'épaules et se concentra sur son assiette. Moriana détestait qu'il refuse de polémiquer avec elle.

— Augustus, je t'aime, tu le sais.

Ah ah, très drôle…

— Mais j'ai reçu un nombre incroyable de coups de fil, de quasiment tous les membres du personnel du palais, pour me supplier de venir t'étrangler. Je crois même qu'ils seraient prêts à me voir prendre ta place et devenir reine d'Arun.

Il se retint de rouler des yeux.

— Si je ne portais pas un enfant…

— Tu es enceinte ? l'interrompit Augustus, suffoqué.

Les yeux de sa sœur pétillèrent.

— D'à peine neuf semaines, dit-elle doucement. Nous gardons le secret jusqu'à ce que ma grossesse soit un peu plus avancée, mais je tenais à te l'annoncer dès maintenant et en personne.

— Félicitations, dit-il, sincère. Tu vas bien ? Tu es heureuse ?

Theo devait être fou de joie.

— Je vais aussi bien que possible, vu les nausées auxquelles j'ai droit chaque matin. Quant à être heureuse…

Elle le regarda, les larmes aux yeux.

— Je vais être maman, Augustus ! Moi ! Tu te rends compte ?

Non, il n'avait pas le droit de l'envier. Moriana méritait d'être heureuse. De son côté, il avait le temps, et un jour, ce serait son tour d'être fier et fou de joie d'annoncer que sa femme attendait un enfant. Sera. Il ne put s'empêcher de l'imaginer enceinte. Il vit son corps mince agrémenté d'un superbe ventre rond, ses magnifiques yeux gris brillant d'un doux éclat…

Sera. La femme merveilleuse qui avait choisi la liberté plutôt que de rester à ses côtés. Augustus ne lui en voulait pas. Il avait fait tout ce qui était en son pouvoir pour lui offrir cette liberté.

— Tu pourrais aller la retrouver, maintenant que le traité a été respecté, dit Moriana, le faisant presque sursauter. Tu as toujours eu un problème avec le fait qu'elle soit venue ici par devoir, pour te servir.

— Cesse de rêver, Moriana. Tu veux bien ?

— Elle n'est pas rentrée au Haut Pays, répliqua Moriana en le regardant dans les yeux. Après être partie d'ici, Sera s'est rendue à Byzenmaach. Elle se trouve actuellement à la forteresse d'hiver de Casimir.

— Pardon ?

— Elle rend visite à Claudia, poursuivit Moriana en l'observant avec attention. Elles se connaissent pour avoir fréquenté la même école autrefois, dans les montagnes du Nord.

Il n'avait pas parlé à Moriana des informations confidentielles concernant Sera. Ni à quiconque. Il en avait terminé avec ces histoires. Avec elle.

— Alors, vous allez l'appeler comment, ce bébé ? Vous y avez réfléchi ?

— Pas le moins du monde ! Enfin, pas moi, en tout cas, dit-elle en riant.

— Et la naissance est prévue pour quand ?

— Pour dans trente et une semaines, apparemment. Tu pourrais aller voir Claudia, ou Tomas, pour leur demander comment te débarrasser des hiboux qui sont toujours dans l'ancien harem. Ils ne devraient pas être trop difficiles à attraper, vu que je sais de source sûre que tu les nourris.

— N'importe quoi ! Et le bébé, il se porte bien ?

— Pas mal, comme tentative de diversion, fit-elle en plissant les yeux. Si tu voyais dans quel état est Theo ! Il est *terrifié* à la perspective de devenir père ! Et il ne parle que de prénoms, d'accouchement et d'éducation ! Tu ne le reconnaîtrais pas !

— C'est vrai ? demanda Augustus en souriant. Theo est devenu gaga ? J'aimerais bien voir ça !

Moriana éclata de rire.

— *Complètement* gaga ! Tu n'imagines pas...

— Je suis ravi pour vous deux, dit-il, attendri.

— Merci. Mais dis-moi, tu as vraiment demandé à Katerina DeLitt de t'épouser ?

— J'ai préparé une demande en mariage, oui.

— Et tu l'as envoyée ?

— Tu as quelque chose contre elle ?

— Non, pas du tout, hormis le fait que tu en aimes une autre. Et comme je me suis trouvée dans la même situation que Katerina DeLitt, je compatis à son sort. Si tu avais le moindre bon sens, tu ne songerais même pas à lui présenter ta demande. De toute façon, si elle en a, du bon sens, elle la refusera, j'en suis certaine.

— Peut-être.

Sa sœur le regarda droit dans les yeux.

— Reverras-tu au moins Sera avant de t'engager de façon définitive avec une autre femme ?

— Je ne souhaite pas discuter de cela avec toi, mais je t'ai bien entendue, répondit Augustus en soutenant son regard. Et maintenant, à ton tour de m'écouter, Moriana. Non, je ne reverrai pas Sera. Je lui ai déjà parlé et elle a été très franche : devenir ma reine ne l'intéresse pas. Point final. Alors je n'aborderai plus jamais ce sujet ni avec toi ni avec quiconque. Et si cela ne te plaît pas, tu peux t'en aller, je ne te retiens pas.

10

Lorsque Sera avait appelé Claudia pour lui demander si elle connaissait un endroit où elle pourrait aller s'entraîner et réfléchir en paix, son amie l'avait aussitôt invitée à venir la rejoindre dans le Nord, à la forteresse d'hiver de Casimir.

En acceptant l'invitation sans dévoiler leur parenté secrète, Sera s'était sentie quelque peu mal à l'aise. Mais dès son arrivée dans cette impressionnante forteresse surplombant un col, elle avait été envahie par un sentiment de calme et de sérénité qu'elle n'avait pas éprouvé depuis longtemps.

Après avoir achevé son entraînement, elle salua la vallée et le soleil levant, puis se retourna et découvrit Claudia, assise sur un rocher, qui l'observait en silence.

— C'était beau, dit son amie en souriant. Mais tu as toujours été très belle, de toute façon.

— Ce n'est pas toujours facile à porter, soupira Sera.

— À qui as-tu brisé le cœur, cette fois-ci ?

— Cela ne se raconte pas, répondit-elle tranquillement.

En fait, Sera se sentait perdue. Elle avait souhaité revoir Casimir, aller lui parler, puis changé d'avis. Et maintenant, elle ne savait plus du tout ce qu'elle voulait.

— Je ne sais plus quoi faire, avoua-t-elle à son amie. Je n'ai pas de projets. Je suis enfin libre, et je ne fais que regarder en arrière et penser à ce que j'ai quitté.

— Je connais ce sentiment, répliqua Claudia. Regarde.

Elle ouvrit un panier posé à ses pieds.

— J'ai apporté le petit déjeuner. Tu as faim ?

Sera sourit et s'assit en tailleur face à elle, et pour une fois, dévora les petits pâtés à la viande avec appétit, puis savoura le thé au lait sucré et parfumé.

— Tu penses parfois que tu aurais dû rester dans les montagnes, auprès des tribus du Nord ? demanda-t-elle en reposant le gobelet sur la serviette étalée entre elle et son amie.

— Je suis plus utile ici, répondit celle-ci avec calme. Alors non, je ne regrette pas d'être partie.

— Mais tu *aimes* vivre ici ? Tu es bien traitée ?

— Je suis traitée comme une princesse, parce que c'est ce que je suis. Certains me considèrent comme une amie retrouvée, une confidente, et cela me plaît bien. D'autres me regardent à peine. Ce n'est pas toujours facile, mais je suis heureuse et j'aime la place qui me revient, même si je dois la reconstruire.

Elle se pencha pour prendre une serviette en papier.

— J'aimerais te présenter ma nièce. Elle ne manque pas de caractère, je t'assure ! Cette semaine, elle souhaite devenir samouraï. Vous vous entendriez bien, je pense.

— Je serai ravie de la rencontrer.

Une nièce. Elle avait une nièce, songea Sera, les larmes aux yeux.

— Hé..., fit Claudia en lui posant la main sur le bras. Que se passe-t-il ?

— Rien. Je... Je la rencontrerai avec plaisir.

Claudia la dévisagea un instant en silence, mais n'insista pas.

Après avoir rassemblé les restes du petit déjeuner, elle redressa la tête et demanda :

— Je peux faire un exercice de visualisation avec toi ?

Sans attendre sa réponse, elle lui prit les deux mains.

— Je le trouve utile quand je me sens un peu perdue. Ferme les yeux.

Sera obéit.

— Tu es devant un carrefour. Sept chemins s'offrent à toi. Certains sont sans danger, parce que tu sais où ils mènent. D'autres te paraissent lumineux et attirants, parce qu'ils t'ouvrent des perspectives riches en nouvelles aventures. D'autres encore sont sombres et inquiétants. Sur certains d'entre eux, tu aperçois une famille au loin, mais tu ne sais pas trop quel accueil ils te réservent parce qu'ils ont l'air très heureux, et que tu te demandes ce qu'ils pourraient bien désirer de plus.

Rouvrant les paupières, Sera scruta le regard de son amie. Savait-elle quelque chose ?

— Ferme les yeux, Sera. Quelqu'un se tient à côté de toi, à ce croisement. Un être qui sera toujours avec toi, parce que tu le portes dans ton cœur comme un talisman. Il ne te forcera jamais à rien. Il t'observe et attend que tu fasses ton choix, et il te laissera partir. Il se battra pour que tu puisses choisir ta voie. De tous les cadeaux qu'il puisse t'offrir, c'est le plus douloureux. Et le plus précieux.

Sera se mit à trembler.

— Je sais de qui tu parles, murmura-t-elle.

— Vraiment ? Parce qu'il pourrait s'agir de n'importe qui. Même de moi, par exemple.

Quand elle rouvrit les yeux, Sera croisa le regard affectueux et bienveillant de son amie.

— Moi qui te dirais que je suis là et prête à t'aider si tu me le demandais. Quand je fais cet exercice, c'est Tomas que je vois à côté de moi. A-t-on déjà entendu parler d'une princesse et d'un fauconnier ? Il ne se permettra jamais de poser la main sur moi, il ose à peine me regarder, mais je construis une nouvelle relation entre nous et pour nous, brique par brique, au cas où un jour, il se déciderait à envisager de vivre quelque chose avec moi.

Elle regarda un instant Sera en silence.

— Si tu le vois, inutile de faire allusion à ce que je viens de te dire, au fait, sauf si cela se présentait dans la conversation. Dans ce cas-là, sens-toi libre d'embellir ton récit !

Comme Sera la dévisageait en haussant les sourcils, Claudia ordonna d'un ton faussement sévère :

— Ferme les yeux et ouvre ton cœur !

Sera s'exécuta.

— Tant que tu n'y verras pas plus clair dans tes sentiments envers cet homme qui se tient à tes côtés, tu ne pourras pas avancer, reprit son amie. C'est ta prochaine étape, peut-être la plus importante de ta vie.

Soudain, Sera sentit la joue de Claudia effleurer la sienne.

— Mais tu vas franchir le pas, Sera, chuchota-t-elle.

Une fois de retour à la forteresse, on leur servit des fruits frais et du pain sur un large balcon surplombant un jardin clos, puis un assortiment de pâtisseries raffinées et du café.

— Tu permets que j'ouvre mon courrier ? demanda Claudia en soulevant un dossier en cuir bleu. Le palais m'envoie chaque jour les nouvelles.

— Je t'en prie.

— Tiens, il semblerait qu'il y ait eu une tentative d'assassinat à Arun… Sur la personne du roi…

— Quoi ?

Claudia lui tendit la feuille de papier et passa à la suivante.

— Hum… Voyons ce que racontent les tabloïds. Ton cher roi s'est aventuré dans un quartier mal famé de la capitale, hier soir. Deux personnes ont été arrêtées, Augustus a été hospitalisé, en unité de soins intensifs.

— Quoi ? répéta Sera, complètement perdue.

Augustus avait été victime d'une tentative d'assassinat, il avait été hospitalisé, en unité de soins intensifs…

— Tiens, lis. C'est tout ce que j'ai comme informations. Tu peux joindre quelqu'un au palais pour avoir des détails ?

— Pas à cette heure-ci…, murmura Sera, le cœur battant à tout rompre.

— Tu veux téléphoner ? Nos lignes sont à ta disposition.

— Ils verront que l'appel vient de Byzenmaach.

— Et alors ? répliqua Claudia en haussant un sourcil. Cela pourrait faciliter le contact…

En effet.

Quand elle appela le bureau d'Augustus, son secrétaire particulier répondit à la sixième sonnerie.

— Bonjour, c'est Sera.

Silence.

— Je vous appelle de la forteresse d'hiver de Casimir de Byzenmaach. Je viens d'apprendre la nouvelle.

Nouveau silence.

Sera s'éclaircit la voix.

— Comment va-t-il ?

— Il est en soins intensifs, répondit enfin le secrétaire.

— Et son état ?

— Il a besoin d'avoir quelqu'un à ses côtés, qui le soutienne et se batte pour lui.

— Je peux venir, répliqua Sera en refoulant ses larmes. Je crois que je pourrais...

— Oui, je sais. Nous le savons tous. Mais je vais être brutal, Lady Sera : ne revenez pas si vous n'avez pas l'intention de rester. Il vous a laissée partir parce que vous en aviez exprimé le souhait, mais cela l'a presque détruit. Ne lui faites pas revivre ce calvaire.

— Je vous le promets. Où est-il ?

— À l'hôpital des sœurs de la Charité, dans la capitale. Je suppose que vous avez accès à un hélicoptère et un pilote ? Dites-lui de m'appeler et je lui donnerai les précisions nécessaires.

— Cette initiative risque de vous causer des ennuis...

— Probablement, acquiesça le secrétaire d'un ton pince-sans-rire.

— Si jamais je peux faire quelque chose pour vous un jour, déclara Sera, dites-le-moi et je me ferai un devoir de...

— Vous avez vos gardes avec vous ?

— Oui.

— Alors, vous pouvez faire quelque chose pour moi dès maintenant. Amenez-les avec vous. Le chef de la sécurité a donné sa démission ce matin sur un coup de colère. Le poste est vacant.

— Je vous les amène. Mais dites-moi, que s'est-il passé ?

— Quelle version souhaitez-vous entendre, Lady Sera ?

— La vôtre.

— Dans ce cas, je serai bref. La plupart des individus ont l'instinct de préservation. Mon roi a perdu le sien.

Quand elle raccrocha le téléphone, Sera tremblait de la tête aux pieds.

— Il me faudrait un hélicoptère, dit-elle en se tournant vers Claudia, immobile sur le seuil de la pièce.

— Pas de problème.

— Et un pilote.

— Je suis à ta disposition.

À son arrivée à l'hôpital, le vieux secrétaire l'attendait devant l'entrée et lui ouvrit la porte vitrée.

— Comment va-t-il ? demanda Sera en le suivant dans le hall d'entrée.

— Suivez-moi, répliqua le vieil homme sans se retourner.

Seigneur, faites qu'il n'aille pas plus mal...

— Sa sœur est-elle là ? Son père ?

— Ils sont déjà venus le voir.

Le secrétaire s'avança dans un long couloir gardé à chaque extrémité par des agents de sécurité du palais.

— Ari et Tun prendront la relève devant l'entrée de l'unité des soins intensifs, dit-elle. Vous m'avez demandé de les amener avec moi, alors autant qu'ils se rendent utiles dès maintenant.

— Vous permettrez peut-être que les agents de Sa Majesté les mettent d'abord au courant sur les événements d'hier soir ?

— Que s'est-il passé, exactement ?

— Le roi se rend parfois en ville seul, sous un déguisement. Je l'ai toujours mis en garde contre les risques qu'il encourrait en se hasardant ainsi dans les bas quartiers de la capitale, mais la liberté exerce un attrait irrésistible sur ceux qui n'en ont jamais joui, soupira le secrétaire en s'arrêtant devant une porte encadrée par deux agents armés.

Il se tourna vers Sera.

— Vous pouvez entrer.

— Il est seul ?

— Sa sœur vient de quitter l'hôpital.

Lorsqu'elle pénétra dans la chambre, celle-ci était vide. Elle contempla les appareils débranchés, le lit ouvert. Puis elle aperçut Augustus, debout à côté de la fenêtre située au fond de la pièce. Il avait l'air livide et épuisé, le torse nu, l'épaule bandée et le bras sanglé contre la poitrine.

Et il la contemplait en silence, les yeux écarquillés.

— Bonjour, murmura Sera. Je... Tu peux te lever ?

Il haussa un sourcil.

— Et... marcher ? C'est formidable. Tu t'es vite remis... Je... Je suis...

— Que fais-tu ici ? demanda-t-il lentement en la dévisageant de la tête aux pieds.

— Je... Eh bien, en fait... Je rendais visite à Claudia, dans sa montagne...

Il haussa de nouveau un sourcil.

— Ce n'est pas sa montagne, bien sûr, se reprit Sera. Mais c'est une montagne quand même. Et j'étais là-bas à penser à toi, et à moi, et je me demandais s'il pourrait jamais y avoir un « toi et moi ». Je ne songeais pas à une relation obligée, ni à un devoir ou à un sacrifice, non... Je me demandais s'il pourrait y avoir un toi et moi qui puisse signifier que nous soyons ensemble par choix, et que nous envisagions de construire quelque chose, librement, en conservant l'ancien harem comme un lieu où nous pourrions tous les deux être nous-mêmes... Et peut-être que – à condition que tu n'aies pas déjà présenté ta demande à Katerina DeLitt, naturellement – nous pourrions reparler de la proposition que tu m'avais faite.

Si seulement il avait pu dire quelque chose... Mais non, il la laissait bredouiller, sans lui apporter aucun secours...

— Et le faire par amour. Parce que...

Est-ce que ça avait du sens, ce qu'elle racontait ?

— Parce que je t'aime, Augustus.

— Ah ? Et pourquoi ? fit-il, avec un minuscule sourire qui lui donna le courage de continuer.

— Parce que tu m'as laissée m'installer au palais alors que tu savais que tout allait devenir très compliqué. Parce que tu m'as permis de mettre en place des projets qui te déplaisaient, au moins au départ. Parce que...

— Viens, murmura-t-il en lui tendant son bras valide.

Sera ne se le fit pas dire deux fois et se précipita vers lui.

— Si le coup de foudre existe, reprit-il en lui passant le bras autour de la taille, il m'est tombé dessus la première fois que je t'ai vue. Lorsque tu as fait la révérence devant moi, je ne l'ai pas supporté. Je voulais que tu te redresses et te tiennes face à moi, comme mon égale. J'avais *besoin* d'une femme qui soit mon égale. Et tu es restée et as réussi à t'imposer, brillamment, en dépit de tous les obstacles, de toutes mes réticences. Et finalement, je me suis rendu compte que je l'avais trouvée, mon égale.

Il lui lâcha la taille et leva la main pour lui caresser doucement la joue.

— Mais j'avais toujours su que je devrais te laisser partir.

— Tu l'as fait.

— Et pourtant, tu es là, murmura-t-il en glissant les doigts dans ses cheveux. Et il faut que tu saches que je n'ai plus l'intention de te laisser partir. Plus jamais.

Lui soulevant le menton, il pencha la tête et l'embrassa, avec douceur, d'abord, puis avec passion.

Quand il écarta les lèvres des siennes, Sera le regarda en silence, le cœur battant comme un fou.

— Je t'aime, Sera. Je te veux à mes côtés jusqu'à la fin de mes jours. Mais ni comme courtisane ni comme employée.

Il se laissa glisser contre elle et posa un genou sur le sol, puis ôta la bague sertie d'un énorme saphir qu'il portait toujours à son doigt.

— Elle est un peu lourde, je sais, mais si tu l'acceptes, elle est à toi. Et je t'en achèterai d'autres, je te le promets. Veux-tu devenir ma femme, Sera ?

— Oui. Parce que je t'aime, Augustus. Et j'accepte la bague et je la porterai chaque jour – après que nous l'aurons fait ajuster ! ajouta-t-elle en riant.

Puis elle prit l'homme de sa vie dans ses bras et le serra doucement contre elle pour ne pas lui faire mal.

— Mais avant tout, promets-moi de ne plus jamais t'aventurer sans protection dans des quartiers à risques, mon amour.

— Je te le promets, ma chérie, murmura-t-il en lui caressant les reins. À moins que tu ne m'accompagnes comme garde du corps ?

— Pourquoi pas ? Mais dis-moi, ils comptent te garder longtemps ici ? Et qu'est-ce que tu as au juste ? C'est grave, cette blessure ?

À cet instant, on frappa à la porte, puis Moriana entra, les regarda, baissa les yeux sur son frère toujours agenouillé devant Sera...

— Quel charmant spectacle...

— Cela te dérange ? fit Augustus en haussant un sourcil.

— Pas du tout. Je t'en prie, continue, ne fais pas attention à moi. Bonjour, Sera, dit-elle en souriant jusqu'aux oreilles.

Sera se pencha pour murmurer à Augustus :

— Je crois que tu peux te relever, maintenant... Je te promets de reprendre les choses où nous les avons laissées, dans la même position…

— D'accord, chuchota-t-il. Je peux compter sur toi pour m'aider à te déshabiller ?

— Je ferai tout ce que tu voudras, mon amour. Parce que je le désire.

— J'accepte, ma chérie. À condition de pouvoir faire moi aussi…

Moriana toussota.

— Vous êtes sûrs que je ne vous dérange pas ?

Après s'être redressé, Augustus se tourna vers sa sœur en souriant.

— Nous allons nous marier, lui annonça-t-il. Et si tu le permets, j'aimerais régler quelques détails avec ma fiancée.

Sa sœur les dévisagea en roulant des yeux, avant de sourire à son tour avec malice.

— Je peux vous aider, si vous voulez. Je suis très douée pour organiser ce genre d'événement !

— Dehors ! s'écria son frère d'un ton faussement sévère. Tout de suite !

Cette fois, Moriana ne se le fit pas dire deux fois et, après avoir effectué une parodie de révérence destinée à Augustus, elle lança un clin d'œil à Sera, se détourna et quitta la chambre en refermant la porte derrière elle.

— Enfin seuls…, murmura Augustus. Alors, tu m'aides ?

— Pas avant que tu ne m'aies embrassée, chuchota Sera en lui offrant ses lèvres. Mais dis-moi, si quelqu'un venait… ?

— Ne t'inquiète pas, je suis certain que mon fidèle secrétaire veille et ne permettra à *personne* de nous déranger !

Sur ces mots, il prit sa bouche avec passion, comme pour sceller l'avenir radieux qui s'ouvrait devant eux.

MELANIE MILBURNE

Dans les bras du Dr Bishop

Traduction française de
GENEVIÈVE BLATTMANN

GENTLEMEN

HARLEQUIN

Titre original :
A DATE WITH HER VALENTINE DOC

Ce roman a déjà été publié en 2020.

1

Ma carte postale, punaisée au tableau d'affichage. Ce fut la première chose que je vis en entrant dans mon bureau de l'hôpital, au retour de ma lune de miel. Enfin… Au retour de ce qui aurait *dû* être ma lune de miel. J'avais posé cette semaine de congés plusieurs mois à l'avance. Il n'était pas facile d'obtenir trois semaines de vacances d'une seule traite à St Ignatius — « St Iggy » pour le personnel —, surtout juste avant les fêtes de fin d'année. De nombreuses mamans y travaillaient et je me serais sentie coupable de priver l'une d'elles du concert de Noël de son gamin. D'où ma décision de ne pas revenir de ma « lune de miel » avant la traditionnelle dinde en famille.

Ma carte trônait au centre du tableau. On ne voyait qu'elle. Je l'avais laissée dans ma chambre, au chalet de la station de ski, en Italie, avec les deux autres que j'avais écrites pour mes voisins âgés. Et je m'étais juré de ne pas les poster. Ma mère m'avait suggéré de les rédiger pour me libérer des énergies négatives. Un employé perfectionniste avait dû tomber dessus et cru bien faire en les postant.

Si j'avais retourné cette fichue carte, j'aurais pu lire les mensonges que j'y avais tracés en sirotant un cocktail en solitaire. J'en étais peut-être au deuxième verre, en fait. Pour être honnête, je crois même que c'était le troisième. *Tout se passe super bien ! Je m'amuse comme une folle !*

Avec le recul et une froide objectivité, je voyais clairement tous les signaux d'alarme, les drapeaux rouges que, sur le moment, je n'avais pas vus. Et bien sûr, comme souvent, tout le monde avait compris, sauf moi : ma mère, mon père… Quant à Jem, ma sœur, elle avait catalogué Andy dès la première rencontre : pour elle, c'était un crétin. Point final.

Je suppose que, au bout du compte, ils avaient raison.

L'occasion de faire disparaître ma carte postale me passa sous le nez quand Jill, la réceptionniste, arriva derrière moi avec deux internes.

— Et voici notre jeune mariée rougissante !

Rougissante, ça oui, je l'étais. Devant ces trois visages réjouis, je n'eus ni le cœur ni le courage d'avouer qu'il n'y avait pas eu de mariage. Avec un sourire forcé, j'ai prétexté un patient âgé à aller voir et je me suis lâchement défilée. Je n'étais au St Iggy que depuis dix mois, et mes relations avec l'équipe étaient encore trop superficielles pour que je raconte mes problèmes à qui que ce soit. Pourtant, l'une des infirmières des soins intensifs, Gracie McCurcher, était vraiment très sympathique.

Quant aux réseaux sociaux, j'avais fermé ma page profil depuis deux ans, après que quelqu'un s'était introduit sur mon compte et avait utilisé ma photo sur un site pornographique. Essayez d'expliquer ça à vos collègues, en particulier masculins...

Mon village natal, dans le Yorkshire, était suffisamment loin de Londres pour que je ne me sente pas obligée de claironner partout que j'avais été « larguée » la veille de mon mariage. Ne rien dire n'était pas très courageux de ma part, mais j'essayais encore de me faire à l'idée que j'étais de nouveau célibataire. En dépit de mon éducation non conformiste, j'ai des principes assez conservateurs, et je n'avais donc jamais emménagé avec Andy, mais nous étions en couple depuis cinq ans et demi.

Evidemment, la question se posait : comment avais-je pu ignorer, pendant tout ce temps, qu'il ne m'aimait pas ? A vrai dire, je ne le savais pas vraiment moi-même. Je l'aimais, et j'imaginais donc que cet amour était payé de retour. C'était un raisonnement plutôt naïf, mais sans doute était-ce ma nature. D'un autre côté, peut-être me doutais-je, sans vouloir l'admettre, qu'il était avec moi en attendant de trouver mieux ?

Toujours est-il qu'en ce matin de janvier froid et lugubre, j'étais devant le lit de M. Simmons, un vieux patient que je connaissais bien et que la vie quittait lentement. Il y avait quelque chose d'incroyablement sacré à voir quelqu'un mourir. Bien sûr, ce n'était pas toujours paisible. Certains luttaient, tentaient de résister ; sans doute ne se sentaient-ils pas prêts à quitter ceux qu'ils aimaient. D'autres s'en allaient avec un simple soupir au moment précis où leurs proches arrivaient, comme s'ils avaient attendu cet instant, ce dernier regard, cet ultime contact, pour lâcher enfin prise. J'avais assisté à tant de départs pour l'autre monde... Mais c'était inévitable pour qui travaille aux soins intensifs. Tous les patients n'en ressortaient pas le sourire aux lèvres.

Tous les patients n'en ressortaient pas — tout simplement.

Lorsque c'était une personne âgée, comme M. Simmons, je pouvais le supporter. De même s'il s'agissait d'un adulte qui avait vécu une vie pleine et heureuse, et qui était jusqu'à ses derniers instants entouré de ceux qu'il aimait. Mais lorsque c'étaient des enfants, et surtout des bébés, j'avais beaucoup de mal à prendre le recul nécessaire. Il était si injuste qu'ils n'aient pas la chance de vivre leur vie, et même de la gâcher, comme j'avais gâché la mienne.

Les petits-enfants et arrière-petits-enfants de M. Simmons étaient venus lui faire leurs adieux la veille au soir. Sa femme était morte deux ans plus tôt, aussi seuls son fils et sa fille étaient-ils à cet instant près de lui. Ils l'embrassaient sur le front, caressaient sa main parcheminée et contenaient difficilement leurs larmes devant cette longue vie qui s'achevait.

Le service des soins intensifs était un endroit où l'on mourait couramment, et c'était la raison pour laquelle j'avais dû me battre pour que la direction m'accorde un endroit tranquille où les proches pouvaient désormais passer une heure ou plus avec le malade sans être constamment dérangés. J'avais même obtenu l'installation de bougies électriques ainsi qu'un diffuseur de parfum très discret qui parvenait à faire oublier les odeurs d'antiseptiques.

Evidemment, pendant mon absence, ces détails avaient été quelque peu négligés, mais j'étais de retour et bien décidée à finaliser la mise en place de mes méthodes pour lutter contre le stress. Je voulais démontrer qu'un aménagement adéquat de l'environnement dans lequel la famille vivait la maladie ou la mort d'un des siens en soins intensifs pouvait réduire de façon significative les coûts pour l'hôpital — moins de demandes d'assistance psychologique, moins de litiges et par conséquent moins de frais, et moins de congés pour cause de stress pour le personnel du service. J'avais l'intention de présenter ce projet à la prochaine réunion administrative, tant j'étais certaine de pouvoir prouver que tout le service bénéficierait de cette baisse de stress — les patients, bien sûr, mais aussi les membres de l'équipe.

Laissant la famille de M. Simmons, je refermai doucement la porte — eh oui, parce qu'une vraie porte avait remplacé le rideau — et retournai dans la salle vitrée où les chefs de clinique et les internes étaient briefés par l'un des médecins. Je n'avais pas encore rencontré le nouveau directeur. Il était arrivé le lendemain de mon départ.

Pour l'instant, je ne le voyais que de dos. Au début, j'ai cru qu'il s'agissait du Pr Rasar — un pessimiste notoire que nous avions baptisé entre nous « professeur Rasoir » — mais, en me rapprochant, je vis que c'était quelqu'un de bien plus jeune. Un homme aux épaules carrées, et grand. *Très* grand. Il dépassait même Mark Jones, l'interne, ce qui n'était pas peu dire.

Quelqu'un lui indiqua sans doute mon arrivée car il se retourna soudain et nos yeux se croisèrent. Les petits cheveux, sur ma nuque, se dressèrent comme sous l'effet d'un choc électrique. Jamais je n'avais vu un regard gris-bleu aussi intense. Aussi perçant, intelligent et incisif. Il m'observait avec une franche curiosité, et son intérêt non dissimulé était totalement troublant.

— Docteur Clark ? Beatrix Clark ?

— Bertie, dis-je avec un sourire un peu forcé. C'est plus simple que Beatrix.

Il me regardait comme si j'étais une curiosité. Etait-ce à cause de mes cheveux châtains que je ne peux pas laisser libres lorsque je travaille ? Ils sont mi-longs, bouclés, et totalement indisciplinés. Ce jour-là, je les avais relevés en deux mini-chignons de chaque côté de ma tête, comme deux oreilles de nounours. A moins que ce ne fût ma tenue. Pour moi, pas de tunique blanche ni de pyjama chirurgical, sauf pendant les opérations, naturellement. J'aime les couleurs. Elles ont un effet très bénéfique sur l'humeur des patients, surtout chez les enfants. En ce matin d'hiver tristement dominé par les bruns et les gris, je portais un jean cigarette rose et un pull vert prairie orné de grenouilles bleues.

Les yeux de mon nouveau chef s'arrêtèrent deux secondes sur les adorables petites rainettes avant de croiser de nouveau mon regard. Quelque chose se ferma alors en lui, comme s'il tirait un rideau. Je n'aurais pas été plus mortifiée si j'avais été en string...

Enfin, il se présenta.

— Matt Bishop, dit-il d'une voix grave et d'un ton autoritaire. Pourrions-nous nous voir cinq minutes dans mon bureau ?

Il s'éloigna dans le couloir sans m'attendre, comme si je n'étais qu'une étudiante de première année. Pour qui se prenait-il, celui-là ? En tant qu'anesthésiste, j'étais aussi qualifiée que lui. Enfin, presque.

— Tu ferais mieux de ne pas le faire attendre, Bertie, me conseilla Jill, la secrétaire du service. C'est un maniaque de la ponctualité. Alex Kingston s'est déjà fait remonter les bretelles parce qu'il est arrivé deux minutes en retard pour les visites du service.

Gracie, qui avait assisté à notre échange, soupira.

— Il va nous faire regretter Jeffrey.

Jeffrey Hopper, notre ex-directeur, avait pris sa retraite juste une semaine avant que je ne parte pour... mes vacances. C'était le spécialiste des soins intensifs le plus gentil et le plus encourageant que j'avais jamais rencontré. Bien sûr, il savait aussi se montrer ferme mais chacun, ici, savait que ses emportements n'étaient qu'une façade.

— C'est bien le problème, justement, dit Jill. Jeffrey n'avait pas l'autorité nécessaire pour diriger ce service. Les dépenses ont explosé et c'est le Dr Bishop qui va devoir tout reprendre en main. Franchement, je ne voudrais pas être à sa place. Il ne va pas se faire que des amis, c'est sûr. C'est vraiment un rôle très ingrat.

Comme toujours en situation de stress, je me mordis l'intérieur de la joue. Pour quelqu'un dont le projet de recherche portait sur la réduction du stress, c'était assez malvenu... J'étais censée être l'image même de la sérénité. En vérité, j'étais comme les canards qui barbotaient sur la Serpentine, dans Hyde Park ; ils donnaient l'impression de flotter sans le moindre effort alors que, en réalité, ils pagayaient comme des fous avec leurs pattes palmées sous l'eau.

— Garde tes photos pour plus tard, quand on aura fini la journée, dit Gracie.

Mes photos ? Oh ! bien sûr. Je me forçai à sourire ; tous les yeux étaient braqués sur moi. Ç'aurait sans doute été l'occasion de leur révéler la vérité. D'avouer qu'il n'y aurait pas de photos pour la bonne raison qu'il n'y avait pas eu de mariage. Mais le courage me manqua.

— Bonne idée, répondis-je en m'enfuyant vers le bureau du nouveau patron.

Je frappai à la porte entrouverte.

— Entrez.

En m'avançant dans la pièce, je découvris qu'elle avait été complètement transformée. Plus de notes, de post-it, de rapports budgétaires empilés sur le bureau. Pas de photos de famille non plus. Et pas davantage de gobelets de café froid à moitié vides, de miettes de cookies, de bonbons colorés pour les jeunes patients. L'endroit, vidé de tout ce qui l'avait rendu accueillant, était désormais aussi stérile et froid que l'homme assis dans le fauteuil.

— Fermez la porte.

Je m'immobilisai, la tête légèrement inclinée. J'avais peut-être eu une éducation un peu originale, mais mes parents m'avaient tout de même enseigné le b.a.-ba de la politesse.

— S'il vous plaît, fit-il, une très fugace lueur amusée dans les yeux.

Premier round pour moi, me dis-je.

Je refermai donc la porte et m'avançai vers lui. Non sans nervosité. J'avais l'impression de pénétrer dans une zone interdite contrôlée par d'invisibles radars.

La bouche ferme de Matt Bishop donnait l'impression de ne jamais avoir appris à sourire, sa mâchoire rigide semblait fâchée avec toute notion de flexibilité et son teint, bien que mat, laissait à penser qu'il n'avait pas vu le soleil depuis un moment. Ses cheveux, coupés très court, étaient épais et d'un brun riche, ses joues rasées de frais, et je respirai une très fraîche et très subtile odeur de lemongrass.

Il avait ôté la veste de son costume et remonté les manches de sa chemise blanche impeccablement repassée. Il portait une cravate noir et argent, et un pantalon anthracite au pli irréprochable. Ses mains étaient longues, très fines, avec des ongles courts et nets, contrairement aux miens, de nouveau à demi rongés — contrecoup des deux semaines qui venaient de s'écouler.

Je m'arrangeai pour dissimuler mes mains et m'assis face à lui sans attendre d'y être invitée. Pas question de me prêter au jeu du maître convoquant l'élève qu'il voulait manifestement m'imposer.

Son regard impassible rencontra le mien.

— Je crois que des félicitations s'imposent, on m'a dit que vous veniez de vous marier.

— Euh... Merci.

Que dire d'autre ? Que j'avais trouvé mon fiancé dans le lit de la sœur de la demoiselle d'honneur la veille du mariage ? Pas question. Pas à lui en tout cas. Je ne l'avouerais que lorsque cela s'avérerait inévitable, ce qui n'était pas le cas dans l'immédiat.

Le silence s'étira. J'avais l'impression qu'il attendait que je le rompe, mais pour dire quoi ? Finalement, il prit la parole.

— Vous vous sentez bien ? demanda-t-il.

— Très bien, oui, répondis-je.

— Harrison Redding, le directeur général, m'a informé que vous prépariez un projet pour réduire les effets, et les frais, du stress.

— En effet.

Ouf. Là, au moins, j'étais en terrain sûr. Et je pouvais en parler des heures. Je me lançai.

— Je cherche des moyens de réduire le stress des patients, de leurs proches et du personnel, lors des admissions aux soins intensifs, et en particulier lorsqu'il s'agit d'un cas désespéré. Le stress est un fardeau coûteux pour le service. Certains membres du personnel doivent prendre des semaines, si ce n'est pas des mois, de congé maladie quand ils y sont trop exposés. Il arrive même que les patients intentent des procès injustifiés — et dramatiques pour les carrières du personnel — lorsqu'ils se sentent négligés ou qu'ils estiment les soins insuffisants. Mon but est donc de démontrer qu'avec l'aide de différentes méthodes de réduction du stress et d'approches concrètes, comme des huiles essentielles, des musiques douces et autres améliorations de l'environnement, il est tout à fait possible de diminuer les coûts pour l'hôpital. Mon projet aidera à la fois le personnel, les patients et les familles à mieux accepter la situation, à mieux y faire face.

Je me tus et attendis sa réponse, qui ne vint qu'après une bonne vingtaine d'éprouvantes secondes.

— Vous avez l'accord du comité d'éthique ?

— Naturellement.

J'essayai de déchiffrer son expression mais il aurait aussi bien pu être en plein tournoi de poker.

— Votre projet me pose quelques problèmes, dit-il enfin.

Le ventre noué, j'attendis la suite.

— Je ne suis pas certain que ce service a les moyens de s'offrir l'espace qui vous a été promis. Si je comprends bien, le Dr Hooper vous allouait la salle au bout du couloir ?

— Oui, mais le directeur général m'a aussi...

— Et la pièce qui jouxte la salle réservée aux proches ?

— En effet, car je pense qu'il est important d'offrir aux gens le choix de...

— Quel genre de données avez-vous recueillies, jusqu'à présent ?

Je regrettai plus que jamais d'avoir pris un congé, et pas seulement pour la raison la plus évidente. Il y avait un moment que je n'avais pas consulté ces données. La plupart concernaient la description du projet, mais j'abordais aussi la question d'une appréhension différente de la mort et de la fin de vie. C'était un sujet qui bien sûr faisait peur, ce qui engendrait énormément de stress.

— Je dois continuer à collecter des informations auprès des patients et du personnel, répondis-je. J'ai plusieurs entretiens de prévu, qui seront également versés au dossier.

Une lueur sceptique apparut dans son regard.

— Les anecdotes ne constituent pas des données, docteur Clark.

Il était hors de question que je me laisse intimider par un homme qui m'avait visiblement prise en grippe d'entrée de jeu. Ma tenue ou ma coiffure ne lui plaisaient pas ? Eh bien tant pis. Il devrait s'y faire, voilà tout. Je n'avais aucune intention de changer quoi que ce soit pour lui.

— Ce sera tout, docteur Bishop ? demandai-je avec une feinte humilité en me levant. J'ai des évaluations à faire.

Un petit muscle de sa mâchoire se crispa, et son regard se fit plus froid. Il me défiait de croiser le fer avec lui. Je n'avais pas un tempérament belliqueux, mais me faire traiter comme une petite étudiante qui n'aurait pas préparé son exposé me hérissa. Il cherchait la bagarre ? Il allait la trouver.

Il y avait longtemps que je ne m'étais pas sentie aussi remontée et vibrante d'énergie.

Sans me quitter du regard, il attrapa une feuille devant lui, probablement une copie de mes recherches. Un petit sourire ironique apparut sur ses lèvres.

— L'acronyme de votre projet est un peu... provocant, vous ne trouvez pas ?

Je le regardai un instant sans comprendre. Puis, brusquement, je sus ce qu'il voulait dire. Projet d'Abattement du Coût du Stress — P.A.C.S. ! Pourquoi personne ne m'avait-il rien dit ? Je me traitai de tous les noms. Quelle idiote ! Une fois qu'il aurait partagé cette bonne blague avec quelques confrères devant la machine à café, tout le monde ne parlerait que de ça. Si ce n'était pas déjà fait. Je devais être la risée de tout le personnel.

Ma colère, je m'en rendais compte, était sans commune mesure avec sa remarque. Alors pourquoi réagissais-je avec une telle vigueur ? Parce qu'il avait l'air si sûr de lui, derrière son bureau de chef ? Parce qu'il était... beau ? Oui. Et même plus que cela. Terriblement séduisant. Avec une part de mystère qui le rendait assez irrésistible. Surtout aux yeux d'une femme, moi en l'occurrence, qui n'avait pas connu les plaisirs de l'amour depuis au moins deux mois.

Et impossible de me calmer. Autant essayer de remettre le bouchon d'une bouteille de champagne.

— Je déteste les hommes comme vous, dis-je. Sous prétexte que vous venez de décrocher le poste de directeur, vous imaginez pouvoir jouer avec votre pouvoir comme un gamin avec son nouveau jouet. Vos confrères ne sont que des pièces que vous déplacez à votre guise sur l'échiquier. Eh bien, désolée de vous décevoir, docteur Bishop. Mais cette pièce-là ne se laissera pas faire.

Contre toute attente, le regard qu'il eut à cet instant-là me... m'excita. Des images affolantes m'assaillirent, de corps enlacés dans un lit. Ce qu'Andy avait cessé de m'inspirer depuis quelque temps déjà. J'avais rendu ma pilule contraceptive responsable de ce désintérêt partagé. Mais après en avoir changé, j'avais bien dû me rendre à l'évidence : mon désir n'en était pas plus stimulé pour autant — du moins avec lui.

Les yeux de Matt Bishop s'arrêtèrent sur mes lèvres, provoquant une sensation de brûlure. J'avais la nette impression qu'il voyait clairement mon malaise, qu'il lisait même à livre ouvert dans mes pensées, mais j'étais incapable de trouver quelque chose à dire pour rompre le silence qui me devenait insupportable.

— J'en prends bonne note, répondit-il enfin. Merci de fermer la porte en sortant.

Comme je me raidissais légèrement, il marqua un infime temps d'arrêt avant d'ajouter avec une ombre de sourire énigmatique :

— *S'il vous plaît...*

2

Sitôt l'entrevue terminée, je retournai d'un pas vif aux soins intensifs. J'étais encore très remontée contre Matt Bishop. Pourquoi cette hostilité de sa part ? Ce n'était pas le genre de réaction que je provoquais généralement. J'avais au contraire des rapports très simples et ouverts avec tout le monde. Encore que...

Il m'arrivait de hausser le ton. Comme avec mon voisin, qui prenait un plaisir détestable à arroser au jet d'eau les chats qui s'aventuraient à traverser son jardin. Ou comme avec cet homme que ma voisine âgée avait engagé pour faire ses courses et quelques menus travaux — un « garçon charmant », jusqu'à ce qu'Elsie m'avoue, gênée, qu'il avait prélevé une coquette somme sur son compte. Sur son insistance, elle lui avait donné le code de sa carte bancaire afin, selon lui, de lui éviter une sortie inutile.

Je voulais qu'elle porte plainte contre lui mais elle m'avait assuré que, après les « mots doux » que je lui avais hurlés et dont tout le quartier avait dû profiter, il n'était pas près de recommencer. Du moins pas avant un bon moment, et sûrement pas à moins de cinq cents kilomètres.

— Alors ? me demanda Gracie comme je la croisais dans le couloir. Comment ça s'est passé ? Qu'est-ce qu'il t'a dit ?

Je levai les yeux au ciel en soupirant.

— Mon projet lui pose quelques problèmes. Les salles qu'on m'a accordées, entre autres. D'après lui, on n'a pas les moyens de s'en priver.

Gracie secoua la tête.

— Mais tu fais des choses incroyables, avec les patients. Tout le monde le dit. Comme pour la famille Matheson... Tu leur as apporté un réconfort énorme quand ils ont perdu leur fils, juste avant Noël.

Je revis cette famille réunie autour de Daniel pour assister aux derniers instants de leur fils, de leur frère. A vingt et un ans, il s'était battu jusqu'au bout contre son sarcome. J'avais passé des heures avec eux afin de les préparer à cette fin inévitable. Je les avais encouragés à ne rien lui cacher de leurs émotions, à ne pas avoir honte de leur colère contre cette injustice, à l'accepter comme une étape de leur chagrin. J'avais appris au père, qui avait des difficultés à montrer sa tristesse et son affection, à masser très doucement son fils afin de l'aider à se détendre. Quand le cœur de Daniel avait finalement cessé de battre, la chambre était si paisible qu'on pouvait entendre les oiseaux chanter à l'extérieur.

— Je ne peux pas arrêter alors que je commence tout juste à voir les résultats, répondis-je à Gracie. Trois infirmières sont venues me dire tout le bien qu'elles tiraient des exercices de méditation que je leur ai suggérés avant mon congé. Une infirmière stressée, ça fait des patients stressés. Pas besoin d'avoir inventé l'eau tiède pour s'en rendre compte. Ça tombe sous le sens.

— Mais le Dr Bishop n'envisage pas de bloquer ton projet maintenant, tout de même ?

Je tendis les mains vers le distributeur de gel antiseptique.

— Je ne lui conseille pas d'essayer, dis-je avec une détermination qui me surprit moi-même.

Après avoir posé un Picc line — un cathéter mis en place sous guidage échographique — sur un patient en chimiothérapie, je dus aider un des internes à installer une dame âgée sous ventilateur. Je devais passer le reste de l'après-midi au bloc opératoire avec un des neurochirurgiens, Stuart McTaggart. Ce n'était pas mon confrère préféré au St Iggy, mais sa personnalité rugueuse ne l'empêchait assurément pas d'être l'un des membres les plus compétents de l'équipe médicale. Les patients venaient de très loin pour le voir. Sa réputation franchissait largement les frontières et il était considéré comme l'un des meilleurs neurochirurgiens de sa génération.

Je profitai d'un instant de répit pour aller déjeuner sur le pouce.

La table ronde qui occupait le centre de la salle du personnel était assez grande pour accueillir six personnes. J'attrapais une pomme dans la corbeille de fruits lorsque la porte s'ouvrit.

Le visage de Matt Bishop n'exprima ni surprise ni agacement de me trouver là. J'eus même l'impression de saisir une lueur amusée dans son regard. Nul doute qu'il riait encore de sa plaisanterie sur l'intitulé de mon projet. Mais il avait eu la décence de la garder pour lui car personne n'y avait fait allusion. Cela ne durerait probablement pas. Après tout, toute occasion de rire, dans cet univers, est bonne à prendre. Le rire était un précieux exutoire au stress...

Mon agacement monta d'un cran. Pourquoi attirais-je toujours les moqueurs ? Bon, évidemment, je n'étais pas du genre à me fondre dans la tapisserie. Mes tenues fantaisistes et mes coiffures rigolotes ne passaient pas inaperçues. Mais c'était une façon de détourner l'attention. Tant qu'on riait de mes tenues et de mes cheveux, on ne se moquait pas de *moi*. Et la différence, en ce qui me concernait, était capitale.

Un autre trait de mon caractère était l'obstination. Je détestais devoir plier, que ce soit devant quelque chose ou quelqu'un. Ce n'était pas seulement de perdre la face qui m'ennuyait, mais aussi de me trouver en situation d'échec. J'avais souvent été bousculée pendant mon enfance, c'était probablement là qu'il fallait chercher l'origine de mon incurable optimisme. Quand je m'engageais dans une action, quelle qu'elle fût, c'était en visualisant déjà son succès. Je fuyais les pessimistes comme la peste.

— Alors... Où avez-vous passé votre lune de miel ? demanda Matt Bishop alors que je mordais dans ma pomme.

Je faillis bien m'en étrangler. Je me mis à tousser et à pleurer, à devenir écarlate jusqu'à ce que, enfin, le morceau consentit à finir sa course dans mon estomac.

Quand je pus enfin respirer de nouveau, je rencontrai le regard inquiet de Matt Bishop.

— Ça va ? demanda-t-il.

Je lui fis signe que oui, tout en réfléchissant à une réponse aussi près que possible de la vérité.

— En Italie. Pour skier.

— Oh. Où, en Italie ?

— Livigno.

— Mmh. Bon choix, dit-il en attrapant un gobelet. Vous skiez souvent ?

— De temps en temps.

— Que fait votre mari, si ce n'est pas indiscret ?

— Pardon ? dis-je, histoire de gagner du temps.

— Il est médecin, lui aussi ?

A la façon dont il avait prononcé le mot « mari », j'eus l'impression qu'il le mettait entre guillemets, ou en italique. Et son petit sourire ironique n'arrangeait rien. L'idée qu'un homme ait souhaité m'épouser était donc si absurde ?

— Oh ! non, il... C'est un analyste d'actions.

— Ah oui ? A Londres ?

— Oui.

Mentir était un art, et je n'avais pas la prétention de penser que j'étais douée pour cela. Après tout, j'avais eu toute la vie pour m'exercer. J'ai appris très tôt à cacher ou à transformer la vérité. Vivre avec ses parents dans une communauté depuis l'âge de six ans m'y a grandement encouragée.

Non, mentir ne posait pas de problème, c'était ne pas s'emmêler les pinceaux dans ses mensonges qui était risqué. Jusque-là, je tenais le cap. Andy était analyste d'actions à Londres et il cherchait à se faire transférer à la branche new-yorkaise de la firme, ce dont, pour être honnête, je me réjouissais. Même si Londres était une grande ville, je n'avais aucune envie de tomber sur lui au bras de ma « remplaçante ». Qu'il revienne chez moi chercher ses affaires avait déjà été assez dur. Je lui avais « facilité » la tâche en les entassant dans le jardin. Oui, ce n'était pas très glorieux de ma part, mais l'énorme satisfaction que j'avais éprouvée à les jeter par la fenêtre de l'étage avait vite effacé le semblant de remords que j'aurais pu éprouver. Et ce n'était pas ma faute s'il avait neigé cette nuit-là ; je n'étais pas responsable de la météo, après tout.

Je préférai tout de même changer de sujet...

— Vous êtes marié ?

— Non.

— Vous avez une compagne ?

Son hésitation ne dura qu'une nanoseconde.

— Non.

Il avait peut-être rompu tout récemment.

— Des enfants ?

Ma question parut le surprendre.

— Non, bien sûr que non.

— Pourquoi « bien sûr » ?

— Au risque de paraître rétrograde, j'aime faire les choses dans le bon ordre.

— Oh ? Vous voulez dire que... vous n'avez jamais vécu avec personne ?

— En effet.

Il prit un sandwich dans le petit réfrigérateur, revint s'asseoir à la table et, après avoir ouvert un journal abandonné sur une chaise, croqua dans son pain de mie jambon-beurre-cornichons.

— Vous savez que c'est très mauvais, de lire en mangeant, dis-je.

Il s'immobilisa une seconde puis referma le journal, le repoussa de l'autre côté de la table et me fixa droit dans les yeux.

— Vous connaissiez votre *mari* depuis longtemps quand il vous a proposé de convoler ?

Cette fois, j'en étais sûre. Il avait prononcé le mot « mari » avec une intonation particulière. Comme s'il n'y croyait qu'à moitié. Trouvait-il donc si absurde qu'un homme puisse m'aimer au point de m'épouser ? La rupture était encore fraîche et j'étais toujours un peu fragile question estime de soi. Déjà qu'elle n'avait jamais été bien solide auparavant...

— En fait, c'est moi qui le lui ai suggéré.

— Ah oui ?

— Vous n'approuvez pas ?

— Je me garderai bien d'émettre un jugement.

Je croisai les bras et le regardai bien en face.

— Je ne vois pas pourquoi l'homme aurait tout pouvoir dans une relation. Pourquoi la femme devrait-elle attendre des mois, voire des années, que l'homme se décide à sauter le pas ?

— Ne vous en prenez pas à moi. Je peux vous jurer que je n'étais pas présent quand on a établi les règles. Donc, comment a-t-il réagi quand vous lui avez proposé ?

— Il a dit oui, évidemment.

Pas tout de suite, mais je gardai cette précision pour moi. Andy et moi avions évoqué le mariage depuis près de deux ans quand, fatiguée d'attendre, j'avais finalement pris le taureau par les cornes. Ça pouvait paraître bizarre étant donné mon éducation non conventionnelle, mais j'avais envie d'être une vraie mariée. La robe blanche, l'église, les fleurs, les demoiselles d'honneur...

Mes parents ne se sont jamais mariés pour la bonne raison qu'ils ne croient pas à tout ce qui est officiel. Mais quand je regarde les photos qui jalonnent leurs trente ans de vie commune, j'ai toujours l'impression qu'il manque quelque chose.

— Depuis combien de temps travaillez-vous à St Ignatius ? demanda Matt en prenant son gobelet.

— Dix mois et demi.

— Et où étiez-vous, avant ?

— A St Thomas. Et vous ?

— En dehors d'une année passée aux Etats-Unis, j'ai fait mon apprentissage à Londres, Chelsea et Westminster.

Pourquoi les Etats-Unis ? A cause d'une femme ? Rien n'avait circulé sur sa vie privée. Mon téléphone bipa, m'annonçant l'arrivée d'un message de Jem.

Ça se passe bien ?

Je tapai rapidement ma réponse.

Je n'ai encore rien dit à personne.

Elle répliqua dans la seconde.

Pourquoi ?

Je lui adressai le smiley aux joues rouges, et elle m'en renvoya un avec des cœurs à la place des yeux. C'était à des moments comme celui-ci que j'étais heureuse d'avoir une sœur. Elle me connaissait mieux que personne et savait que, dans l'immédiat, j'avais besoin de mettre de l'ordre dans mes sentiments et de m'habituer à l'idée de me retrouver seule une fois de plus.

Elle avait compris, j'en étais certaine, que ma fierté, plus que mon cœur, avait souffert de cette situation. J'avais aimé Andy. J'avais été conquise par cet homme plein de charme et d'humour qui m'avait donné le sentiment d'être ce qu'il y avait de plus cher au monde... pendant un mois. J'étais consciente qu'il fallait du temps à une relation pour s'épanouir pleinement et j'avais vraiment investi une grande part de moi-même pour donner toutes ses chances à la nôtre. Mais ma carrière restait à part. Lui considérait que la sienne passait avant tout le reste, ce qui ne fut pas long à poser de gros problèmes. Il ne voulait pas comprendre, par exemple, que je ne puisse pas prendre une journée au pied-levé pour lui tenir compagnie lorsqu'il avait envie de changer d'air et proposait de m'emmener pique-niquer à la campagne ou visiter un musée.

Je glissai le téléphone dans ma poche et rencontrai le regard bleu-gris de Matt Bishop. Un regard si intense que je me sentis soudain presque transparente. Comme si toutes mes insécurités, mes doutes étaient exposés au grand jour pour lui.

— Vous avez d'autres questions ? demandai-je d'une voix que mon malaise rendit un peu sèche.

— Non, pas pour le moment, répondit-il.

Soulagée, je m'empressai de sortir. Les yeux vifs et intelligents du Dr Matt Bishop me donnaient l'impression perturbante que rien n'échapperait à sa curiosité.

La salle d'opération était tendue, ce qui n'avait rien d'inhabituel quand le Dr Stuart McTaggart était aux commandes. Avec lui, pas de bavardages inutiles et pas de musique classique. Il insistait pour travailler dans un silence complet que seules troublaient les brèves instructions qu'il aboyait à la manière d'un sergent instructeur.

Contrairement à d'autres qui détestaient travailler avec lui, cela ne me dérangeait pas. Je comprenais parfaitement le stress auquel il était soumis. Les patients étaient bien plus exigeants que par le passé, plus conscients de leurs droits. Ils avaient désormais accès à des recours légaux, ce qui faisait peser de fortes pressions sur les médecins. Tout cela m'incitait à poursuivre mon étude sur la réduction du stress. Si elle aboutissait, elle pourrait se révéler bénéfique pour tout le monde.

Le Dr McTaggart opérait un homme de vingt-sept ans souffrant d'une tumeur vasculaire et cérébrale. Jason Ryder, golfeur professionnel, s'était marié récemment et serait papa dans quelques mois. L'intervention se passa bien jusqu'à ce qu'une hémorragie se déclare. Alex Kingston, l'interne, fut le premier à essuyer les critiques de Stuart.

— Aspirez le sang, Kingston ! dit-il. Je ne vois plus ce que je fais !

Ce fut ensuite au tour de l'instrumentiste.

— Suivez ce qu'il se passe, mademoiselle Griffiths. Je ne peux pas attendre que vous réclamiez d'autres compresses. Elles devraient être ouvertes et prêtes sur la table quand j'en ai besoin. En l'occurrence maintenant.

Et mon tour arriva...

— Qu'est-ce que vous fabriquez avec la tension de mon patient, docteur Clark ? Il m'a tout l'air d'être en hypertension, ce qui ne m'aide pas vraiment pour son hémorragie !

Chacun eut droit à sa remontrance. En fait, personne n'était réellement en faute, mais la nature de la tumeur et le stress de l'ablation nous mettaient tous à cran. Cette opération ne se passait pas toujours aussi bien qu'on le souhaitait, hélas. La seule façon de juguler l'hémorragie était en l'occurrence de ligaturer deux gros vaisseaux, ce qui provoquerait des dommages irréparables dans une grande partie du cerveau.

Le patient qui se réveillerait dans quelques heures ne serait plus le même que celui que j'avais anesthésié — *s'il* se réveillait. Je détestais avoir à envisager cette possibilité. Je m'efforçais toujours de rester positive. Garder l'espoir le plus longtemps possible était souvent d'un grand réconfort pour la famille.

Je redescendis le patient en soins intensifs sans cesser de surveiller les moniteurs et en m'efforçant de ne pas céder à l'ambiance défaitiste qui régnait au sein de l'équipe. J'avais vu des patients en bien plus mauvaise posture que Jason récupérer.

Dès qu'il fut installé sous ventilateur, j'allai trouver la famille dans la salle réservée aux proches. A mon arrivée, ses parents et sa femme, Megan, enceinte de six mois, se levèrent.

— Comment va-t-il ? demanda-t-elle, la main posée sur son ventre comme pour protéger le bébé d'une éventuelle mauvaise nouvelle.

— L'opération a été très difficile, leur dis-je d'une voix calme. La tumeur était chargée de sang. Le Dr McTaggart a pu l'extraire, mais il n'a pas pu éviter l'hémorragie, et il y aura probablement quelques lésions dans le cerveau. Il est pour l'instant impossible de savoir lesquelles, et nous n'avons d'autre choix que d'attendre pour le découvrir. Mais il est essentiel de rester optimiste et de ne pas céder à l'anxiété. Tout ce qui est en notre pouvoir sera fait afin de permettre à Jason de récupérer au mieux.

Quelqu'un entra derrière moi et je me retournai pour découvrir Matt Bishop.

— Désolé de vous avoir fait attendre, dit-il. Je suis Matt Bishop, chef du service de soins intensifs.

Ken, le père de Jason, hocha la tête. Son expression était celle d'un homme ravagé par l'angoisse.

— Que va-t-il se passer pour notre fils ?

— Il est actuellement sous ventilation et plongé en coma artificiel. Une grosse hémorragie s'est déclarée pendant l'intervention. Le Dr MacTaggart a pu l'arrêter, mais il est possible que Jason en garde des séquelles. Dès que le cerveau aura désenflé, nous réduirons graduellement la sédation et pourrons constater l'effet de l'opération. Mais je me dois de vous avertir qu'une intervention sur une tumeur vasculaire de ce type ainsi que la perte de sang qui en résulte peuvent provoquer de sérieuses détériorations. Il faut aussi envisager la possibilité qu'il ne se réveille pas.

La mère de Jason porta une main à sa gorge.

— Vous voulez dire que... qu'il pourrait ne *jamais* se réveiller ?

Matt hocha lentement la tête.

— Une hémorragie comme celle qu'a subie votre fils peut endommager des parties vitales du cerveau. Nous referons une tomodensitométrie dès demain matin pour tenter d'évaluer les éventuels dommages physiques. A partir de là, nous devrions pouvoir déterminer sa condition à son réveil. Pour l'instant, nous ne pouvons qu'attendre, tenter de le sortir de sa sédation et voir s'il reprend conscience.

Le mot plana au-dessus d'eux comme un nuage toxique.

Si. Et non *quand.*

L'espoir quitta le visage de la mère de Jason, qui parut vieillir de dix ans en une seconde, et les traits fins de Megan se transformèrent en un masque d'horreur. Le père de Jason, lui, parut se figer sous une fine couche de cendres. C'étaient tous leurs espoirs, tous les rêves qu'ils avaient nourris pour ce fils, ce mari, qui venaient d'être anéantis par ce tout petit mot — *si*.

Matt répondit encore à quelques questions mais il était évident qu'aucun des proches de Jason ne pouvait plus rien entendre. Ils s'efforçaient d'affronter le fait que celui qu'ils avaient embrassé le matin même ne leur reviendrait peut-être pas.

Et j'avais moi-même à cet instant beaucoup de mal à maintenir une distance clinique. Certains patients franchissaient parfois le mur qu'un médecin dressait contre ses émotions. Jason était de ceux-là. C'était un homme sympathique, du même âge que moi, avec une famille soudée. Je ne pouvais pas m'empêcher de penser au bébé qui ne connaîtrait peut-être jamais son père, et à Megan, enfermée dans un mariage avec un homme qui risquait d'être handicapé à vie et incapable de parler, de se nourrir et même de se laver sans assistance. C'était sa jeune vie qui serait détruite, à elle aussi.

Dès que Matt fut parti, j'invitai la famille à s'installer dans la salle de relaxation où le diffuseur de parfum répandait une douce odeur de lavande et de mandarine. L'effet du calme régnant dans la pièce fut immédiat. Je m'attardai avec eux quelques minutes et les écoutai me parler de Jason, de son enfance, de sa passion pour le golf.

C'était le problème des hôpitaux, aujourd'hui. Plus personne n'avait de temps à consacrer aux proches des patients. Ni les infirmières ni les médecins. J'avais souvent vu des femmes de ménage ou des employés du restaurant faire office de confidents pour ces parents, ces amis en détresse.

Pour cette raison, je mettais un point d'honneur à les écouter, même si cela empiétait sur mon temps libre. Et avec le recul, c'était peut-être cela qui avait poussé Andy à aller trouver du réconfort ailleurs. Je n'étais plus assez disponible pour lui. Sans doute avait-il pensé, étant donné la nature très libre de la relation de mes parents, que je n'y verrais pas d'inconvénient. Une preuve flagrante qu'il ne me connaissait pas. En revanche, il savait à quel point j'aimais mon travail, qui était pour moi une véritable vocation. Aider des gens à traverser et à surmonter de douloureuses épreuves était pour moi la plus belle des récompenses.

Je retrouvai Matt une demi-heure plus tard alors qu'il s'apprêtait à sortir de son bureau.

— Je peux vous parler ? demandai-je.

— J'ai une réunion dans cinq minutes, dit-il, un rien agacé.

— Je serai brève.

Avec un soupir contenu, il s'écarta pour me laisser entrer. Je le frôlai au passage et en fus troublée. Quelle idiote ! Je me forçai à me concentrer pour aller droit au but.

— Pourquoi avoir été aussi brusque avec la famille de Jason Ryder ? Vous ne pouviez pas leur laisser un peu d'espoir ? A vous entendre, il ne passera pas la nuit et, s'il le fait, ce sera pour être un légume à son réveil. J'ai connu des cas bien pires où...

— Docteur Clark, me coupa-t-il sèchement, je ne vois pas l'intérêt d'offrir de l'espoir aux proches. Il est préférable de les préparer au pire, même s'il peut être évité. Il vaut mieux cela que l'inverse.

— D'accord, mais vous auriez tout de même pu y mettre un peu plus de douceur et...

— Et leur *mentir* ?

La façon dont il avait prononcé le mot me donna l'impression de me ratatiner intérieurement. Je tins tout de même bon.

— Vous auriez pu y mettre des formes, insistai-je. Ils sont sous le choc, ils ont besoin de temps pour accepter l'inacceptable.

— Jason Ryder ne l'a plus, ce temps. L'hémorragie était importante. Vous savez aussi bien que moi qu'il n'est pas certain qu'il passe la nuit.

Je serrai les lèvres. Il n'était pas dans ma nature de baisser les bras, mais force m'était de reconnaître que l'état de Jason était plus que critique.

— Avez-vous évoqué la possibilité de dons d'organes avec la famille ? demanda-t-il.

— Non. Mais je m'étonne que vous ne leur ayez pas déjà collé les papiers sous le nez.

Son regard bleu soutint froidement le mien.

— Si Jason est un donneur enregistré, il est important de lancer le processus aussi vite que possible. D'autres vies dépendent de cette rapidité. Ça peut être difficile pour la famille, c'est certain. Mais au bout du compte, le fait que leur proche a permis de sauver des vies peut apporter un certain réconfort.

Il avait raison, j'en avais conscience. Mais le sujet des dons d'organes était extrêmement difficile pour les familles, et même pour certains médecins. Les proches avaient besoin de temps, surtout dans le cas d'un accident, d'une maladie foudroyante ou d'une opération qui n'avait pas abouti. Ils voulaient pouvoir faire leur deuil, dire au revoir à leur enfant, leur mari, leur femme ou leur parent… L'idée qu'il soit immédiatement opéré pour la récupération de ses organes leur était insupportable, même si cela devait sauver d'autres vies.

Et c'était un autre des sujets que je voulais aborder dans mes recherches : trouver le bon moment et le bon endroit pour soulever ce sujet extrêmement sensible et délicat du prélèvement d'organes. Sans compter que les documents signés en ce sens par les patients étaient ensuite très souvent contestés, voire annulés par les membres de la famille qui ne supportaient pas l'idée que l'on puisse accomplir ces interventions sur un de leurs proches.

Je soupirai, hochant lentement la tête.

— Je leur parlerai demain. Je crois que, pour l'instant, ils ont besoin de temps pour assimiler ce qu'ils ont appris.

— Très bien. En attendant, voulez-vous le transférer dans la chambre du fond ?

Je haussai les sourcils.

— Je croyais que…

— Ça offrira un peu plus d'intimité à la famille.

Impossible d'interpréter son expression.

— Ce serait super. Merci.

Il esquissa un sourire très mince et très fugace, mais je n'en fus pas moins tourneboulée. Je n'osais imaginer l'effet qu'un *vrai* sourire de sa part aurait sur moi…

— Comment ça se passe, entre vous et Stuart McTaggart ? demanda-t-il.

— Bien.

— Vous ne le trouvez pas… difficile ?

J'esquissai un haussement d'épaules.

— Il a ses humeurs mais je les laisse glisser sur moi. En fait, il ne sait pas gérer le stress. C'est aussi contagieux qu'une maladie, vous savez. Si on n'est pas vigilant, ça s'attrape.

Il s'appuya sur le bord de son bureau, les bras croisés sur son torse large. Ses yeux ne quittaient pas les miens ; d'un bleu-gris fascinant, ils brillaient à cet instant d'une lueur presque rieuse.

— Et quelles sont vos trois méthodes préférées pour venir à bout du stress ?

Je n'eus pas à réfléchir, je travaillais le sujet depuis assez longtemps pour bien le connaître.

— Une activité physique régulière, des nuits de huit heures de sommeil et des repas équilibrés.

— Pas très facile avec des emplois du temps comme les nôtres.

— Oui, je sais.

Il m'observait toujours avec insistance.

— Et le sexe ?

— Eh bien ? demandai-je en sentant une vive chaleur monter à mes joues.

Aussi bizarre que ça puisse paraître avec des parents qui évoquaient leur vie amoureuse sans la moindre retenue, je suis terriblement pudique.

— N'est-ce pas censé être le meilleur moyen de se détendre ?

Je passai le bout de ma langue sur mes lèvres soudain sèches.

— Euh... oui. En fait, c'est même un excellent remède, si je puis dire. Mais qu'on ne peut pas utiliser en toutes circonstances, c'est évident. Il ne serait pas très raisonnable d'encourager les membres du personnel à se détendre de cette manière en s'enfermant dans le placard à balais sitôt qu'ils sont sous pression.

Je regrettai aussitôt d'avoir mordu à l'hameçon. Le sujet était pour le moins scabreux. Comment en étais-je arrivée à parler sexe avec Matt Bishop ? D'autant que je m'imaginais à présent dans ses bras... Et tant qu'à faire, pas dans un placard mais dans un lit confortable où il m'enlaçait avec une passion que je n'avais encore jamais connue. Ce qui n'avait rien d'étonnant, étant donné les piètres performances des trois amants que j'avais connus jusqu'alors. J'avais perdu ma virginité avec un garçon dont je ne me rappelais pratiquement rien car c'était au cours d'une soirée où j'avais bu trois cocktails corsés. Ma seconde expérience fut à peine plus mémorable, mon partenaire souffrant d'une angoisse de la performance. Peut-être était-ce pour ces raisons qu'Andy m'était apparu comme un super « coup ». Au moins m'avait-il donné une idée de ce que pouvait être le plaisir, ce qui me rendait plus facile de simuler l'orgasme...

Un petit sourire amusé était apparu sur les lèvres de Matt.

— Sans doute n'est-ce pas une bonne idée, en effet, dit-il.

Mon portable sonna à point nommé. Sauvée par le gong ! C'était ma mère.

— Je peux te rappeler ? dis-je aussitôt. Je suis occupée et...

— Détends-toi, ma chérie. Tu sais que ce n'est pas bon pour toi, d'être toujours sur les nerfs. Quoi qu'il t'arrive, je t'assure que ça ne vaut pas la peine que tu te rendes malade.

— D'accord, fis-je pour gagner du temps. Tu voulais quelque chose de précis ?

— Oui. Te dire que ton horoscope annonce une rencontre importante pour toi et...

— Oh. Super. Mais désolée, maman, ce n'est vraiment pas le bon moment.

— D'accord. Tu me rappelles ?

— Oui, promis.

— Très bien, ma chérie. Je t'embrasse.

— Moi aussi.

Je raccrochai en levant les yeux vers Matt.

— Ma mère.

Son regard insistant et intrigué ne fit rien pour me calmer.

— Pourquoi êtes-vous aussi stressée, Bertie ? Vous êtes une vraie boule de nerfs. J'espère au moins que ce n'est pas moi qui vous mets dans cet état-là ?

Je battis en retraite vers la porte, et dans ma hâte manquai de trébucher.

— Pas du tout. Pour quelle raison ? Je vous laisse aller à votre réunion.

— Docteur Clark ?

Je tournai la tête pour le regarder par-dessus mon épaule.

— Oui ?

Une lueur dansait dans ses yeux.

— N'oubliez pas de vérifier le placard à balais en passant, d'accord ?

3

J'étais sur le point de partir quand la secrétaire du directeur arriva. Lynne Patterson travaillait au St Iggy depuis une trentaine d'années ; je ne l'avais rencontrée que quelques fois mais elle s'était toujours montrée très chaleureuse.

— Alors, ce mariage, ça s'est bien passé ? demanda-t-elle.

Mon sourire se figea.

— C'était fantastique, répondis-je, désormais engluée dans mon mensonge.

Il aurait été tellement plus simple de dire ce qu'il en était dès le début. Maintenant, c'était trop tard. De quoi aurais-je l'air si j'annonçais que le mariage avait été annulé ? D'ici à deux ou trois mois, peut-être pourrais-je annoncer qu'Andy et moi nous séparions. Mais d'ici là, je devais continuer à jouer ce jeu stupide.

— Et c'est pour ça que j'ai pensé à vous.

— A moi ? répétai-je sans comprendre.

— Pour le bal de la Saint-Valentin. Tous les ans nous organisons une collecte de fonds, cette année nous espérons récolter assez pour acheter un simulateur pour les soins intensifs. Le pédiatre qui devait s'en occuper a déclaré forfait, alors je me tourne vers vous pour le remplacer. Ça ne peut que donner un coup de jeune à ce bal qui commençait à devenir poussiéreux, si je peux dire. D'ailleurs, le Dr Bishop lui-même pense que vous seriez parfaite. Si lui le dit, c'est que c'est vrai.

Le Dr Bishop. J'aurais dû me douter...

— Bon, eh bien, je suppose que je n'ai pas le choix... dis-je, cachant mon anxiété.

Je n'avais que quatre semaines pour tout organiser.

Au moins, je n'avais pas à me soucier de l'aspect pratique de la réception. Mon rôle se bornerait à faire en sorte que tout le monde y prenne plaisir.

Dès que je sortis de l'hôpital, j'appelai ma sœur. Jem était institutrice — un choix intéressant, mes parents nous ayant gardées à la maison pour nous faire la classe eux-mêmes. Puis, au bout de trois ans, les autorités avaient décidé que nous devions aller à l'école. Si, au niveau scolaire, j'étais en avance d'au moins un an sur mes camarades de classe, j'avais par contre un sérieux retard au point de vue social. Pour Jem, c'était l'inverse. Elle n'avait eu aucun mal à s'insérer, mais dut batailler pour rattraper les autres élèves. Elle était désormais institutrice, et très proche des enfants que l'univers scolaire perturbe.

— Jem ? Tu as une minute ?

— Bien sûr. Tu as un problème ? A part, bien sûr, d'avoir découvert que ton fiancé prenait du bon temps avant de quitter le célibat... Qu'ont dit tes collègues ?

J'aimais la franchise de ma sœur, même si elle n'était pas toujours bonne à entendre. Elle prenait sans crainte le taureau par les cornes alors que j'essayais plutôt de le câliner pour qu'il ne me fonce pas dessus. En revanche, nous apprécions l'une et l'autre l'humour un peu grinçant.

— Rien.

— Quoi ? Tu n'as toujours rien dit à personne ?

— Non.

— Même pas à Gracie ?

— Non. Mais je le lui dirai... bientôt.

— Tu ne devrais pas attendre trop longtemps, tout de même. Ça n'a rien de honteux, tu sais. Andy est un crétin, et des crétins, ça court les rues, malheureusement. Tu n'as aucune raison de le protéger ; au contraire, n'hésite pas à faire savoir au monde entier de quoi il est capable.

Inutile de dire que ma sœur ne s'en était jamais laissé conter. Ni par les hommes ni par quiconque. Ce qui expliquait sans doute qu'elle n'avait eu aucune relation sérieuse depuis des lustres. Depuis son aventure avec son Sicilien, en fait ; apparemment, ça ne s'était pas bien terminé et elle n'en avait jamais parlé.

— J'ai été prise de court par le nouveau chef du service ; sur le moment, je n'ai pas pu entrer dans les détails...

— Et à quoi ressemble-t-il, ce nouveau chef ?

— Il est un peu... intimidant, mais assez intéressant.

— Oh oh...

— Jem... Ne commence pas à...

— Il est sexy ?

Je fermai les yeux en poussant un long soupir. A quoi bon lutter ? Jem arriverait de toute façon à ses fins, comme toujours...

— Il fait au moins un mètre quatre-vingt-cinq, c'est un brun aux yeux gris-bleu, pas très souriant, encore qu'il a une expression rieuse, par moments, et tu te demandes s'il se moque de toi ou pas.

— Waoh... Un parti très intéressant, donc ?...

— Aucune chance pour moi. En plus, il me croit mariée.

— Il y en a que ça excite, justement.

— Lui, ça m'étonnerait. Il a l'air bien trop conservateur.

C'était ce que j'aimais chez lui, même si je n'appréciais pas qu'il prenne mon projet à la légère. Il m'intriguait. Son regard suggérait des mystères qui ne demandaient qu'à être explorés...

Jem et moi discutâmes encore un peu et je raccrochai juste avant d'arriver chez moi. J'adorais ma maison. Le crédit était très élevé et j'allais probablement passer ma vie ou presque à la payer, mais le plaisir de vivre dans cette demeure victorienne de deux étages avec petit jardin compensait largement les inconvénients.

De plus, la peinture et la décoration, auxquelles je consacrais tout mon temps libre, avaient sur moi un effet thérapeutique. Je procédais pièce par pièce et me réjouissais de la transformation qui s'opérait sous mes yeux.

J'avalai un sandwich sur le pouce, et allais me mettre au travail quand on frappa à la porte ; je reposai mon pinceau pour aller ouvrir. Margery Stoneham, la soixantaine bien avancée et grisonnante, était une voisine d'Elsie qui s'était en quelque sorte attribuée le rôle de vigie pour toute la rue. Elle avait avec elle Freddy, son abominable roquet. J'adore les chiens, comme tous les animaux d'ailleurs, mais Freddy était l'exception qui confirmait la règle.

Probablement issu d'un croisement entre un cochon et un furet, il avait l'air d'un tampon à récurer sur pattes, et ne manquait jamais une occasion de s'agripper à ma jambe.

Aussi la visite de Margery ne me fit-elle pas particulièrement plaisir. D'autant que je lui avais, à elle aussi, stupidement envoyé une carte postale.

— Oh ! bonjour, madame Stoneham, dis-je avec un sourire hypocrite. Quelle bonne surprise !

Elle regarda par-dessus mon épaule.

— Votre mari est à la maison ?

— Euh... Non, pas pour le moment.

Margery était la dernière personne à qui j'avais envie d'annoncer le fiasco de mon mariage. Autant réserver un encart en une du journal local.

— Et l'ulcère, sur votre jambe, ça va mieux ? lui demandai-je.

— Oui, ça guérit.

Freddy l'avait mordue mais elle avait refusé de l'avouer, prétextant s'être cognée contre un meuble. Mais, jusqu'à preuve du contraire, un buffet n'avait pas de dents...

— Que puis-je pour vous, Margery ?

— Eh bien, en fait, je... Je voulais vous demander un petit service. Je dois aller voir ma sœur en Cornouailles et il faudrait que je puisse confier Freddy à quelqu'un pendant quelques jours. Elsie l'aurait bien pris mais elle ne pourrait pas le sortir et il a besoin de sa promenade.

Je voulais refuser. Jem, elle, ne se serait pas gênée pour dire non, mais elle n'avait pas cette maladie d'accepter de rendre service à tout le monde. En fait, j'avais toujours peur, en disant non, de m'attirer l'inimitié des autres.

— Et vous voudriez que je le garde ? Bien sûr, Margery. Pas de problème. On va bien s'amuser, tous les deux, n'est-ce pas, Freddy ?

Question hypocrisie, j'aurais sans conteste décroché la palme si un tel championnat avait existé.

Je m'abstins toutefois de me pencher pour caresser Freddy. Il avait déjà relevé la tête pour exhiber les vieilles dents jaunes qui lui donnaient une haleine pestilentielle... Sans compter que ses problèmes digestifs lui valaient de produire d'incessantes et odorantes flatulences.

J'en serais quitte pour vivre fenêtres ouvertes pendant quelques jours...

Le lendemain matin, Jason Ryder avait été transféré dans ma salle de relaxation, où il était entouré de sa famille. Je passai un peu de temps avec eux avant de me rendre au chevet d'un nouveau patient. La matinée touchait à sa fin quand je tombai sur Matt Bishop. Littéralement. J'étais en train de me demander comment sortir de mon tissu de mensonges quand je le percutai de plein fouet. Il dut me prendre par les épaules pour m'aider à reprendre mon équilibre. Ses mains glissèrent sur ma peau nue, puis il me relâcha.

— Désolé, dit-il. Je vous ai fait mal ?

Je relevai les yeux vers les siens, qui semblaient refléter le bleu clair de sa chemise. Une étrange sensation m'envahit, comme si quelque chose enfermé depuis trop longtemps dans ma poitrine se libérait soudain.

— Non. Non, pas du tout, répondis-je. Et c'était ma faute, je ne regardais pas devant moi.

Je devais pencher la tête en arrière pour lui parler. Il faisait bien trente centimètres de plus que moi. J'avais l'impression d'être un poney shetland face à un pur-sang.

— Lynn Patterson vous a parlé du bal ? demanda-t-il.

— Oui. Merci pour le vote de confiance. J'espère que vous n'aurez pas à le regretter.

— Je suis certain que non. D'ailleurs ça ne peut pas être plus compliqué que l'organisation d'un mariage.

A chaque allusion à ce prétendu mariage, mes joues s'enflammaient. Ça devenait franchement ennuyeux.

— Et je me disais..., ajouta-t-il. Que penseriez-vous d'un bal costumé ?

— Pourquoi pas ? répondis-je. Vous savez déjà ce que vous mettriez ?

— Oui, mais pas question de le dire. Ça romprait le charme. Vous devrez attendre pour le savoir.

— Vous serez accompagné ?

J'avais parlé sans réfléchir, évidemment. Mais j'étais curieuse de voir quel genre de femme il fréquentait. Probablement quelqu'un de bien avec qui il devait se conduire en vrai gentleman. Et il dansait sûrement comme un dieu. Andy, lui, la seule fois où nous étions sortis pour danser, m'avait écrasé les pieds, puis j'avais dû mettre deux hommes à contribution pour m'aider à le fourrer dans un taxi. Il n'avait jamais tenu l'alcool.

— Non, répondit-il.

— Pourquoi pas ? Vous ne voulez pas amener une amie ?

Il eut une moue fataliste.

— Je n'ai pas de temps à consacrer à une relation pour l'instant. J'ai d'autres priorités. Et vous ? Je suppose que votre mari vous accompagnera.

Là. Il l'avait encore fait — ce ton étrange pour prononcer le mot. Comme s'il ne pouvait pas croire qu'une femme comme moi puisse intéresser quelqu'un au point de m'épouser. Je n'ai rien d'un top model, d'accord, mais il paraît que j'ai de beaux yeux bruns et un joli sourire. Enfin, ce sont mes parents qui le disent, et leur avis n'est sans doute pas impartial, c'est évident.

— Non, il... euh... Il risque d'être en déplacement pour son travail. Il voyage beaucoup.

— Oh ! c'est dommage. J'avais envie de le rencontrer.

Allons bon...

— Ah oui ? Pourquoi ?

— Vous m'avez bien dit qu'il était analyste d'actions ?

— Oui...

— Je pensais profiter de l'occasion pour lui demander conseil au sujet de quelques actions que je surveille depuis un moment.

Une armée de fourmis sembla soudain s'activer sous ma peau. Mes talents de menteuse me désertaient, c'était sûr.

— Vous n'avez pas de... conseiller financier ?

— Si, naturellement, mais il est toujours bon d'avoir l'avis d'un initié, vous ne croyez pas ?

J'étais incapable de soutenir son regard. Les yeux baissés, j'ai prétexté en marmonnant un patient à voir et l'ai planté là sans plus de cérémonie.

A la fin de la journée, je sortis Freddy dans Hyde Park. La nuit était presque tombée, il faisait un froid de canard et il neigeait, mais j'étais déterminée à épuiser le toutou qui avait trouvé le moyen de mâchouiller mes chaussons préférés et le câble de mon ordinateur. Dans une allée tranquille, je le lâchai pour qu'il puisse courir et jouer avec d'autres chiens. Mais Freddy n'aimait *pas* les autres chiens. Ce que je ne tardai pas à découvrir quand il s'en prit soudain à un paisible corgi en surpoids. Malgré les grondements furieux des deux belligérants, et mes appels à l'aide, les gens, comme malheureusement bien souvent dans ces cas-là, s'empressaient de tourner la tête.

Le maître du corgi surgit enfin pour les séparer à mains nues. Enfin, pas tout à fait, heureusement : il portait des gants en cuir fin que Freddy ne se priva pas de déchirer. J'attrapai la petite teigne pour lui remettre sa laisse tandis que le maître de son adversaire faisait de même.

— Je suis désolée, dis-je. Ce n'est pas mon chien, et je ne me suis pas rendu compte qu'il...

Soudain, je regardai le visage de l'homme.

— Vous ?

Matt Bishop eut un haussement d'épaules désolé.

— Ce n'est pas mon chien non plus, mais celui de ma grand-tante.

— Votre grand-tante ne serait pas la reine, par hasard ? demandai-je, la reine Elisabeth ayant une passion notoire pour ces adorables petits chiens courts sur pattes.

Il partit d'un rire franc qui provoqua de drôles de remous dans mon ventre. Jamais je ne l'avais entendu rire ainsi. Quoi d'étonnant, avec la pression à laquelle le personnel était soumis à l'hôpital ? Et puis sa tenue — jean, gros pull col roulé et chaussures de sport — le rajeunissait. Il était... irrésistible.

Ses yeux s'attardèrent sur mon bonnet — rose et blanc avec un pompon rouge posé comme une cerise sur un gâteau. Je l'avais tricoté moi-même et n'en étais pas peu fière.

Les chiens continuaient à s'agresser et je commençais à avoir mal au bras à force de retenir Freddy.

— Calme, Winnie, dit Matt.

Avec un dernier regard meurtrier à Freddy, le corgi renonça

aussitôt à jouer les pitt-bulls. Freddy, par contre, restait totalement insensible à mes ordres. Jusqu'à ce que Matt, de sa voix grave pleine d'autorité, ne le convainque de s'asseoir à mes pieds.

— Il faudra que vous me confiiez votre truc, dis-je en soupirant.

— C'est très simple, répondit-il. Il suffit de leur montrer qui est le maître.

Tout naturellement, nous poursuivîmes la promenade ensemble. Les chiens oublièrent rapidement leur différend pour renifler l'herbe à droite à gauche, du moins ce qu'il en restait sous la neige, et arroser les arbres au passage.

— Où votre grand-tante habite-t-elle ? demandai-je pour rompre le silence.

Il nomma une rue parallèle à la mienne et, surprise, je relevai la tête vers lui.

— C'est vrai ? Nous sommes voisines, alors. J'habite la rue juste à côté.

— Alors nous sommes voisins. Du moins jusqu'à ce que je puisse récupérer mon appartement ; les locataires doivent déménager d'ici à deux semaines.

Il habitait à deux pas de chez moi ?...

— Et il est où, cet appartement ?

— A Notting Hill.

Un quartier riche et branché. Bien sûr. Cela confirmait mon impression, Matt venait d'un milieu bien nanti. Sa distinction naturelle s'exprimait aussi bien dans son expression que dans son attitude. Plus jeune, j'avais envié les gens comme lui. Ceux qui n'avaient pas été trimballés sur les routes, qui n'avaient pas eu à vivre sous la tente ou dans une caravane, privés de viande et de tout produit d'origine animale.

J'ai l'air de critiquer, mais j'adore mes parents. Je n'ai jamais connu chez eux que l'amour, la patience et le désir de faire ce qui, à leurs yeux, était le meilleur pour ma sœur et moi. Mais j'imaginais mal les parents de Matt Bishop en train de psalmodier des mantras autour d'un feu de camp ; je me les représentais plutôt en train de siroter leur thé servi par un domestique devant un bon feu dans leur maison de campagne.

— Combien de temps devez-vous garder ce chien ? demanda Matt.

— Jusqu'après le week-end prochain. Ma voisine est allée voir sa sœur en Cornouailles. Je me demande d'ailleurs pourquoi elle ne l'a pas emmené. Peut-être que sa sœur n'en veut pas, ce que je comprendrais. Il aurait bien besoin de cours de savoir-vivre. Et vous ?

— Ma grand-tante est partie quelques jours chez mes parents.

— Et vos parents n'aiment pas les chiens ?

— C'est à cause de mon père.

Quelque chose, dans son ton, m'intrigua.

— Il est allergique ?

— On peut dire ça, oui.

A son ton, je jugeai préférable de changer de sujet.

— Vous avez des frères et sœurs ?

— Non. Je suis fils unique. Et vous ?

— J'ai une sœur, Jemima — Jem. Elle a dix mois de plus que moi.

— Vous êtes proches, toutes les deux ?

— Oui, même si nous sommes très différentes.

— Que fait-elle ?

— Elle est institutrice. Et vous ? Que fait votre père ? demandai-je, curieuse d'en savoir plus sur sa relation avec lui.

— Il travaille dans le droit des entreprises.

— Et votre mère ?

— Elle était secrétaire juridique, mais elle a quitté son emploi quand elle s'est mariée. Mon père aime la savoir disponible pour lui, dit-il.

— Ah oui ? dis-je, étonnée. Et elle ? C'est ce qu'elle veut aussi ?

Il haussa les épaules.

— Elle a l'air de se satisfaire de son rôle d'épouse. C'était ça ou être remplacée par un modèle plus jeune. Au moins lui a-t-il épargné cette humiliation.

J'étais étonnée — et secrètement ravie — qu'il se confie ainsi à moi. Peut-être me trouvait-il digne de ses confidences. A travers ce qu'il me disait, je le soupçonnais d'être agacé par la capitulation de sa mère. Son père la trompait-il ? Apparemment oui. Ouvertement ou en catimini ?

Mes parents, eux, s'aimaient, c'était indéniable, même s'ils s'offraient — de plus en plus rarement, encore heureux — des aventures occasionnelles. Ils étaient toujours là l'un pour l'autre en cas de problème, et semblaient n'avoir jamais eu aucun secret l'un pour l'autre.

Mais je choisis de ne rien révéler de tout cela à Matt. D'ailleurs, il ne me le demanda pas. Soit cela ne l'intéressait pas, soit il jugeait avoir assez bavardé pour le moment. A moins qu'il ne regrette de s'être confié à moi. Je lançai un coup d'œil furtif vers lui, il fronçait les sourcils.

— Vous avez trouvé l'endroit pour le bal ?

— Oui. Enfin, je crois. Je pensais y aller dès que j'aurais épuisé Freddy, pour voir si ça correspond à ce que nous cherchons.

Il s'arrêta brusquement pour se tourner vers moi. Son visage était dans l'ombre mais je distinguais la buée qui s'échappa de ses lèvres quand il dit :

— Et si je vous y accompagnais ? Enfin, si ça ne dérange pas votre mari, bien sûr...

Le cœur battant, je lui adressai un petit sourire un peu figé.

— N'ayez aucune crainte. Ça ne le dérangera pas.

4

Matt vint me chercher trois quarts d'heure plus tard, ce qui m'avait tout juste laissé le temps de préparer la gamelle de Freddy et de redonner un peu de volume à mes cheveux aplatis par le bonnet. J'ai la chance d'avoir de superbes cheveux, épais et brillants, que je laisse libres ou que je relève selon mon humeur. Jem me les a toujours enviés, elle qui a hérité des boucles blondes « tire-bouchon » de notre grand-mère, qui lui donnent l'air d'avoir mis un doigt mouillé dans la prise électrique.

J'avais choisi d'aller attendre Matt en bas de chez moi pour être sûre de ne pas avoir à l'inviter à l'intérieur. Rien, dans l'appartement, ne suggérait que je me suis mariée récemment, sans même parler de l'absence de mon prétendu mari.

Je m'étais changée et avais mis une robe mi-longue rouge avec des bottes en cuir, des bas résille noirs, et mon manteau en *vraie* fausse fourrure — même moi je suis d'accord avec mes parents là-dessus. Evidemment, dans cette tenue, je ne passais pas inaperçue, mais j'adore jouer la carte de la provocation. Une façon pour moi de faire un pied-de-nez à ceux qui jugent sur l'apparence. Après tout, nous sommes tous pareils une fois nus. Enfin presque...

Matt descendit pour m'ouvrir la portière et son regard me récompensa de mon choix vestimentaire ; c'était comme s'il me découvrait pour la première fois. Je me glissai dans sa voiture de sport, appréciant la douceur du cuir qui m'accueillit comme une main gantée tandis que je respirais une subtile bouffée de son eau de toilette.

L'hôtel où le bal devait avoir lieu appartenait à un ancien patient qui nous proposait la location de la salle à moitié prix. De nombreuses célébrités séjournaient régulièrement dans l'établissement pour le confort luxueux et intime qu'il proposait. Aussi, comme j'en gravissais les marches pour la première fois, eus-je l'impression fugace d'être une star montant recevoir un prix. Le personnel en uniforme nous accueillit derrière le comptoir de la réception où, sous un imposant lustre en cristal, trônait un magnifique bouquet de glaïeuls blancs.

Matt avait eu la bonne idée de prendre rendez-vous afin que nous puissions voir la salle de bal. Je fus impressionnée ; elle était presque aussi vaste qu'un terrain de foot et sobrement décorée dans les tons taupe et ivoire.

— Qu'en pensez-vous ? me demanda Matt.

— C'est parfait, dis-je. On pourra y placer des ballons, une fontaine à chocolat, et organiser un concours du meilleur costume, par exemple.

— Pourquoi pas ?

L'employé qui nous avait ouvert la salle revint vers nous, l'air navré, pour nous annoncer qu'il avait été appelé pour un problème à la réception.

— Mais le directeur m'a demandé de vous donner la suite nuptiale ; elle est libre ce soir, vous ne serez pas dérangés. Le dîner, offert par la maison, vous sera servi d'ici peu.

— La suite nuptiale ? répétai-je, stupéfaite. Mais...

— C'est très gentil à vous, dit Matt. Remerciez le directeur pour nous.

L'ascenseur nous déposa au dernier étage et Matt ouvrit la porte avec la carte.

— Vous croyez que je dois vous prendre dans mes bras pour franchir le seuil ? demanda-t-il avec un sourire amusé.

— La dernière fois que quelqu'un m'a portée, il s'est fait une hernie discale.

C'était mon père qui, après ça, avait eu droit à des mois de physiothérapie.

— Je suppose que ce n'était pas votre mari ? demanda Matt.

— Euh... non. Il n'est pas trop pour... les traditions.

— Et c'est pour cette raison que vous n'avez pas d'alliance ?

Quelle idiote. Je ne porte jamais de bagues, il est trop facile de les oublier sur le lavabo lorsque je me lave les mains à l'hôpital. Mais j'aurais dû en mettre une ce soir. Je regrettai d'avoir rendu à Andy celle qu'il m'avait offerte pour nos fiançailles.

— J'ai oublié de la remettre à mon retour chez moi, fis-je avant de me tourner vers la suite pour éviter son regard un rien insistant. Oh… Vous avez vu ? C'est incroyable, non ?

Et ça l'était. Un vrai décor de rêve. Tout en velours et satin, avec un salon dont la terrasse surplombait le Tower Bridge et un éclairage doux propice à la sensualité. La salle de bains aurait pu contenir mon salon et la cuisine avec. Le tout dans un luxe indécent, cela allait de soi.

Et le lit… Immense. Couvert de velours rouge invitant à une sensualité débridée.

Je jetai un coup d'œil à Matt, mais il paraissait totalement insensible à cette débauche de luxe. Sans doute était-il plus habitué que moi au faste des cinq étoiles.

Un coup discret à la porte annonça l'arrivée d'un employé qui poussait un chariot chargé de plats couverts de cloches argentées, d'une bouteille de champagne dans un seau à glace et de deux flûtes en cristal.

Dès qu'il fut ressorti, mon cœur se mit à battre plus vite. J'avais le sentiment très net que nous avions franchi une ligne. J'étais seule dans une suite en compagnie d'un homme que je ne connaissais que depuis la veille et avec qui, dans des circonstances différentes, j'aurais été ravie de rester enfermée toute la nuit — et même plus si affinités…

Et Dieu sait que « affinités » il y avait, du moins en ce qui me concernait.

— Autant profiter de la situation, dit-il en allant servir le champagne.

Mon cœur battait la chamade quand il me tendit une flûte pleine du liquide blond pétillant. Je pris une gorgée, puis une autre. C'était le problème lorsque j'étais nerveuse : j'avais tendance à boire plus que je ne pouvais le supporter.

Très vite je sentis l'alcool se diffuser dans mes veines et éprouvai une impression de délicieux vertige. Mais la présence de Matt tout près de moi n'y était probablement pas étrangère. Je respirai une fraîche odeur de citronnelle et de santal et eus soudain envie de laisser courir le bout de mes doigts sur la barbe naissante qui ombrait ses joues. Qu'il baisse les yeux sur mes lèvres n'arrangea rien.

Finalement, il reposa sa flûte sur la table. Son regard ne quittait pas ma bouche, qui en devint presque sèche. Puis il s'avança d'un pas, et je sentis son souffle sur ma tempe.

Bien sûr, j'aurais dû m'écarter, mais mes pieds semblaient rivés sur place. Combien de temps sommes-nous restés ainsi, à mêler nos souffles ? Lequel de nous s'est finalement décidé le premier ?

Enfin nos lèvres se trouvèrent. Presque timidement tout d'abord, puis plus hardiment ; sa bouche chaude était douce et exigeante à la fois. Posant une main sur mes reins, il me pressa contre lui, contre son corps, et je sentis l'effet que j'exerçais sur lui.

Un soupir s'échappa de mes lèvres, et il approfondit aussitôt notre baiser. Je fondis contre lui, craignant un instant que mes jambes refusent de me porter. Le goût du champagne sur sa langue m'excitait tout autant que cette masculinité qu'il exsudait par tous ses pores.

Il semblait goûter mes lèvres comme un mets très précieux, alternant délicatesse et avidité. Jamais je n'avais éprouvé un tel plaisir, et l'expression de sa virilité contre moi éveillait un désir tel que je n'en avais jamais éprouvé. La femme sauvage, en moi, se libéra soudain, et je répondis avec une fougue que j'ignorais posséder, prenant même l'initiative de caresses dont je me serais crue incapable quelques minutes plus tôt.

J'étais comme une étrangère à moi-même. L'amour, avec Andy, avait été si terne, si égoïste. Jamais il ne m'avait donné la sensation d'être sexy, d'avoir le pouvoir de susciter un tel désir. Jamais il n'avait gémi contre mes lèvres comme s'il absorbait une drogue puissante seule capable de le maintenir en vie. Jamais il ne m'avait étreinte comme si j'étais la seule femme au monde à pouvoir lui faire perdre la raison avec un simple baiser.

Je n'aurais pas dû penser à Andy. Ce fut comme si on me renversait un seau d'eau glacée sur la tête. Je reculai brusquement.

— Mais qu'est-ce qui vous prend ? demandai-je, jouant soudain la vierge effarouchée.

Après tout, il en allait de mon honneur. Pour qui me prenait-il ? Il n'était pas le premier à être excité par les femmes mariées, c'était certain, mais ce genre d'homme dépourvu de toute loyauté me dégoûtait.

— Quoi ? dit-il d'un petit air amusé exaspérant.

— Comment ça *quoi* ? Vous voulez que je vous fasse un dessin ? Nous ne devrions pas nous embrasser !

— Pourquoi ? Parce que je suis votre patron ?

— Oui, mais pas seulement. Parce que je suis... Parce que je ne suis pas libre.

Le mot « mariée » refusait de franchir mes lèvres. Chaque fois que je le prononçais, je ressentais de nouveau la honte qui m'avait submergée lorsque j'avais annoncé à ma famille que le mariage avait été annulé. Leurs expressions à la fois satisfaites — ils n'avaient pas aimé Andy — et apitoyées me rendaient malade de honte et de rage.

— Je connais les hommes comme vous. Votre plaisir est de conquérir celles qui ne sont pas disponibles. Et dès que c'est fait, vous passez à une autre. Mais désolée, ça ne marchera pas avec moi.

Je m'approchai de lui et posai le bout de mon index sur son torse.

— Allez voir ailleurs, docteur Bishop. Je ne suis pas un cœur à prendre, compris ?

Sa main saisit la mienne avant que j'aie pu m'écarter et il la posa sur son torse, là où battait son cœur.

— Si jamais vous changez d'avis, faites-moi signe, dit-il. Je crois que ça pourrait être très intéressant, entre nous.

— Je ne le pense pas, non, répondis-je, ce qui était un mensonge éhonté.

J'avais une envie folle de l'entraîner sur le lit et de le dévorer sur place, et dus me faire violence pour soutenir froidement son regard. C'était la seule façon de préserver ma dignité. Je ne voulais pas passer pour une femme facile — et soi-disant tout récemment mariée ! — capable de coucher avec un homme rencontré moins de vingt-quatre heures plus tôt. La seule solution était, comme toujours, de feindre. J'avais fait cela toute ma vie, j'étais rompue à l'exercice.

J'attrapai mon sac et me dirigeai vers la porte que j'ouvris brusquement.

— La lune de miel est terminée ? demanda-t-il derrière moi.

Je le regardai par-dessus mon épaule et ne fus pas étonnée par son petit sourire narquois que je commençais à bien lui connaître.

Froidement, je l'invitai alors à aller… disons se faire cuire un œuf, pour rester polie.

Je refermai la porte calmement, avec une réjouissante satisfaction. Une fois n'est pas coutume, j'avais eu le dernier mot.

5

J'étais rentrée depuis une demi-heure quand je me rendis compte que mon téléphone n'avait pas sonné depuis longtemps. Normalement, il ne se passait pas une heure sans que j'aie un appel, que ce soit de l'hôpital pour un patient, de Jem ou de mes parents. Mais là, rien.

Je cherchai dans mon sac sans succès et finis par en renverser le contenu sur la table de la cuisine, mais, en dehors du fouillis habituel, pas de portable. Agacée, je m'efforçai de comprendre où j'avais pu le laisser. Je n'avais même pas de téléphone fixe, si bien que je ne pouvais pas vérifier s'il était ailleurs dans la maison. Je ne pouvais pas non plus aller téléphoner de chez Margery Stoneham puisqu'elle était absente et… Je me figeai, soudain consciente du silence de mon appartement. *Freddy !* Où était passé ce chien ?

Je courus dans toutes les pièces en l'appelant, soulevai les rideaux, regardai derrière les portes et même dans les placards. Pas de Freddy. Je sortis, criai son nom dans l'escalier. Tant pis si je réveillais quelqu'un. Il fallait que je le retrouve, coûte que coûte. Il était hors de question que j'annonce à Margery que j'avais perdu son chien.

Je descendis dans le jardin, mais aucune empreinte de pattes n'apparaissait dans la neige. De toute façon, comment serait-il sorti ? En se glissant entre mes pieds quand j'avais ouvert la porte ? Je venais de remonter et commençais à échafauder des scénarios catastrophe où toutes sortes d'horreurs arrivaient à la pauvre bête quand la sonnette de l'entrée retentit.

Je me précipitai. La police venait m'annoncer que Freddy avait été retrouvé écrasé dans le caniveau, c'était évident, ou enlevé contre rançon, ou je ne savais quoi encore...

C'était Matt. Je le fixai un instant en silence, incapable de penser raisonnablement. Puis il me tendit mon téléphone.

— Vous l'avez laissé dans la voiture.

Angoissée, je lui pris l'appareil et le jetai sur le canapé.

— Vous n'avez pas vu Freddy ? demandai-je.

— Freddy ?

— Le chien que je promenais dans le parc.

— Oh. Non, pourquoi ?

— Il a disparu. Il a dû réussir à sortir, je ne sais pas comment, mais...

— Il est peut-être caché. Vous avez bien fouillé partout ?

— Partout, oui. Il n'est pas ici.

Je commençais à avoir un ton d'adolescente hystérique et pris une profonde inspiration pour me calmer.

— Et chez ses maîtres ? Vous êtes allée voir ?

Ses maîtres ! Evidemment. Je l'aurais volontiers embrassé. Je n'avais pas une seconde pensé à aller voir chez Margery.

— Allons-y tout de suite, dis-je en attrapant mon manteau.

J'étais dans un tel état de nerfs que je m'emmêlai avec les manches. Matt vint calmement à mon secours et j'eus la sensation d'avoir près de moi un pilier solide sur lequel je pouvais m'appuyer. Il était en mesure de m'offrir tout le réconfort dont j'avais besoin. C'était un sentiment auquel je n'étais pas habituée, et que je n'avais jamais éprouvé avec Andy. Cette brève seconde m'ouvrit les yeux sur ce que cela pourrait être de vivre auprès de quelqu'un sur qui je pourrais compter, qui serait là pour me soutenir dans les moments difficiles et avec qui je pourrais partager les instants non seulement de joie mais de bonheur tout simple, quotidien...

La neige tombait dru lorsque nous arrivâmes devant chez Margery. J'eus fugacement l'impression d'être dans un film — un homme et une femme en train de chercher un chien dans la tourmente. J'espérais seulement qu'il se terminerait bien.

Mon souhait fut exaucé : Freddy était sagement assis sur le paillasson. Il grelottait, et comme je le soulevai dans mes bras sans réfléchir, il me planta ses vieux chicots dans la main.

Je poussai un cri et le lâchai, et il retourna aussitôt devant la porte qu'il se mit à gratter en pleurant.

— Ça va ? demanda Matt.

— Oui, oui, pas de problème, répondis-je en cachant aussitôt ma main dans ma poche.

Freddy pleurait devant la porte et j'eus de la peine pour lui.

— Pauvre toutou. Sa mère lui manque.

— L'anxiété de la séparation, dit Matt. Parce que sa maîtresse le traite comme un humain et non comme un chien.

Je relevai les yeux vers lui. Son visage était à moitié dans l'ombre mais la lumière du réverbère accentuait ses traits, mettant en valeur son large front et sa bouche sensuelle.

— Oui, dis-je, et on peut le comprendre. Il est son seul compagnon maintenant que son mari est mort. Elle a une sœur mais qui refuse qu'elle amène Freddy quand elle va la voir. Une fois, j'ai dû garder le rat blanc de ma sœur ; j'ai horreur des rats, apprivoisés ou non. Mais je l'ai pourtant fait du mieux que j'ai pu pour elle.

Je me penchai vers Freddy.

— Alors, mon bonhomme ? Il va falloir qu'on s'entende, tous les deux, tu sais. Je suis ta mère de substitution le temps que la tienne revienne, alors tu vas devoir me supporter quelques jours. Et plus d'escapades, d'accord ?

Matt sortit la laisse de sa poche — heureusement qu'il l'avait prise, j'avais été trop affolée pour y penser — et l'accrocha au collier que, par chance, je n'avais pas encore ôté, et nous repartîmes dans l'autre sens.

J'avais l'impression d'avoir, encore une fois, donné à Matt l'image d'une femme plus comique que responsable. Prompte à paniquer. Et, pire, sexuellement disponible, ce qui, pour une femme soi-disant mariée depuis quelques jours, n'était pas franchement convenable.

Devais-je lui révéler la vérité ? J'étais certaine, ou presque, qu'il comprendrait le mensonge dans lequel je m'étais lancée pour tenter de sauver la face. Après tout, qui pouvait se vanter de n'avoir jamais menti ? Il comprendrait…

Toutefois les mots refusèrent de franchir mes lèvres. J'avais trop honte d'avouer ce fiasco, et plus encore à lui. Imaginer qu'il puisse le répandre dans tout l'hôpital… Non. Pas question.

De plus, mieux valait que je le tienne à distance. Il était bien trop… fort pour moi. Il était comme son père, et évoluait dans un monde où les femmes étaient des prix à décrocher, des jouets avec lesquels on s'amusait quelque temps avant de les abandonner pour un autre plus récent, plus nouveau. A l'entendre, il n'appréciait pas l'attitude de son père avec sa mère, mais n'était-il pas en train de reproduire son comportement avec moi ? Il savait que j'étais — soi-disant — mariée, mais ça ne l'avait pas empêché de m'embrasser. Même si j'avais été *très* consentante…

Je n'avais pas l'habitude d'être ainsi dépassée par mes émotions. J'allais devoir me reprendre.

Une fois devant chez moi, je récupérai la laisse des mains de Matt.

— Merci pour votre aide, dis-je. Je ne sais pas ce que j'aurais fait si je ne l'avais pas retrouvé. Il serait mort de froid, le pauvre toutou.

Il me considéra un instant, la tête inclinée.

— C'est une grosse responsabilité, de s'occuper de l'animal de quelqu'un d'autre. C'est vous qui l'avez proposé ou votre voisine vous a un peu forcé la main ?

Comment avait-il deviné ? Cette façon qu'il avait de me percer à jour me perturbait.

— J'essayais juste de rendre service.

— Mmh, fit-il. Bon. Je ferais mieux d'y aller avant que nous gelions sur place. Dépêchez-vous de rentrer, vous aussi. Bonsoir, Bertie.

J'avais beau être glacée, je restai quelques secondes à le regarder s'éloigner dans la rue jusqu'à ce qu'il disparaisse au coin. Bon sang, dans quelle galère m'étais-je embarquée ?…

Le lendemain matin, j'étais dans le vestiaire en train de ranger mon sac dans mon casier quand Gracie McCurcher, tout excitée, me tomba dessus.

— Devine ! dit-elle sans plus de préambule.

— Quoi ?

— Matt Bishop a une petite amie !

J'affectai de chercher quelque chose dans le fond du casier pour gagner un peu de temps et cacher mon visage probablement empourpré. S'il avait une amie, pourquoi m'avait-il embrassée ?

— Comment le sais-tu ? demandai-je, contenant difficilement ma colère.

— Il a un suçon dans le cou.

Flûte. Je me souvenais d'avoir été un peu fougueuse, mais pas au point de lui laisser une marque.

— Tu es sûre qu'il ne s'est pas simplement blessé en se rasant ?

— Certaine. Je sais reconnaître un suçon, tout de même. Tu crois que c'est quelqu'un de l'hôpital ?

— Comment veux-tu que je le sache ?

L'aisance avec laquelle je mentais m'atterrait. Je me plantai devant le miroir pour essayer de remettre un peu d'ordre dans mes cheveux sous le regard incrédule de Gracie.

— Il paraît qu'il est parti aux Etats-Unis après avoir rompu avec une orthophoniste.

— Ah oui ? Il était avec elle depuis longtemps ?

— Aucune idée. Mais le temps ne veut rien dire, tu sais. Pour certains, quinze jours, ça peut être un record...

Je me retournai et lui pressai gentiment l'épaule. Gracie n'avait jamais eu de chance en amour. Le premier l'avait quittée pour sa meilleure amie et le dernier en date n'avait pas cessé de la tromper tout le temps où ils étaient restés ensemble.

— Ne perds pas espoir, Gracie, lui dis-je. Je suis sûre que tu tomberas un jour sur le bon.

— C'est mieux, quand on est marié ? me demanda-t-elle, songeuse. Ma cousine a fait une déprime après le mariage, une fois que toute l'excitation des préparatifs et du grand jour est retombée. Elle avait l'impression d'être un peu abandonnée. C'est pareil, pour toi ?

— Il y a de ça, oui.

Au moins, là, n'avais-je pas à mentir. J'avais *vraiment* été abandonnée. Tout ce que j'avais imaginé, dont j'avais rêvé, avait volé en éclats lorsque j'avais ouvert la porte de la chambre et découvert Andy en train de tester le confort du matelas avec une autre... Une femme bien plus belle que moi, du genre mannequin pour maillots de bain... Depuis, je me sentais grosse, petite, et moche.

— J'aimerais bien voir les photos, dit Gracie. Tu les as ici ?

— Non. Excuse-moi, dis-je en jetant un coup d'œil sur l'horloge murale. Il faut que j'y aille. Je dois préparer un patient pour l'opération.

Je revenais du bloc quand Jill Carter, la réceptionniste, m'intercepta au passage.

— Tu connais la dernière ?

Cette fois, je réussis à feindre l'indifférence.

— Non. Qu'y a-t-il ?

— Apparemment, le Dr Bishop est...

— ... juste derrière vous, dit Matt qui venait d'apparaître sur le seuil de son cabinet.

Jill et moi nous retournâmes en sursautant comme deux gamines prises en train de fumer dans les toilettes. Jill se ressaisit plus vite que moi mais elle n'avait probablement pas passé la moitié de la nuit à fantasmer sur la bouche de Matt parcourant son corps...

— Oh ! bonjour, docteur Bishop, dit-elle avec un sourire rayonnant. Votre réunion s'est bien passée ?

L'expression de Matt était aussi avenante qu'un mur hérissé de barbelés.

— Très bien, oui. Docteur Clark ?

Ses yeux me transpercèrent.

— Dans mon bureau dans cinq minutes.

Malgré moi, mon regard s'arrêta sur son cou. Le col de sa chemise masquait en partie l'objet du délit, mais il suffisait au premier venu de faire appel à ses souvenirs d'adolescent pour reconnaître un suçon. Je sentis mes joues prendre feu.

— Oui, docteur, répondis-je sobrement.

Je fus plus longue, car je voulais discuter avec les parents de Jason Ryder d'un nouveau type de thérapie auquel je songeais pour leur fils. La thérapie du réveil en était encore au stade expérimental, mais il existait des preuves anecdotiques de personnes plongées dans le coma répondant à des stimuli provenant de leur enfance. J'étais certaine que cela ne perturberait en rien les soins dont Jason faisait déjà l'objet, et j'avais même très bon espoir de le voir se réveiller. D'après ses parents, il avait eu une enfance heureuse, ce qui faisait de lui un candidat idéal.

Son père et sa mère, ainsi que Megan, sa femme, étaient prêts à tout pour faire revenir Jason à la vie. Sans vouloir leur donner de faux espoirs, j'étais moi-même déterminée à l'aider à sortir de son sommeil. La communauté scientifique avait découvert récemment que la plasticité du cerveau humain était bien plus importante qu'elle ne le pensait jusqu'alors. C'était une époque passionnante pour la neurochirurgie ; les nouvelles techniques et les avancées technologiques apportaient soulagement et espoir pour des patients qui, dans le passé, n'auraient vraisemblablement pas eu la chance de se rétablir.

Je me dirigeais vers le bureau de Matt, vingt minutes plus tard, quand le Pr Rasar, chef du service de gériatrie, me fit signe dans le couloir. Je l'évitais le plus possible ; si je restais trop longtemps avec lui, je me vidais de mon énergie. C'était à se demander comment ses patients supportaient son attitude défaitiste. De plus, chaque fois que j'avais affaire à lui, je redoutais que son surnom de « professeur Rasoir » — qui lui allait si bien — ne m'échappe.

Mais, une fois n'était pas coutume, le professeur m'aborda avec un sourire radieux.

— Bonjour, Bertie. J'ai entendu parler de votre projet.

Ses épaules tressautèrent, il riait.

— Je crois que c'est la meilleure de l'année.

— Pourquoi ? demandai-je, crispée. Que trouvez-vous de si drôle dans mon projet d'abattement des frais du stress ?

— Le titre ! P.A.C.S. ! C'est une bonne idée de faire un pied de nez à l'establishment, mais méfiez-vous tout de même. Ça risque de ne pas plaire en haut lieu. Notre nouveau boss n'a pas l'air d'un rigolo. Ce n'est pas le genre à se faire lire les lignes de la main ou son aura, ou je ne sais quelles autres de vos fariboles.

Les mâchoires crispées, je répondis d'un mince sourire avant de continuer mon chemin jusqu'au bureau de Matt. Le rire du Pr Rasoir m'accompagna tout le long du couloir.

Mes joues étaient en feu. J'allais sûrement devoir essuyer d'autres quolibets, nul doute que la plaisanterie ferait le tour du personnel. Je fus un instant catapultée dans mon enfance et mon adolescence où j'avais si souvent entendu ces rires dans mon dos. J'en étais rouge de honte. Si j'étais furieuse, c'était encore plus contre moi-même que contre Matt. J'avais en quelque sorte tendu les fesses pour me les faire botter ! Un psychologue en analyse transactionnelle aurait eu de quoi faire une conférence entière rien que sur mon cas...

Je frappai à la porte de Matt et reçus une invitation brève à entrer. Il était assis à son bureau, le regard sévère.

— Vous êtes en retard.

Aussitôt je redressai les épaules. Jem appelle ça ma posture de combat. Je serais bien en peine de frapper quiconque mais je peux faire illusion et paraître intimidante quand il le faut. Enfin, presque. Et tout dépend avec qui...

— Je ne suis pas à vos ordres, docteur Bishop, répondis-je sèchement. J'ai des responsabilités qui n'ont rien à voir avec vous. A propos de responsabilités, vous n'aviez aucun droit de faire des gorges chaudes du titre de mon projet lors de votre réunion.

Il haussa les sourcils et une lueur de défi apparut dans ses yeux.

— Cherchez-vous à vous faire virer, docteur Clark ?

Mon regard ne vacilla pas sous le sien.

— Dois-je le prendre comme une menace ?

Il fixa ma bouche. A ce rappel subtil de notre baiser, j'humectai du bout de la langue mes lèvres soudain sèches. Cette réaction instinctive n'arrangea pas les choses car son regard n'avait rien perdu de cette discrète réaction.

Comme il relevait les yeux vers les miens, je l'entendis distinctement relâcher le souffle qu'il avait de toute évidence retenu.

— Je ne suis en rien responsable de ces comportements, dit-il alors. Le chef d'un autre service a fait un commentaire sur l'intitulé qui en a fait rire quelques-uns, mais j'ai mis un terme à ces plaisanteries. Ce que j'attends de vous, à présent, ce sont des données concrètes.

J'étais toujours prête à me défendre, même s'il m'avait soutenue, ce dont je doutais. Je l'imaginais plutôt en train d'ironiser avec les autres à mes dépens.

— Je déteste être la cible de plaisanteries probablement à peine dignes de potaches, répondis-je. Mes recherches comptent beaucoup pour moi et je suis certaine qu'elles peuvent produire de bons résultats. Il me faut simplement du temps pour le prouver.

— Ça ne me pose pas de problèmes. Mais ce n'est pas la raison pour laquelle je vous ai demandé de venir.

— *Demandé* ? répétai-je en haussant un sourcil interrogateur. Vous voulez dire « ordonné », je suppose ?

Il soutint calmement mon regard sans relever ma réflexion.

— Une des infirmières a évoqué votre intention de pratiquer une autre forme de thérapie avec Jason Ryder. J'aimerais que vous m'expliquiez en quoi, exactement, elle consiste.

Je décelai sans mal le scepticisme dans son ton. Il était clair qu'il avait déjà son opinion. Il allait saboter ma thérapie d'éveil de l'enfance comme il ne s'était pas privé de le faire avec mon projet.

— Pour que vous la traitiez comme un ramassis de fadaises ?

— Ce qu'elle est peut-être, mais je veux malgré tout savoir de quoi il retourne, et que ce soit *vous* qui me le disiez, pas une des infirmières ou la femme de ménage. Ce n'est pas ma façon de gérer le service.

Son ton précis et sec me fit redresser le dos.

— Tout scientifique se doit d'avoir l'esprit ouvert, docteur Bishop. Sinon il ne voit que ce qu'il s'attend à voir et passe à côté du reste.

Il resta un instant silencieux face au défi à peine voilé que je lui lançais, puis posa les mains à plat devant lui sur le bureau.

— Je vais vous dire ce que j'espère voir, docteur Clark : des patients soignés avec des traitements qui ont fait leurs preuves, et non avec des poudres magiques, des cristaux qu'on agite sous leur nez et un salmigondis de méthodes new-age.

Mes ongles s'enfoncèrent presque dans ma paume tant je serrai les poings pour me retenir d'aller l'agripper par les revers de sa blouse pour le secouer comme un prunier.

— Reste-t-il une parcelle dans votre esprit étriqué pour ce qu'on appelle tout simplement l'espoir ? demandai-je. Ou votre méthode est-elle d'envisager systématiquement le pire afin de couvrir vos arrières ?

Je vis un muscle de sa mâchoire tressaillir et il se redressa dans son fauteuil.

— Il n'est pas bon de continuer à nourrir l'espoir quand il n'y en a plus. La vie des proches peut être complètement détruite par des espérances factices et des promesses vides. Ce dont la famille de Jason a besoin, c'est d'informations sérieuses, pas de... de *sorcellerie*.

Je réagis vivement ; ses attaques virulentes et stupides me mettaient hors de moi.

— C'est tout ce que vous aviez à me dire ? Parce que je dois y aller ; j'ai mon chaudron de potion magique sur le feu.

Une ombre d'espièglerie adoucit fugacement la ligne dure de sa bouche, et j'eus presque l'impression qu'il se retenait de rire. Ce qui apaisa quelque peu ma colère. Le sens de l'humour était, à mes yeux, une qualité essentielle. A mon corps défendant, Matt ne m'en apparaissait que plus attirant encore.

— Il y a autre chose, dit-il.

Je croisai les bras en soupirant comme une adolescente boudeuse. J'avais conscience de me comporter de façon puérile mais, après tout, il l'avait bien cherché. De la *sorcellerie* ! Doux Jésus... Dire que je n'avais pas assisté aux séances de mes parents depuis des mois.

— Quoi ?

— Nous avons un problème.

— Vous croyez ?

Si quelqu'un avait un problème, ici, c'était moi. Je m'enfonçais toujours plus dans le ridicule. Pourquoi, mais pourquoi donc avais-je été aussi lâche ? Pourquoi n'avais-je pas dit tout de suite que je m'étais trompée, que j'avais fait erreur sur la personne et m'étais aperçue *in extremis* qu'Andy n'était pas l'homme que j'avais cru aimer ? A présent je risquais de m'engluer dans les mensonges, ils allaient m'asphyxier. J'eus le sentiment d'être coincée dans une cabine d'ascenseur bondée et en panne. J'étais presque sur le point de défaillir quand Matt se pencha légèrement vers moi avec son regard si lucide, si pénétrant...

— Hier soir...

— ... a été une erreur qui ne se répétera pas, le coupai-je avant qu'il puisse aller plus loin. Je ne comprends pas comment nous... nous avons pu en arriver là. Mettons cela sur le compte du champagne. Je ne bois jamais l'estomac vide et je... je ne savais plus ce que je faisais. Je vous présente donc toutes mes excuses pour...

Je lançai un très furtif coup d'œil sur son cou.

— ... pour ce... désagrément.

Son regard, rivé au mien, restait impénétrable.

— J'aime que ma vie privée reste en dehors de l'hôpital, dit-il finalement. Si les gens faisaient des rapprochements, la situation pourrait devenir très gênante pour vous.

Elle ne pouvait guère l'être plus qu'elle ne l'était déjà...

— Je ne vois pas comment on pourrait faire le rapport entre votre... hmm... marque dans le cou et moi.

Il avait repris son sérieux, pourtant j'aurais juré qu'il continuait à s'amuser à mes dépens.

— Je suppose que vous n'avez rien dit à votre mari ? demanda-t-il.

Je me raidis.

— Bien sûr que non.

— Pourquoi ?

— Eh bien, parce que... parce qu'il ne comprendrait pas, évidemment.

La réponse était digne d'un mauvais vaudeville, où je tenais le rôle de la pauvre femme qui, délaissée par son mari, cherche à s'arracher à sa vie morose en batifolant avec des amants de passage...

Matt contourna alors son bureau et vint se percher sur le coin devant moi, les bras croisés sur son large torse. L'attitude d'un homme qui savait exactement ce qu'il voulait et comment l'obtenir...

A cette seconde précise je compris...

Il avait envie de moi.

Je le vis à la lueur dans ses yeux. Je le sentis dans l'électricité qui crépitait entre nous. Je l'éprouvai dans mon cœur qui se mit à palpiter, et dans mon corps dont une étrange pulsation semblait s'être emparée. Par pur réflexe, je croisai les bras à mon tour comme pour contenir le feu qui affluait dans mes veines.

— Vous avez réfléchi à mon offre ? demanda-t-il.

— Votre... offre ?

— Oui, vous savez... Celle d'explorer ce qui se passe entre nous.

J'aurais pu le rabrouer d'un rire moqueur et désinvolte, et nous en serions restés là. Mais mon ventre se crispait de désir ; j'avais autant envie de lui que lui de moi. L'idée d'une aventure interdite m'apparut soudain très tentante. Ma vie sexuelle était si ennuyeuse, si terne... Une aventure avec un homme comme Matt Bishop me permettrait d'acquérir un peu d'expérience. Après tout, quel mal y aurait-il à jeter pour une fois mes inhibitions aux orties et m'offrir une aventure palpitante, comme beaucoup de femmes de mon âge ?

Oui, mais... Comment accepter alors qu'il me croyait mariée ? Je repris aussitôt l'attitude qui seyait à la situation.

— Vous oubliez un détail, docteur Bishop, dis-je avec une indignation que j'avais du mal à simuler. Je n'ai aucune intention de partager quoi que ce soit avec vous, je trouve totalement indécent de votre part de me le proposer, et même de penser que je serais capable de faire l'amour avec vous sur ce bureau.

Je n'ai jamais réussi à tourner sept fois ma langue dans ma bouche avant de parler. Les images érotiques que je venais d'évoquer parurent rester suspendues entre nous et je sentis mon cœur battre soudain plus sourdement. Des alarmes se mirent à sonner dans ma tête, des signaux rouges s'allumèrent partout — entre mes jambes, dans ma poitrine, au creux de mon ventre...

Mon corps, silencieusement, implorait Matt de combler la distance entre nous afin de faire exactement ce que je venais de suggérer...

S'écartant du bureau, il vint vers moi et prit doucement mon visage entre ses mains, exactement comme le héros d'un film romantique. C'était la première fois qu'un homme agissait ainsi avec moi. Ses doigts étaient chauds et son regard brûlant alors qu'il plongeait dans mes yeux. Les siens, d'aussi près, m'apparaissaient comme deux lacs d'encre...

J'aurais dû quitter immédiatement la pièce, c'était certain. Mais avant que je ne me décide, ses lèvres étaient sur les miennes, mes doigts glissaient dans ses cheveux et nos bouches s'unissaient avidement.

J'eus l'impression de prendre feu, je me pressai contre lui et mon corps exprima une exigence que je ne lui avais encore jamais connue. Je sentais sa virilité pressée contre mon ventre, dangereusement tentante. Je l'imaginais me pénétrant, m'emplissant, comblant le désir qui me rendait soudain plus vivante que je ne l'avais peut-être jamais été.

Sous les caresses avides de ses mains qui descendirent vers le bas de mon dos avant de venir se refermer sur mes seins, j'eus l'impression d'oublier toute retenue. Je me sentais prête à l'entraîner moi-même sur le bureau afin qu'il apaise la brûlure entre mes jambes que je n'avais jamais éprouvée avec une telle ardeur. C'était la première fois que je me sentais aussi vivante, aussi… désirée.

— Bon sang, c'est de la folie, dit-il contre ma bouche, et la caresse de son souffle sur mes lèvres fut comme la bourrasque qui attisait le feu de forêt.

Personne, jamais, n'avait produit un tel effet sur moi, j'étais sidérée, comme un lapin pris dans les phares d'une voiture.

Il s'écarta légèrement, et je plongeai dans les lacs noirs de ses pupilles dilatées.

— Vous avez des projets, pour ce soir ? demanda-t-il.

— Ce soir ? répétai-je stupidement.

— Oui. Vous êtes libre ?

Je réagis enfin.

— Mais ça ne vous regarde pas !

— Etant donné que vous venez de m'embrasser, je…

— *Je* ne vous ai pas embrassé. Vous avez pris l'initiative, et je me suis contentée de répondre. Hier, c'était à cause de ce verre de champagne, évidemment. Vous pensez bien qu'autrement, je…

— Et si nous essayions *sans* champagne ? dit-il alors. Juste pour voir si nous avons la même réaction. Ce serait une approche plus scientifique, vous ne pensez pas ?

J'aurais dû m'échapper avant qu'il ne soit trop tard, mais il posa les mains sur mon bras pour m'attirer de nouveau contre lui et je sus que je venais de manquer ma seule chance de me soustraire au désir impérieux qui me faisait perdre la raison.

Mes bras s'enroulèrent autour de son cou, mes doigts s'enfoncèrent dans ses cheveux soyeux, et mes lèvres s'ouvrirent de nouveau pour accueillir son baiser. J'y répondis avec un enthousiasme qui me surprit moi-même.

J'eus la sensation de fondre dans ses bras, de perdre toute volonté et de devenir une simple poupée de chiffon entre ses mains. Le désir de le sentir en moi était si fort…

Son souffle sur mes lèvres attisa plus encore l'effet incendiaire qu'il exerçait sur moi. J'avais envie de plus, de beaucoup plus…

Perdant le peu de raison qui me restait, je guidai sa main sous mon pull. Il le releva et, après avoir repoussé mon fin soutien-gorge, prit entre ses lèvres la pointe de mon sein tendu.

Je crus que j'allais devenir folle. Folle de désir, de plaisir... et de frustration. J'avais tellement envie de le sentir en moi. Mon désir était si impérieux que je faillis en oublier où nous étions et repousser ce qui encombrait son bureau pour l'attirer avec moi, *sur* moi, là, pour qu'il me fasse l'amour séance tenante.

Mais son souffle chaud me caressa l'oreille tandis qu'il murmurait :

— Pas ici.

Deux petits mots qui me firent brusquement prendre conscience de ce que j'étais en train de faire. Et où. Et avec qui !

Ce fut comme une douche froide. Ou comme l'atterrissage d'un saut en parachute — qui refuse de s'ouvrir... Mais que m'avait-il pris ? J'avais été prête à faire l'amour *ici*, sur le bureau de mon patron — et *avec* mon patron. Alors que j'étais mariée ! Bon, pas vraiment, c'était vrai, mais je l'étais pour lui. Quelle opinion allait-il avoir de moi ? Il était temps de rétablir la situation, et de tenter de sauver la face, s'il n'était pas déjà trop tard.

— Mais qu'est-ce que vous croyez ? dis-je avec une mauvaise foi à couper au couteau. Ce n'est pas parce que je vous ai laissé m'embrasser que...

Son regard rivé au mien me coupa dans mon élan et je le fixai, soudain à court de mots, tandis qu'il remettait rapidement de l'ordre dans sa tenue.

— Vous savez où me trouver si vous changez d'avis, mademoiselle Clark, dit-il.

Son petit sourire me chavira.

— Je ne bougerai pas de chez moi ce soir, dit-il.

Je redressai les épaules avec un semblant de fierté, pourtant bien écornée.

— Ne perdez pas votre temps à m'attendre. Je ne fais pas de visites à domicile.

— Il y a des exceptions à tout, répondit-il sans se départir de son sourire.

Avec un calme exaspérant, il alla s'asseoir à son bureau.

— Soyez aimable de fermer la porte derrière vous en sortant, s'il vous plaît.

Ma dignité bien entamée, je tournai les talons et quittai son bureau, mais je ne fermai pas sa porte… Je la claquai violemment.

6

— Bertie ? dit Stuart McTaggart en venant vers moi. Que se passe-t-il ? Il y a un problème ?

— Aucun, répondis-je.

— C'est au sujet de votre projet ?

C'était la première fois que je le voyais rire, et je me consolai en songeant avec ironie que, au moins, je n'aurais pas travaillé pour rien...

— Sérieusement, je l'ai trouvé très intéressant, dit-il. Brillant, même. Et je viens de voir Jason Ryder. D'après ses parents, vous envisagez d'essayer quelque chose de nouveau avec lui ?

— Si le Dr Bishop est d'accord, oui, répondis-je, un peu crispée.

Stuart inclina la tête en haussant les sourcils.

— Vous en doutez ? Il était le premier à vous soutenir, à la réunion. D'ailleurs, pour être franc, si vous ne veniez pas de vous marier, j'aurais même parié qu'il y avait quelque chose entre vous. Au fait, vous avez vu qu'il a un suçon dans le cou ?

Son rire fit tressauter ses épaules sous sa blouse.

— Bon, soyons sérieux..., dit-il en se ressaisissant. Qu'avez-vous prévu, pour Jason ?

Je lui expliquai et il m'écouta jusqu'au bout, patiemment, avant de me donner le feu vert.

— Ça ne peut pas lui nuire, de toute façon, dit-il. J'espère seulement que la famille n'engagera pas de poursuites pour l'hémorragie.

— A mon avis, ce n'est pas le genre. De plus, vous n'avez rien à vous reprocher. C'est une complication répertoriée dans ce type de neurochirurgie.

— Parce que vous croyez que ça arrêterait les avocats ? rétorqua-t-il. Pour eux, seul compte le succès, et tous les coups sont permis pour y parvenir.

— Je suis certaine que ça n'en arrivera pas là, Stuart, dis-je en croisant mentalement les doigts.

Stuart était un chirurgien très qualifié et très compétent, mais ses manières autoritaires et parfois bourrues lui valaient de nombreuses inimitiés. Quand une opération se passait mal, ce qui arrivait, bien sûr, le corps humain n'étant pas une science exacte, certains considéraient que leur seul recours était le procès. Jamais ils ne prenaient en considération l'impact désastreux pour le médecin.

La médecine était désormais, bien plus que par le passé, un travail d'équipe. Des erreurs pouvaient être commises à n'importe quel stade de la chaîne de soins, mais au final le médecin en serait tenu pour responsable. C'était d'autant plus difficile lorsque les médias s'en mêlaient. Des informations faussées pouvaient entacher la réputation d'un médecin et une petite phrase assassine compromettre toute une carrière. Des procès étaient parfois intentés au personnel médical au cours desquels des décisions que le chirurgien ou le médecin avait dû prendre sous la pression et dans l'urgence étaient disséquées pendant des semaines, quand ce n'était pas des mois. Des avocats aguerris de compagnies d'assurances bétonnaient les dossiers de leurs clients, et le médecin, qui n'avait le plus souvent aucune formation médico-légale, faisait généralement office de bouc émissaire et ressortait de cette épreuve psychologiquement ébranlé.

Dans l'hôpital où j'avais travaillé avant le St Iggy, une obstétricienne totalement dévouée à sa carrière depuis près de trente ans avait dû renoncer à son métier. Les parents d'un bébé victime de lésions cérébrales dues à un manque d'oxygène à la naissance avaient porté plainte contre elle. Le tapage médiatique avait sali sa réputation au point qu'elle ne s'était plus sentie le droit d'exercer.

Stuart poussa un long soupir en se massant la tempe.

— Bon, il faut que je vous laisse, Bertie. J'ai un cours qui m'attend avec les étudiants et je suis de garde pour la deuxième fois cette semaine. Je me demande comment ma femme supporte ça ; à sa place, il y a longtemps que d'autres auraient demandé le divorce. Enfin... Et vous, votre mari supporte les exigences de vos horaires ?

— Eh bien, euh...

— Vous auriez dû épouser un médecin, Bertie.

Je répondis avec un petit sourire un rien crispé.

— Ç'aurait peut-être été une bonne idée, oui...

La semaine suivante, je demandai à travailler de nuit. C'était pure lâcheté de ma part, évidemment, mais je ne me sentais pas d'affronter Matt Bishop tant que je n'aurais pas récupéré un semblant de contrôle. Il n'y avait rien de tel que la fatigue pour endormir le désir. Côté positif, cela me permettait de promener Freddy à la lumière du jour. Encore que cette lumière, en janvier, à Londres, soit particulièrement glauque.

L'autre avantage était que je pouvais passer un peu plus de temps avec les patients sans avoir à jongler entre les rondes des médecins et les visites des proches.

Assise auprès de Jason Ryder dans la chambre du fond, je regardais sa poitrine se soulever et s'abaisser sous l'action du système de ventilation mécanique. Deux semaines s'étaient écoulées depuis l'opération et il était toujours dans un coma profond. Chacune des tentatives pour l'en sortir faisait monter sa pression intracrânienne de façon alarmante. La situation n'était pas encourageante mais je refusais de baisser les bras. Je ne pouvais m'empêcher de penser à sa femme et à l'enfant qu'elle attendait ; le stress auquel elle était soumise n'était bon ni pour elle ni pour le bébé, c'était évident. Des études avaient révélé qu'un niveau élevé de cortisol chez les femmes enceintes pouvait provoquer des modifications épigénétiques pour le fœtus et l'exposer plus tard à un risque plus élevé de maladies cardiaques ou à certains types de cancers.

Et puis il y avait ses parents. Mon cœur se serrait chaque fois que je les voyais. Je n'osais imaginer ce que les miens vivraient si Jem ou moi étions dans la situation de Jason. Aucun parent ne voulait survivre à ses enfants ; ce n'était pas dans l'ordre naturel des choses. Je priais pour que cette situation se dénoue enfin et que tout, comme dans les contes, finisse bien.

Distraitement, je pris le livre d'enfant que les parents de Jason avaient laissé lors de leur dernière visite. Cela avait été l'un de mes préférés lorsque j'étais petite : *L'Indien du placard*, de Lynne Reid Banks. Apparemment, Jason avait lui aussi été captivé par l'idée d'un jouet prenant vie. Je l'ouvris là où sa mère avait mis une marque et en lut des passages à voix basse, presque en murmurant.

Au bout de quelques minutes, je me rendis compte que Matt Bishop me regardait depuis le seuil. Depuis combien de temps ? J'étais surprise de le voir car son nom ne figurait pas au tableau de service, mais il avait très bien pu être appelé pour un patient.

Reposant le livre, je me levai.

— Comment va Jason ? demanda-t-il.

— Pas de changement, apparemment. Sa pression intracrânienne augmente dès que j'essaie de le débrancher du ventilateur. Stuart tient à la maintenir basse afin de maximiser la pression de perfusion cérébrale de ce qui peut être marginalement viable dans le cerveau autour de la tumeur. Mais lorsque nous accélérons la sédation, aucun signe de conscience n'apparaît. Un autre CT-scan est prévu demain. Et ensuite un EEG.

Je lui tendis les notes qu'il lut avec un front strié de rides soucieuses. Puis il referma le dossier, le posa au bout du lit et prit le livre d'enfant. Comme il en tournait les pages, son expression s'adoucit.

— Je l'avais, quand j'étais petit. Je devais avoir huit ou neuf ans.

— Je l'ai lu aussi. Après ça, je n'ai plus jamais regardé un jouet de la même manière.

Un très léger sourire apparut sur ses lèvres.

— Cela fait partie de votre thérapie d'éveil de l'enfance ?

Je scrutai son visage pour y découvrir le moindre signe de moquerie, mais soit il le cachait bien, soit il s'intéressait sérieusement à mon travail.

— Lire les récits préférés du patient, lui faire écouter la musique qu'il aime, lui raconter des souvenirs d'enfance ou de vacances familiales peut provoquer une réaction émotionnelle, expliquai-je. Il existe désormais plusieurs cas de patients qui sont sortis de leur coma lorsqu'on a réactivé en eux certains épisodes particulièrement chargés en émotions.

— Je suppose qu'il vaut mieux pour cela que cette enfance ait été heureuse.

J'inclinai la tête en l'observant plus attentivement.

— Ce n'est pas votre cas ?

A la rigidité de ses traits, je devinai déjà la réponse.

— Non. Et vous ?

— Je n'ai pas à me plaindre. Même si mes parents n'avaient pas trop les pieds sur terre.

— Je n'aurais jamais deviné, fit-il, ironique.

Son ton me fit sourire.

— A côté d'eux, je suis ultra-conservatrice.

Il soutint un instant mon regard.

— A quelle heure vous arrêtez-vous ?

Je jetai un coup d'œil à ma montre.

— Dans dix minutes.

Sa main ferme se resserra avec douceur sur mon coude.

— Venez. Ordre du patron. On va s'offrir notre dose d'excitant et de sucre.

Nous emportâmes nos cafés et un paquet de biscuits dans son bureau. Je crus deviner que c'était sa façon à lui de faire la paix. Il tira son fauteuil et m'invita à m'y asseoir.

— A vous de jouer au patron, fit-il. Dites-moi comment vous dirigeriez le service si vous étiez à ma place.

Je m'assis mais mes pieds ne touchaient pas le sol ; je les calai sur le piétement du siège en espérant qu'il ne le remarquerait pas. Prenant une gorgée de café, je l'étudiai par-dessus le bord de mon gobelet.

Ses traits trahissaient le stress auquel il était soumis, une barbe naissante ombrait ses joues, et ses cheveux étaient légèrement en bataille comme s'il les coiffait avec ses doigts. Deux lignes encadraient sa bouche. Je savais qu'il n'était pas de garde, j'avais vérifié. Il avait travaillé de jour toute la semaine, sans doute pour être en contact avec la direction le temps de régler les problèmes dont il avait hérité.

Avait-il des occupations en dehors du travail, pour décompresser ? Un hobby lui permettant d'oublier de temps à autre les tragédies humaines avec lesquelles il devait composer quotidiennement.

C'était probablement un vrai bourreau de travail. Une personnalité de type A incapable de s'intéresser à autre chose qu'à sa tâche et pour qui les émotions étaient sujettes à caution ; seuls les faits et les données comptaient. Or mes recherches m'avaient permis de comprendre l'importance de l'équilibre. Etant donné ce qui s'était passé avec Andy, je n'étais pas certaine de l'avoir moi-même trouvé, mais au moins en comprenais-je la dynamique.

Je commençais également à saisir le comportement de Matt avec moi le premier jour. Aux yeux d'un homme qui plaçait les faits avant les émotions, j'avais dû apparaître comme une vraie « timbrée ». Quoi d'étonnant, donc, s'il avait adopté cette attitude. Pour lui, je devais sembler totalement imprévisible, voire, peut-être, instable. J'allais devoir lui prouver ma valeur professionnelle. Oui, c'était vrai, mes tenues n'étaient pas très orthodoxes, et mes coiffures non plus, mais cela ne m'ôtait en rien mes qualités d'anesthésiste. Je prenais très au sérieux mes responsabilités envers les patients et j'avais parfaitement conscience de tenir leur vie entre mes mains. Jamais je n'aurais fait quoi que ce soit qui puisse les mettre en danger, et j'étais déterminée à convaincre Matt Bishop que je n'étais pas l'écervelée qu'il pensait.

Je reposai calmement mon café. Pour l'instant, je n'avais vraiment pas besoin d'excitant. Mon cœur battait comme si j'avais déjà avalé une douzaine d'espressos bien serrés.

— Avant tout je tiens à m'excuser pour l'autre jour, dans votre bureau, dis-je.

— Excuses acceptées mais inutiles.

Bien calé dans le fauteuil, il m'observait de son regard direct, son gobelet à la main.

Les biscuits au chocolat, sur le bureau, m'attiraient comme un aimant, mais, si j'en prenais un, tout le paquet y passerait. Le bannissement de tout produit sucré chez mes parents m'avait rendue par la suite complètement accro au sucre. J'étais capable d'avaler une boîte entière de chocolats en une soirée, surtout si mon moral était au ras des chaussettes. J'espérais seulement que mon foie tiendrait le coup...

Matt se pencha pour pousser les biscuits vers moi.

— Allez-y. Ils sont très bons.

— Ma mère est douée à ce petit jeu.

— Lequel ?

— Lire dans l'esprit des autres.

Il sourit, et ses traits fatigués se détendirent. Il était beau. D'une beauté très attirante, pas figée ou froide comme elle pouvait parfois l'être. Consciente que mes yeux s'attardaient un peu trop sur ses lèvres, je les baissai sur le biscuit que je venais de prendre. Ce qui ne m'empêcha pas de penser à leur douceur, à la sensation de ses mains sur mon corps, et à l'envie que j'avais de le sentir en moi.

La force de ce désir me choqua. Si ma vie s'était déroulée comme prévu, j'aurais à présent été mariée et peut-être même déjà enceinte. Au lieu de cela, j'étais furieusement attirée par un homme que je ne connaissais que depuis deux semaines. J'avais l'impression que mon corps avait piraté mon esprit. Il agissait désormais de sa propre initiative, adressant des signaux rien moins que subtils sur mon indomptable attirance pour mon nouveau chef et lui annonçant très clairement que j'étais disponible. Comment s'étonner, après cela, qu'il ait cherché à me séduire ? J'allais devoir contrôler mes réactions avec lui. Pas question qu'il découvre l'effet qu'il avait sur moi. Je m'imposai donc deux règles : 1, éviter de me retrouver seule avec lui et 2, maintenir notre relation sur le plan strictement professionnel.

Je pris un biscuit et le croquai délicatement, consciente de son regard sur moi.

— Vous disiez que vos parents n'avaient pas les pieds sur terre, dit-il. Ça veut dire quoi, exactement ?

— Ce sont des hippies. Ils viennent l'un comme l'autre d'un milieu aisé, mais, très jeunes, ils ont tout abandonné pour parcourir le monde. Ils ont suivi les préceptes de vie de gourous croisés au hasard de leurs voyages, et fait ce que leur permettait leur argent.

— Intéressant. Et comment l'avez-vous vécu, en grandissant ?

— Il m'arrivait de me rebeller.

— Ah oui ? Comment ?

— A un moment, je suis devenue une carnivore refoulée.

Mon expression le fit rire. Je souris avec lui. Son rire était riche et généreux comme un vin capiteux.

— J'ai encore le goût de mon premier steak. Jem et moi, plus tard, nous offrions parfois des sorties nocturnes en douce. Pas pour retrouver des garçons et aller danser, non, pour avaler un steak bien saignant.

Il reposa son gobelet sur le bureau en souriant.

— Et vos parents l'ont découvert ?

— Jusqu'à présent, non, répondis-je en me léchant les doigts. Je suis douée pour garder les secrets.

— C'est toujours utile...

Je baissai les yeux sur mon café pour éviter la lueur trop perturbante des siens. Soudain, mon mensonge me revint à l'esprit. Comment allais-je m'en sortir ? A mon avis, la seule façon de sauver la face aurait été de démissionner, mais cette perspective me désolait. J'aimais travailler au St Iggy, je m'y sentais vraiment bien. Je faisais partie d'une équipe qui apportait des soins d'une excellente qualité aux patients. Etre autorisée à tenter des thérapies alternatives était un autre atout essentiel pour moi.

Je reposai ma tasse.

— Je ferais mieux d'y retourner. Merci pour le café.

Je me dirigeai vers la porte mais, comme je tendais la main pour l'ouvrir, la sienne me précéda, me frôlant. Je sursautai comme sous l'effet d'un choc électrique. Je n'avais pas entendu Matt se lever, et il était si près de moi que je respirais son odeur virile discrète mais presque enivrante.

Je commis alors l'erreur de relever les yeux vers lui. Je rencontrai les siens, et le sol se déroba sous mes pieds, la pièce se mit à tanguer.

Son regard se posa sur ma bouche.

— Vous avez du chocolat sur la lèvre.

— Oh ?

Je la léchai du bout de la langue.

— J'en ai encore ?

Sans répondre, il la caressa de son pouce.

— Voilà, dit-il. C'est parti.

Nos regards s'accrochèrent de nouveau. Intenses. Lourds de désir contenu. Nous étions poussés l'un vers l'autre par une force irrésistible.

Je m'y arrachai au prix d'un effort, puis franchis le seuil d'un pas raide, le cœur battant.

Comme je remontais le couloir, je l'entendis fermer sa porte, mais pas avant que j'aie bifurqué à l'angle, disparaissant à sa vue...

7

Après une nouvelle semaine de gardes de nuit, mon rythme circadien était tellement perturbé que j'étais un vrai zombie. Je profitai pourtant de mes deux jours de congé pour repeindre mon salon, un projet que j'avais dû repousser pendant que je gardais Freddy. Margery étant rentrée, je n'avais plus à m'inquiéter des pattes mouillées de son chien, ni de ses aboiements soudains, quand ce n'était pas du mâchouillage obsessif de tout ce qui lui tombait sous les dents.

Je lui avais acheté un gros os à moelle pour le détourner de mes chaussures et de mes câbles électroniques, mais il alla aussitôt l'enterrer dans le jardin pour le récupérer le lendemain, tout terreux, et venir le ronger sur mon lit. Sympa…

Mon temps libre me permit aussi de me consacrer à l'organisation du bal de l'hôpital. J'étais retournée à l'hôtel pour convenir de la décoration avec le responsable, et j'avais fait imprimer des affichettes pour tout l'hôpital. Les billets eurent du mal à s'écouler jusqu'à ce que je me charge de la vente, ce qui me fit plaisir. Apparemment tout le monde ou presque était ravi à la perspective de ce bal costumé et chacun était prêt à jouer le jeu en commandant des tenues en ligne ou dans des boutiques spécialisées.

De retour au travail, j'appris qu'on avait peu à peu cessé d'administrer des sédatifs à Jason Ryder. Toutefois, même si sa pression intracrânienne était moins élevée et qu'il respirait sans aide extérieure, il ne répondait toujours pas aux stimuli verbaux. J'encourageais sa famille à continuer les thérapies que je leur avais recommandées et espérais vivement obtenir des résultats dans la semaine.

L'EEG avait montré des signes d'activité cérébrale, ce qui, au moins, était bon signe. Le cerveau de Jason était actif, même si cela ne pouvait pas s'exprimer extérieurement. Nous avions peut-être affaire à un syndrome de verrouillage. Toutefois ce qui était verrouillé restait encore un mystère. Et rien ne permettait de savoir, à ce stade, les pertes qu'avait subies la fonction cérébrale.

Matt Bishop était seul dans le bureau central des soins intensifs lorsque j'y revins après être passée voir Jason. Toutes les infirmières, Gracie comprise, étaient auprès des patients. Jill était occupée dans un autre service et les internes étudiaient un cas avec l'un des médecins.

— Bonne nouvelle pour Jason, dis-je en guise de bonjour.

Je tenais à respecter mon plan — rapports strictement professionnels entre nous.

Matt se montra moins optimiste.

— Il ne répond toujours pas aux stimuli.

— Pas encore, mais son CT révèle une circulation sanguine raisonnable dans la plus grande partie du cerveau, et son EEG montre une activité.

Il posa le dossier qu'il tenait à la main sur le comptoir et il s'y appuya un instant. Un pli soucieux et profond était apparu entre ses sourcils et son teint mat semblait plus pâle que d'habitude. Il n'aurait pas déparé dans *Le Retour des morts vivants*. Moi non plus, d'ailleurs…

— Ça va ? demandai-je.

Il soupira en se massant la nuque.

— Oui.

— On ne le dirait pas. Et vos yeux sont injectés de sang. Vous avez sniffé de la térébenthine, ou quoi ?

— Non. Je ne me suis pas couché de la nuit. Et non, je n'étais pas de garde.

— Au moins, pendant une garde, on est payé pour être lessivé.

Son ombre de sourire disparut. Il se frotta fugacement le visage en grimaçant comme si le mouvement provoquait une douleur.

— Vous n'avez pas idée du désordre qui règne dans cet hôpital, dit-il avec un soupir. Jeff Hooper m'aurait sûrement battu dans un concours de popularité, mais il n'avait aucune idée de ce qu'est un équilibre budgétaire. On est à quatre mois de la fin de l'exercice financier de cette année, et le budget a déjà explosé. D'après la direction, les caisses sont vides. Comment va-t-on payer le personnel et continuer à faire tourner les services avec un compte à zéro ? Et c'est à moi qu'on a demandé de trouver une solution.

Je dus me reculer légèrement et croiser les bras pour contenir l'envie que j'avais de le réconforter. J'aurais tant voulu lui prendre la main ou lui caresser la joue, d'effacer le pli soucieux creusé entre ses sourcils.

— Y a-t-il quelque chose que je peux faire pour vous aider ?

Pour toute réponse il me regarda. Il me regarda *vraiment*. Toute la sensualité que nous avions éprouvée ensemble, les baisers, les caresses, le désir, passa dans ses yeux. Un désir qui, à cet instant, se manifestait de nouveau en moi avec tout autant de force.

Mon corps parut prendre feu. Une chaleur se répandit dans mon ventre tandis que mon cœur battait soudain plus sourdement. Je voyais son regard fixé sur ma bouche, comme s'il se demandait s'il pouvait me voler un baiser, et le caractère illicite de cette perspective excita une fois de plus la femme sauvage en moi.

Je me hissai sur la pointe des pieds, les lèvres légèrement entrouvertes pour ce baiser et...

— Oh... Euh... Désolée, dit Gracie, sur le seuil.

Je ne me serais pas écartée plus brutalement de Matt s'il avait soudain pris feu. Gracie me fixait d'un regard blessé, déçu, comme si j'étais devenue une étrangère.

— Ce n'est pas ce que tu penses, dis-je aussitôt, sur la défensive.

— Je ne veux rien savoir, fit-elle, crispée.

Matt, de toute évidence mal à l'aise, s'éclaircit la gorge et tourna les talons.

— Excusez-moi, dit-il. J'ai des patients à voir.

Je fermai les yeux une seconde pour tenter de me ressaisir.

— Bertie... Comment peux-tu faire une chose pareille ? murmura Gracie, choquée.

— Il ne s'est rien passé. Nous étions simplement en train de... parler.

— Arrête, je ne suis pas aveugle. Enfin, quoi ! Tu reviens tout juste de ta lune de miel. Jamais je ne t'aurais prise pour quelqu'un de frivole.

— *Qui* est frivole ? demanda Jill qui arrivait vers nous chargée d'une pile de dossiers. Vous ne parlez pas du Dr Bishop, j'espère ? Cet homme a droit à une vie privée, vous savez. Même si je donnerais cher pour savoir avec qui il sort ; personne n'a l'air au courant mais je suis certaine, moi, que c'est quelqu'un de l'hôpital.

Génial. Bientôt les paris seraient lancés pour savoir *qui*...

— A priori, c'est le genre à séduire les femmes mariées, répondit Gracie en me gratifiant d'un regard dur.

Jill secoua la tête avec un rire bref alors qu'elle tirait sa chaise pour s'asseoir.

— Non, franchement, je ne le vois pas du tout marcher dans les brisées de son père.

— Pourquoi ? Que sais-tu de son père ? demandai-je, intriguée.

Jill fit pivoter son fauteuil pour me faire face.

— Richard Bishop est un homme à femmes pathologique. Plus elles sont jeunes, mieux c'est, visiblement. Sa femme, Alexa, ferme les yeux depuis la mort de leur autre fils.

Mon ventre se crispa.

— *Quel* autre fils ?

— Le frère de Matt.

— Il a... il *avait* un frère ?

Jill me regarda d'un air bizarre.

— Pourquoi pas ? Ça arrive à beaucoup de gens, tu sais.

Agacée, je balayai sa réflexion d'un geste de la main.

— Je suis surprise, parce qu'il m'a dit qu'il était fils unique.

— Il l'est maintenant, répondit Jill. Il avait quinze ans quand Tim est mort dans un accident de varappe. Tim en avait dix-sept. Il est resté dans le coma pendant plus d'un an avant qu'ils décident finalement de le débrancher.

— Comment sais-tu tout ça ? demandai-je, surprise.

— Ma belle-sœur était à l'école avec Alexa. Elles se sont perdues de vue pendant longtemps mais se sont récemment retrouvées sur Facebook. Je lui parlais de notre nouveau patron et quand je lui ai dit son nom, elle m'a raconté l'histoire.

Gracie me regardait toujours comme si j'étais le diable incarné, mais ce n'était pas mon problème sur le moment. Apprendre le drame qu'avait vécu Matt m'avait ébranlée. Etait-ce la raison pour laquelle il insistait pour que la famille des patients soit sans attendre informée de la vérité ? Ses parents s'étaient-ils accrochés à l'espoir que leur fils revienne à la vie parce qu'on ne leur avait pas dit ce qu'il en était ?

Gracie finit par tourner les talons et s'éloigner en prétextant un patient à voir.

— Alors, à ton avis, avec qui sort-il, Matt ? demanda Jill.

— Je ne vois pas en quoi ça nous regarde, répondis-je.

Elle soupira en hochant la tête.

— Oui, tu as raison. Les commérages sont une véritable plaie, pire que la peste. Quand une rumeur démarre, tu ne peux plus l'arrêter.

A qui le dis-tu, pensai-je.

— A propos, dit Jill, il paraît qu'il y a un virus dans l'hôpital, on va isoler la cardiologie. Ce sera peut-être bientôt notre tour. Si tu l'attrapes, reste chez toi.

Quelle excellente raison pour ne plus remettre les pieds dans ce service…

Quand je passai prendre mes affaires à la fin de mon service, Gracie était dans le vestiaire, en train de sortir son sac du casier. Elle se tourna vers moi.

— Franchement, je n'aurais jamais cru ça de toi, Bertie. Avoir une aventure alors que tu viens de te marier !

— Gracie…

— Tu sais ce que c'est d'être trompée ? Tu le sais ?

Ses yeux s'embuèrent et son menton trembla légèrement.

— C'est ce qui peut t'arriver de pire !

Je savais. Je pris une profonde inspiration.

— Si je ne t'ai pas montré les photos du mariage, c'est parce qu'il n'y en a eu aucune.

— Aucune ? Pourquoi ? Elles étaient ratées ?

Je poussai un profond soupir.

— Le mariage a été annulé au tout dernier moment. La veille au soir, j'ai trouvé Andy au lit avec la sœur de ma demoiselle d'honneur.

— Oh…

Gracie resta un instant sans voix.

— Mais pourquoi n'as-tu rien dit ? dit-elle enfin. Tu as envoyé une carte pour dire que tout se passait super bien et…

— Je sais. C'était stupide de ma part.

Je m'assis sur le banc et, me prenant la tête dans les mains, regardai mes pieds. Je portais mes socquettes Bugs Bunny. Freddy avait mâchouillé un orteil et je n'avais pas encore eu le temps de faire du raccommodage.

— Tu aurais pu au moins me le dire à *moi*, dit Gracie qui avait l'air si blessée que j'osais à peine la regarder. On ne se connaît que depuis quelques mois, je sais, mais je pensais qu'on était tout de même amies. Pourtant tu ne m'as rien dit ! Si c'est ça, l'amitié, pour toi…

— Je sais, Gracie. Et tu as raison. Mais j'étais si… gênée. J'avais honte, tu comprends ? A aucun prix je ne voulais qu'on me prenne en pitié. La pauvre Bertie, larguée la veille de son mariage. Ce jour dont elle rêvait depuis plus de vingt ans.

Les yeux de Gracie en étaient presque exorbités.

— Parce que c'est *lui* qui t'a quittée ?

— Oui, avouai-je en soupirant. Et c'est le pire… S'il n'avait pas décidé de tout arrêter, je l'aurais sans doute accompagné jusqu'à l'autel rien que pour sauver les apparences. Tu te rends compte ? Ce n'est pas très glorieux, hein ?

Gracie prit ma main entre les siennes.

— Ça n'a rien de honteux, Bertie. C'est tout à fait compréhensible et humain. Tout cet argent, tous ces invités, et…

— Ne m'en parle pas. Encore heureux que ce n'était pas un mariage fastueux. J'ai passé une bonne partie de mon enfance sur les routes avec ma famille, je n'ai pas eu le temps de me faire beaucoup d'amis.

— Tu en as plus que tu le penses, répondit Gracie en me pressant de nouveau la main.

Sa sincérité me toucha et je parvins à esquisser un sourire.

— Merci.

Elle hésita, puis soupira.

— Tu ne crois pas que tu devrais le dire à tout le monde, pour ton mariage raté ? Si d'autres personnes surprennent ce qui se passe entre toi et...

— Il n'y a rien, dis-je en me relevant. C'était de ma faute. Il était là et... je ne sais pas ce qui m'a pris.

— Il n'y a vraiment rien entre vous deux ?

— Bien sûr que non. Il croit que je suis mariée.

— Raison de plus pour lui annoncer, et à tout le monde, que tu ne l'es pas.

Je secouai vigoureusement la tête.

— Pas question. Pour qui est-ce que je passerais ? Je t'en prie, Gracie, ne le dis à personne, d'accord ?

Elle fronça les sourcils.

— Je ne suis vraiment pas douée pour garder les secrets. Il y a toujours un moment où je laisse échapper quelque chose. C'est plus fort que moi, une seconde d'inattention et... ça sort.

— Gracie, c'est important. Il faut que tu fasses une exception. Jure-moi que tu le garderas pour toi.

Pour un peu, je me serais mise à genoux. C'était pathétique...

— Je ne sais pas si...

— D'ici peu, plus personne ne s'intéressera à ma vie privée. Tu sais comment c'est... On est tous tellement accaparés par nos propres affaires qu'on a à peine le temps de bavarder. Et dans un mois ou deux j'annoncerai que le mariage a été annulé, ou quelque chose dans le genre...

Gracie m'observa pensivement un instant.

— Et si tu veux sortir avec quelqu'un d'autre ? Par exemple avec... le Dr Bishop ?

Mon rire sonna faux à mes propres oreilles.

— Comme s'il pouvait s'intéresser à moi ! En tout cas, pas à long terme.

— J'ai vu comment il te regardait, dit Gracie avec conviction. Et c'est lui qui a tout organisé pour que Jason Ryder soit transféré dans ta salle, l'autre jour. Ç'a été un drôle de bazar de déplacer le ventilateur mais il n'a pas cédé jusqu'à ce que ce soit fait. Et pas seulement ça, mais il remet sèchement en place le premier qui se risque à plaisanter sur ton projet.

Une douce chaleur s'installa dans mon ventre. C'était précisément ce que j'aimais chez Matt ; même s'il exprimait des réserves sur mes propositions, il restait tout de même très ouvert. Ainsi, il m'appuyait. Et s'il devenait mon chevalier blanc ? Celui qui me protégerait et me soutiendrait dans tout ce que j'entreprendrais. Qui croirait en moi, en mes capacités, et m'aiderait à les exprimer.

Mais n'était-ce pas un rêve impossible ? A vingt-sept ans, j'avais déjà gâché quelques années de ma vie pour un homme qui n'en valait pas la peine. Et je refusais d'en perdre plus avec un amant qui n'aurait à m'offrir que des instants volés ici ou là. « Ça pourrait être très intéressant, entre nous », m'avait-il dit. Etait-ce ainsi qu'il me voyait ? Comme un sujet d'expérience ?

Et si j'étais recalée à l'examen qu'il me faisait passer ?...

Ma journée du lendemain fut tout entière consacrée au bloc, je ne me rendis aux soins intensifs que pour y transférer le dernier patient. Les autres avaient été directement conduits en salle de réveil. Dès que j'eus terminé, j'allai frapper à la porte de Matt. N'obtenant aucune réponse, je frappai encore, plus fort.

— Il est parti il y a deux heures.

Je sursautai en entendant Jill Carter juste derrière moi.

— Oh...

— Il a passé une bonne partie de la nuit avec Rosanne Finch, la patiente leucémique, dit-elle, et je lui ai conseillé de rentrer chez lui ; franchement, il avait l'air plus mal en point que certains de nos malades. Un vrai zombie. A mon avis, et même s'il ne veut pas le reconnaître, je crois qu'il a chopé cette saleté de virus qui traîne. Ça te donne une migraine épouvantable, une forte fièvre, des nausées et des vomissements pendant vingt-quatre heures.

— Une vraie partie de plaisir, quoi.

Jill esquissa un sourire ironique.

— Au moins, nos maris nous ont pour les soigner. Le tien est facile, comme patient ? S'il ressemble au mien, tu seras heureuse de pouvoir venir te réfugier ici.

— C'est ce que je pense aussi...

8

Je n'eus aucun mal à trouver le domicile de la grand-tante de Matt. Il me suffit de demander à une vieille dame du quartier qui promenait son labrador en surpoids de m'indiquer la maison du corgi répondant au nom de Winnie.

C'était une très belle maison victorienne avec un jardin sur le devant, pour l'instant couvert de neige. Seul le rez-de-chaussée était éclairé. Winnie aboya sitôt que j'eus pressé la sonnette. La porte s'ouvrit au bout de quelques minutes.

Matt ne portait qu'un pantalon de pyjama et je me retrouvai à fixer son torse nu et ses abdominaux. Je dus serrer les poings dans mes poches tant j'avais envie de poser mes mains sur ses épaules, de les laisser descendre sur sa peau ferme, jusqu'à sa taille et...

Relevant les yeux, je croisai son regard plutôt contrarié, du moins fut-ce l'impression qu'il me donna.

— Je me suis dit que vous auriez envie d'un peu de compagnie.

— Ce n'est pas le bon moment.

Son front était humide de sueur, ses traits tirés et son teint blafard.

— Laissez-moi entrer, qu'on ferme cette porte ; il fait un froid de canard. Et considérez ça comme une visite à domicile.

Il haussa les sourcils mais sa grimace disait clairement la douleur que lui valait ce simple mouvement.

— Je croyais que vous n'en faisiez pas ? dit-il.

— Il y a des exceptions à tout, répondis-je en me penchant pour caresser Winnie. Et puis cette fifille a besoin d'aller se dégourdir les pattes, non ?

— Ce ne serait pas dramatique si on faisait l'impasse pour aujourd'hui.

Je relevai les yeux vers lui.

— Arrêtez de froncer les sourcils ; ça ne va pas améliorer votre migraine.

— Comment savez-vous que j'en ai une ?

— Vous avez les médicaments qu'il faut ? dis-je en ignorant sa question peu aimable et en le poussant à l'intérieur de la maison.

Il se passa la main sur le visage en grimaçant.

— Du paracétamol.

— Il vous faudrait sûrement quelque chose de plus fort.

— Ce qu'il me faut, c'est qu'on me fiche la paix.

Je me redressai, les mains sur les hanches. Je peux me montrer très autoritaire, quand je le veux.

— Allez vous recoucher. Je vais promener la chienne, puis vous préparer de quoi boire et manger.

Il grimaça.

— Ne prononcez même pas le mot.

— Depuis quand n'avez-vous rien avalé de solide ?

Il fronçait toujours les sourcils mais sans réelle contrariété.

— Hier.

— Et vous avez bu ?

— Un peu.

— Quand ?

Il poussa un long soupir.

— Vous ne renoncez pas facilement, n'est-ce pas ?

— Je joue au docteur depuis que j'ai trois ans. Bon, où est votre chambre ?

— A l'étage. La première porte à droite, répondit-il en enfouissant ses doigts dans ses cheveux en bataille.

— Allez-y. Je vous y rejoins dans dix minutes.

Je me dirigeai vers la cuisine et préparai une tisane de camomille, souveraine contre les nausées. J'en avais apporté en sachets, et j'avais été bien inspirée puisque la grand-tante de Matt n'avait que du thé Earl Grey. Je posai ensuite la boisson sur un très beau plateau en argent que j'avais trouvé exposé derrière une vitrine et montai à l'étage.

Matt, couché dans un fouillis de draps froissés, un bras replié sur les yeux, m'offrait une superbe vue de son torse musclé ombré d'une fine toison brune. Ses pectoraux s'affinaient en V pour disparaître sous l'élastique de son pantalon de pyjama. Ses jambes étaient légèrement écartées, son ventre presque creusé.

Pour la première fois, je pris conscience qu'un homme en pyjama pouvait être bien plus sexy que nu...

Troublée, je m'approchai du lit.

— Votre tisane est prête.

Il rabaissa son bras et ouvrit un œil.

— Ce n'est pas à vous de faire ça, Bertie.

— Tenez, dis-je, ignorant sa remarque. Rien que quelques gorgées. C'est très bon contre les nausées.

Il se redressa contre son oreiller, trempa ses lèvres dans la tasse et manqua recracher.

— Qu'est-ce que c'est que ça ?

— De la camomille.

J'eus droit à un coup d'œil noir.

— Vous êtes sûre que ce n'est pas du foin bouilli ?

— Vous n'irez pas mieux tant que vous ne vous serez pas hydraté. Je devrais peut-être apporter un matériel d'intraveineuse pour vous perfuser un ou deux litres.

— N'y pensez même pas, fit-il en marmonnant.

Je me levai et me rendis dans la salle de bains attenante. Carrelage en damier noir et blanc, robinetterie dorée, baignoire hissée sur des pieds en bronze, cabine de douche séparée... Superbe. Un épais drap de bain rouge sombre traînait par terre, comme si Matt n'avait pas eu la force de le ramasser après s'être douché.

J'attrapai un gant bordeaux et le passai sous l'eau avant d'y verser quelques gouttes d'huile essentielle de lavande dont je gardais toujours un petit flacon sur moi.

Matt était étalé sur le dos et je repoussai doucement le bras qu'il avait replié sur son visage. Dès que j'eus posé le gant frais sur ses yeux, il poussa un soupir et tout son corps se détendit enfin sur le matelas.

— Vous avez entendu ? demanda-t-il.

— Quoi ? Votre soupir ?

— Plutôt un sifflement de cocotte-minute.

Sa comparaison me fit rire.

— Vous devez avoir de la température. Vous avez un thermomètre quelque part ?

— Dans ma sacoche, au rez-de-chaussée.

— D'accord. Je reviens tout de suite.

— Bertie ?

Je me retournai vers lui.

— Oui ?

Il ouvrit la bouche, hésita, puis la referma.

— Non, rien.

— Si, vous alliez dire quelque chose. C'était quoi ?

Il croisa un instant mon regard.

— Pourquoi êtes-vous venue ici ce soir ?

Je me mordis discrètement la lèvre. C'est vrai, pourquoi ? Je n'en étais pas bien sûre moi-même. J'avais agi sans réfléchir, comme si j'avais été programmée pour franchir la courte distance qui séparait nos deux maisons.

— Je sais ce que c'est de rentrer dans une maison vide quand on se sent mal.

Le silence me répondit, et je parvins à résister au besoin de le combler.

Matt referma les yeux.

— Laissez tomber le thermomètre. J'ai besoin de dormir.

— Si vous êtes sûr...

— Je le suis.

Je laissai Matt s'assoupir et emmenai Winnie faire un tour, non sans avoir pris un double de la clé ; je ne pouvais pas compter sur Matt pour venir m'ouvrir. Winnie et moi ne sommes pas allées très loin, il faisait trop froid, mais elle avait l'air ravie de cette promenade. De retour à la maison, je lui ai préparé sa gamelle avec le pâté, le riz et les légumes que j'ai trouvés dans le réfrigérateur.

Après quoi je fis un tour dans la maison. La grand-tante de Matt avait un goût sûr pour la décoration et de toute évidence les moyens de s'adonner à ce qui semblait être une passion. Même sans être experte en antiquités, j'avais conscience de la valeur des meubles et de certains bibelots. Plusieurs auraient pu sans déparer être exposés à l'Albert Museum.

Mais ce genre de maison n'était à mon sens pas idéal pour un jeune garçon. Dans quel environnement Matt avait-il grandi ? Dans une demeure comme celle-ci — un très beau musée mais dépourvu de la chaleur des rires d'enfants ? Et son frère ? Avait-il été proche de son aîné ? Jusqu'à quel point sa mort l'avait-elle façonné ?

Ce drame était-il la raison de son investissement dans son travail ? Sa franchise, parfois brutale, quant au pronostic médical des patients, prenait à présent son sens pour moi. J'avais trop souvent vu l'angoisse de la famille qui guettait le moindre changement, la plus petite expression sur le visage de leur bien-aimé, et dont le fragile espoir pouvait être anéanti par un simple regard ou une remarque maladroite du médecin.

Le départ des proches qui quittent l'hôpital après que leur parent a rendu son dernier souffle m'a toujours profondément touchée. Certains parviennent à conserver un certain calme devant le reste de la famille. D'autres crient et pleurent, refusant de croire à l'inéluctable. D'autres encore ne peuvent accepter ce qu'ils considèrent comme une profonde injustice. Mais le pire, c'est les membres d'une même famille se déchirant et se rejetant mutuellement la responsabilité de la mort de leur proche.

Comment Matt avait-il vécu celle de son frère aîné ? L'avait-il acceptée comme une inéluctabilité ou s'était-il rebellé contre la cruauté de la vie ? Ou bien encore avait-il enfoui sa douleur si profondément qu'elle n'avait que très rarement l'occasion de s'exprimer ?

C'était un homme complexe, attentionné, fort, compétent et discipliné. Heureusement, son sens de l'humour contrebalançait son attitude parfois rigide et inflexible. Serait-il devenu quelqu'un d'autre, plus ouvert et chaleureux, si son frère n'était pas mort ? Sa vraie personnalité me semblait enfouie sous des couches de tristesse, ne transparaissant que fugacement lorsqu'il se sentait suffisamment en sécurité pour baisser sa garde.

J'éprouvai soudain le désir d'être celle qui lui permettrait de s'ouvrir comme il ne l'avait encore jamais fait avec personne. D'ailleurs ne m'avait-il pas déjà permis d'entrevoir l'homme qu'il était vraiment ? Il avait évoqué certains problèmes rencontrés pendant son enfance ainsi que la relation de ses parents. Continuerait-il de se confier à moi ? Je l'espérais de tout mon cœur. J'avais l'impression, la certitude, même, que nous avions beaucoup à partager. Même si nous avions eu des enfances très différentes, je pouvais sans mal comprendre ce sentiment de solitude, de différence que je percevais en lui. Je n'avais aucun mal à m'y identifier.

Je trouvai sa mallette dans le bureau, au rez-de-chaussée. C'était une très belle pièce avec des étagères couvertes de livres qui occupaient les murs jusqu'au plafond. Un escabeau permettait d'atteindre les ouvrages les plus haut perchés. Le secrétaire et le fauteuil étaient visiblement de véritables antiquités. La seule concession à la modernité, à part l'électricité, était le portable, ouvert à mes investigations si je le souhaitais. Toutefois même s'il m'arrivait de céder à une certaine curiosité naturelle, jamais je ne furèterais dans le courrier d'autrui.

Pourtant je ne résistai pas à parcourir la note manuscrite posée en évidence à côté de l'ordinateur. J'en avais déjà lu la moitié quand je me rendis compte, trop tard, que j'avais sous les yeux quelque chose de très privé.

« Matthew,

« Ton père fêtera son anniversaire le mois prochain. Je sais que tu refuses de lui parler depuis ta dernière visite, mais je veux que tu le saches : il ne pensait pas ce qu'il disait. Il avait trop bu. Dans ces cas-là tu le sais, le lendemain, il a tout oublié de ce qu'il a raconté.

« Je sais que tu es très occupé, mais ce serait tellement bien si tu pouvais passer. Tu n'as pas à rester longtemps. J'ai prévu quelque chose de très simple ; juste un cocktail avec quelques proches. Viens avec une amie si tu le souhaites. Vois-tu quelqu'un, en ce moment ? Il serait peut-être temps pour toi de tourner la page d'Helena, non ? Ce n'était pas une fille pour toi ; tu travailles beaucoup trop. Avec Simon, elle a trouvé ce qu'elle cherchait. Au moins lui rentre tous les soirs à heure fixe ! T'ai-je dit qu'elle était enceinte ? Elle accouchera en juin. Je souhaite de tout cœur que tu trouves une gentille jeune femme qui t'acceptera tel que tu es, avec tes horaires impossibles et ton caractère de cochon (je plaisante !) et avec qui tu pourras enfin fonder une famille.

« Je t'embrasse.

« Maman. »

Je m'assis sur la chaise et considérai la feuille pendant un moment. En lisant entre les lignes, la situation familiale de Matt n'était pas simple...

Je remontai quelque temps après auprès de Matt. Je lui avais préparé un bouillon avec ce que j'avais trouvé dans les placards et le réfrigérateur.

Il ouvrit les yeux quand j'entrai dans la chambre.

— Vous êtes encore là ?

— Je n'ai rien de mieux à faire ce soir, répondis-je en posant le plateau sur la table de nuit. Vous croyez que vous pourrez avaler un peu de bouillon ? Vous devriez aussi prendre votre température.

— C'est vous qui l'avez fait ?

— Oui, mais je n'avais pas apporté mes ingrédients de sorcière, vous n'avez rien à craindre — pour cette fois-ci. Je l'ai juste assaisonné avec la poudre de peau de triton que je garde toujours sur moi.

Il esquissa un sourire fatigué.

— Ne me faites pas rire, ça résonne dans ma tête.

— Mon pauvre chou.

— Fichez-vous de moi, en plus...

Je glissai le thermomètre dans sa bouche et m'assis sur le bord du lit en attendant qu'il sonne.

— Mmh. La température est retombée.

Je restai près de lui pendant qu'il buvait son bouillon. Il n'arriva pas au bout mais au moins l'avait-il pris sans grimacer. Il avala ensuite le verre d'eau minérale additionnée de citron que j'avais posé sur sa table de chevet.

Quand il eut terminé, je remportai le plateau dans la cuisine.

— Vous n'auriez pas envie de prendre une douche ? lui suggérai-je en revenant près de lui. Ça vous ferait du bien et ça me permettrait de refaire votre lit.

Il secoua la tête en soupirant.

— Franchement, Bertie, rien ne vous oblige à...

— Je sais. Mais je tiens à le faire.

Son regard se fixa sur le mien.

— Pourquoi ?

Je haussai les épaules.

— Tout le monde a besoin d'un ami de temps à autre.

— Je ne suis pas certain d'être le genre d'ami dont vous ayez besoin en ce moment.

— Pourquoi ? Parce que vous regrettez encore Hel...

Je m'arrêtai juste à temps. Mieux valait ne pas dévoiler que j'avais lu la lettre.

— Je ne suis pas doué pour les relations, quelles qu'elles soient. Mon seul talent, c'est de décevoir les gens — et sans me forcer, fit-il avec une ironie teintée d'amertume.

— Vous ne cherchez donc jamais à aller au-delà de l'aventure, dans vos relations amoureuses, c'est ça ?

Il haussa les sourcils.

— C'est ainsi que vous envisagez ce qui pourrait se passer entre nous ? demanda-t-il. Une aventure ?

Comment répondre ? Que me proposait-il, au juste ? Et moi ? Qu'étais-je prête à lui offrir ? J'étais incapable de lui cacher qu'il me plaisait ; mon corps s'exprimait pour moi. M'être spontanément proposée pour m'occuper de lui voulait tout dire. Mais comment pourrais-je avoir ce que je souhaitais sans provoquer encore plus de remous dans ma vie ?

Son regard se fit plus sombre.

— Je comprends que ce soit risqué étant donné votre... situation.

Je me mordis la lèvre. C'était l'occasion ou jamais de lui révéler la vérité. Ma gorge se serra, mon cœur se mit à battre plus fort. Une fois que les mots auraient franchi mes lèvres, je n'aurais plus la possibilité de les rattraper. Mais je ne pouvais pas non plus me taire plus longtemps, ni faire l'amour avec lui alors qu'il me croyait mariée.

— J'ai un aveu à vous faire, dis-je, le cœur battant en m'asseyant sur le bord du lit. J'aurais dû vous le dire plus tôt, mais...

— Je sais.

Sans prêter attention à ce qu'il venait de dire, je déversai ma confession d'une traite de crainte qu'il ne m'interrompe et que je n'aie plus le courage d'aller jusqu'au bout. Je lui révélai donc la découverte de mon « fiancé » dans les bras d'une autre, le mariage annulé, et les stupides cartes postales entérinant le mensonge.

— Je n'avais pas l'intention de les envoyer, soupirai-je en concluant, mais un employé les a postées pour moi. Une attention louable mais qui ne m'a pas vraiment rendu service.

Je m'interrompis et haussai les épaules, dépitée.

— J'ai le chic pour me retrouver dans ce genre de situation et me couvrir de ridicule. A mon retour, j'ai vu cette maudite carte sur le tableau d'affichage. Devant les sourires et les félicitations de tout le monde, je n'ai pas eu le courage d'annoncer ce qui s'était passé...

— Je sais.

Je relevai les yeux vers lui, agacée.

— Mais vous savez *quoi* à la fin ?

— Que vous n'êtes pas mariée, répondit-il, une lueur amusée dans le regard.

Je le fixai quelques secondes sans comprendre. *Il savait ?*

— Mais... comment ?

Soudain, l'étonnement fit place à la colère. Il était au courant et il ne m'avait rien dit ! Pourquoi ? Pour se moquer de moi en me demandant l'air de rien où j'avais passé ma lune de miel ? Pour me mettre dans l'embarras ? Ah il avait dû bien s'amuser à me voir m'enfoncer toujours plus dans mon mensonge !... Et pourquoi ? Pour en rire ensuite dans mon dos avec ses confrères ?

— Comment l'avez-vous su ? demandai-je, furieuse, en me relevant. Personne n'était au courant, à l'hôpital, à part Gracie, et elle m'a juré de le garder pour elle.

Son expression amusée ne m'aidait pas à me calmer, évidemment.

— Je l'ai appris par un ami qui travaille dans la même entreprise que votre ex. Nous avons pris un verre ensemble deux jours avant que vous repreniez votre service. Il rentrait du Yorkshire où le mariage de son confrère avait été annulé à la dernière minute. Je n'y aurais pas prêté attention, sauf qu'il a mentionné votre nom. Beatrix n'est pas un prénom très courant, et je n'ai pas eu de mal à faire le rapprochement.

Je continuai à le foudroyer du regard.

— Et pourquoi n'avez-vous pas propagé la nouvelle ? En plus du titre de mon projet, ça vous aurait donné une autre bonne occasion de vous moquer de moi.

Son amusement céda la place à quelque chose plus proche de la compassion.

— J'ai supposé que vous aviez de bonnes raisons pour ne pas en parler vous-même. J'ai donc joué le jeu, moi aussi.

Je ne décolérais pas.

— Pourquoi ? Pour mieux pouvoir rire dans mon dos et prétendre vous intéresser à moi ?

Son regard s'assombrit, se fit presque indigo.

— Je ne faisais pas semblant, Bertie.

— Ah non ?

— Non. Bertie... Ne vous enferrez pas dans ce mensonge. Vous devez dire ce qu'il en est à vos collègues et passer à autre chose.

Je croisai les bras sur ma taille en secouant la tête.

— Non. Non, non, non ! C'est impossible. Je ne pourrai jamais, dis-je avant de me tourner vers lui. Toute mon enfance, j'ai subi les railleries des uns et des autres, quand ce n'était pas leur pitié. Si j'avoue que j'ai été trompée la veille de mon mariage, j'aurai droit aux regards moqueurs ou, pire, apitoyés. Alors non, pas question.

— Venez ici.

Sa voix autoritaire eut curieusement un effet apaisant sur moi. C'était comme s'il annonçait son intention de prendre la situation en main et de tout arranger. Je m'assis donc et le laissai saisir ma main.

— Si vous persistez dans ce mensonge, il fera de votre vie un enfer. Je peux vous assurer que les gens comprendront. Et que personne ne se moquera.

Je n'étais pas encore convaincue. Surtout, je n'avais pas le cran de faire ce qu'il me suggérait. Les cicatrices de mon enfance étaient trop profondes, trop à vif pour que je supporte le moindre rire, la plus petite allusion moqueuse.

Mais le regard de Matt me chavira. Personne, jamais, en tout cas aucun homme, ne m'avait jamais regardée ainsi, comme s'il était vraiment important pour lui que je surmonte mes angoisses et mes insécurités.

— Moi, je comprends, Bertie, dit-il. Il est très dur de subir des revers dans ses projets, surtout dans sa vie personnelle. Mais avec le temps, vous les surmonterez.

Je le dévisageai avec suspicion.

— Ne me dites surtout pas que vous me plaignez...

— Si je devais vous plaindre, ce serait d'accorder une telle importance à l'opinion des autres et d'être prête pour cela à mentir. Mais vous n'avez pas à le faire avec moi, d'accord ?

Ma gorge se serra ; j'étais au bord des larmes. Il y avait si longtemps que je n'avais pas pleuré...

— D'accord, fis-je dans un souffle.

Et je me sentis tout de suite mieux. Admettre que je lui faisais confiance pour garder mon secret m'ôta effectivement un poids des épaules.

— Mais il y a un moyen d'éviter les commérages, dit-il.

— Vous croyez ?

J'étais incapable de détacher mon regard du sien.

— Oui. Nous pourrions avoir une relation secrète.

Du bout du doigt, il m'effleurait la paume, provoquant la troublante sensation d'une caresse autrement plus intime.

— Je... Je veux que vous sachiez que ce genre de chose n'est pas habituel pour moi et...

— Je sais.

— Je suis sérieuse, Matt, dis-je, troublée, alors qu'il repoussait doucement les cheveux de mon front.

Un geste tendre qu'Andy n'avait jamais eu avec moi.

— Le mieux serait peut-être de satisfaire notre désir, cela nous permettrait de passer ensuite à autre chose, qu'en pensez-vous ?

— Mmh... Pourquoi pas ? Mais à deux conditions.

— Ah oui ? Lesquelles ?

— Eh bien, d'abord, le lit, dis-je. Si c'est pour le partager avec vous, ne serait-ce que très provisoirement, j'aimerais autant que ce soit dans des draps débarrassés de fièvre et d'insomnie...

Ma réflexion, de toute évidence, le surprit et l'amusa.

— Vous êtes imprévisible, Bertie.

— Et ça vous plaît, n'est-ce pas ? répondis-je avec une sorte d'impertinence que je ne me connaissais pas.

Il se redressa pour promener le bout de ses doigts sur mon visage, et comme son regard se faisait soudain plus intense, je sentis le désir se manifester entre mes jambes.

— J'espère que vous n'attraperez pas ma grippe, dit-il.

— Mes parents m'ont dotée d'un système immunitaire à toute épreuve, ou presque.

Il tira doucement sur une de mes couettes.

— Tant mieux. Vous allez en avoir besoin.

9

Tandis que Matt se douchait, je refis donc le lit avec les draps propres qu'il m'avait donnés et allai mettre les autres dans la corbeille à linge.

Quand je revins, il était dans la chambre, une simple serviette autour des reins. Je m'avançai vers lui avec un naturel que, là encore, j'ignorais posséder. Comme si j'avais fait cela toute ma vie... Ses bras se refermèrent sur moi et je fus aussitôt grisée par son odeur fraîche et masculine. Je sentis sa virilité contre mon ventre et mon corps réagit immédiatement. Je n'aurais pas la patience d'attendre. Je le voulais en moi tout de suite, je le réclamais avec une ardeur dont je ne me serais pas crue capable.

Pourtant il me fit attendre, m'embrassant longuement et avec une expertise qui me faisait fondre. Jamais encore je n'avais pris un tel plaisir rien qu'avec un simple baiser. Tandis que nos langues improvisaient un ballet très sensuel, ses mains se glissèrent sous mon pull, détachèrent les agrafes de mon soutien-gorge et vinrent se poser sur mes seins. Puis, de ses pouces, il en caressa doucement les pointes, m'arrachant très vite un gémissement de plaisir.

M'enhardissant, je repoussai sa serviette, fis lentement descendre mes mains sur son ventre et le sentis tressaillir contre moi lorsque mes doigts se refermèrent sur ma cible. Lentement, je le caressai. Je frémissais tout entière à la perspective de ce qui allait suivre. Mon corps l'appelait avec une exigence jusqu'alors inconnue.

— Vous êtes sûre de le vouloir ? chuchota-t-il contre ma bouche.

Cette attention me toucha. Il me donnait la possibilité de changer d'avis, de me rendre compte que, peut-être, je commettais une erreur. Sans vouloir faire passer Andy pour un prédateur dépourvu de toute sensibilité, il ne s'était pas toujours soucié de mon humeur lorsqu'il avait eu, lui, envie de faire l'amour.

— Certaine, oui, répondis-je. Mais j'apprécie que vous me posiez la question.

Il posa un instant son front contre le mien.

— Il y a un certain temps que ça ne m'est pas arrivé, avoua-t-il.

— Même chose pour moi.

— Combien de temps ?

— Oh... Au moins deux mois. Sans doute plus, même.

— J'aime votre honnêteté.

Ma réponse se fondit dans le nouveau baiser que nous échangeâmes, aussi brûlant qu'un tango argentin.

J'étais sur la pointe des pieds, mes seins contre son torse, tandis qu'il remontait, sensuel, ma jupe pour caresser mes formes. Il me pressait contre lui, contre la manifestation toute masculine d'un désir que nous partagions avec ferveur, avec impatience.

Je protestai quand il s'écarta de moi.

— Il faut que je me protège, murmura-t-il, pressant ses lèvres sur les miennes.

Il m'abandonna le temps d'aller chercher un préservatif dans son portefeuille. Il n'en gardait donc pas près de son lit. Devais-je en déduire qu'il n'avait pas invité d'autres femmes ici depuis son retour des Etats-Unis ? Cette idée me donna l'agréable sensation d'avoir peut-être une place particulière à ses yeux.

Il revint aussitôt et, finissant de me déshabiller, m'attira avec lui sur le lit pour poursuivre nos sensuelles explorations. Sentir sa peau nue contre la mienne m'électrisait. Je prenais des audaces que je ne m'étais jamais permises avec aucun de ceux, peu nombreux, que j'avais connus jusqu'alors. Bientôt mon désir fut tel que je pressai Matt de venir en moi, mais il retarda encore cet instant, me caressant là où mon corps l'appelait, de ses doigts, de sa langue. J'eus l'impression que j'allais perdre la raison. Andy, lui, avait toujours fait passer son plaisir avant le mien.

Matt ouvrait mon corps à des délices inconnus. L'orgasme m'emporta comme une énorme vague, me propulsa dans un monde de pures sensations. Je m'entendis gémir, chercher mon souffle, alors que je me cambrais contre lui.

L'appelant de tout mon être, je l'attirai sur moi et retins mon souffle lorsqu'il me pénétra. Mais là encore, il prit son temps, accordant ses mouvements à mes gémissements. Jamais je n'avais éprouvé de réel plaisir, ni avec Andy ni avec aucun de mes partenaires précédents. J'avais toujours eu l'impression d'être décalée, comme si personne ne m'avait donné la partition.

Matt se retenait, attendant que je connaisse une nouvelle jouissance avant de s'abandonner à son tour avec une plainte sourde. Je le serrai contre moi, caressant son dos et ses épaules tandis qu'il se détendait contre moi.

Après quelques minutes, je compris qu'il s'était endormi. Mais au moins n'avait-il pas roulé de l'autre côté du lit en ronflant comme un ours. Non, il s'était assoupi en me tenant encore dans ses bras. Sans pouvoir me l'expliquer, cela me donna envie de pleurer. Parce que c'était le signe qu'il se sentait suffisamment à l'aise avec moi pour s'abandonner. Or j'avais le sentiment que cela ne devait pas lui arriver souvent.

Au bout d'une demi-heure, je me libérai en douceur de son étreinte et remontai la couverture sur lui avant de ramasser mes vêtements. Je m'attardai quelques secondes à le regarder dormir, puis quittai la chambre sans bruit. J'allai m'habiller dans la salle de bains et, après avoir remis un semblant d'ordre dans mes cheveux, je redescendis.

Winnie m'accueillit avec plaisir. Je m'assurai qu'elle avait de l'eau fraîche et des biscuits pour chien, puis sortis en tirant doucement la porte derrière moi.

10

J'avais une visite de pré-évaluation à la première heure le lendemain, suivie d'une réunion entre anesthésistes concernant quelques changements mineurs à apporter au programme de formation. J'enchaînai avec une série d'opérations au bloc qui dépassèrent les horaires prévus en raison d'un cas particulier d'appendicite, le plus étrange que j'avais jamais connu. Le patient n'avait que dix-sept ans, mais son appendice avait grossi au point d'apparaître comme une tumeur.

Ce ne fut donc que bien plus tard dans la journée que je pus me rendre aux soins intensifs. Je n'avais pas vu Matt depuis la veille au soir, mais je savais qu'il était sur place pour avoir entendu deux infirmières parler de lui au bloc.

— J'ai croisé le Dr Bishop en arrivant, ce matin, dit Leanne. On sait avec qui il sort, finalement ?

— Non. Ma seule certitude, c'est que ce n'est pas avec moi, hélas, répondit Kathy qui se tourna alors vers moi. Vous avez une idée, Bertie ?

— Bien sûr que non. Comment voudriez-vous que je le sache ?

J'étais sur la défensive, cela devait s'entendre. J'allais devoir me calmer.

— Il paraîtrait que c'est une femme mariée et qu'elle travaille chez nous, dit Kathy.

— Vous ne devriez pas écouter les médisances, et encore moins les propager, répondis-je.

Elles échangèrent un regard interloqué et je regrettai aussitôt mon ton agacé.

— Vous le protégez ? demanda Kathy, étonnée. Pourtant c'est bien lui qui veut mettre fin à vos recherches, non ?

J'essayais d'avoir l'air tranquille et détaché, mais le rouge que je sentais me monter aux joues devait saboter mes efforts.

— Si je peux apporter des preuves de ce que j'avance, il me soutiendra.

— En attendant, vous feriez mieux de rester sur vos gardes, dit Leanne. S'il a vraiment un faible pour les femmes mariées, vous pourriez bien être sa prochaine cible.

— C'est ridicule. En plus, je ne suis pas...

— Intéressée ? me coupa providentiellement Kathy. Allez... Vous revenez de votre lune de miel, c'est vrai, mais ce n'est pas une raison pour ne pas le trouver craquant.

C'était l'occasion idéale pour révéler que le mariage n'avait pas eu lieu. Mais j'imaginai les conséquences et renonçai. Je n'avais aucune envie d'être au centre de toutes les conversations, aussi bien dans les vestiaires qu'au réfectoire ou même dans les salles d'opération. Et encore moins d'avoir droit à ces regards chargés de pitié et de moquerie que je connaissais depuis près de vingt-sept ans.

Un appel providentiel pour un patient en salle de réveil me donna l'excuse idéale pour m'esquiver.

Dès que j'en eus terminé aux soins intensifs, je me rendis auprès de Jason. Ses parents, après avoir passé presque toute la journée avec lui, étaient repartis. Megan, sa femme, les avait remplacés à son chevet. Elle semblait épuisée, aussi pris-je le temps de m'asseoir un moment avec elle. Elle évoqua les projets que Jason et elle avaient eus, leur joie à la perspective d'être parents, les prénoms qu'ils avaient envisagés pour l'enfant à venir. Elle me montra même les échographies, qui réveillèrent mes propres envies de maternité. Je les réprimais depuis des années afin de me concentrer sur ma carrière, mais, à présent que mes trente ans allaient sonner, ce désir se faisait toujours plus pressant.

Andy n'avait pas été très enthousiaste à l'idée d'avoir des enfants dans un avenir proche, j'avais pensé qu'il changerait d'avis une fois marié. En le voyant avec cette fille, toutefois, j'avais compris qu'il n'était pas assez mature pour cela. Il était en fait bien trop égoïste pour renoncer à sa liberté et devenir responsable de quelqu'un d'autre que lui-même.

Pourquoi avais-je été aussi aveugle, avec lui ? J'avais misé sur le temps pour le changer, mais loin de s'améliorer, la situation n'avait fait que se dégrader. Il m'avait fallu attendre la veille de notre mariage pour enfin ouvrir les yeux.

Après avoir apporté un jus de fruits et quelques sandwichs à Megan, je quittai le service.

Matt sortit de son bureau alors que je remontais le couloir. Ma journée était terminée ; je l'avais passée à penser à lui, ce qui, heureusement, ne m'avait pas empêchée d'accomplir correctement ma tâche. Pourtant, des images de notre nuit ensemble m'assaillaient aux moments les plus importuns et mon corps y réagissait chaque fois.

Sur le point de fermer sa porte, Matt s'interrompit et la rouvrit en grand.

— Vous avez une minute ? me demanda-t-il.

Le cœur battant, je le précédai à l'intérieur ; son expression ne laissait rien paraître. Regrettait-il notre nuit ? Peut-être, maintenant qu'il avait assouvi son désir, souhaitait-il que notre relation redevienne ce qu'elle avait été jusqu'alors — purement professionnelle.

— Ça va ? lui demandai-je.

— Oui. Et toi ?

— Super. En pleine forme.

J'ai toujours eu tendance à exagérer quand je suis mal à l'aise. J'ignorais comment me comporter, surtout que, tant qu'on me croyait mariée, il n'était bien sûr pas question que notre relation soit découverte. De toute façon, qu'aurait-il à m'offrir si elle venait à se savoir ? Il n'avait pas caché qu'il ne souhaitait rien de sérieux.

Il s'appuya contre son bureau.

— Ton bouillon était le meilleur qu'on m'ait jamais servi.

— C'est ma recette secrète.

— C'était très réussi.

A la façon dont il me regardait, notre échange ne portait pas uniquement sur mon potage. Je rougis de cette évocation de nos étreintes.

— Tu… voulais me dire quelque chose ?

— Je suppose que tu as entendu les bruits qui courent ?

Je soupirai.

— Oui.

— Cela ne te donne toujours pas envie de te libérer une fois pour toutes de ce prétendu mariage ?

— Non, répondis-je spontanément en croisant nerveusement les bras.

Il haussa les sourcils.

— Même après hier soir ?

Je feignis lâchement l'étonnement.

— Pourquoi après hier soir ?

Il parut surpris de ma réponse, puis je vis son regard se fermer soudain, comme s'il m'excluait. J'en fus blessée.

— Alors tu es déterminée à t'enfoncer toujours plus dans ce mensonge.

— Je n'ai pas envie que ma vie privée devienne un sujet de plaisanterie.

— Tu crois vraiment que ça les amusera ?

— Pourquoi veux-tu qu'il en soit autrement ? Tu t'es bien moqué de moi, toi, en me posant ces questions idiotes sur mon soi-disant mari et ma lune de miel…

Il secoua la tête et poussa un profond soupir.

— D'accord. Je suppose que je mérite cette remarque. Mais je ne me moquais pas de toi. Je m'étonnais seulement de tes efforts pour cacher la vérité alors qu'il t'aurait suffi de la dire. Une rupture, ça arrive à beaucoup de gens, tu sais.

C'était facile à dire pour quelqu'un qui devait être coutumier du fait. Il n'avait pas eu à annoncer l'annulation de son mariage à tous ses invités, ni à subir les insupportables regards de commisération. Lui n'était pas toujours en train de rassembler les morceaux épars de sa vie.

— J'étais à douze heures de mon mariage, dis-je, un mariage dont je rêvais depuis que j'étais toute petite. Et je sortais avec Andy depuis plus de cinq ans ; nous étions fiancés depuis un an et demi. C'est autre chose que d'être plaquée après deux ou trois rendez-vous.

Il me considéra avec un sérieux accru.

— Je sais qu'une rupture est difficile à surmonter, dit-il. Mais ce n'est pas comme si tu avais été amoureuse de lui.

Sa remarque était tellement blessante ! Je réagis aussitôt vivement.

— Depuis quand es-tu un expert de *mes* sentiments ? Bien sûr que je l'aimais. Sinon pourquoi aurais-je voulu l'épouser, hein ?

Son regard m'évoqua des parents déçus par leur enfant désobéissant. Il venait d'appuyer là où cela faisait mal. Mais pas question de l'admettre, évidemment. Ma colère monta d'un cran.

— Si tu l'aimais encore, tu ne serais jamais venue chez moi cette nuit, dit-il. Tu devais bien savoir ce qui se passerait entre nous. A moins que tu te mentes à toi-même, comme tout le monde ?

Il avait raison, c'était certain. Je n'aurais jamais passé la nuit avec lui si j'en avais aimé un autre. Toutefois je n'étais pas très claire moi-même quant à mes sentiments pour lui. Etais-je volage au point de tomber amoureuse aussi vite après avoir perdu Andy ?

Perturbée, je fis nerveusement quelques pas dans la pièce.

— Je sais bien qu'il faudra que je l'annonce un jour… Mais je n'arrive pas à trouver comment le faire sans avoir l'air ridicule.

— Ce qu'on imagine est souvent pire que la réalité.

— Mais d'abord, pourquoi ne l'as-tu pas raconté à tout le monde, toi ?

Il haussa les épaules.

— Ce n'était sûrement pas à moi de le faire.

Savoir qu'il n'avait pas envisagé de divulguer mon mensonge me réchauffa le cœur. Il avait eu une occasion toute trouvée pour me faire passer pour une idiote aux yeux de tous et il n'avait rien dit. Pourquoi ?

— Tu veux me dire ce qui s'est passé ? me demanda-t-il.

Je poussai un long soupir.

— Avec le recul, je pense que notre vie sexuelle n'était pas très… intense. Mais je me suis laissé emporter par les préparatifs du mariage et pendant ce temps-là, lui… Eh bien, il s'est trouvé quelqu'un de plus… disponible.

Je poussai un long soupir.

— Je n'ai jamais été aussi humiliée de ma vie. Et ce n'est rien de le dire, parce que j'avais déjà eu de très nombreuses occasions de l'être auparavant.

S'avançant vers moi, il releva une mèche de cheveux de mon front.

— Mon ex avait une liaison, elle aussi. Avec l'homme dont elle est l'épouse aujourd'hui. Ils étaient amis depuis des années, mais je n'avais pas pris la mesure de la profondeur de cette amitié jusqu'à ce que je passe un jour chez elle à l'improviste. C'est Simon qui m'a ouvert. Je n'ai pas eu besoin de beaucoup d'explications, étant donné qu'il était en boxer.

Je n'eus aucun mal à percevoir la blessure sous son trait d'humour. A moins que, comme pour moi, ce soit plus son amour-propre qu'autre chose qui ait été atteint.

— Tu l'aimais ?

Il haussa les épaules.

— A l'époque, je le croyais.

— Et maintenant ?

De son pouce, il caressa ma lèvre inférieure.

— Tu as lu la note de ma mère…

— Ce n'était pas intentionnel, me défendis-je. J'ai fait un stage de lecture rapide, j'ai juste eu à poser les yeux dessus pour en connaître le contenu.

Se penchant, il pressa ses lèvres sur les miennes pour un long baiser qui sema le chaos en moi. Je glissai mes mains dans ses cheveux pour le retenir, prolongeant le plaisir jusqu'à ce qu'il l'interrompe afin de plonger son regard dans le mien.

— Tu n'es pas restée, hier soir, dit-il.

— Je ne savais pas trop quel était le protocole.

Il inclina la tête.

— C'est-à-dire ?

— Eh bien, j'ignorais si… si c'était juste pour un soir ou… autre chose.

Il me considéra un bref instant en silence.

— Ça te dirait d'aller dîner quelque part ce soir ? demanda-t-il enfin.

Et être vus ensemble en public ? Le bruit courait déjà dans les couloirs de l'hôpital qu'il sortait avec une femme mariée, membre du personnel. Je me rendis soudain compte que je n'étais pas la seule à pouvoir être victime de mon mensonge. Lui aussi pourrait avoir à en subir les conséquences.

— Nous pourrions simplement aller chercher quelque chose et le manger chez toi ? suggérai-je.

Il inclina la tête pour m'observer.

— Plus tu attendras pour démentir cette histoire, plus ça deviendra compliqué.

En soupirant, je m'écartai de lui et croisai nerveusement les bras sur ma poitrine.

— Je sais, oui. Mais ce n'est pas aussi simple.

— Mais si, ça l'est, fit-il avec une pointe d'impatience. Tu as juste à être honnête, Bertie. Tu seras au centre des conversations pendant un jour ou deux, puis tout le monde passera à autre chose.

— J'ai besoin de temps.

— Du temps ? Pour quoi faire ? Pour que ton ex puisse revenir sur sa décision, au cas où ?

Je réagis avec vivacité.

— Tu es sérieux ? Tu crois vraiment que c'est ça qui me motive ?

Son expression était devenue de glace, soudain.

— Sois honnête, Bertie. Sinon avec les autres, au moins avec toi-même.

— Ça te va bien, de me donner des leçons, répondis-je, furieuse.

Son regard se fit soudain plus dur.

— Pourquoi ? Que veux-tu dire ?

— Tu as attendu plus d'un an pour sortir avec quelqu'un d'autre. De là à en déduire que tu pleures toujours ton ex...

Il s'écarta d'un pas, enfonçant ses mains dans les poches de sa blouse.

— Nous n'avons aucune chance d'aller au-delà de l'aventure d'une nuit si tu ne révèles pas ouvertement ta situation, ici, dans cet hôpital.

Je me redressai de toute ma hauteur — ce qui amena le haut de mon crâne tout juste au niveau de ses épaules.

— Tu veux savoir pourquoi ça n'ira pas plus loin que ça ? Parce que tu t'interdis d'éprouver des sentiments envers qui que ce soit, pour la bonne raison que tu as peur d'être plaqué. Tu as décidé de ne plus jamais laisser cette possibilité à qui que ce soit. Je me trompe ?...

Je vis un petit muscle se crisper sur sa mâchoire.

— J'ai du travail, dit-il.Si tu en as terminé avec mon portrait psychologique, j'apprécierais que tu me laisses retourner à mes patients.

Je m'écartai vivement.

— Parfait. Je m'en vais.

Je me retournai avant de franchir le seuil, mais il était déjà passé à autre chose. Assis à son bureau, il étudiait un dossier sur son écran sans plus s'occuper de moi.

11

Lorsque je rentrai chez moi, j'avais à peu près retrouvé mon calme. La météo n'y était sans doute pas pour rien, la neige tombait dru et on annonçait d'autres chutes pendant la nuit. La perspective d'une longue soirée en solitaire ne m'enchantait guère et je n'avais pas l'énergie d'entamer des travaux de peinture et de décoration. Je promenai un regard désolé sur les murs à moitié repeints, la moquette élimée, le carrelage et les équipements de la cuisine qui semblaient dater du XIXe siècle.

J'essayais de me motiver pour me faire à dîner quand la sonnette de l'entrée retentit. Sur la pointe des pieds, j'allai jeter un coup d'œil par le judas, prête à ne pas me manifester si c'était Margery. Mais ce n'était pas elle…

J'ouvris la porte. Matt était sur mon paillasson avec, à la main, un sac en papier à l'enseigne d'un traiteur du quartier.

— Venons-nous de connaître notre première dispute ? demanda-t-il en guise d'introduction.

Les ultimes vestiges de ma colère se dissipèrent aussitôt.

— Désolée.

— Inutile de t'excuser.

Il leva son paquet.

— J'ai pris le risque de choisir du curry, pour ce soir. Tu aimes ?

— Oui, et c'est idéal pour se réchauffer par une froide soirée d'hiver.

Je m'écartai pour le laisser entrer et le précédai dans la cuisine.

— Ne fais pas attention au désordre. Je n'ai pas trouvé le temps de faire le ménage.

— Ton ex était bricoleur ? demanda-t-il en promenant son regard autour de lui.

— Tu plaisantes !

— Alors tu fais tout toute seule ?

— J'essaie. Mais, comme tu peux le constater, le résultat n'est pas à la hauteur de mes attentes.

Etait-ce mon imagination, ou la peinture que j'avais appliquée deux jours plus tôt était-elle irrégulière ? On voyait nettement les coups de rouleau. Et ces taches sur le rebord de la fenêtre...

— C'est un gros boulot pour une seule personne, dit-il.

— Oui. Nous étions censés être deux mais, comme tu le sais...

Je m'arrêtai là. Il connaissait déjà la suite.

— Tu as besoin d'aide ? demanda-t-il en sortant une bouteille de vin de son sac.

Je lui tendis un tire-bouchon.

— Ne me dis pas que tu sais manier un pinceau, parce que je risque de ne pas te laisser repartir, plaisantai-je.

Il sourit.

— J'ai refait tout seul mon appartement de Notting Hill, avant de partir aux States. Et ça m'a plu. Ça me changeait de notre travail, où on n'a pas toujours les moyens d'améliorer les choses.

Je comprenais parfaitement ce qu'il voulait dire. Parfois, les situations des patients ou de leurs proches me désespéraient.

— J'ai passé un moment avec la femme de Jason, aujourd'hui, dis-je en lui tendant deux verres qu'il servit aussitôt.

— Elle tient le coup ?

J'esquissai une moue fataliste.

— C'est très difficile pour elle, bien sûr.

— Tu fais du bon travail, Bertie. Je me rends compte que ce que tu as mis en place aide réellement les familles des patients. Tous ces petits détails leur permettent d'oublier, ne serait-ce qu'un moment, qu'ils sont dans un hôpital.

Il marqua un temps et but une gorgée avant de reprendre :

— J'avais un frère, il avait deux ans de plus que moi. Il est mort quand j'avais quinze ans.

— Je sais. Jill me l'a dit. Sa belle-sœur allait à l'école avec ta mère, ou quelque chose comme ça, non ?

— Oui.

J'hésitai une seconde avant de poursuivre sur ce sujet, de crainte de le braquer, mais finalement je me sentis assez à l'aise pour le faire.

— Comment avez-vous vécu le passage de Tim aux soins intensifs, toi et tes parents ?

Il garda un moment les yeux fixés sur son verre, comme s'il cherchait des réponses dans le liquide d'un riche rouge sombre.

— Ç'a été très éprouvant. Personne ne nous informait. Ce n'était pas comme aujourd'hui, à l'époque. Les médecins ne communiquaient pas toujours avec la famille. Ils ne nous disaient que ce que nous avions besoin de savoir, et ce n'était pas suffisant, bien sûr. Mes parents ont vraiment cru que Tim allait s'en sortir jusqu'à ce qu'il soit emporté par une pneumonie. Ç'a été d'autant plus dur pour eux. J'ai eu le sentiment que, si on nous avait dit d'entrée de jeu que c'était sans espoir, nous aurions pu apprivoiser notre tristesse plus tôt. Au lieu de ça, elle a persisté pendant des années.

— La tristesse n'a pas de date de péremption.

— Non, je sais. Mais mes parents s'en seraient peut-être un peu mieux sortis si on les avait plus efficacement aidés à se préparer au pire, dit-il en reposant son verre.

— Et toi ? Tu pensais qu'il allait s'en sortir ?

Il leva les yeux pour rencontrer les miens.

— Je le souhaitais de tout mon cœur. Je ne pouvais pas imaginer ma vie sans lui. On était très proches, tous les deux. Il était mon modèle, mon héros, il avait toujours un conseil ou un coup de main à me donner pour mes devoirs ou autre chose ; mon père n'était pas doué pour ça. Ce jour-là, quand je suis ressorti de l'hôpital, le monde s'était effondré. Je me suis juré de faire tout ce que je pourrais pour que les gens n'aient pas à vivre ce genre d'épreuve comme *nous* l'avions vécue.

— Et tu es devenu une référence dans le domaine des soins intensifs en choisissant de dire ce qui est. De ne rien cacher aux familles.

Il esquissa un sourire presque gêné.

— On peut le dire comme ça, oui.

Me rapprochant de lui, j'effleurai sa joue du bout des doigts.

— Merci de m'avoir parlé de Tim. Ça m'aide à mieux te comprendre.

Presque tendrement, il releva une boucle tombée sur mon front.

— Il y a des années que je n'ai pas parlé de lui. Mon père ne supporte même pas qu'on prononce son nom. Pour lui, ce n'est pas le bon fils qui est mort.

— Oh non !... Il a vraiment dit ça ?

— Oui. Une fois. Il avait un peu trop bu.

— Il est alcoolique ?

— Pas vraiment, mais je le soupçonne de jeter de temps à autre quelques bouteilles vides à la poubelle à l'insu de ma mère. A moins qu'elle ne le sache et se taise pour éviter le conflit ou ne pas mettre son statut social en danger. Ou les deux.

Il secoua la tête.

— Bon sang, je déteste parler de ma famille. D'ailleurs, depuis que Tim est mort, nous n'en sommes même plus une.

Levant les mains, je caressai ses lèvres pincées de mes pouces pour tenter de les détendre.

— Je comprends que ça a été terrible pour toi, mais regarde ce que tu fais pour les autres, maintenant. Tu te bats, tu vas au bout de tes possibilités pour sauver des vies. Ta famille n'est pas parfaite, et alors ? Attends de connaître la mienne...

Percevant ma note d'humour, il sourit et je faillis fondre sur place. Ses yeux se posèrent sur ma bouche et s'assombrirent. Puis il se pencha vers moi et mon cœur se mit à battre plus sourdement. Mon corps tout entier s'enflammait à la perspective de ses caresses, de ses baisers, et du plaisir de le faire gémir sous les miens.

La passion m'emporta aussitôt. Un puissant tourbillon de désir tel que je n'en avais jamais connu avec Andy. Comme je l'appelais en moi, Matt me souleva, m'assit sur le comptoir, et me pénétra. Je gémis en le sentant bouger en moi.

— Ça va ? demanda-t-il dans un souffle rauque.

— Mmmh, oui. Surtout n'arrête pas.

Je flottais dans un océan de plaisir. Un plaisir qui se fit encore plus fort, plus irrésistible, jusqu'à ce que j'en sois tout entière embrasée. Je m'entendis gémir sourdement en retombant sur lui, et il me rejoignit aussitôt dans l'extase.

— Notre dîner a sûrement refroidi, dit-il quand nous eûmes repris notre souffle.

— Pas sûr, répondis-je. Il fait plutôt chaud, dans cette cuisine, tu ne trouves pas ?

Il sourit contre mes lèvres.

— Ça, oui...

Je remontais la rue pour me rendre au travail le lendemain matin quand je rencontrai Margery qui promenait Freddy. Elle m'adressa un regard aussi glacial que la couche de neige tombée durant la nuit.

— Bravo, dit-elle sans préambule. Et moi qui vous prenais pour une fille comme il faut. Apparemment, je me trompais.

— Pardon ?

Elle pinça les lèvres.

— Je l'ai vu.

— Vous avez vu *quoi* ?

— L'homme qui est sorti de chez vous très tôt ce matin. Et ce n'était pas votre mari. Il n'était pas blond et il était bien plus grand.

Allons bon. Comment allais-je me sortir de ça ? Si je lui révélais ce qu'il en était de mon « mariage », tout le quartier serait au courant en un temps record. Et je deviendrais très vite une paria aux yeux de tout le monde.

— Le mariage n'est pas facile, Bertie, croyez-moi, dit Margery. J'ai été mariée trente-huit ans avec mon Ralph. Je peux vous dire que les deux premières années sont les pires. Mais même si ce n'est pas simple, ce que vous faites est mal. Vraiment mal. Que penseraient vos patients s'ils apprenaient que vous recevez des hommes pendant que votre mari est à New York pour son travail ?

Je secouai la tête en soupirant ; un petit nuage de vapeur s'échappa de ma bouche.

— L'homme en question est un ami. Maintenant, si vous voulez bien m'excuser, je dois aller travailler.

Gracie était en train de se changer dans le vestiaire quand j'y entrai.

— Bertie, ce n'est plus possible, dit-elle sans même prendre la peine de me saluer. Je ne peux plus continuer comme ça. Il faut que je me surveille constamment pour ne pas faire de bourde, c'est épuisant, à la fin. Quand comptes-tu le dire aux autres ?

— Je ne peux pas, ce serait socialement suicidaire.

— Mais il ne s'agit plus seulement de toi, tu en es consciente, non ? C'est moi, c'est le Dr Bishop, tes amis, tes confrères et tes consœurs. Plus tu tardes pour le dire, plus tu feras du mal autour de toi.

Je fourrai mes affaires dans mon casier avant de me retourner.

— C'est prévu, fis-je finalement. Il faut juste que je trouve le bon moment.

— D'accord, mais fais vite, O.K. ? dit Gracie.

Elle claqua pratiquement la porte derrière elle en sortant.

Quand j'entrai dans le bureau central, quelques instants plus tard, Jill pivota sur sa chaise.

— Tu as une minute ? me demanda-t-elle.

— Bien sûr, répondis-je, évitant du regard ma satanée carte postale sur le tableau.

A la première occasion, je l'ôterais subrepticement.

— Que se passe-t-il entre Gracie et toi ? demanda Jill.

Je sentis mes joues s'enflammer.

— Mais... rien. Pourquoi ?

— Elle a demandé des horaires qui ne correspondent pas aux tiens. Vous vous êtes disputées ?

— Non, bien sûr que non.

Je me détestai. Vraiment. Mon amitié avec Gracie était récente, mais j'appréciais sa loyauté et ses attentions. Je comprenais parfaitement qu'elle se rebiffe devant le mensonge dont je l'obligeais à être complice.

Jill me fixait toujours avec perplexité.

— Ça ne serait pas en rapport avec le Dr Bishop, par hasard ?

Je fis de mon mieux pour avoir l'air éberluée.

— Le Dr Bishop ? Bien sûr que non ! Pourquoi voudrais-tu que... ?

— Parce que vous avez l'air de bien vous entendre, tous les deux. Et je ne suis pas la seule à l'avoir remarqué.

— Oui, et alors ? J'ai de bons rapports avec presque tout le monde. Ce n'est pas pour ça qu'il faut y voir des intrigues secrètes ou je ne sais quoi...

— En tout cas, pour quelqu'un qui vient de se marier, tu n'as pas l'air de nager dans le bonheur, dit Jill. Tu sembles plutôt... préoccupée. Tout se passe bien entre ton mari et toi ?

Je serrai les dents.

— Qu'est-ce que c'est ? Un interrogatoire ?

Jill soupira.

— Bertie, ces bruits de couloir sont néfastes pour Matt, surtout vis-à-vis de l'équipe de direction. Le directeur en personne envisagerait même de mettre un terme à son contrat.

— Mais pourquoi, à la fin ?

— Tu connais aussi bien que moi l'intransigeance de l'équipe directoriale. L'image de l'hôpital passe avant tout.

— Oui, et alors ? Cette image concerne les soins, pas la vie privée du personnel.

— Je disais juste que...

— Bon sang... Les gens n'ont rien de mieux à faire que de s'occuper de ce qui ne les concerne pas ?

Jill haussa les épaules en soupirant avant de se retourner vers son ordinateur.

Je restai quelques secondes à hésiter derrière elle. J'avais confiance en Gracie, mais je ne connaissais pas assez Jill pour partager mon secret avec elle. Evidemment, passer pour une jeune mariée déjà en train de tromper son mari ne plaidait pas en ma faveur, mais que pouvais-je y faire ? Si je lui révélais la vérité à elle, il faudrait que je le fasse publiquement. Et sans tarder. Or je n'étais pas préparée à cela. Mais j'avais toujours une solution pour régler le problème : démissionner et poser ma candidature ailleurs.

— Excuse-moi, Jill, soupirai-je, c'est juste que ce n'est pas facile pour moi, en ce moment. J'ai du mal à retrouver mes marques après ma... mon congé.

Elle hésita un bref instant avant de se retourner.

— La vie maritale n'est pas si facile. Fais attention, d'accord ?

Je fis mon possible pour éviter Matt, et par chance, différentes tâches me permirent de rester presque toute la journée loin des soins intensifs. Enfin, après des heures supplémentaires au bloc en raison d'une complication lors d'une intervention, je pus quitter le service. Je traversais la réception quand Matt vint à ma rencontre. De toute évidence, il m'avait attendue. Je fis pourtant mine de ne pas le voir et gardai la tête baissée.

— Bertie ?

— N'attire pas l'attention sur nous, dis-je à voix basse.

— Je voulais te raccompagner chez toi.

— Non.

— Il faut pourtant que nous parlions.

— Pas ici. Il y a des caméras de surveillance partout.

Je devais avoir l'air complètement paranoïaque. Ce que j'étais, sans doute. Je commençais à avoir l'impression que tout le monde me regardait d'une drôle de manière...

Matt me saisit le bras et m'obligea à me tourner vers lui.

— Ecoute-moi.

J'étais sur les nerfs. Grace, Jill, l'idée qu'il puisse perdre son poste à cause de mon mensonge, de ma bêtise... Je relevai les yeux vers lui et *sus* ce qu'il s'apprêtait à me dire. Ma mère avait dû me transmettre son don de lire dans les esprits...

— Je sais ce que tu vas dire, Matt.

— Bertie, il faut que tu choisisses.

— Que je choisisse *quoi* ?

Je cherchais par tous les moyens à retarder l'inéluctable. Je savais très bien à quoi il faisait allusion, évidemment.

— Si nous voulons continuer à nous voir, il va falloir que tu révèles la vérité.

— Je croyais que tu ne voulais pas d'une relation ? Que tu n'avais pas de place pour ça dans ta vie ?

Son regard, implacable, emprisonnait le mien.

— Je risque de me retrouver au chômage parce que tu es trop immature pour faire face à ta situation.

— Ah, bravo ! rétorquai-je, furieuse. Ça te va bien, de me donner des leçons ! Alors qu'il t'a fallu une année entière pour te remettre de ta séparation avec ton ex !

Je vis sa mâchoire se verrouiller comme un étau.

— En l'occurrence, il ne s'agit pas de moi, dans cette histoire, mais de *toi*.

— Je vais démissionner. J'irai travailler dans un autre hôpital où personne ne saura, pour Andy. Comme ça, nous pourrons continuer à nous voir sans que personne...

— Bertie... Tu entends ce que tu dis ? Mais quel âge as-tu ? Quatorze ans ?

Je me raidis, vexée, furieuse.

— O.K. J'accepte ton ultimatum. Il n'est pas question que je risque ma réputation professionnelle pour une aventure. Donc, on arrête là. D'ailleurs, je n'ai jamais voulu que ça commence.

Il secoua la tête en soupirant.

— Avec toi, déformer la vérité devient un art. Quand tu commenceras à mentir à celle qui te fait face dans le miroir, là tu sauras que tu as vraiment un problème.

J'en avais un depuis l'instant où j'avais posé les yeux sur lui pour la première fois, mais il était hors de question de le lui dire.

— C'est fini, Matt. On s'est bien amusés, du moins toi, le temps que ça a duré.

— Je n'ai pas couché avec toi pour m'amuser. Si je l'ai fait, c'est parce que...

Il s'interrompit, enfouissant ses doigts dans ses cheveux.

— Parce que... ? le défiai-je avec un rien de cynisme.

Il laissa sa main retomber. L'espace d'une brève seconde, j'avais cru voir une lueur presque douloureuse dans son regard, mais elle avait déjà disparu. Je prenais sans doute mes désirs pour la réalité.

— Peu importe, dit-il.

— Quelque chose m'intrigue, insistai-je. Pourquoi m'as-tu confié l'organisation du bal ?

— Parce que je pensais que ça t'aiderait à surmonter ta séparation, dit-il avec un soupir. Mais si ça t'ennuie, je peux trouver quelqu'un pour prendre la relève.

— Tu ne seras pas long à me trouver une remplaçante, je n'en doute pas, rétorquai-je.

L'air un rien excédé, il tourna les talons et franchit les larges portes vitrées de l'entrée.

Je tapai ma lettre de démission le soir même, l'imprimai et la signai. Puis, après l'avoir relue, je la glissai dans une enveloppe et la laissai sur mon bureau. Ici, pas de risque qu'un employé trop zélé la poste pour moi.

Je venais à peine d'arriver dans le service, le lendemain, quand les parents de Jason demandèrent à me parler. Ils m'attendaient dans la salle que j'avais fait réserver aux proches. Je n'avais pas encore eu le temps d'allumer mon diffuseur d'huile essentielle. Ken Ryder tenait la main de sa femme Maggie. Megan était toujours au chevet de Jason. Plus tôt, je l'avais vue pleurer en tenant la main de son mari.

— Nous voulons savoir ce qu'il en est vraiment, dit Ken. Le Dr McTaggart nous dit une chose, le Dr Bishop une autre. Nous voulons *votre* opinion. A quoi doit-on s'attendre pour notre fils ?

Je considérai leurs traits tirés, leurs cernes et leurs visages hagards marqués par cette insoutenable situation. Et je sus que je ne pouvais pas leur cacher la vérité plus longtemps.

— Il est très possible que Jason ne puisse jamais se réveiller.

Prononcer ces mots me donna le sentiment de parler un langage étranger, un langage où la notion d'espoir n'aurait pas existé. Les parents de Jason accusèrent le coup. Bien sûr, ils avaient déjà plus ou moins été avertis, mais que j'énonce moi-même cette sentence, moi qui leur avais offert l'espoir et les avais incités à rester positifs, eut sur eux un effet réellement dévastateur.

— Je regrette, dis-je en refoulant mes larmes.

Je ne pleure jamais au travail ; je m'efforce toujours de respecter une distance professionnelle. Mais pas cette fois. Dans cette petite salle privée, le Dr Clark s'effaça devant Bertie. J'étreignis les parents de Jason et leur offris tout le réconfort dont j'étais capable, qui bien sûr ne serait jamais suffisant. Car quoi que je fasse, quoi que je dise, jamais je ne pourrais leur rendre leur fils.

Jem et moi avions pour une fois réussi à faire coïncider nos jours de congé. Nous nous retrouvâmes pour déjeuner à Knighsbridge, dans un de nos petits restaurants préférés.

— Alors, c'est quoi, ton problème ? demanda-t-elle en me voyant manger mon steak et mes frites du bout des lèvres.

Je reposai ma fourchette sur le bord de mon assiette en soupirant.

— Je préfère ne pas en parler.

— Oh ! toi, tu es amoureuse, dit-elle en commençant à me voler mes frites. Et j'ai de fortes présomptions. C'est ce Matt.

— Ne sois pas bête, rétorquai-je. Je le connais depuis moins d'un mois.

— Et alors ? Quelques jours peuvent suffire, même moins. Tu n'as jamais entendu parler du coup de foudre ?

— Tu parles de ton Sicilien ?

Son visage se ferma.

— Il ne s'agit pas de moi.

Je soupirai.

— Je trouve qu'on parle trop de moi. Et ce sera pire quand je donnerai ma démission demain.

Jem se recula dans son fauteuil en fronçant les sourcils.

— Tu démissionnes ?

— Tu vois une autre solution ?

— Et ton projet ?

— J'ai rassemblé suffisamment de données pour le proposer ailleurs quand j'aurai un nouvel emploi.

Mais ce ne serait pas facile. J'avais acquis la confiance de la direction, au St Iggy, raison pour laquelle Jeffrey Hooper m'avait permis d'être aussi novatrice. Il n'était pas certain que je rencontre le même enthousiasme ailleurs.

Jem me vola une autre frite.

— Et le bal de la Saint-Valentin ? Ce n'est pas toi qui dois t'en occuper ?

Je me sentis coupable d'avoir tourné le dos à mes responsabilités. J'avais entendu dire que Matt m'avait trouvé une remplaçante pour organiser les festivités — une infirmière de cardiologie. M'avait-elle également remplacée auprès de lui ? Mon cœur se serra à cette idée.

— Je devais le faire, mais ça a été confié à quelqu'un d'autre. Je suis déjà assez stressée comme ça ; je n'ai pas besoin de m'en rajouter. De toute façon, je n'ai même pas de costume.

— Tu pourrais toujours y aller déguisée en toi-même.

— Très drôle, soupirai-je.

— Et avec tes voisins ? Ça se passe bien ? A moins que tu prévoies de déménager, aussi ?

Elle plaisantait, mais c'était vrai pourtant, je l'avais aussi envisagé. Et pourquoi pas d'émigrer, pendant que j'y étais ? En Sibérie, plus personne ne pourrait répandre des rumeurs sur moi.

— Ils ne me parlent pas. Et Margery a l'air très occupée.

Jem se pencha pour poser brièvement sa main sur la mienne.

— Ne te formalise pas pour ça. Au moins elle ne te demandera plus de t'occuper de son horrible roquet.

— De toute façon, elle serait mal placée pour me faire la morale. Elle...

Je m'arrêtai net en voyant l'expression soudain atterrée de Jem. Son regard horrifié était fixé sur l'entrée du restaurant.

— Hé ! Qu'est-ce qui t'arrive ? demandai-je.

Elle attrapa l'addition que la serveuse nous avait déposée une minute plus tôt et me la tendit.

— Ça t'ennuie de t'en occuper ? Je te retrouve au comptoir des chocolats chez Harrods.

— Mais...

Intriguée, je la suivis des yeux alors qu'elle disparaissait par une porte dérobée, du côté de la cuisine. Me retournant, je vis le superbe Italien qui venait d'entrer, une blonde pulpeuse suspendue à son bras.

Je n'étais manifestement pas la seule lâche de la famille...

12

Ma démission provoqua de gros remous au sein du personnel, comme je pus m'en rendre compte lorsque j'arrivai le lendemain. Je dus éluder les questions, dont une revenait le plus souvent : Etais-je enceinte ? Gracie ne cessait de m'adresser des regards appuyés que je m'efforçais d'ignorer. Je me consolais en songeant au nouveau départ que je comptais prendre ; d'ici à quelques mois, on m'aurait oubliée.

Mon cœur se serra douloureusement lorsque je passai devant le cabinet de Matt. Nous ne nous étions pas reparlé et je me demandais si cela le perturbait autant que moi. L'idée de ne plus le voir me plongeait dans un désarroi sans nom. J'avais le sentiment d'abandonner une part essentielle de moi-même. Une part de moi que je venais tout juste de découvrir.

Il avait fallu que je le perde pour découvrir que je l'aimais. L'amour s'était insinué en moi à mon insu, subrepticement. Chaque baiser, chaque caresse avaient peu à peu conquis mon cœur.

Mais si lui m'avait aimée, il ne m'aurait pas obligée à choisir. En fait, seule sa réputation comptait pour lui, et je regrettais d'autant plus d'avoir laissé notre relation se développer. Pourtant, j'avais d'autres priorités, je le savais. Mais non ; je m'étais stupidement laissé entraîner dans cette relation, et j'en payais désormais le prix.

Mais si le seul souhait de Matt était une aventure sans lendemain, pourquoi s'était-il autant confié sur son passé ? Il s'était ouvert à moi comme je m'étais ouverte à lui. Pourquoi, alors, m'avait-il mise devant un ultimatum ? C'était du chantage. Il n'avait pas le droit !

J'étais en train de récupérer mes affaires au bureau central, ce dernier jour, quand Jill arriva avec un paquet de dossiers à entrer dans l'ordinateur.

— C'est incroyable que tu ne viennes pas au bal, dit-elle. Ce serait pourtant une bonne occasion de fêter ton départ. On n'a même pas eu le temps d'organiser un pot d'adieu…

— Je préfère rester discrète, dis-je, lançant un coup d'œil vers cette fichue carte postale.

Si seulement je pouvais l'arracher de ce tableau, peut-être que ma vie reprendrait magiquement son cours normal.

— Tout de même, c'est plutôt soudain, ce départ. C'est le P.-D.G. qui te met la pression pour partir, ou quoi ?

— Non, pas du tout. C'est moi qui l'ai décidé.

Elle m'observa de ses yeux plissés de doute.

— Ce ne sera pas la même chose sans toi, ici, Bertie. Tu savais rendre ce service vivant. Même Stuart a dit que tu allais lui manquer. Et le prof Rasoir. Tu sais ce qu'il a dit ? Que tu étais un coquelicot lumineux dans un champ de blé.

Les yeux me piquèrent ; je dus refouler mes larmes.

— C'est vraiment gentil de sa part.

— En fait, ces bruits d'une aventure entre toi et Matt Bishop, c'est faux, n'est-ce pas ? demanda Jill.

Incapable de lui mentir les yeux dans les yeux, je me tournai pour aller décrocher ma carte.

— Ça ne t'ennuie pas que je la reprenne ?

— Bien sûr que non. De toute façon, elle aurait été jetée un jour ou l'autre. Autant que tu la gardes. Ça te fera un souvenir de plus de ton bonheur.

Mon sourire n'avait sans doute rien de très naturel.

— C'est exactement mon avis.

Le soir du bal, j'avais l'impression d'être Cendrillon, mais sans les deux horribles sœurs et la vilaine belle-mère pour l'empêcher d'y aller. Je m'en chargeais moi-même. Je regardais les aiguilles de la pendule avancer lentement vers minuit. Je me figurais les convives qui avançaient sur le tapis rouge, les couples bras dessus, bras dessous. Mon cœur se serrait en imaginant Matt, une superbe femme accrochée à son bras ; je les voyais danser, enlacés…

Mais c'était moi, qu'il aurait dû étreindre. C'était *nous*, ce couple que tout le monde aurait dû admirer.

Je levai de nouveau les yeux vers l'horloge. Le bal ne se terminerait pas avant 1 heure. J'avais tout juste le temps d'aller jeter un coup d'œil par la porte pour voir si tout se passait bien. J'avais honte d'avoir tourné le dos à ma tâche ; on avait compté sur moi et je manquais à mes engagements. Et si on ne récoltait pas assez d'argent, ou s'il y avait un problème de dernière minute et que je n'étais pas là pour le régler ? Il était encore temps pour moi de m'y rendre. J'avais même le choix entre plusieurs costumes que j'avais gardés d'occasions précédentes. En l'occurrence, la princesse Fiona, de *Shrek*, ou Kermit la grenouille.

Ni l'un ni l'autre ne me tentant, je décidai de suivre le conseil de Jem. J'enfilai une robe de bal des années cinquante en organdi ivoire que j'avais trouvée pour une bouchée de pain dans une brocante, quelques années plus tôt. Je ne l'avais encore jamais mise. Non seulement je n'en avais pas eu l'occasion, mais je la trouvais bien trop belle pour moi. Toutefois, comme je me regardais dans le miroir, j'eus du mal à me reconnaître.

J'avais relevé mes cheveux, m'étais légèrement maquillée et parfumée, et avais sorti du fond d'un placard un petit sac à main en perles. Il s'harmonisait parfaitement avec ma tenue et mes escarpins, que je n'avais dû mettre que deux ou trois fois.

J'appelai un taxi — aucune citrouille-carrosse n'était libre… — et me rendis à l'hôtel.

Lorsque je pénétrai dans la grande salle, le bal était visiblement déjà ouvert depuis un moment. De nombreux couples évoluaient sur la vaste piste dans les costumes les plus variés.

Matt dansait avec une infirmière des urgences. Mon cœur se serra quand je remarquai sa main posée sur le bas de son dos tandis qu'ils évoluaient tous deux sur la piste. Ils formaient un si joli couple… Toutefois, comme averti par un sixième sens, il s'immobilisa soudain et se pencha pour murmurer quelque chose à l'oreille de sa partenaire. Elle acquiesça et s'écarta aussitôt de lui pour aller danser avec un autre.

Alors il se tourna vers moi et nos regards se trouvèrent à travers la salle. Mon cœur s'emballa soudain et des larmes montèrent à mes yeux tandis qu'il venait vers moi. Il avait choisi pour costume un smoking vintage avec une rose accrochée au revers de la veste. Il était superbe.

Il tendit sa main gantée pour prendre la mienne.

— Cendrillon est enfin arrivée...

— Oui. Tout juste, mais mes pantoufles de vair sont intactes.

— Tu veux danser ?

Sans me laisser le temps de répondre, il m'entraîna sur la piste. Etrangement, les couples s'écartèrent pour nous laisser la place. Peu à peu, on cessa même de danser autour de nous pour nous regarder. J'aurais sans doute dû être émue par la magie de l'instant, mais je pris conscience de l'intérêt que nous suscitions. Bien sûr nous formions un couple superbe, dans nos costumes, mais il était clair aussi que nous suscitions l'étonnement et la réprobation. Après tout, aux yeux de tous, j'étais depuis tout récemment mariée à un autre...

Il était exactement minuit moins cinq.

J'interrompis notre danse.

— Tu m'excuses un instant ? J'ai quelque chose à faire, dis-je.

Je traversai la foule de convives qui bordait la piste pour m'avancer jusqu'à l'estrade. Un micro avait été installé pour la vente aux enchères qui venait d'avoir lieu. J'attendis que les musiciens achèvent le morceau en cours, puis je me lançai :

— Bonsoir, dis-je à l'adresse de tous les visages tournés vers moi. Pour ceux qui ne me connaissent pas, je suis Bertie Clark. Et j'ai quelque chose à vous avouer : en fait, je ne suis pas mariée. J'ai été plaquée la veille de ce qui aurait dû être le plus beau jour de ma vie. La carte postale de ma « lune de miel » a été envoyée par erreur. Et comme je n'ai pas eu le courage de vous avouer mon humiliation, j'ai stupidement entretenu le mensonge. Je tiens à m'en excuser auprès de vous tous.

Un silence étonné accueillit ma déclaration, puis quelqu'un se mit à applaudir et, très vite, j'eus droit à une véritable ovation. J'avais presque l'impression d'être une rock star.

Puis je vis Matt se frayer un chemin dans ma direction. Je descendis du podium pour me jeter dans ses bras.

— Je suis si fier de toi, mon ange, dit-il. Si fier…

— Ça ne veut pas dire que je reviendrai travailler au St Iggy, dis-je.

— Ce serait vraiment dommage parce que je connais un patient qui a très, très envie de te voir, répondit-il avec une lueur amusée.

J'écarquillai les yeux.

— Jason ? Il s'est réveillé ?

Il sourit.

— C'est vrai ? demandai-je. Il est *vraiment* réveillé ?

Je n'osais pas y croire. Comme c'était le cas pour tous mes confrères, certains patients me touchaient plus que d'autres. Bien sûr. Comment l'éviter ? Jason était de ceux-là. Sa jeunesse, sa toute jeune femme, ses parents, cet enfant à naître… Je n'aurais pas été plus émue s'il s'était agi d'un ami.

— Je viens d'avoir un appel de l'interne il y a une demi-heure. Megan était en train de lui lire *L'Indien du placard* quand il a ouvert les yeux et prononcé quelques mots.

De joie, je lui sautai au cou.

— C'est fantastique ! Oh ! je suis tellement heureuse pour lui, et pour sa famille !

Matt me fit tourner dans ses bras, si haut que ma robe se gonfla comme une fleur. Heureusement que j'avais mis un joli panty à dentelle, car tout le monde devait avoir une vue imprenable sur mes cuisses…

— Je m'étais juré de ne jamais faire ce genre de chose en public, mais je ne peux pas attendre, dit-il en me reposant. Bertie, je t'aime. Veux-tu m'épouser ?

Alors seulement, je pris conscience du silence qui nous entourait. Totalement éberluée, j'ouvris et refermai la bouche à deux reprises avant de pouvoir enfin articuler ma question.

— Que… Qu'est-ce que tu dis ?

J'eus droit au sourire qui me faisait immanquablement fondre.

— Je sais qu'il est un peu tôt pour te le proposer. Depuis combien de temps sommes-nous ensemble ? Quatre semaines ?… Mais je ne vois pas l'intérêt de gâcher des mois ou des années à attendre le bon moment. Je t'aime, Bertie. Je t'ai aimée dès le premier jour, dans mon bureau, quand tu m'as tenu tête. Je revois encore ton regard flamboyant, si beau...

La surprise me rendit presque muette.

— Tu... tu m'aimes ?

— Plus que tout, oui. J'aime tout de toi. Ta façon de froncer le nez comme un lapin quand tu es stressée. Ton refus de baisser les bras devant l'adversité, comme dans le cas de Jason. Tous les combats que tu mènes pour défendre ce en quoi tu crois. Tu es parfois un peu fofolle et je ne sais jamais à quoi m'attendre quand je te vois, avec tes fantaisies vestimentaires, mais ça fait partie de ton indéniable charme. Alors surtout ne change rien. Je veux que tu me surprennes chaque heure de chaque jour qui me reste à vivre. Et je veux avoir des enfants avec toi. Autant que tu veux, et qui te ressemblent — et à moi aussi, un petit peu, tout de même, fit-il, provoquant quelques rires autour de nous.

Mais je les entendis à peine. Tout ce que j'avais retenu, c'était...

— Tu m'aimes ?

J'avais si peur de me réveiller. Qu'une main me secoue et que tout cela, tout ce bonheur, n'ait été qu'un rêve.

Une main se posa effectivement sur mon épaule, mais ce ne fut pas pour me sortir du sommeil...

— Félicitations, me dit Gracie, un sourire jusqu'aux oreilles.

— Mais je n'ai même pas encore donné ma réponse, protestai-je.

A cet instant, tout le monde applaudit, de plus en plus fort, et de l'orchestre monta un roulement de tambour théâtral.

Puis, comme sous l'effet d'un ordre muet, tout se tut abruptement, et j'eus l'impression que nous n'étions plus que tous les deux, dans cette salle, et même sur la planète.

Rien que Matt et moi.

Dans ses yeux brillait l'amour qu'il avait pour moi. Je l'éprouvai dans la tendresse avec laquelle il releva une mèche de mon front, du bout de ses doigts. Je le sentis dans l'énergie que nos deux corps échangeaient.

Je souris. Un sourire qui, je le savais, devait m'illuminer tout entière.

— Oui, répondis-je dans un souffle.

Un grand tintement de cymbales retentit à l'instant où sa bouche vint à la rencontre de la mienne...